Valentina May

Der Duft von Moos

Roman

Weltbild

MIX
Papier aus verantwortungsvollen Quellen
FSC® C083411
www.fsc.org

Besuchen Sie uns im Internet:
www.weltbild.de

Genehmigte Lizenzausgabe für Weltbild GmbH & Co. KG,
Ohmstraße 8a, 86199 Augsburg

Dieses Werk wurde vermittelt durch die Literarische Agentur Kossack GbR,
22301 Hamburg
Redaktion: Ulla Mothes
Umschlaggestaltung: Johannes Frick, Neusäß
Umschlagmotiv: © Johannes Frick unter Verwendung von Motiven von Trevillion
(© Rekha Garton), mauritius images (© MacRein) und Alamy
(© ALLTRAVEL/Peter Mross)
Satz: Datagroup int. SRL, Timisoara
Druck und Bindung: CPI Moravia Books s.r.o., Pohorelice
Printed in the EU
ISBN 978-3-96377-918-3

1.

Ihre Hand zitterte, die Buchstaben verschwammen vor ihren Augen. Fassungslos zerknüllte Nele den Brief und pfefferte ihn in den Papierkorb.

»So eine Frechheit«, schimpfte sie.

Die Zeilen musste jemand geschrieben haben, der ihr das Glück missgönnte. Leider hatte der Schreiber es auch geschafft, Zweifel in ihr zu wecken. Was, wenn der Verfasser des Briefes recht hatte? Seufzend sank Nele auf den Küchenstuhl.

Wie jeden Morgen hatte sie ihr Horoskop gelesen. Nur hatte ihr das heutige nichts Positives offenbart, sondern eine Krise in der Partnerschaft und mögliche finanzielle Verluste. Sollte sich das wirklich bewahrheiten? Bei der Vorstellung wurde ihr ganz flau im Magen.

An diesem Tag hatte sie beschlossen, Überstunden abzubummeln. Also war sie früh von der Arbeit nach Hause gekommen, denn sie wollte ihren Freund mit einem selbst zubereiteten Abendessen überraschen. Das hatte sie schon lange vorgehabt, aber immer wieder wegen der Arbeit verschieben müssen. Kein Wunder, dass er ihr vorgeworfen hatte, sie würden nur selten etwas unternehmen. Am Anfang ihrer Beziehung hatte sie täglich für ihn gekocht. Mit ihrem neuen Hauptjob als Verkäuferin, den sie erst kürzlich angenommen hatte, blieb ihr keine Zeit dafür. Henner arbeitete an fünf Tagen in der Woche in einer Autowerkstatt. Nach der Arbeit kam er hungrig und müde nach Hause. Nele hingegen kehrte erst nach zweiundzwanzig Uhr zurück, denn ihr Job begann mittags. Henner ernährte sich von Fastfood, und wenn sie abends nach Hause kam, schlief er meistens schon auf dem Sofa. Ein letzter Rundgang mit den Hunden, danach fiel auch Nele stets in einen tiefen Schlaf. An den Wochenenden half sie einem befreundeten Bäcker beim Brötchenausliefern. Bestimmt würde Henner sich sehr darüber freuen, dass sie früh zu Hause war, und in ihrem Essen eine willkommene Abwechslung sehen.

Die anonyme Nachricht im Briefkasten hatte ihrer Freude auf den bevorstehenden Abend einen gewaltigen Dämpfer versetzt.

Die prallgefüllten Einkaufstüten standen noch auf dem Tisch. Ihr war die Lust vergangen, sie auszuräumen. Dabei war sie extra in den Supermarkt geeilt. Heute war ihr erster Jahrestag.

Zwei schwarze Nasen drückten sich sanft gegen ihr Bein. Nele wandte sich ihren beiden Hunden zu und streichelte sie. Die beiden französischen Pyrenäenberghunde waren sehr sensibel und spürten, wenn etwas nicht stimmte. Benny bellte und holte seinen Ball, um sie aufzumuntern. Auffordernd ließ er ihn in ihren Schoß fallen.

»Ach, Benny. Mir ist gar nicht danach«, sagte Nele deprimiert. Gleichzeitig ärgerte sie sich, dass die anonyme Nachricht sie verunsichert hatte. Der Hund legte sich ihr enttäuscht zu Füßen.

Bobby blieb artig neben ihr sitzen und schaute sie aus seinen schwarzen Augen mitleidig an. Er war der ältere der beiden und der besonnenere. Nach einer Weile stupste er sie an. Dann lief er zum Zettel, nahm ihn ins Maul und brachte ihn Nele. Sie glättete das Papier und las noch einmal die Worte darauf: *Ihr Freund betrügt Sie mit der Nachbarin.* Die steile Handschrift verriet nicht, ob ein Mann oder eine Frau die Nachricht geschrieben hatte.

Mit der Nachbarin konnte nur die blonde Kosmetikerin Mareike gemeint sein, die eine Etage über ihr wohnte. Die anderen Mieter waren jenseits der sechzig. Nele fand Mareike eigentlich sympathisch. Als sie sich einmal ausgeschlossen hatte, war sie sofort bereit gewesen, ihr zu helfen, und hatte einen Schlüsseldienst angerufen. Mareike war sehr attraktiv und nach der Trennung von ihrem verheirateten Freund seit einem Vierteljahr wieder Single.

Henner hatte Mareike eigentlich nie hinterhergeschaut oder mit ihr geflirtet. Ganz anders als Juan, Neles Exfreund aus Paraguay, der ständig anderen Frauen nachgepfiffen hatte. Diese Nachricht war ein böser Scherz.

Sie vertraute Henner. Nele hatte ihren Freund vor einem Jahr kennengelernt, als sie von dem Segeltörn aus der Ägäis nach Deutschland zurückgekehrt war. Abgebrannt und ohne Job hatte sie sich geschämt, nach Rosenhagen zurückzukehren, und nach einer Unterkunft gesucht. Dabei war sie auf Henner getroffen, der ihr spontan angeboten hatte, bei ihm zu schlafen. Von da an waren sie ein Paar. Ihr Vater würde ihr Leben nicht gutheißen. Sie galt ohnehin als schwarzes Schaf der Familie. Die chaotische Tochter, die ihr Leben nicht in den Griff bekam. Nele hatte es nie lange an einem Ort und mit demselben Mann ausgehalten. Ein stetiger Hunger in ihr trieb sie dazu, etwas Neues, Aufregendes zu erleben und so viel wie möglich von dieser Welt zu sehen.

Henner zuliebe hatte sie ihr Nomadenleben aufgegeben und war mit ihm in die Wohnung im Erdgeschoss eines Mietshauses in Altona gezogen. Mit einem kleinen Garten, der Platz für ihre Hunde bot. Zum Monatsende war das Geld stets knapp, aber Hauptsache, sie waren glücklich.

Nele war von den Männern oft enttäuscht worden. Jetzt hatte sie auch Zweifel an Henner.

Konnte der liebevolle Mann sie wirklich derart hintergehen und eine Affäre mit Mareike beginnen? Nein, entschied sie, nahm den Zettel und zündete ihn über dem Aschenbecher an.

Sollte sie wirklich so blind gewesen sein, dass sie nichts bemerkt hatte? Während die Flammen das Papier fraßen, grübelte sie darüber nach, ob Henner ihr Anlass zum Zweifeln gab. Gut, hin und wieder leistete er Überstunden in der Werkstatt. Sollte das nur vorgeschoben sein? Sie musste die Zweifel aus dem Weg räumen, wenn sie eine glückliche Beziehung führen wollte. Sie ließ die letzte Ecke des Zettels in den Aschenbecher fallen, wo er verbrannte.

Bobby und Benny drückten sich winselnd an sie. Deprimiert legte sie die Arme um die beiden Hunde und vergrub ihr Gesicht in ihrem dichten weißen Fell.

»Er hat mich nicht betrogen. Das hätte ich doch gespürt«, flüsterte sie. Wirklich? Die Stimme in ihrem Innern war nicht totzukriegen.

»Kommt, Jungs, es wird Zeit, dass wir an die frische Luft gehen.« Sie stand auf und räumte den Einkauf fort.

Während die Hunde mit einem Ball auf dem Rasen herumtollten, setzte Nele sich in den Gartenstuhl und blätterte in einer Zeitschrift. Doch sie konnte sich nicht auf den Inhalt konzentrieren. Immer wieder schweiften ihre Gedanken zu Henner und der anonymen Nachricht ab. Plötzlich begannen die Hunde zu bellen. Der Nachbar wässerte seine Beete. Und manchmal spritzte er auch zu den Hunden herüber. Nele war deshalb schon mehrere Male mit ihm aneinandergeraten. Er hasste ihre Hunde. Widerliche Köter hatte er sie genannt.

»Bobby! Benny! Hier!«, rief sie die beiden zu sich. Aber die Hunde gehorchten nicht und bellten wie verrückt.

»Können Sie nicht endlich Ihre Scheißköter ruhigstellen?«, rief der Nachbar wütend über den Zaun. »Die sind ja gemeingefährlich!«

Einmal hatte er ihr sogar mit dem Ordnungsamt gedroht. Weil Nele heute keine Lust auf eine Auseinandersetzung hatte, packte sie die beiden am Halsband und ging mit ihnen ins Haus. Bobby und Benny hatte sie von Franz, einem alten Züchter und Schäfer, geschenkt bekommen, der sich wegen eines Rückentumors schweren Herzens von ihnen getrennt hatte.

Auch Henner mochten sie sehr gern, besonders, wenn er mit ihnen tobte. Eigentlich war in Neles freiem Leben kein Platz für Tiere. Oft wusste sie nicht, ob sie am nächsten Tag noch am selben Ort sein würde. Hunde jedoch brauchten Beständigkeit und regelmäßigen Auslauf. Einen Menschen, der sich um sie kümmerte und nicht die meiste Zeit des Tages bei der Arbeit verbrachte.

Als es Franz mit jedem Tag schlechter gegangen war, hatte Nele sich um die beiden gekümmert. Ein Vierteljahr später war der alte Mann friedlich eingeschlafen.

Da Franz keine Verwandten oder Freunde besaß, die sich um die Hunde kümmern wollten, entschied der Nachlassverwalter, die beiden ins Tierheim zu bringen. Die Vorstellung zerriss Nele das Herz. Bestimmt würde niemand beide Hunde nehmen wollen. Und so waren sie bei ihr gelandet.

In ihrer Freizeit unternahm Nele mit Bobby und Benny viele Spaziergänge.

Am liebsten fuhr sie nach Blankenese und bestaunte die alten Vorkriegsvillen an den verwinkelten Aufgängen des Treppenviertels. Eine Villa hatte es ihr besonders angetan. Sie war gelb gestrichen. Neben den großzügigen Sprossenfenstern im Erdgeschoss waren dunkle Fensterläden. Das Mansarddach aus Schiefer glitzerte im Sonnenschein. Oft blieb Nele am Gartenzaun stehen, nur um das Haus zu betrachten. Wenn sie einmal sesshaft werden sollte und es sich aussuchen könnte, würde sie dieses Haus als ihr Zuhause wählen.

Stattdessen wohnte sie mit Henner in einer Dreizimmerwohnung. Doch sie hatte es nicht bereut. Sie waren ein eingespieltes Team, und der Sex zwischen ihnen war noch immer aufregend und heiß. Wieder dachte sie an die anonyme Nachricht. Sie musste herausfinden, ob Henner sie wirklich betrog.

Nele verglich sich mit der Kosmetikerin, die noch nie ungeschminkt oder in legerer Kleidung das Haus verlassen hatte, und betrachtete sich im Flurspiegel. Mareike besaß weibliche Rundungen und war nicht so dünn wie sie. Auch trug die Nachbarin eine moderne Kurzhaarfrisur, während Neles rotblonde Locken immer unordentlich wirkten. Mareike war stets stilvoll gekleidet, die Hände perfekt manikürt. Auch beruflich schnitt Nele gegen die Kosmetikerin schlechter ab. Mareike war Unternehmerin mit einem eigenen Laden, während Nele sich mehr schlecht als recht mit Gelegenheitsjobs durchschlug. Doch dann rief sie sich ins Gedächtnis, dass Henner immer ihre Fröhlichkeit und Spontaneität gelobt hatte. Sie kam zu dem Schluss, dass sich der Verfasser der anonymen Nachricht mit ihr einen bösen Scherz erlaubt hatte. Wenn sie den erwischen würde … Doch wer würde so weit gehen? Ihr Nachbar vielleicht? Der dachte, wenn er Zwietracht säte, würde sie mit den Hunden ausziehen? Zuzutrauen wäre es ihm.

»Henner ist mir treu«, sagte Nele und begann mit dem Kochen. Sie suchte Töpfe und Pfannen zusammen, die sie für die Zubereitung brauchte, spülte das Gemüse ab und nahm das Fleisch aus dem Kühlschrank. Sie hatte alles bis ins Detail geplant und war gespannt, was für Augen ihr

Freund machen würde. Heute würde sie Henner beim Heimkommen nackt mit einer Rose in der Hand erwarten. Anschließend würden sie sich unter der Dusche lieben, und das Essen würde den gemeinsamen Abend krönen. Nele lächelte verträumt vor sich hin.

Zuerst wickelte sie das Filet aus dem Papier und legte es auf ein Schneidbrett. Als sie das Gemüse unter dem Wasser abspülte, fiel ihr Blick auf die Asche, die einst die anonyme Nachricht gewesen war. Die Worte hatten sich eingenistet wie ein Parasit. Erneut wallte Wut in ihr auf. Sie nahm ein Hackmesser, um das Fleisch zu teilen. Das größte mit der schärfsten Klinge. Dieser verfluchte Verfasser dieser Nachricht! Wütend hackte sie das Fleisch entzwei. Immer wieder sauste die Klinge hinunter. Anschließend nahm sie eine Zwiebel, der das gleiche Schicksal widerfuhr. Zum Schluss rieb und hackte sie das Gemüse, bis ihre Wut allmählich verebbte.

Nachdenklich betrachtete Nele die Zutaten. Das Filet war nicht mehr in Scheiben wie geplant, sondern glich eher Hackfleisch, Zwiebeln und Gemüse waren in winzige Stücke geteilt. In ihrer Wut und Verzweiflung hatte sie das Essen massakriert. Tränen rannen über ihre erhitzten Wangen. Sie riss ein Blatt vom Küchenpapier ab, schnäuzte und wischte die Tränen fort. *Du bist zu emotional, Nele!* Wie konnte sie sich nur von diesem Wisch so verunsichern lassen! Heute war ein besonderer Tag, den sie sich von keinem verderben lassen wollte. Sie schichtete Fleisch, Gemüse und Zwiebeln in den Bräter und deckte alles zu.

Ob Henner auch daran dachte, dass sie sich auf den Tag genau vor einem Jahr zum ersten Mal begegnet waren? Die Hunde, die sich während ihrer Essensvorbereitungen gelangweilt hatten, wollten wieder in den Garten. Doch der Nachbar werkelte immer noch herum. Nele war noch immer aufgebracht. Bewegung war das Einzige, was ihr nun helfen konnte. Sie beschloss, mit den beiden um den Block zu gehen, bevor sie das Essen in den Backofen schob.

Als sie die Tür zum Hausflur öffnete, drängten Bobby und Benny sich ungeduldig an ihr vorbei und zerrten Nele hinter sich her, die mit einem energischen Ruck an den Leinen die beiden stoppte.

»Hey, was ist denn mit euch los?« Normalerweise warteten die zwei immer brav auf Kommandos. Jetzt winselten sie und wedelten mit dem Schwanz. Irgendetwas war heute anders als sonst. Vielleicht war mal wieder die Nachbarskatze in den Flur gelangt.

Bobby, der stärkere Rüde von beiden, nutzte einen Augenblick von Neles Unachtsamkeit und riss sich los, als sie die Wohnungstür schloss. Winselnd stürmte er, die Leine im Schlepptau, die Treppe hinauf.

»Du kriegst die Katze sowieso nicht!«, rief sie ihm verärgert nach.

Benny jaulte auf, als sie ihn daran hinderte, seinem Bruder zu folgen.

»Was ist denn bloß heute mit euch los? So kenne ich euch nicht!«, rief Nele wütend, während sie ihre Finger fester um Bennys Leine schloss. Das weiße Kraftpaket zerrte, dass es ihr schwerfiel, es zu bändigen. Die Leine schnitt ihr in die Finger. Brennender Schmerz zuckte durch ihre Hand. Unwillkürlich ließ Nele los, und Benny rannte seinem Bruder hinterher. Henner hatte sie bei ihrer Entscheidung, die Hunde zu sich zu nehmen, davor gewarnt, dass so etwas passieren könnte.

»So dünn wie du bist, haben die Hunde leichtes Spiel mit dir und reißen dich um«, waren seine Worte gewesen. Aber sie hatte nicht hören wollen. Normalerweise gehorchten sie aufs Wort.

»Benny! Bobby!« Wütend eilte Nele hinter den beiden die Treppe hinauf. Die Hunde waren zwar im Haus geduldet, aber bei den anderen Mietern nicht gerade beliebt. Weil sie bellten und auf den weißen Fliesen des Eingangsbereichs bei Regenwetter Spuren hinterließen. Es verwunderte Nele, die beiden Hunde winselnd vor Mareikes Haustür vorzufinden.

»Spinnt ihr? Los, wir gehen jetzt nach unten.«

Nele ergriff die beiden Leinen. Doch die Hunde stemmten sich dagegen. Da Mareike keinen Hund besaß, konnte auch keine heiße Hündin der Grund dafür sein. Irgendetwas stimmte nicht. Bobby und Benny hatten oftmals einen außergewöhnlichen Sinn dafür, etwas aufzuspüren. Und sie spürten auch, wenn es einem Menschen schlechtging. Ob Mareike etwas geschehen war? Sie drückte ihr Ohr an die Wohnungstür und lauschte. Gedämpfte Geräusche drangen hindurch. Leises Stöhnen, das sie ängstigte. Entschlossen drückte Nele den Klingelknopf.

Nichts rührte sich, was Neles Sorge zu bestätigen schien und sie Sturm klingeln ließ. Kurz darauf hörte Nele Schritte, und die Tür wurde einen Spaltbreit geöffnet. Es war Mareike, die, wie Nele erkennen konnte, unter dem hauchdünnen Seidenkimono nackt war.

»Ja? Was willst du denn hier, Nele?«

»Bitte entschuldige, ich wollte nicht stören. Aber meine Hunde sind ganz aufgeregt zu deiner Tür gelaufen, und dann habe ich Geräusche gehört und mir Sorgen um dich gemacht.«

»Brauchst du nicht. Bei mir ist alles in Ordnung.« Mareike wirkte verlegen und wollte die Tür wieder schließen.

Bobby und Benny winselten und versuchten, die Tür aufzudrücken.

»Siehst du, sie gebärden sich wie wild. Hast du vielleicht

ein Tier in deiner Wohnung?«, fragte Nele und spähte durch den Türspalt. Mareike zog die Tür etwas weiter auf, was die Hunde als Einladung verstanden. Erneut rissen sie sich los. Ehe Nele es verhindern konnte, stürmten sie in die Wohnung. Mareike riss die Arme hoch, taumelte rückwärts und prallte mit dem Rücken gegen die Wand.

»Bobby! Benny! Kommt zurück!«, rief Nele entsetzt. Mareike zog den locker gebundenen Kimono über ihren nackten Brüsten zusammen.

»Keine Sorge, ich hole die beiden zurück. Sie machen nichts kaputt.« Nele war die ganze Situation sehr peinlich.

»Nein, warte! Das mache besser ich«, erwiderte Mareike. Doch Nele war längst an ihr vorbei und lief durch den Flur zu der Tür, hinter der ihre Hunde verschwunden waren. Nele war so wütend auf die beiden. Als sie die Tür erreichte und ins Zimmer schaute, saßen die beiden auf dem Bett und begrüßten überschwänglich einen Mann. Bei dem Anblick wurde Neles Kehle rau und eng.

Nele dämmerte, dass sie sich in Mareikes Schlafzimmer befand. Der nackte Mann im Bett, der sie aus weit aufgerissenen Augen anstarrte, war kein anderer als ihr Freund Henner. »Bobby! Benny! Hier!«, befahl sie heiser. Wider Erwarten gehorchten die beiden und kamen schwanzwedelnd auf sie zu.

Die anonyme Nachricht … Ihre Zweifel wurden zur Gewissheit. Sie hatte das Gefühl, in einen Abgrund zu stürzen.

»Henner … du …«, stieß sie hervor. Die Enttäuschung trieb ihr die Tränen in die Augen.

»Ich kann dir alles erklären, Nele …«, setzte ihr Freund an. Aber sie wollte nichts von ihm hören.

»Spar dir das. Ich weiß, was ich sehe. Wie lange geht das schon mit euch?« Sie wunderte sich selbst, wie fest ihre

Stimme plötzlich klang, während ihre Welt in diesem Augenblick zerbrach.

»Ein … Vierteljahr«, gestand er kleinlaut. Neles Beine drohten nachzugeben, sodass sie sich am Bettpfosten festhalten musste. Ein Vierteljahr voller Lügen, und sie hatte nichts gemerkt! Wie konnte er ihr das nur antun?

Bevor sie in Tränen ausbrach, machte sie auf dem Absatz kehrt, packte die beiden Hunde am Halsband und stürmte an der bleichen Mareike vorbei aus der Wohnung, ohne sie eines Blickes zu würdigen.

»Nele!« Henners Ruf hallte durchs Treppenhaus.

»Egal. Wir haben sowieso nie zusammengepasst«, hörte sie ihn Mareike erklären.

Henner hatte ihr also die ganze Zeit etwas vorgemacht. Nele wurde übel. Vom Würgereiz überkommen, hustete sie. Als würden die Hunde ihre Traurigkeit spüren, begleiteten sie Nele brav nach unten.

Nachdem die Wohnungstür hinter Nele zugefallen war, ließ sie den Tränen freien Lauf. Schluchzend sank sie auf den Boden. Die beiden Hunde lagerten sich neben sie und leckten ihre Hände. *Ich bin so blind gewesen!* Weshalb hatte sie nichts davon gemerkt? Sie schalt sich eine Närrin, die nichts anderes verdient hatte. Die Hunde legten ihre Köpfe in Neles Schoß und blickten sie aus traurigen Augen an. Sie dachte an ihre Schwester Sandra, die Ähnliches mitgemacht hatte. Damals war Sandra von ihrem Freund Benjamin betrogen worden. Nur hatte sie ihn wenigstens nicht in flagranti erwischt. Deutlich hatte Nele die Verbundenheit zwischen Henner und Mareike gespürt. Da wurde ihr klar, dass diese in ihrer Beziehung längst verloren gegangen war. Der Sex hatte das kaschiert.

Nach einer Weile versiegten die Tränen. Ihre Traurigkeit und Enttäuschung wandelten sich in Wut. Nele rappelte sich auf, ließ die Hunde hinaus in den Garten und kippte fluchend das vorbereitete Essen in den Müll. Anschließend stopfte sie Henners Sachen achtlos in Koffer und stellte sie entschlossen vor die Tür. Danach ging sie mit den Hunden in den nächstgelegenen Park, was sie vorhin schon geplant hatte. Endlich frische Luft, um in Ruhe zu überlegen, was sie machen sollte.

Entgegen ihren Erwartungen fand sie nicht die erhoffte Ruhe. Immer wieder rang sie mit den Tränen. An jeder Ecke traf sie auf Liebespärchen, was ihr den Kummer erst recht bewusst machte.

2.

Joris hatte die Entscheidung schon vor längerer Zeit getroffen. Forschend betrachtete er die Mimik seines Kommandeurs. Enttäuschung zeichnete sich in dessen Miene ab. Joris fühlte sich unbehaglich und saß verkrampft auf dem Stuhl. Er mochte seinen Vorgesetzten und bedauerte es, ihm diese Entscheidung mitteilen zu müssen. Aber er musste an sich selbst denken und endlich die ersehnte innere Ruhe finden.

»Und Sie sind sicher, dass das die richtige Entscheidung ist?« Oberstleutnant Feller sah Joris durch die Brille aus seinen dunklen Augen forschend an. »Sie zählen zu meinen besten Männern und sind ein qualifizierter Ausbilder.«

Das Lob seines Vorgesetzten schmeichelte Joris zwar, aber nur zu deutlich war ihm eine gewisse Hilflosigkeit geblieben. In einigen Stresssituationen war sein Verhalten grenzwertig gewesen. Als Ausbilder musste er kühl und gelassen bleiben, was ihm nicht immer gelungen war. Er hatte sich geschworen, dass das nicht mehr vorkommen durfte. Wenn er schon bei einer Übung versagte, wie sollte er dann in einem echten Krisenfall mit gutem Beispiel vorangehen? Die Kameraden mussten sich auf ihn verlassen können.

Oberstleutnant Feller schaute wieder auf Joris' Entlassungsgesuch, das vor ihm lag. Seine Finger zupften an den Ecken, als wolle er es zerreißen. Auch wenn Joris ihn enttäuschen musste, war es Zeit für Veränderungen. Feller hatte sich stets gerecht und fair verhalten. Da verstand Joris es als seine Pflicht, offen mit ihm zu reden.

Also schüttelte er den Kopf. »Danke für Ihr großzügiges Angebot, das ich sehr zu schätzen weiß. Aber es ist Zeit für mich, neue Wege zu gehen, um meinen inneren Frieden wiederzufinden. Die Therapien haben mir zwar geholfen, aber jetzt brauche ich Zeit. Zeit für mich.«

Der Oberstleutnant seufzte.

»Nichts und niemand kann Sie umstimmen?«

»Nein«, antwortete Joris fest.

»Bedauerlich, sehr bedauerlich. Aber natürlich akzeptiere ich Ihre Entscheidung. Falls Sie es sich doch noch anders überlegen sollten, wissen Sie ja, wie Sie mich erreichen können.« Er legte das Entlassungsgesuch in die oberste Schublade.

Joris hatte für die Suche nach einem neuen Job Urlaub genommen und nicht damit gerechnet, so schnell eine Stelle nach seinen Vorstellungen zu finden. Wenn sein Urlaub endete, würde er nicht mehr zum Militär zurückkehren. Der Einschnitt in sein Leben kam zwar schnell, aber er tat ihm gut.

Joris erhob sich und verabschiedete sich vom Oberstleutnant.

»Ich wünsche Ihnen von Herzen alles Gute, Oberleutnant Münster. Vielleicht schauen Sie mal bei mir oder den Kameraden vorbei. Würde mich freuen.«

Joris nickte nur, er wollte nichts versprechen. Er hoffte, die schrecklichen Ereignisse schneller vergessen zu können, wenn er nicht durch die gewohnte Umgebung daran erinnert wurde.

Es war ein seltsames Gefühl, als Joris die Kaserne verließ, die ihm viele Jahre Heimat gewesen war. In der Kompanie besaß er Freunde, die ihm ans Herz gewachsen waren. Es fiel ihm nicht leicht, alles hinter sich zu lassen.

Er hatte niemandem verraten, welchen Job er jetzt ausübte. Auch nicht dem Oberstleutnant. Nicht weil er sich vor dem Spott der anderen fürchtete, sondern um Abstand zu allem Gewohnten zu gewinnen. Während er als Elitesoldat sein Leben jeden Tag bei einem Einsatz riskiert hatte, führte er nun ein beschauliches Landleben. Sein neuer Job als Schäfer auf dem Heidegut Rosenhagen bereitete ihm Spaß. Per Zufall hatte er die Stellenanzeige im Internet gelesen und sich gleich beworben. Es war sein Glück gewesen, dass der alte Schäfer Gernot und seine ebenso betagte Hündin Senta sich in den wohlverdienten Ruhestand begeben hatten.

Joris kannte sich mit Schafen aus. Früher hatte sein Großvater welche gezüchtet. Von ihm hatte er viel über die Zucht und die Haltung gelernt und sogar schon dem einen oder anderen Lamm auf die Welt geholfen. Außerdem liebte Joris die Natur, und die Ruhe, die die Schafe ausstrahlten, war Balsam für seine traumatisierte Seele. Auch wenn die schrecklichen Erlebnisse schon Jahre zurücklagen, waren sie noch immer präsent wie eh und je. Bilder, die sich unauslöschlich in sein Hirn gebrannt hatten. Wenn er draußen in der Natur bei den Tieren saß, vergaß er die schrecklichen Erlebnisse aus seiner Vergangenheit.

So manch einer seiner Kameraden würde ihn für verrückt erklären, weil er einen gutbezahlten Job aufgegeben hatte. Als Schäfer von Gut Rosenhagen verdiente er nicht die Welt, aber es reichte zum Leben. Er dachte an Lisa, die sicher über ihn den Kopf schütteln würde, wenn sie davon erfuhr, dass er jetzt als Schäfer arbeitete. Dieser Job wäre ein Grund dafür gewesen, ihn nicht zu heiraten. Manchmal träumte Joris von einem normalen Leben, mit einer liebenden Frau an seiner Seite und Kindern. Mittlerweile jedoch hatte er sich damit abgefunden, dass sich dieser Wunsch nie erfüllen würde. Wenigstens hatte er jetzt einen Job, der ihm helfen könnte, wieder in den Alltag zurückzufinden.

Zum ersten Mal nach langer Zeit freute er sich auf seine Zukunft. Auch wenn er sich die Nächte für die Schafe um die Ohren schlagen musste.

Durch seine Einsätze machte es ihm nichts aus, unter freiem Himmel zu schlafen. Unter freiem Himmel … Plötzlich sah er wieder Bilder vor sich, von der schwarzen Wüstennacht mit unzähligen Sternen, die sich wie ein samtenes, mit Diamanten besticktes Tuch über den Hindukusch wölbte. Alle seine Kameraden hatten in ihren Schlafsäcken geschlafen, während er gewacht hatte. Er hatte die Zeichen nicht deuten können. Vielleicht wäre dann alles anders gekommen. Die Erinnerungen und vertrauten Schuldgefühle stiegen wieder an die Oberfläche. Seine Hände begannen zu zittern, und sein Herz raste. Wie immer in solchen Momenten wurde er von einer Unruhe erfasst, die es ihm unmöglich machte stillzusitzen.

»Sie wollen vor Ihren Erinnerungen davonrennen«, hörte er wieder den Therapeuten sagen, als stünde er neben ihm. Doch rennen half ihm. Wenn er jeden Muskel seines Körpers schmerzhaft spürte und kaum noch Luft bekam.

»Joris, du machst mir Angst«, hatte seine Exfreundin Lisa zu ihm gesagt, als er, von der Unruhe getrieben, lange durch den Wald gelaufen oder mal wieder von einem Albtraum heimgesucht worden war. »Ich kann das nicht mehr ertragen, Joris. Du brauchst professionelle Hilfe. Vielleicht wäre der Aufenthalt in einer psychiatrischen Klinik hilfreich«, hatte sie ihm vorgeschlagen.

Ihre Worte hatten ihn sehr verletzt. »Alles braucht seine Zeit!«, hatte er sie wütend angeschrien.

»Es ist nicht nur die Zeit … Deine Albträume … du bist launisch und unberechenbar, Joris. Ich möchte aber ein geordnetes Leben mit einem Mann, der nicht …«

»Plemplem ist, meinst du?«, war er ihr ins Wort gefallen.

»So habe ich das doch gar nicht gemeint, Joris«, hatte sie versucht, sich herauszureden.

Anschließend hatte er sich von ihr getrennt. Seitdem nagten die Selbstzweifel mehr denn je an ihm. Als Afghanistanveteran fühlte er sich unvollkommen, nicht mehr den Menschen um sich herum zugehörig. Auch weil er eine Schuld mit sich trug. Joris dachte an seine beiden Kameraden, die nach einem schweren Trauma in eine Klinik eingewiesen und mit Psychopharmaka bombardiert worden waren. Nach seinem ersten Besuch bei ihnen spürte er, dass sie nicht mehr dieselben waren. Nichts schien sie zu interessieren, zu berühren, weder Freude noch Leid. Körperlich waren sie anwesend gewesen, ihr Geist jedoch hatte in einer anderen Welt geweilt. Ein Zustand, der über ein Jahr angedauert und Joris zutiefst erschreckt hatte. Vor einem Monat waren sie nach Hause entlassen worden. Auf den ersten Blick hatten sie normal gewirkt. Aber ihre Phobien waren nicht weniger geworden, und ihre Depressionen hielten an. So bekamen sie weitere Psychopharmaka verschrieben. Kreislauf des Wahnsinns, so hatte es einer seiner Kameraden bezeichnet.

Auf keinen Fall wollte Joris das Gleiche durchmachen. Er fühlte sich stark genug, sein seelisches Tief allein und aus eigener Kraft zu überwinden. Dafür brauchte er genügend Zeit und Ruhe.

In der Lüneburger Heide kehrte er wieder zu seinem eigentlichen Ich zurück. Alles Schreckliche, was er erlebt hatte, schien dort weit weg zu sein. Er fühlte sich einsam und wünschte, es wäre jemand da, der seine Ängste verstand. Jemand, mit dem er seine Gedanken teilen konnte. Das hätte ihn erleichtert. Aber niemand war da, um ihm zuzuhören.

Er musste den Feind in seinem Innern allein besiegen. Entschlossen stieg er in seinen Wagen.

3.

Als Nele am frühen Nachmittag vom Spaziergang zurückkehrte, stand Herr Weber, der Vermieter, vor der Tür und blickte ihr mit finsterer Miene entgegen. *Der nicht auch noch! Soll sich heute alles gegen mich verschworen haben?* Sie stöhnte innerlich auf, denn wenn der Vermieter sie persönlich aufsuchte, verhieß das nichts Gutes. Bestimmt hatte sich wieder jemand über ihre Hunde beschwert. Vielleicht der Gartennachbar.

»Guten Abend, Herr Weber«, begrüßte sie ihn. »Warten Sie auf mich?«

»Auf wen denn sonst?«, antwortete er patzig. Neles Magen zog sich zusammen.

»Wenn sich die Nachbarn über meine Hunde beschwert haben …«

»Als wenn es das nur wäre, Frau Gercke.«

Bei seinem verärgerten Tonfall verkrampfte sich ihr Magen noch mehr.

Nele wurde schwindlig.

Herr Weber griff in die Brusttasche seiner Jacke und reichte ihr einen Umschlag. »Hier die Kündigung. Zu sofort. Das ist mein gutes Recht.«

»Aber das können Sie doch nicht machen. Es gibt so was wie Mieterschutz.«

»Und ob ich das kann, nachdem Sie meinen schriftlichen Aufforderungen nicht nachgekommen sind.«

Nele verstand nur Bahnhof.

»Was denn für Aufforderungen?«

»Nun tun Sie nicht, als wüssten Sie nicht, wovon ich spreche«, blaffte er sie an.

Benny und Bobby knurrten Herrn Weber an.

Das konnte doch nicht wahr sein. Nicht genug, dass sie Henner heute verloren hatte, nun war sie auch noch ihre Wohnung los. So grausam konnte das Schicksal es nicht mit ihr meinen oder?

»Weiß ich wirklich nicht«, gestand sie offen.

»Sie haben die Mahnungen ignoriert.«

Nele fühlte sich, als würde ihr jemand den Boden unter den Füßen wegziehen. Sie wusste nichts von Mahnungen. Dann erinnerte sie sich daran, dass Henner immer ganz heiß darauf gewesen war, die Post zu holen. Angeblich hatte er auf eine Seminarbestätigung gewartet. Er musste die Mahnungen abgefangen haben.

»Ich habe keine gesehen. Das müssen Sie mir glauben, Herr Weber«, antwortete sie mit belegter Stimme.

»Gar nichts glaube ich Ihnen. Packen Sie Ihre Sachen, nehmen Sie die Hunde und verschwinden Sie!«, brüllte er sie an.

»Das können Sie doch nicht machen! Wo soll ich denn hin?«, protestierte Nele und kämpfte gegen die aufsteigende Übelkeit.

»Und ob ich das kann. Ist mir egal, wohin Sie gehen. Wissen Sie eigentlich, dass fast täglich Beschwerden über Sie und Ihre Hunde bei mir eingehen? Nicht nur dass die beiden Köter oft während der Ruhezeiten bellen. Ich habe auch noch deren Hinterlassenschaften im Hausflur gefunden«, meckerte er. »Zwei Mieter wollten deshalb sogar kündigen!«

»Aber das ist doch nur ein einziges Mal gewesen. Eine Ausnahme. Wegen der Impfung. Ich wollte es ja gerade wegräumen, als Sie ins Haus gekommen sind«, verteidigte sich Nele verzweifelt. Verdammt! Sie brauchte ein Dach über dem Kopf. Es war schwer, in der Großstadt eine geeignete Wohnung zu finden, in die auch die beiden Hunde einziehen durften. Henner und sie hatten lange suchen müssen.

»Ich will mit Ihnen nicht mehr diskutieren, Frau Gercke. Die Miete der letzten beiden Monate sind Sie mir noch schuldig. Sie bekommen Post von meinem Anwalt, der die Forderungen für mich einklagen wird. Jetzt reicht es mir!«

Nele glaubte, sich verhört zu haben.

»Mein Freund hat mir gesagt, dass er die beiden Monate bezahlt hätte«, erwiderte sie.

»Hat er aber nicht. Außerdem, was interessiert mich Ihr Freund? Sie haben den Mietvertrag unterschrieben, nicht er!«

Die Antwort von Herrn Weber war schlimmer als eine Ohrfeige. Sie hatte den Mietvertrag damals tatsächlich allein unterschrieben.

Henner hatte ihr angeboten, zwei Mietzahlungen zu übernehmen, damit sie das Auto abbezahlen konnte. Er hatte sie also auch da angelogen. Nele war geschockt.

»Sie können mich doch nicht einfach auf die Straße setzen! Wo soll ich denn so schnell eine Bleibe finden?«

»Ihr Problem, Frau Gercke. Ich lasse Ihnen großzügig bis morgen zehn Uhr früh Zeit, ihre Habseligkeiten aus der Wohnung zu schaffen. Und richten Sie das auch Ihrem Freund aus. Wenn nicht, werde ich die Polizei bemühen müssen. Schönen Tag noch.« Mit diesen Worten wandte er sich ab und eilte davon.

Heute hatte sich alles gegen sie verschworen!

Wie gelähmt schaute Nele ihm nach. Jetzt hatte sie auch noch ihr Zuhause verloren. Es gab niemanden in Hamburg, bei dem sie unterkommen konnte, nicht einmal für eine Nacht. Freunde besaß sie nur wenige, und die wohnten Tausende von Kilometern entfernt. Wo sollte sie denn bleiben mit den Hunden? Morgen musste sie eine Wohnung suchen. Wenn sie nicht zur Arbeit erscheinen würde, wäre sie obendrein noch ihren Job los. Ohne geregeltes Einkommen würde ihr auch keiner eine Wohnung vermieten. Kurz überlegte sie, einen Anwalt aufzusuchen, verwarf den Einfall jedoch gleich wieder, denn sie konnte ihn nicht bezahlen. Deprimiert ging sie mit den Hunden in die Wohnung und packte ihre Sachen. Ihre wenigen Habseligkeiten passten in zwei Koffer und eine Reisetasche. Eine weitere Tasche füllte sie mit den Hundeutensilien. Bobby und Benny saßen die ganze Zeit brav im Wohnzimmer und verfolgten jeden ihrer Schritte. Hier würde sie keine Nacht mehr bleiben. Unter einem Dach mit diesem verlogenen Henner!

Anschließend ging sie allein hinauf zu Mareikes Wohnung und klingelte. Henner musste sich an den Kosten beteiligen. Wieder war es die Kosmetikerin, die ihr öffnete.

»Ich muss mit ihm sprechen«, forderte Nele.

Mareike wandte sich um. »Henner, komm mal! Sie will dich sprechen«, rief sie in den Flur.

Nur wenige Atemzüge darauf erschien Henner. Keine schuldbewusste Miene, kein warmer Glanz in seinen Augen. Nele kämpfte gegen die aufsteigenden Tränen.

»Was willst du?«

In knappen Sätzen berichtete sie ihm von ihrem Gespräch mit dem Vermieter.

»Na und? Dein Problem.« Henner zuckte mit den Achseln und wollte sich abwenden. Nele sprang vor und packte ihn am Arm.

»So leicht kommst du mir nicht davon. Du hast genauso in der Wohnung gewohnt wie ich. Du kannst mich jetzt nicht hängenlassen. Immerhin hattest du versprochen, die beiden Monatsmieten zu zahlen!«

Derb riss er sich los. »Gar nichts habe ich versprochen!«

Sie zuckte bei seiner Lüge zusammen, als hätte er sie geschlagen.

»Außerdem steht dein Name im Mietvertrag, nicht meiner! Du wolltest die Wohnung wegen der Hunde. Also musst du allein klarkommen. Und jetzt lass mich in Ruhe!«

Nele trat einen Schritt zurück. Das war nicht der liebevolle Henner, den sie kennen- und lieben gelernt hatte. Dieser Henner war egoistisch und ohne Mitgefühl.

Er hatte sie nicht geliebt.

»Du hast mir also die ganze Zeit etwas vorgemacht!«, warf sie ihm vor. »Und hattest nicht den Mumm, mir zu sagen, dass es aus ist zwischen uns. Was bist du nur für ein feiges, verlogenes Arschloch! Und jetzt gib mir deinen Wohnungsschlüssel«, forderte sie.

»Und wo soll ich schlafen?«

»Na, bei Mareike natürlich. Du hast ja das Bett schon vorgewärmt. Den Schlüssel.« Henner kniff die Lippen zusammen. Ungeduldig streckte sie ihm die Hand hin. *Wenn ihr doch bloß nicht so elend zumute wäre!*

»Aber ich muss noch meine Sachen rausholen.«

»Kannst du dir sparen. Sie stehen bereits im Treppenhaus. Und jetzt gib mir endlich den Schlüssel!«

Er griff in seine Jeanstasche, zog das kleine Schlüsselbund heraus und reichte es ihr.

Das war es also. Nele schluckte, nahm die Schlüssel und wandte sich hastig um. Dann eilte sie aus Mareikes Wohnung.

Unten steckte sie die Schlüssel in einen Briefumschlag, den sie in den Kasten für Mitteilungen für den Vermieter warf.

4.

Als alles in ihrem alten Wagen verstaut war, einschließlich der Hunde, setzte Nele sich hinters Steuer.

»Auf Nimmerwiedersehen«, sagte sie und blickte mit einem bitteren Lächeln zu den Fenstern von Mareikes Wohnung hinauf. Nele konnte nicht mehr weinen. Sie fühlte sich leer und ausgebrannt.

Es gab nur einen einzigen Menschen, der sie verstehen konnte. Nele nahm ihr Handy und wählte Sandras Nummer.

Sie brauchte nicht lange zu warten, bis ihre Schwester den Anruf entgegennahm.

»Sandra Gercke.«

»Hi, Sandy, ich bin's.« Nele versuchte, so normal wie möglich zu klingen.

»Hallo, Schwesterherz, schön, von dir zu hören. Wie geht es dir denn? Bist du noch immer in Deutschland?«

Die vertraute Stimme zu hören, tröstete sie. Fast hätte sie ihrer Schwester alles gebeichtet.

»Ja, klar. Stell dir vor, ich bin zufällig beruflich in Hamburg und dachte mir, ich könnte vielleicht einen Abstecher zu euch machen. Gewährst du deiner Schwester Asyl, oder muss ich mir eine Unterkunft suchen?«

Bitte, bitte, lass Sandra Ja sagen, flehte sie im Stillen. *Eine bessere Ausrede ist dir nicht eingefallen! Beruflich in Hamburg*, höhnte ihr Gewissen. Aber Nele schämte sich zu sehr. Sandra würde sicher über sie den Kopf schütteln, wenn sie davon erfuhr, wie Henner sie betrogen und belogen hatte, ohne dass sie etwas davon gemerkt hatte. Und wenn ihr Vater von allem erfuhr, wäre sie seinem Spott ausgesetzt. Ihre Finger trommelten auf dem Lenkrad, während sie auf die Antwort ihrer Schwester wartete.

»Natürlich bist du uns jederzeit willkommen.«

Auf diese Antwort hatte sie gewartet. Nele ballte triumphierend die Faust. Die beiden Hunde verschwieg sie ihrer Schwester, bevor Sandra es sich noch anders überlegte. Wenn ihre Schwester Benny und Bobby erst einmal sah, würde sie bestimmt dahinschmelzen. Sandra liebte Tiere genauso wie sie.

»Was machst du denn jetzt jobmäßig?«, fragte Sandra. Nele wollte sich nicht noch tiefer in Lügen verstricken.

»Du, das erzähle ich dir alles in Ruhe, wenn ich da bin. In knapp zwei Stunden könnte ich bei euch im Gutshaus sein.«

»Halt!«, rief Sandra am anderen Ende, als Nele gerade das Telefonat beenden wollte.

»Ja?«

»Rick und ich wohnen nicht im Gutshaus. Wir wohnen jetzt in der alten Fuhrwerkscheune«, erklärte Sandra.

Nele war ein wenig enttäuscht, denn sie hatte sich im elterlichen Gutshaus bei ihrem letzten Aufenthalt sehr wohlgefühlt und gehofft, in ihrem alten Zimmer schlafen zu können. Andererseits war sie gespannt, was ihre Schwester und deren Lebensgefährte aus der baufälligen Scheune gemacht hatten.

»Wir haben auch ein kuscheliges Zimmer für dich«, versprach ihre Schwester.

»Und wer wohnt jetzt im Gutshaus?«, hakte Nele nach.

»Papa natürlich. Er toleriert mein Zusammenleben mit Rick. Aber ein Gercke und ein Koopmann unter demselben Dach, das wäre nie gut gegangen. Ansonsten komme ich mit Papa gut aus.«

Nele verstand und war erleichtert, dass sie ihrem Vater nicht begegnen musste, der sie mit Fragen bombardiert hätte. Er besaß einen sechsten Sinn und hätte sicher gleich bemerkt, dass etwas nicht stimmte.

»Prima. Ich freue mich auf dich, Sandy.«

»Ich mich auf dich auch, Nele.«

5.

Nachdem er seinen Dienst beim Militär quittiert hatte, fühlte Joris sich wie befreit. Als wäre eine Last von seinen Schultern gefallen. Jetzt waren es nur noch wenige Kilometer bis Suderdorf. Unterwegs hatte er sich an der Tankstelle ein Stück Kuchen für den Nachmittag gekauft, das er gleich zu Hause genießen wollte. Zu Hause. Das war nun das Blockhaus im Wald von Rosenhagen.

Er mochte es und freute sich darauf. Friedrich Gercke hatte die alte baufällige Jagdhütte im vergangenen Jahr durch das recht moderne Blockhaus ersetzen lassen. Es erinnerte Joris an die Wanderhütten in der kanadischen Wildnis. Die Inneneinrichtung war behaglich, mit Fellen und Wildfotos an den Holzwänden. Ein gusseiserner Kaminofen spendete an kalten Tagen ein wenig Wärme. Es besaß sogar ein Bad. Vor allem vermittelte ihm das Blockhaus ein Gefühl von Geborgenheit, das er schon lange nicht mehr verspürt hatte.

Es lag so abgeschieden, dass er seine Ruhe hatte. Nur zweimal hatte sich ein Tourist dorthin verirrt. Sein Vorgänger, Schäfer Gernot, hatte sich geweigert, in der Abgeschiedenheit zu leben, und sich stattdessen in einer privaten Pension neben der örtlichen Gastwirtschaft einquartiert.

Joris jedoch gefiel das Leben in der Einsamkeit. Wenn er sich mit jemandem unterhalten wollte, gab es schließlich das Internet. Wenn es nicht schwankte, was leider oft vorkam. Wenn er hinter sich die Tür schloss, sperrte er gleichzeitig den Rest der Welt und seine Erinnerungen aus. Dann war er nur noch Joris, der einsame Schäfer.

Ein Traktor fuhr vor ihm her. Der Gegenverkehr zwang

Joris, eine Weile hinter dem landwirtschaftlichen Fahrzeug zu bleiben. Rechts und links rahmte die Heide die Straße ein.

Die Heideblüte hatte ihren Höhepunkt längst überschritten. Die Purpurfarbe war in ein Violett gewechselt. Durch das geöffnete Fenster drang der würzige Duft von feuchter Erde und Wacholder. Wohin er auch schaute, erstreckte sich zu beiden Seiten die Heide, die jetzt zum Ende der Hauptblüte in einem schwachen Violett schimmerte. Der Anblick besaß etwas Beruhigendes, und in ihm stieg die Vorfreude auf die Natur und die Schafe.

Nach der Heide folgte ein bewaldeter Teil. Der Traktor bog zu seiner Erleichterung ab. Bis zum Waldweg, der zum Blockhaus führte, war es nicht mehr weit. Er zweigte an einem Holzschild ab, auf dem das Bild einer Hütte eingeschnitzt war. Das Symbol für das, was er jetzt sein neues Zuhause nannte. Joris fuhr in scharfen Serpentinen die Anhöhe hinauf. Die Fichten rauschten im Wind. Er war froh über den Geländewagen, der zu seiner Ausrüstung gehörte. Selbst bei Matsch bewältigte er den Weg nahezu mühelos. Er parkte den Wagen direkt vor dem Blockhaus. Tief atmete Joris die Waldluft ein, eine Mischung aus Waldmeister und wildem Knoblauch. Gleich hinter dem Haus auf der Lichtungswiese weideten die Schafe. Friedrich Gercke besaß eine stattliche Herde von etwa hundert Tieren, darunter zwei Dutzend Lämmer.

Nachdem Joris geparkt hatte, lief er ins Blockhaus und kochte sich einen starken Kaffee. Anschließend begab er sich mit der Thermoskanne und dem Stück Kuchen zur Wiese. Die Sonne schien an diesem Tag warm auf ihn herab. Der Nachmittag eines Spätsommertags.

Joris war für alle Wettereventualitäten bestens ausgerüstet. Ein Relikt des Überlebenstrainings in der Armee. Am

Wiesenrand hatte er für sich einen Unterstand gezimmert, der ihn vor Wetterkapriolen schützte. Die Tiere befanden sich in einem mobilen Gatter, bestehend aus Holzpflöcken und gespannten Netzen. Wie jeden Tag kontrollierte Joris die Schafe auf Verletzungen. Zur Nacht trieb er die Herde in einen Pferch, den er aus Holz gezimmert hatte. So leicht konnte kein Schaf ausbrechen. Zum Glück hatte Friedrich Gercke ihm freie Hand gelassen.

Joris aß den Kuchen und schritt den Zaun ab. Er hatte schon drei Viertel umrundet, als er beschädigte Pflöcke entdeckte. Prüfend beugte er sich hinunter und inspizierte das Holz. Ein Pfosten wies Kratzspuren auf und war an einer Stelle gesplittert. Ein Büschel graues Fell haftete im Spalt. Grübelnd drehte er es zwischen den Fingern. Ein Fellbüschel ähnlicher Struktur hatte er schon einmal in der Hand gehalten. In der Wüste Afghanistans. Von einem Goldschakal. Dieses hier jedoch war grauer. Der Holzpfahl war an einer Stelle feucht. Er erschnupperte den typischen Geruch eines Raubtieres, das markiert hatte. Sollte wirklich etwas dran sein an den Gerüchten im Ort, dass der Wolf aus dem Vorjahr zurückgekehrt war? Dann schwebte die Schafherde in Gefahr, und er musste auf der Hut sein. Er steckte das Fellbüschel ein, um es seinem Chef zu zeigen und seinen Verdacht mitzuteilen. Er würde ihm vorschlagen, die Schafe zu den Wiesen am Gut hinunterzutreiben.

Joris beschloss, zum Gutshaus zu fahren, bevor die Dunkelheit hereinbrach. Er würde die heutige Nacht bei den Schafen mit dem Nachtsichtgerät und dem Gewehr verbringen.

Entschlossen stieg Joris eine halbe Stunde später in seinen Wagen, um Friedrich Gercke von seiner Entdeckung zu berichten.

Vor dem Gutshaus blieb er eine Weile im Wagen sitzen und ordnete seine Gedanken, bevor er dem Gutsherrn gegenübertrat. Sein Chef war manchmal eigen in seinen Entscheidungen.

Er zuckte zusammen, als jemand unerwartet an die Scheibe klopfte. Es war sein Chef Friedrich Gercke, dessen weißer Bart in der Sonne silbrig leuchtete.

»Wollten Sie etwa zu mir?«, fragte er durch die geschlossene Scheibe. Joris ließ per Knopfdruck das Fenster herunter.

»Guten Tag, Herr Gercke, ja, ich wollte zu Ihnen.«

Friedrich Gerckes Mundwinkel zogen sich nach unten. »Ich will gerade angeln gehen.«

Joris ließ sich von der barschen Art seines Chefs nicht abschrecken. In der Kompanie hatte oft ein rauer Ton geherrscht.

»Es ist wirklich dringend«, beteuerte er und verließ den Wagen.

»Na, dann kommen Sie. Ich hoffe, es ist wichtig.« Friedrich Gercke wandte sich um und lief zum Haus zurück. Den Kescher und die Angelrute legte er auf die Bank vor dem Eingang.

Joris folgte ihm. Es war das erste Mal, dass er das Gutshaus betrat.

Die Diele war beeindruckender, als Joris sie sich vorgestellt hatte. Das Fachwerk war sichtbar, die Zwischenräume mit einem weißen Rauputz versehen. Die riesige Erntekrone, die von der Holzbalkendecke herunterbaumelte, musste eine Heidenarbeit gewesen sein.

Der Gang seines Chefs war schleppend, der Atem keuchend. Joris wusste von seiner Herzschwäche und verspürte Mitleid. Trotz der mürrischen Art mochte er ihn.

Friedrich Gercke führte ihn ins Herrenzimmer, in dem

neben einem Aktenschrank ein klobiger Eichensekretär stand. Zahlreiche Jagdtrophäen hingen an den Wänden. Der Keilerkopf war besonders prächtig. Als Kind hätte Joris sich sicher in diesem Raum geängstigt. Die Bezeichnung Herrenzimmer fand er antiquiert, doch sie passte zu Friedrich Gercke, der sehr viel Wert auf Traditionen legte. Der Raum wirkte trotz der drei Fenster düster, was sicher der dunklen Decke und Vertäfelung zuzuschreiben war. Gercke deutete mit der Hand auf einen der beiden Ledersessel neben dem Sekretär. Joris folgte der stummen Aufforderung und setzte sich.

»Also, was gibt's, das nicht warten kann?«, kam sein Chef gleich zur Sache.

Joris zog das Fellbüschel aus der Tasche, das am Schafzaun geklemmt hatte, und legte es auf den Sekretär. Friedrich Gerckes Brauen schossen nach oben.

»Ja, und? Wildschweine treiben sich häufig da oben rum«, sagte er und sah Joris zweifelnd an, als wolle er mit ihm einen Scherz treiben.

»Das Fellbüschel stammt von keinem Wildschwein«, widersprach Joris. »Sondern von einem Wolf. Ich bin mir da ziemlich sicher.«

Friedrich Gercke riss die Augen auf. In seiner Miene spiegelte sich zunächst Ungläubigkeit wider. Doch dann begann er zu lachen und machte Joris wütend. Am liebsten wäre der Schäfer aufgesprungen und aus dem Raum gestürmt.

»Der Holzpfahl, an dem ich das Büschel gefunden habe, war eindeutig markiert«, erklärte er stattdessen.

»Das glauben Sie doch selbst nicht!«, fiel ihm sein Arbeitgeber ins Wort. »Seit über einem Jahr hat sich kein Wolf mehr hier blicken lassen. Larsen hätte das gemeldet.«

»Larsen?«, fragte Joris.

»Dieser … Wolfsforscher«, erklärte Friedrich Gercke.

Joris erinnerte sich daran, einmal einen Bericht von Larsen in einem der einschlägigen Naturmagazine gelesen zu haben.

»Mag sein. Aber ich bin mir ziemlich sicher, dass das Büschel einem Wolf gehört. Das kann man untersuchen lassen.«

Sein Chef winkte ab. »Der Revierförster wird sich darum kümmern. War's das?«

Wütend sprang Joris auf. »Sie glauben mir nicht? Und wenn ich recht behalte? Zur Sicherheit sollten die Schafe auf die Wiesen unten am Gut getrieben werden.«

»Nun verbreiten Sie keine Panik. Die Schafe bleiben oben!«, donnerte Friedrich Gercke und lief rot an.

»Und wenn der Wolf Ihre Schafe reißt?«, entgegnete Joris. Die Ignoranz seines Chefs ärgerte ihn.

»Es gibt hier keinen Wolf! Und jetzt stehlen Sie mir nicht meine kostbare Zeit.«

Joris spürte, dass sein Chef diesem Thema heute nicht zugänglich war. Sicher war er sauer, dass er ihn vom Angeln abgehalten hatte. Deshalb gab Joris auf, ihn zu überzeugen.

»Hoffentlich haben Sie recht!«, stieß er hervor, bevor er enttäuscht herumwirbelte und aus dem Gutshaus stürmte.

Dieser verdammte, alte Sturkopf!

Die Eingangstür flog krachend hinter ihm ins Schloss. Joris war fest entschlossen, die Schafe zu verteidigen.

6.

Suderdorf stand auf dem Ortsschild, dessen Gelb im Licht der untergehenden Sonne golden leuchtete. Es war schon ein komisches Gefühl, nach Monaten wieder in ihre Heimat zurückzukehren. Nele bemerkte, dass sich seit ihrer Abreise einiges im Ort verändert hatte. Der Tante-Emma-Laden war fort. Stattdessen gab es am Marktplatz einen kleinen Supermarkt. Auch die Bank am Park, in die sie und ihr erster Freund Steffen ihre Initialen ins Holz geritzt hatten, existierte nicht mehr. Es war gut, wenn sie in der Welt herumkam und ihr die Veränderungen in der Heimat erspart blieben.

Es dämmerte bereits, als sie an dem Schild vorbeifuhr, das zum elterlichen Gut wies. Weil hinter ihr kein anderer Wagen auf der Straße fuhr, hielt Nele mit laufendem Motor am Straßenrand an und ließ die Hunde kurz aussteigen, damit sie sich erleichtern konnten. Währenddessen ließ sie den Blick schweifen. Im Frühjahr breitete sich die Heide wie ein grüner Teppich aus. Hier und da ragten eine Birke oder ein Wacholder heraus. Anfang August zur Heideblüte öffneten sich die winzigen Blüten und verwandelten das Grün in Purpur. Gegen Ende der Heideblüte verloren die Pflanzen ihr Feuer und schimmerten in violetten Tönen. Doch sie liebte diesen Wandel.

Von hier aus konnte sie zwischen den dichtbelaubten Bäumen die Reetdächer von Gut Rosenhagen erkennen. Ein wehmütiges Gefühl erfasste sie, dass sie sich entschloss, ein Stück weit die Auffahrt zum Gut entlangzufahren. Sie wollte einfach nur sehen, ob sich hier auch etwas verändert hatte nach ihrem letzten Besuch. *Jetzt wirst du ganz schön sentimental!*

Sie ließ die Hunde wieder in den Wagen und schnallte sie am Geschirr fest.

Im Schritttempo fuhr sie die Birkenallee entlang. Im Zwielicht glänzten die weißen Stämme silbrig. Zwischen den Birken war die dahinterliegende Heide zu erkennen. Sie fuhr bis ans Ende der Allee. Auf der Fahrerseite lagen die gutseigenen Wiesen, auf denen die Pferde und die Schafe ihres Vaters Tag und Nacht grasten. Zu Neles Erstaunen war das Grün verwaist. Unwillkürlich musste sie an Sandras Hotelprojekt denken und konnte sich gut vorstellen, dass die Tiere von Frühling bis Herbst im Sudergrund verbrachten. Sie würde Sandra gleich nachher fragen.

Der leichte Wind wehte den typisch würzigen Heidegeruch durchs geöffnete Fenster herein. Zwar war er nicht mehr so intensiv wie während der Blüte, aber es roch nach Vertrautem, nach Heimat. Eine unerklärliche Sehnsucht überkam Nele, barfuß über die Wiesen zu streifen und den Trampelpfaden, die sich durch die Heide schlängelten, zu folgen. Sie ließ das Autofenster herunter und hörte das leise Rascheln der Gräser im Wind und das Quaken der Frösche vom benachbarten Weiher.

Im Sommer hatte das Fenster ihres Kinderzimmers immer offen gestanden. Als Kind hatte sie sich in der Dunkelheit gefürchtet und auf dem Nachtlicht neben ihrem Bett bestanden. »Du brauchst dich nicht zu fürchten, Nele«, hatte Tante Mia ihr damals erklärt. »Hörst du die Frösche und Grillen am Teich und auf der Wiese? Ihr Konzert wiegt dich sanft in den Schlaf. Du bist nicht allein. Die Natur wacht über dich.«

Das hatte Nele damals tatsächlich getröstet. Noch heute schlief sie im Sommer immer bei offenem Fenster. Während der Sommernächte in Paraguay hatten sie und Juan draußen auf der Veranda in der Hängematte geschlafen, weil es im nichtklimatisierten Haus zu heiß gewesen war. Die Zikaden hatten sie in den Schlaf gezirpt. In der Altonaer Wohnung hingegen musste das Fenster geschlossen bleiben, um den Verkehrslärm auszuschließen. Erst jetzt war ihr bewusst, wie sehr sie die Stille und Natur der Heide in der Großstadt und in der Ferne vermisst hatte.

Benny und Bobby winselten. Sicher wollten sie sich bewegen. Die kurze Auszeit der Erleichterung reichte nach der langen Fahrt nicht aus. Aber sie vertröstete die beiden auf später, denn sie befürchtete, ihrem Vater auf dem gewohnten Abendspaziergang zu begegnen.

»Ihr müsst noch eine kleine Weile durchhalten, Jungs.«

Neles Magen knurrte. Bestimmt verspürten die Hunde auch Hunger. Trotz der stundenlangen Warterei im Stau hinter Hamburg waren sie erstaunlich ruhig. Nele wendete den Wagen und fuhr die Auffahrt zurück zur Hauptstraße. Wenig später bog sie in den asphaltierten Weg ein, dessen Nutzung nur für landwirtschaftliche Fahrzeuge erlaubt war.

Es wurde rasch dunkel, als Nele dem von Sandra beschriebenen Weg folgte. Inmitten der Heide gab es keine Straßenlaternen. Durch die dichte Wolkendecke drang auch kein Mondlicht. Nele schaltete das Fernlicht ein und fuhr im Schritttempo. Die Gegend rund um das heimatliche Gut war sehr wildreich. Es kam nicht selten vor, dass ein Reh beim Wildwechsel von einem Wagen erfasst wurde. Der asphaltierte Weg zog sich schurgerade und scheinbar endlos dahin. Konzentriert schaute Nele durch die Windschutzscheibe und hoffte, dass kein Wild auf den Weg sprang. Als Kinder waren sie quer über die Heide zur Scheune gelaufen, um dort Verstecken zu spielen. Wenn ihr Vater davon gewusst hätte, wäre ihnen eine Strafe sicher gewesen, denn es war ihnen verboten gewesen, über die Heidefläche zu laufen. Nach einer Weile erreichte Nele eine Gabelung. Diese hatte Sandra mit keinem Wort erwähnt. War sie etwa falsch? Im Gedächtnis ging sie noch einmal die Wegbeschreibung ihrer Schwester durch. Die half ihr nicht weiter. In welche Richtung sollte sie nun fahren? Kein Hinweisschild, und das Navi versagte hier auch. Wenn sie sich recht erinnerte, musste sich die Scheune irgendwo links von ihr befinden. Also bog Nele nach links ab. Die Bäume zu beiden Seiten der Straße wurden dichter. Irgendwann endete der asphaltierte Weg und mündete in einen Waldweg, den eine Schranke versperrte. Hier war sie bestimmt nicht richtig.

Neles Orientierungssinn war noch nie zufriedenstellend gewesen. Wenn sie nur daran dachte, wie oft sie sich in Paraguay verfahren hatte! Seufzend blickte sie sich um. Das Gutshaus musste hinter ihr liegen. Andererseits grenzte der Wald direkt an den Gutspark. Demnach wäre sie im Kreis gefahren. Nele war verwirrt. In der Dunkelheit fand sie sich einfach nicht zurecht. Hatte sie vielleicht ein Schild übersehen? Vor der Schranke wendete sie vorsichtig den Wagen auf dem feuchten Waldboden. Nele fühlte sich erschöpft und sehnte sich danach, endlich bei ihrer Schwester anzukommen. Vor Hunger war ihr schon ganz flau im Magen. Sie zog die Handbremse an, beugte sich zum Beifahrersitz und kramte in ihrer Handtasche nach etwas Essbarem. Irgendwo musste sie noch einen Schokoriegel haben. Während sie den Inhalt ihrer Handtasche durchwühlte, begannen die Hunde plötzlich zu knurren. Nele richtete sich auf und schaute nach vorn. Zunächst konnte sie nichts erkennen, bis zwei Punkte vor ihr aufleuchteten. Vor ihr befand sich ein Tier, dessen Augen das Scheinwerferlicht reflektierten. Es stand reglos mitten auf dem Weg. Bobby und Benny bellten jetzt wie verrückt. Nele löste die Handbremse und rollte im Leerlauf bergab. Das Tier trabte zurück in den Wald. Ihre Hunde kläfften weiter. Nele legte den Gang ein und fuhr den Weg bis zur Gabelung zurück.

»Aus!«, befahl sie den Hunden, die sich noch immer nicht beruhigt hatten. Aber die beiden hörten erst auf, nachdem sie eine Weile gefahren war. Nele hatte das Tier nur für Sekunden gesehen. Ein streunender Hund? Dann hätten Benny und Bobby sich schneller beruhigt. Deshalb glaubte sie, einen Wolf gesehen zu haben, und erinnerte sich daran, dass Sandra im vergangenen Jahr einem begegnet war. Sollte das Tier etwa zurückgekehrt sein? Ganz in Gedanken versunken, folgte Nele der Straße. Die Bäume wurden lichter und verschwanden schließlich. Auf dem Randstreifen im Scheinwerferlicht waren Heidepflanzen zu erkennen. Jetzt erinnerte sie sich wieder, dass Sandra ihr geschildert hatte, sie würde von der Küche über ein Heidefeld blicken. Erleichtert lächelte Nele. Sie freute sich sehr auf ein Wiedersehen mit ihrer Schwester und war neugierig, wie die umgebaute Scheune wohl aussehen würde. In der Ferne sah sie Lichter. Das musste Sandras und Ricks Haus sein. Nele trat aufs Gaspedal.

Plötzlich sprang etwas aus dem Nichts auf die Straße. Es hatte gelbe Streifen. Erschrocken trat sie mit aller Wucht auf die Bremse. Die Reifen quietschten, der Wagen brach hinten aus und Nele erwartete einen Aufprall. Einem Wunder gleich jedoch brachte sie den Wagen zum Stehen. Zwar schräg, aber er stand. Vor Schreck gelähmt, rührte sie sich nicht hinter dem Steuer und starrte nach vorn. Vor ihr, mitten auf der Straße, stand ein Mann. Nele war entsetzt darüber, dass sie fast einen Menschen überfahren hätte! Heute war der schlimmste Tag ihres Lebens! Der Mann vor ihr rührte sich und verhinderte Neles Selbstmitleid. Er trug einen Schlapphut. Unter der breiten Krempe und dem Vollbart war sein Gesicht kaum erkennbar. Es fiel ihr schwer, sein Alter zu schätzen. Vielleicht Mitte dreißig. Es war aber auch gut möglich, dass der Vollbart ihn älter wirken ließ, als er wirklich war. Nele starrte ihn an. Er war athletisch gebaut. Mit langen, geschmeidigen Schritten kam er auf sie zu und blieb mit grimmiger Miene vor ihrer Wagentür stehen. In seinem Blick lagen Entschlossenheit und Wut.

»Tut mir leid, ich … ich habe Sie … nicht gesehen«, entschuldigte Nele sich, während ihre zittrigen Hände das Lenkrad umklammerten. Schnaubend stemmte er die Hände in die Hüften.

»Sind Sie von allen guten Geistern verlassen, wie eine Verrückte in der Dunkelheit durch die Heide zu rasen? Sie hätten mich fast umgebracht! Haben Sie keine Augen im Kopf?«, blaffte er sie an.

Dass er ihre Entschuldigung zu ignorieren schien, ärgerte sie. Seine tiefe Stimme hatte einen männlichen, volltönenden Klang, der sicher jeden Synchronsprecher neidisch werden ließ und bei ihr einen Schauer auslöste.

Sie musterte den Fremden aus dem Augenwinkel. Seine Jeans war verschlissen. Das karierte Hemd und die Weste hatten auch schon bessere Zeiten gesehen. *Ziemlich heruntergekommen!* War er vielleicht ein Krimineller, der sich in dieser Gegend herumtrieb? Vielleicht hatte er es sogar auf ihr Auto oder gar auf sie abgesehen. In der Dunkelheit war seine Augenfarbe nicht zu erkennen. Irgendetwas Helles. *Grau würde gut zu ihm passen.*

»Sie leben aber noch«, konterte sie.

»Weil ich gerade noch rechtzeitig zurückgesprungen bin! Ihr Touris glaubt wohl, ihr könnt euch alles erlauben!« Drohend beugte er sich zu ihr herunter und blickte ins Wageninnere. Die Miene des Fremden wirkte furchteinflößend. Nele befürchtete, er könnte die Tür aufreißen und sie in seiner Wut aus dem Wagen zerren. Sie legte die Hand innen auf die Wagentür. Bereit, den Knopf der Zentralverriegelung zu drücken, bevor er die Tür aufzog. Bobby und Benny knurrten auf dem Rücksitz.

»Ich muss Sie leider enttäuschen, ich bin keine Touristin, sondern hier aufgewachsen«, erklärte sie stolz.

»Noch schlimmer!« Er lachte spöttisch. »Dann müssten Sie eigentlich wissen, dass man hier in der Dunkelheit vorsichtig fahren sollte, wenn man nicht Gefahr laufen will, ein Wildtier zu erwischen. Jemandem wie Ihnen sollte man den Führerschein entziehen!«

Nele schnappte nach Luft. *So eine Frechheit!*

»Wahrscheinlich besitzen Sie nicht mal einen und spielen sich hier auf, Mr Neunmalklug. Ach, was diskutiere ich mit Ihnen. Ich werde erwartet.«

Er stützte seinen Ellbogen aufs Wagendach. Ängstlich schaute Nele auf seine Hand, die auf dem Griff der Wagentür lag, als wolle er sie jeden Augenblick aufziehen. Die Zentralverriegelung ihres alten Fords funktionierte nicht mehr richtig, selbst wenn man den Knopf hinunterdrückte. Benny und Bobby knurrten weiter.

»Nehmen Sie Ihre Hand da weg!«, forderte sie, bevor er noch auf den Gedanken kam, tatsächlich die Tür aufzuziehen.

»Wenn nicht, was dann? Wollen Sie dann Ihre Hunde auf mich hetzen?«, fragte er.

»Wenn's sein muss, ja.«

Wider Erwarten zog er die Hand zurück.

Wie auf Kommando hörten Bobby und Benny auf zu knurren. Im Rückspiegel sah sie, wie sie den Fremden argwöhnisch beobachteten. Die beiden Hunde waren sehr friedliebend. Dennoch würde sie nie für beide die Hand ins Feuer legen.

»Fahren Sie gefälligst langsam in der Gegend.« Er klopfte aufs Wagendach und drehte sich um. Dann verschwand er im Dunkeln.

Neles Herz klopfte bis zum Hals. Sie war einiges von ihren Aufenthalten in Südamerika gewohnt. Aber das hier … Die Begegnung mit dem Fremden hatte etwas Unheimliches an sich gehabt. In der Heide, in der vertrauten Heimat hätte sie nicht damit gerechnet. Sie war froh, als sie weiterfahren konnte.

Nach einer gefühlten Ewigkeit erkannte sie von Weitem die Scheune, die ihre Schwester und Patrick zum Wohnhaus umgebaut hatten. Sie lag in einer Senke am Ende der Straße. Bodenstrahler leuchteten die Bruchsteinwand der ehemaligen Scheune an und ließen sie imposant erscheinen. Das breite und ramponierte Holztor war durch einen gläsernen Rundbogen mit Tür ersetzt worden. Auch die Belüftungslöcher, die an Schießscharten erinnerten, waren vergrößert worden, und moderne Sprossenfenster komplettierten die Sanierung. Ein Schild baumelte über dem Eingang, auf dem *Zimmer frei* stand. Der Vorgarten bestand aus einem schmalen Grasstreifen mit Buchsbaumkugeln. Ein Schild wies zum privaten Parkplatz hinter dem Gebäude. Nele fuhr durch das geöffnete Tor und parkte ihren Wagen neben Sandras SUV und Nicks Ferrari. Nele schmunzelte, als sie sich an die erste Begegnung ihrer Schwester mit Patrick erinnerte. Wie Sandra sich über dessen frechen Fahrstil aufgeregt und behauptet hatte, dass er nicht ihr Typ wäre. Und jetzt teilten sie ihr Leben.

Licht flammte vor der Haustür auf, als Nele aus dem Wagen stieg.

»Ich bin gleich zurück. Ihr verhaltet euch artig und still«, befahl sie den Hunden, die sie erwartungsvoll von der Rückbank ansahen. Als sie sich umdrehte, stand ihre

Schwester bereits in der geöffneten Eingangstür. Mit ausgebreiteten Armen kam sie auf Nele zu.

»Na, endlich! Ich habe mir schon Sorgen gemacht, wo du steckst.« Sandra drückte sie an sich und gab ihr einen herzhaften Kuss auf die Wange.

»Bin spät weggekommen und habe kurz nach Hamburg im Stau gestanden«, begründete Nele ihre Verspätung.

»Komm, lass uns reingehen.« Sandra griff nach Neles Arm. Aus dem Haus drang ein köstlicher Duft, der Neles Magen erneut rumoren ließ.

Bobby und Benny schienen es auch zu riechen und kläfften. *Ich wollte Sandra die Sache mit den Hunden doch schonend beibringen!* Zu spät. Nele unterdrückte ein Stöhnen.

Sandra wandte sich zum Wagen um. »Du bist nicht allein?«, fragte sie augenzwinkernd.

»Nein«, gestand Nele. »Ich wollte es dir gleich sagen …«

»Schon gut. Wollen wir sie nicht besser ins Haus holen?«

Sandras Haus war sicher penibel aufgeräumt. Bobby und Benny würden alles durcheinanderwirbeln.

»Es ist besser, sie bleiben im Wagen, sonst machen sie nur Unsinn.«

»Kommt gar nicht infrage. Die sitzen doch schon seit Stunden im Wagen und brauchen Auslauf.«

Sandra eilte zum Wagen und wollte gerade die Tür öffnen.

»Halt! Warte!«, rief Nele, die nicht wusste, wie die Hunde auf ihre Schwester reagieren würden.

Zu spät.

»Ihr Armen!«, rief Sandra mitfühlend. »Den ganzen langen Weg wart ihr festgeschnallt. Habt ihr denn schon was gefuttert?«

Die beiden winselten freudig und leckten Sandra die Hände ab. Sie brauchten keine drei Sekunden, um ihr Herz zu erobern.

»Oh, sind das zwei süße Wollknäuel. Und die wolltest du mir vorenthalten?« Sandra kraulte die beiden zwischen den Ohren, dann löste sie deren Geschirr vom Sicherheitsgurt.

»Gut, dass ich die beiden Knochen vom Mittag nicht weggeworfen habe. Nach deiner letzten Karte hatte ich ja gehofft, dass sie mitkommen.«

Nele stieß erleichtert den Atem aus. Sie hatte schon befürchtet, ihre Schwester könnte den Hunden den Zutritt ins Haus verweigern. Früher hatten Sandra und sie alle gefundenen Tiere mit ins Haus genommen, zum Ärger ihres Vaters. Seit der Hotelfachschule legte Sandra Wert auf eine gepflegte Wohnung, in der Hundehaare fehl am Platz waren.

»Ist es nicht schwierig, zwei solch große Hunde in eurer Wohnung zu halten?«, fragte Sandra auf dem Weg nach drinnen.

»Unsere Wohnung liegt im Parterre und hat einen Garten«, erklärte Nele.

»Aber das sind doch Herdenschutzhunde, oder? Die brauchen Aufgaben.«

Sandra hatte recht. Manchmal, wenn Bobby und Benny durch den Garten tobten, hatte Nele ein schlechtes Gewissen. Früher hatten die beiden eine Schafherde bewacht, und jetzt mussten sie sich mit einer engen Wohnung und dem täglichen Gassigehen zufriedengeben.

»Ich gehe so oft wie möglich mit ihnen spazieren.«

Sandra erwiderte nichts darauf. Aber ihr Blick verriet, dass sie das nicht für ausreichend hielt.

»In der Küche kannst du sie füttern«, schlug Sandra vor und führte Nele durch die Diele in eine moderne Landhausküche. Die weiß glänzenden Schränke und Fronten, die schwarze Arbeitsplatte und die im Schachbrettmuster verlegten Fliesen bildeten ein wunderbares Ensemble. Dagegen war ihre und Henners Küche, aus zusammengewürfelten bunten Schränken vom Flohmarkt bestehend, primitiv. Sandras Küche war mit hochmodernen Geräten ausgestattet, die Nele nicht einmal bedienen konnte.

»Wow, das ist ja richtig toll geworden«, lobte Nele und schaute sich staunend um. Die Küche war geschmackvoll und gediegen zugleich. Sie gönnte Sandra den Komfort, den sie sich selbst nie würde leisten können. Neles Magen knurrte wieder.

»Komm, lass uns essen«, schlug Sandra vor.

7.

Noch immer wütend über die Fremde in dem dunklen Kombi und auch auf sich selbst eilte Joris nach Hause. Eigentlich hatte er vor Einbruch der Dunkelheit bei den Schafen sein wollen. Aber aufgewühlt durch seine Erinnerungen war er viel zu weit gelaufen. Er könnte es sich nie verzeihen, wenn durch seine Unachtsamkeit der Wolf eines der Tiere verletzt oder gar gerissen hatte. Er nahm die Abkürzung durch den Wald. Schon oft war er ihr gefolgt, dass er sie auch bei Nacht fand. Die Dunkelheit hatte eine beruhigende Wirkung auf ihn. Es herrschte Stille, die nur durch sein Atmen und das Knacken der Zweige unter seinen Füßen unterbrochen wurde. Joris zuckte kurz zusammen, als etwas an ihm vorbei ins Unterholz huschte. Über ihm rief ein Käuzchen. Während seiner Einsätze hatte er gelernt, die Furcht zu verdrängen und die ihn umgebenden Geräusche zu deuten. Noch genau erinnerte er sich an den Tag, an dem sie im LKW-Konvoi am Rand der Berge patrouilliert waren. Die Schnellfeuergewehre in der Hand hatten sie auf jede Bewegung geachtet. Sie hatten jederzeit damit rechnen müssen, in einen Hinterhalt zu geraten. Bei seinem ersten Einsatz hatte sein Herz wie wild gehämmert. Joris schüttelte den Kopf, als könnte er die Erinnerungen daraus vertreiben. Immer wieder durchlebte er seine Einsätze, die Angst und die Panik, die ihn jedes Mal befallen hatten, wenn Schüsse zu hören waren. Joris blieb stehen und atmete tief durch. *Ich bin in der Lüneburger Heide. Hier bin ich sicher.*

Die Worte wiederholte er im Geist, bis sich die Bilder in seinem Kopf auflösten. Erleichtert atmete er aus.

»Sie müssen die Erinnerungen loslassen und sich immer wieder bewusst machen, wo Sie sich befinden«, hatte ihm der Therapeut geraten. *Als wenn das so einfach wäre!*

Oft erfasste ihn bei Einbruch der Dunkelheit Unruhe. Bei den Einsätzen waren die meisten Angriffe aus dem Hinterhalt in der Nacht erfolgt. Er musste lernen zu vergessen.

Endlich erreichte er das Blockhaus, holte eilig Nachtsichtgerät, Gewehr, Schlafsack und eine Taschenlampe heraus, bevor er zum Pferch rannte.

Alles war ruhig. Die meisten Schafe lagen friedlich im Gras. Erleichtert begab er sich in den Unterstand. Das durfte nie wieder geschehen. Noch immer beherrschten ihn die schrecklichen Erlebnisse aus der Vergangenheit derart, dass er die Pflichten der Gegenwart vergaß. Diesmal hatte er Glück gehabt. Ein anderes Mal vielleicht nicht mehr.

Joris rollte den Schlafsack aus und setzte sich darauf. Er ließ die seltsame Begegnung mit der Fremden noch einmal Revue passieren.

In der Eile war er querfeldein gegangen und hatte dem sich nahenden Kombi keine Aufmerksamkeit geschenkt. Erst beim Überqueren der Straße hatte er voller Entsetzen den sich rasch nähernden Scheinwerfern entgegengeblickt.

Er sah wieder das schmale Gesicht der Fahrerin vor sich. Die großen Augen waren verquollen gewesen, als hätte sie längere Zeit geweint. Ihr verlorener Blick hatte etwas in ihm berührt und ungeahnte Beschützerinstinkte geweckt. Ihre Mimik, ihre Stimme … Irgendetwas an ihr kam ihm bekannt vor. Dabei hätte er schwören können, dass sie sich noch nie zuvor begegnet waren.

Er war viel zu nett zu ihr gewesen, in Anbetracht ihres rücksichtslosen Verhaltens. Und wie sie ihn angesehen hatte. Als käme er von einem anderen Stern.

Auf der Rückbank der Fremden hatten zwei prachtvolle Herdenschutzhunde gesessen. Sein Freund Jean hatte welche im Elsass gezüchtet. Bislang war Joris auch ohne Hunde mit den Schafen klargekommen. Ein Wolf jedoch stellte das infrage. Ein Herdenschutzhund könnte durchaus hilfreich sein. Leider besaß er keinerlei Erfahrung im Umgang mit ihnen.

Am besten, er vergaß die Begegnung so schnell wie möglich. Sie würden sich ohnehin nie wiedersehen.

Seine Wadenmuskeln krampften vom Laufen. Er streckte die Beine aus und massierte sie.

Immer wieder spukte die Fremde mit den rotblonden Locken in seinem Kopf herum. Sie hatte etwas an sich, das er nicht beschreiben konnte, ihn aber gleichzeitig anzog.

Um sich abzulenken, griff Joris nach dem Nachtsichtgerät und beobachtete den Waldrand. Noch war alles ruhig, kein Wolf in Sicht.

8.

Nele war froh, dass sie und Sandra allein zu Abend aßen. Rick war geschäftlich nach Berlin gereist und wurde erst in der Nacht zurückerwartet. Sandra hantierte in der Küche, aus der ein köstlicher Duft herüberschwebte. Nele dachte mit Bedauern an das Essen, das sie in Hamburg in einem Wutanfall in den Müll gekippt hatte. Wenn sie einmal wütend war, dann handelte sie impulsiv. *Schade um das schöne Essen!*

»Jetzt kann ich mich mal revanchieren!«, rief Sandra Nele durch die geöffnete Tür zu. »Habe mir alle erdenkliche Mühe gegeben, damit ich nicht gegen dich abfalle.«

Dabei war Sandra eine hervorragende Köchin.

Während ihre Schwester in der Küche beschäftigt war, schaute Nele sich im Esszimmer um. Die moderne, geradlinige Einrichtung bildete einen wunderbaren Kontrast zu dem historischen Haus. Die Wände zierten alte Fotografien aus der Zeit ihrer Groß- und Urgroßeltern, als die landwirtschaftlichen Geräte und das Gutsfuhrwerk noch unter dem Scheunendach gestanden hatten. Sogar ein paar Fotos mit den damaligen Arbeitspferden hingen an der Wand. Auf der Anrichte stand eine Vase mit Mohnblumen. Nele hatte draußen im Beet vor der Eingangstür welche gesehen. Ein goldfarben gerahmter, rechteckiger Spiegel hing über der Anrichte und ließ den Raum großzügiger erscheinen. Während die eine Tür vom Esszimmer in die Küche führte, befand sich hinter der zweiten das angrenzende Wohnzimmer, das eine Stufe tiefer lag. Weil die Tür offen stand, konnte Nele ungehindert hineinschauen. Ein aus Natursteinen gemauerter Kamin mit zwei Sesseln und einer breiten Couch lud dazu ein, sich an kalten Tagen vors Feuer zu setzen.

Benny und Bobby lagen gesättigt auf dem Boden davor. Das breite und hohe Rundbogenfenster war Nele schon vorhin aufgefallen, als sie ihren Wagen geparkt hatte. Die Tür daneben führte hinaus auf die weinumrankte Terrasse mit Pergola. Vom Sitzplatz im Esszimmer aus konnte sie sogar den Teich sehen, der an die Terrasse angrenzte. Einerseits beneidete sie ihre Schwester um dieses Kleinod und die Stetigkeit in deren Leben, andererseits wusste Nele nicht, ob sie wirklich jemals würde sesshaft werden können. Es gab noch so vieles auf der Welt zu entdecken. Nach einiger Zeit am selben Ort packte sie irgendwann das Fernweh. Dann musste sie dieser Sehnsucht nachgeben, um dem Gefühl des Erstickens zu entgehen. Das war schon immer so gewesen. Selbst Tante Mia hatte es erkannt.

»Es gibt Menschen, die sind wie Kaninchen, sie verlassen ihren Bau nur zur Nahrungssuche. Andere hingegen schweben wie die Vögel frei in der Luft. Ihnen gehört die Welt«, waren Tante Mias Worte gewesen. Doch irgendwann, wenn sie den Richtigen gefunden hätte, könnte sie auch ihr Nomadenleben aufgeben.

»So, jetzt sind die Nudeln endlich gar.« Sandra trug eine Schüssel mit Spaghetti herein und stellte sie mitten auf den Tisch.

»Bedien dich«, forderte sie Nele auf, bevor sie zurück in die Küche eilte und mit einem Topf Soße zurückkehrte.

»Guten Appetit«, sagte Sandra und setzte sich zu Nele an den Tisch.

Gemeinsam am Esstisch, das war wie in alten Zeiten. Nele hatte das Gefühl, zu Hause angekommen zu sein. Bei Sandra, der sie etwas bedeutete. Beim letzten Besuch hatten sie zusammen im Gutshaus gewohnt, während des Krankenhausaufenthaltes ihres Vaters. Sandra und sie waren sich nah gewesen. Wie damals als Kinder.

»Nun spann mich nicht auf die Folter und erzähl mir, welchem Umstand ich es zu verdanken habe, dass du dich in unsere einsame Gegend verirrt hast.« Sandra goss die lecker riechende Tomatensoße mit der Kelle über Neles Nudeln.

Auf der Fahrt hierher hatte Nele sich bereits eine passende Antwort überlegt, die plausibel klang. Dennoch verspürte sie ein schlechtes Gewissen, ihre Schwester anzulügen.

»Ich war bei einer Haushaltsauflösung und habe mich nach ein paar Schmuckstücken umgeschaut«, log sie und zog mit dem Finger eine Rille ins weiße Tischtuch. *Hoffentlich kauft Sandy mir das ab!*

»Ach, dann arbeitest du also immer noch Antiquitäten auf und verkaufst sie wieder? Ich dachte, das hättest du längst aufgegeben.«

Nele fühlte sich miserabel und wagte es nicht, ihrer Schwester in die Augen zu sehen. Ihre Scham war größer.

»Du taugst zu nichts«, hatte ihr Vater ihr einst an den Kopf geworfen. Sie musste sich eingestehen, dass er recht hatte.

»Ja, hin und wieder. Wenn es sich ergibt.« Vor ein paar Jahren hatte sie versucht, mit dem An- und Verkauf von Antiquitäten ihren Lebensunterhalt zu verdienen und war kläglich gescheitert. Auch das hatte sie ihrer Schwester nicht gestanden.

»Du bist viel zu nett«, hatte ihr eine Bekannte vorgeworfen, als Nele sich über die schlechten Einnahmen beklagt hatte.

»Du musst doch an die Marge denken. Wenn du dich so weit herunterhandeln lässt, wirst du nie auf einen grünen Zweig kommen.«

Heute wusste sie, dass Sabrinas Vorwurf berechtigt gewesen war. Mit einer alten Dame hatte alles begonnen, der sie damals wegen ihrer anrührenden Geschichte die antike Spieluhr weit unter dem Preis verkauft hatte. Schnell hatte sich ihre Nachgiebigkeit herumgesprochen. Nele hatte viele Geschäfte aus Mitgefühl nicht ablehnen können. So waren eine Menge Antiquitäten weit unter ihrem tatsächlichen Wert verkauft worden. Sie war eben keine gute Unternehmerin, hatte sich verkalkuliert. Irgendwann hatte sie die Ladenmiete nicht mehr aufbringen können. Schweren Herzens hatte sie das Trödelgeschäft aufgegeben. Bei allem, was sie anfing, scheiterte sie. Auch davon wusste ihre Schwester nichts. Natürlich gönnte Nele Sandra den beruflichen Erfolg, dennoch schämte sie sich, weil sie wie so oft mal wieder versagt hatte.

»Egal, Hauptsache, du bist hier.« Sandra beugte sich herüber und gab Nele einen Kuss auf die Wange. »Ich habe es vermisst, mit dir zu reden. Der Hoteljob lässt mir kaum Zeit, um Freunde zu treffen. Na ja, und Papa braucht auch noch ab und zu meine Hilfe.«

Nele nickte. Sie konnte sich gut vorstellen, wie anstrengend beides für ihre Schwester war.

Sie selbst war nie lange genug an einem Ort geblieben, um Freundschaften aufzubauen. Und als sie mit Henner zusammengezogen war, hatte sie zwei Jobs annehmen müssen, um monatlich über die Runden zu kommen.

»Ich freue mich auch, Sandy.«

»Warum hat Henner dich nicht begleitet? Er ist doch noch aktuell, oder?«, scherzte Sandra und versetzte Nele mit der Frage ungeahnt einen Stich. Nele kämpfte gegen die Traurigkeit an und bemühte sich, fröhlich zu klingen.

»Ja, natürlich ist er noch aktuell. Die Autowerkstatt, in der er arbeitet, kann sich momentan vor Aufträgen nicht retten. Er muss dauernd Überstunden schieben.« Das hatte er ihr immer erzählt und sich, hinter dieser Lüge versteckend, mit Mareike getroffen. Der Kloß in Neles Hals wuchs. *Hätte sie das nur eher geahnt!*

»Kann ich verstehen. Dann bist du also oft allein.« Mitfühlend legte Sandra ihre Hand auf Neles. Bevor Nele in Tränen ausbrach, stand sie hastig auf mit der Ausrede, die Toilette aufsuchen zu müssen.

Dort weinte sie still vor sich hin. Als die Tränen versiegt waren, spülte sie ihr Gesicht mit kaltem Wasser ab. Nach einem letzten prüfenden Blick in den Spiegel kehrte sie zu Sandra zurück, die bereits den Tisch abgeräumt hatte und nun in der Küche hantierte.

Nach dem reichlichen Essen saßen Sandra und Nele gemütlich vor dem Kamin bei einem Glas Wein zusammen. Während Nele die Flammen betrachtete, dachte sie an das Zusammentreffen mit dem ungehobelten Fremden.

»Kurz bevor ich zu dir gekommen bin, hatte ich eine Begegnung der dritten Art«, scherzte sie. Sandra, die eben gerade am Wein genippt hatte, stellte das Glas auf dem kleinen runden Tisch vor ihnen ab.

»Es gibt nur einen, der durch die Dunkelheit streift«, sagte sie schmunzelnd. »Er hat schon so manchen erschreckt. Groß, kräftig, mit Vollbart und Schlapphut?«

Nele nickte. »Ja, die Beschreibung ist treffend. Fehlt nur noch überheblich und ungehobelt.« Wenn sie an den Kerl von vorhin dachte, wurde sie wieder wütend.

Sandra lachte. »Dann hast du ihn wahrscheinlich auf dem falschen Fuß erwischt. So ist er eigentlich nicht, sondern eher sehr still und zurückhaltend.«

»Davon habe ich nichts gemerkt. Wer ist das denn nun?«, bohrte Nele weiter.

»Papas neuer Schäfer. Ich glaube, Joris Münster heißt er.«

Den Namen Joris hatte Nele nur selten gehört. Irgendwie gefiel er ihr.

»Wo kommt er her? Was hat er vorher gemacht?«

Sandra zuckte mit den Achseln. »Keine Ahnung, er spricht nie über sich. Irgendwie wirkt er wie jemand, der viel durchgemacht hat. Papa meinte, er wäre beim Bund gewesen. Vielleicht täusche ich mich auch. Jedenfalls liebt er scheinbar die Einsamkeit. Stell dir vor, er wohnt in der Jagdhütte oben im Wald, wo Gernot nie hinwollte.«

Der alte Schäfer Gernot war ein sehr geselliger Typ gewesen, der gern in feuchtfröhlicher Runde ein Bier getrunken hatte. Seine Hündin Senta hatte ihn auf Schritt und Tritt begleitet. Sogar ins Wirtshaus.

»Die Jagdhütte ist fast so gruselig wie die Schafhofruine.« Allein bei der Vorstellung lief Nele ein eisiger Schauer den Rücken hinunter. Sie hatte den Ort, an dem ihre Großmutter und ihr Geliebter ums Leben gekommen waren, stets gemieden. Und immer hatte sie sich gefragt, weshalb die Koopmanns die verwitterten Mauern nicht abgerissen und auf dem Land etwas Neues gebaut hatten.

»Vater hat die Jagdhütte abreißen lassen. Jetzt steht da ein großzügiges, modernes Blockhaus, das man auch als Ferienhaus anbieten könnte. Aber Papa will das nicht. Du kennst ihn ja.«

»Und was machen Gernot und Senta?« Nele hatte den alten, raubeinigen Schäfer und seine Hündin sehr gemocht. Von ihm hatte sie viel über Hunde und deren Verhalten, aber auch über Schafe gelernt.

»Die haben sich in den Ruhestand verabschiedet. Gernots Rheuma hat sich immer mehr verschlimmert, und Senta ist auch nicht mehr die Jüngste.«

In Suderdorf war die Zeit eben auch nicht stehen geblieben. »Alles ändert sich«, sagte Nele seufzend.

»Ja, wenn du das nächste Mal wiederkommst, wird sich noch mehr verändert haben. Als Martinas Schwester nach fünf Jahren Auslandsstudium zurückgekehrt ist, hat sie kaum noch etwas wiedererkannt.«

Die Vorstellung, in die Heimat zurückzukehren, in der nichts mehr war, wie sie es kannte, war bedrückend.

Sandra beugte sich zu ihr herüber und legte ihre Hand auf Neles Arm. »Versteh mich bitte nicht falsch. Ich will keine Angst schüren. Aber ich möchte dir auch nicht verschweigen, dass Papa sich nach der Bypass-OP nicht erholt hat wie erhofft. Wir machen uns ernsthaft Sorgen um ihn. Erst letzte Woche hatte er wieder einen Schwächeanfall. Zwar mischt er sich nicht in die Belange des Hotels ein, aber was das Gut betrifft, gönnt er sich keine Ruhe. Dr. Fröhlich hat ihm Ruhe verordnet. Da hat Papa sich im Angelverein angemeldet. Sein Ehrgeiz, den größten Fisch zu fangen, ist auch purer Stress.«

Deutlich spürte Nele Sandras Angst um den Vater. Nur zu gut konnte Nele sich an seinen Zustand kurz nach dem Herzinfarkt erinnern. Blass und hinfällig hatte er gewirkt. Auch sie hatte sich um ihn sehr gesorgt und mochte gar nicht daran denken, dass er sterben könnte. Womöglich wäre sie dann Tausende von Kilometern entfernt.

Nichts ist von Dauer. Daran hatte sie keinen Gedanken verschwendet. Die einzige Beständigkeit in ihrem Leben war ihr Zuhause. Für sie würde eine Welt zusammenbrechen, wenn sie es verlieren würde. Sie wäre dann wie Treibholz auf dem Meer. Nele hob das Glas an die Lippen und trank einen Schluck Wein, während sie nachdenklich ins Feuer starrte.

»Alfons Ripke ist übrigens nicht mehr unser Bürgermeister«, brach Sandra nach einer Weile als Erste das Schweigen.

Nele sah erstaunt auf. Ripke war nach zwanzig Jahren Bürgermeisteramt so etwas wie eine Institution in Suderdorf. Wieder eine Veränderung. »Und wer ist sein Nachfolger?«

»Du meinst wohl eher Nachfolgerin«, korrigierte Sandra. Ihr Tonfall ließ Nele aufhorchen.

»Du meinst doch nicht etwa …?«

»Doch, genau die meine ich. Ricks Mutter Helga.«

»Nein!«, entfuhr es Nele ungläubig. »Ihr Ehrgeiz kennt keine Grenzen. Irgendwann will sie wahrscheinlich noch Bundeskanzlerin werden.«

Sandra lachte. »Sie ist machtsüchtig, will alles kontrollieren. Ich bin so froh, dass Rick sie durchschaut hat.«

»Hat er denn noch Kontakt zu ihr?«, hakte Nele nach.

»Nur wenn es sich nicht vermeiden lässt. Aber mit Lea trifft er sich regelmäßig. Die Arme leidet sehr darunter, von ihrer Tante gegängelt zu werden. Rick unterstützt seine Cousine dabei, in der Kunstszene Fuß zu fassen. Sie malt und fotografiert leidenschaftlich gern und vor allem gut. Wäre echt Talentvergeudung, wenn sie nicht gefördert werden würde.«

Wieder herrschte eine Weile zwischen ihnen Schweigen. Leise knisterte das Feuer. Bobby und Benny schlummerten zu ihren Füßen. Nele bemerkte, dass ihre Schwester noch immer das Amulett der Großmutter um den Hals trug.

»Bist du denn mit den Recherchen über Oma weitergekommen?«

Sandra schüttelte den Kopf.

»Leider nicht. Ich habe das Gefühl, mich ständig im Kreis zu drehen. Onkel Herbert und Tante Ruth haben mir den einen oder anderen Hinweis gegeben. Aber wenn ich denen nachgegangen bin, verlief die Spur im Nichts. Vielleicht hast du recht.« Sandra drehte das Weinglas zwischen den Fingern.

»Womit?«

»Dass es besser wäre, die Vergangenheit zu vergessen.«

Nele spürte, wie mutlos ihre Schwester war, aber auch, wie viel es ihr bedeutete, die Wahrheit über Oma Esthers Tod herauszufinden.

»Das habe ich doch damals nur so gesagt. Weil es mich genervt hat, dass alle immer nur über die alten Zeiten gesprochen haben. Bei jedem Tischgespräch ging es um die Koopmanns und den Brand damals. Ich konnte das einfach nicht mehr hören. Gib nicht auf, Sandy. Irgendwann wirst du hinter die ganze Wahrheit kommen«, sprach sie ihrer Schwester Mut zu. Sandra lächelte sie dankbar an. Dann gähnte sie.

»Nimm es mir bitte nicht übel, aber ich habe einen harten Tag hinter mir und möchte jetzt ins Bett. Komm, ich zeig dir vorher noch dein Zimmer.« Sandra erhob sich aus dem Sessel und ging zur Tür. Nele folgte ihr.

Sandra führte Nele durch einen Flur, in dem Lampenfackeln stimmungsvolles Licht an die weißgeputzten Wände warfen. *Wie in einer Burg.*

Aber Nele mochte diese Atmosphäre. Sandra hatte schon immer ein Händchen für Ästhetik besessen, sei es bei der Kleidung wie auch bei der Einrichtung. Viele Hotelzimmergestaltungen waren ihre Idee gewesen. Bei den Gästen kam ihr Geschmack gut an. Nele beneidete Sandra, denn sie selbst besaß kein besonderes Talent auf irgendeinem Gebiet.

»So, hier kannst du schlafen.« Sandra öffnete eine der beiden Türen am Ende des Flures und bedeutete Nele mit einer Geste einzutreten.

Das Zimmer war von den Vorhängen über die Tapeten und Möbel bis zum Teppich in den Farben lindgrün und rosé gehalten. Auch die Bezüge des Doppelbettes mit den Schneeglöckchen und Tulpen waren passend gewählt.

»Das ist unser Frühlingszimmer«, erklärte Sandra ihr lächelnd. Nele musste zugeben, dass diese Bezeichnung die Stimmung treffend wiedergab.

»Gefällt es dir?«

»Wie kannst du da fragen? Das Zimmer ist ein Traum.« Vor Rührung war Neles Kehle wieder eng. Als Sandra sie ansah, schaute sie hastig weg. In ihrem Blick lag die stumme Frage, ob sie wieder etwas verbockt hätte. Wie früher, wenn Nele etwas ausgefressen hatte.

Immer hatte ihre Schwester bemerkt, wenn sie etwas bedrückte. Alles in Nele schrie danach, Sandra ihren Kummer anzuvertrauen. Aber sie konnte es nicht. Zu groß war die Scham, dass sie mal wieder versagt hatte. Nele kämpfte gegen die aufsteigenden Tränen an.

Sie war doch noch nie so nah am Wasser gebaut gewesen. Jede Trennung hatte sie mit der Zeit abgeschüttelt.

Doch es war nicht nur, dass sie sich von Henner getrennt hatte, sondern weil sie auf ganzer Linie versagt hatte und nicht wusste, wo sie hinsollte.

»Wie lang bleibst du?«, riss Sandras Frage sie aus den Grübeleien. Nele zuckte leicht zusammen. Als könnte ihre Schwester ihre Gedanken lesen.

Auch auf diese Frage hatte sie sich auf der Fahrt hierher eine Antwort zurechtgelegt.

»Nur bis Sonntag«, schwindelte sie. »Am Montag muss ich wieder ins Geschäft.« Sie wagte nicht, Sandra anzusehen.

»Schade. Ich dachte, du bleibst diesmal länger. Ich habe die Koffer in deinem Wagen gesehen.«

Nele hielt die Luft an. Ahnte Sandra vielleicht schon, dass sie mal wieder ihre Zelte abgebrochen hatte?

»Ach, die.« Nele winkte ab. »Ich war die letzten zwei Wochen ständig unterwegs und habe es noch nicht geschafft, sie auszupacken.«

Schon wieder eine Lüge!

Nele fühlte sich mies. Am liebsten hätte sie sich in die Arme ihrer Schwester geworfen und ihr das ganze Desaster gestanden. Nein, sie musste da allein durch. In den vergangenen Jahren hatte sie es immer geschafft, alle Tiefen zu meistern. Aus eigener Kraft. Irgendeine Möglichkeit würde sich sicher für sie ergeben.

»Wenn eine Tür sich schließt, geht eine andere dafür auf«, hatte Tante Mia immer zu ihr gesagt. Das Motto hatte Nele ihr Leben lang begleitet und Mut verliehen.

»Ach so. Na dann. Ich bin gespannt, was du von Henner und eurem gemeinsamen Leben erzählen wirst.«

Der Druck in Neles Magen wuchs. Sie hatte das Gefühl, einen Zementklotz in ihrem Leib zu tragen.

»Ach, das schaffe ich auch an diesem Wochenende«, antwortete sie. Sie musste auf ihre weiteren Worte achtgeben, um sich nicht noch mehr in Lügen zu verstricken.

Nele erkannte in der Vitrine gegenüber vom Bett ein Möbel, das sein Dasein im Keller des Gutshauses gefristet hatte. Sandra und Rick hatten es mit viel Liebe zum Detail aufgearbeitet und grün lackiert. Die kleinen Blütenschnitzereien am Sockel und an den Türen waren in Rosé gehalten.

»Ist das nicht die Vitrine aus dem Keller? Mensch, die sieht ja aus wie neu.« Nele deutete auf das Möbel.

»Ja, das ist sie. Übrigens hat sie mal im Herrenzimmer gestanden, als es noch Omas Zimmer gewesen ist«, erklärte Sandra.

»Dann war das also Omas Vitrine?«

Sandra nickte. »Ich hätte zu gern gewusst, was sie darin verwahrt hat.« Ein Schatten fiel über ihr Gesicht.

»Ich auch«, gestand Nele und umarmte ihre Schwester.

»Ich habe dir da noch auf den Hocker zwei Decken für die Hunde hingelegt. Sicher wollen sie neben dir schlafen.«

»Danke, Sandy. Ja, wir drei haben uns daran gewöhnt, die Nächte miteinander zu verbringen«, antwortete Nele grinsend.

»Fühl dich wie zu Hause und schlaf schön. Ich schicke gleich die Hunde zu dir. Morgen früh steht das Frühstück für dich in der Küche bereit.« Sandra gab ihr einen Kuss auf die Wange, bevor sie das Zimmer verließ.

Bobby und Benny hatten sich auf die Decken neben dem Bett gelegt und schliefen. Im Gegensatz zu ihnen fand Nele keine Ruhe. Sie fühlte sich einsam. Abends hatte sie sich immer an Henner geschmiegt, bis seine gleichmäßigen Atemzüge sie in den Schlaf begleitet hatten. Jetzt pochte ihr Herz schwer in der Brust. Sie saß im Schneidersitz auf dem Bett und betrachtete die Vitrine ihrer Oma. Es wäre zu schade gewesen, wenn sie noch länger im Keller des Gutshauses gestanden hätte. Hinter den Glastüren stand Geschirr, natürlich wieder in den Farben des gesamten Raumes. Nach einer Weile stand Nele neugierig auf, um einen Blick hinter die anderen Türen und in die Schubladen zu werfen.

Leise, um die Hunde nicht zu wecken, zog sie erst eine und danach die andere Schublade auf, in denen sich Besteck und zusammengerollte Platzsets befanden. Die zweite klemmte beim Herausziehen, sodass es eines gewissen Geschickes bedurfte, sie wieder hineinzuschieben. Doch zur Hälfte im Schrank ließ sich die Lade nicht ganz versenken. Nele versuchte es auf jede erdenkliche Art, aber es gelang ihr nicht. Sie bückte sich, öffnete die Tür darunter, um zu sehen, weshalb die Schublade klemmte. Sie nahm die Taschenlampe vom Nachttisch zu Hilfe. Zusammengeschobenes Papier, das ihre Schwester offenbar bei der Restaurierung übersehen hatte, war die Ursache. Die Vitrine hatte schließlich nur außen einen neuen Anstrich bekommen. Nele versuchte, es vorsichtig herauszuziehen. Es war dicker als angenommen. Millimeter für Millimeter zog sie daran im Wechsel mit der Schublade. Dann stockte es erneut. Gleichgültig wie sehr Nele sich auch bemühte, das Papier steckte unter der Schublade fest. Es riss ein, was Nele fluchen ließ. Doch um aufzugeben, war sie zu neugierig. Ein letzter Versuch, und sie schaffte es tatsächlich, das Papier unter der Schublade zu entfernen, die sich nun reibungslos in den Schrank schieben ließ. Sie hielt einen vergilbten Umschlag in der Hand und erstarrte, als sie den Namen darauf las.

9.

Die Nacht war kühl. Joris knöpfte das Flanellhemd zu und hängte sich die Jacke um die Schultern. Über ihm wölbte sich der samtblaue Himmel. Er schaute hinauf zu den Sternen und dachte erneut an die vielen Nächte, die er in der Wüste verbracht hatte. Um nicht während der Wache einzuschlafen und sich von der Angst vor einer drohenden Gefahr abzulenken, hatte er stets nach den Sternbildern gesucht. Die Venus schien hier genauso hell wie über Kabul.

Joris gähnte. Auf keinen Fall durfte er heute Nacht einschlafen. Zur Sicherheit hatte er eine Thermoskanne mit schwarzem Kaffee und Schokolade bei sich. Das Gewehr lag neben ihm, um den Wolf mit einem Luftschuss zu erschrecken.

Die Vogelrufe im Wald waren mit Einbruch der Dunkelheit verstummt. Die Luft roch würzig nach Moos und Wildkräutern, die überall am Waldrand zu finden waren.

Joris griff nach dem Nachtsichtgerät und schaute hindurch. Die Schafe dösten vor sich hin. Vielleicht war der Wolf bereits weitergezogen. Joris kannte die Lüneburger Heide von seinen ersten Manövern, die ganz in der Nähe von Suderdorf stattgefunden hatten. Auf dem Truppenübungsplatz hatte er Wölfe beobachten können, in der Nacht wie lautlose Schatten. Ihre Schläue und Ausdauer hatten ihn fasziniert. Doch keiner der Wölfe durfte eines der von ihm gehüteten Schafe reißen.

Die Minuten verrannen, wurden zu Stunden, ohne dass etwas geschah. Ruhig bewegten sich die Schafe im Pferch. Joris aß etwas Schokolade, goss sich Kaffee ein und trank, während er ein wachsames Auge auf die Herde warf.

Es war bereits weit nach zwei Uhr, als ihn die Müdigkeit übermannte. Er schloss die Lider und schlief allen Vorsätzen zum Trotz ein.

Joris wusste nicht, was ihn geweckt hatte. Er setzte sich auf und blickte durch das Nachtsichtgerät. Es war gegen vier Uhr morgens, wie ihm seine Uhr verriet. War da nicht eben hinter den Kiefern eine Bewegung gewesen? Er wartete noch eine Weile. Als nichts geschah, legte er sich wieder hin. Irgendetwas befand sich in der Nähe. Er spürte es. Seine Hand ruhte auf dem Gewehr. Dann vernahm er das Knacken von Zweigen, ein Schnüffeln. Ein Tier schob sich durchs Unterholz. Langsam griff er nach dem Nachtsichtgerät und suchte die Umgebung ab. Plötzlich nahm er eine Bewegung zwischen den Bäumen wahr.

Unruhe breitete sich unter den Schafen aus. Einige liefen blökend in die Gattermitte. Langsam schälte Joris sich aus der Decke und entsicherte die Waffe. Dann sah er ihn. Es war tatsächlich ein Wolf, der sich durchs Unterholz an die Schafe heranpirschte.

Die Suppe werde ich dir versalzen. Lautlos setzte Joris sich auf, bereit, einen Warnschuss in die Luft abzufeuern. Der Wolf verharrte auf der Stelle und lugte zum Gatter hinüber. Joris' Finger krümmte sich um den Abzug. Geduckt schlich der Wolf weiter zu den Schafen, als wolle er Joris' Blick entgehen. Der Schuss hallte durch die Stille. Durchs Nachtsichtgerät sah Joris, wie der Wolf türmte, und atmete auf. Er hatte ihn vertrieben. Aber es war sicher nur eine Frage der Zeit, wann er wiederkehren würde. Dann ließe er sich vielleicht nicht mehr durch einen Schuss abschrecken. Als Joris sich gerade wieder in die Decke kuschelte, fiel ein Schuss, nicht weit von seinem Standort entfernt. Dann war es still. Offenbar war er nicht der Einzige, der den Wolf gesehen hatte. Ein ungutes Gefühl beschlich Joris. Hatte jemand keinen Warnschuss abgegeben? Er nahm sich vor, bei Tagesanbruch die Gegend abzusuchen.

Joris setzte sich auf die Matte und wickelte sich in die Wolldecke. Für den Fall, dass der Wolf zurückkehrte, musste er wach bleiben. Lange Zeit hielt er durch und trank die Thermoskanne leer. Nichts geschah. Die Schafe hatten sich beruhigt und lagerten wieder friedlich. Doch die Müdigkeit ließ ihm immer wieder die Augen zufallen. Sein Kopf sank gegen den Pfosten seines selbstgebauten Unterstandes. Er schreckte auf. Doch so sehr er sich auch anstrengte wachzubleiben, irgendwann überwältigte ihn die Müdigkeit, und er versank in einen Schlummer.

Dumpfe Einschläge ließen die Erde unter ihm beben. Als er Schreie hörte, schlug Joris die Augen auf. Es war Nacht und stockdunkel. Sie hatten bewusst alle Lichter gelöscht, um ihre Position nicht zu verraten. Er kauerte an einem Felsen hinter den Schanzkörben. Die Temperatur war auf den Gefrierpunkt gesunken. Joris zitterte. Einen Augenblick spürte er Furcht. Schnell griff er nach seinem Gewehr, wollte sich aufrichten. Doch der Kugelhagel der gegnerischen Schnellfeuergewehre zwang ihn auf den Boden. Von allen Seiten hörte er seine Kameraden rufen. Angst und Wut auf die Angreifer stiegen in ihm auf. Joris kroch auf Knien hinter die Schanzkörbe und blieb bäuchlings liegen. In der Dunkelheit war jeder auf sich allein gestellt und kämpfte um sein Leben. Die Kugeln pfiffen über ihn hinweg. Er hörte die schweren Schritte eines Kameraden. »Runter!«, befahl er ihm. Aber er rannte weiter. »Runter!«, brüllte er. Aber der Mann blieb mit angelegtem Gewehr stehen. Joris robbte auf ihn zu. Er packte ein Bein. »Runter! Sofort!«, befahl er dem Kameraden. Zu spät. Er hörte das leise Geräusch des einschlagenden Projektils. Dann spritzte Blut. Der Körper des Getroffenen knallte neben ihm auf den Boden und blieb reglos liegen. Joris ballte die Hand zur Faust und schlug damit auf den Boden. »Verdammt!«, stieß er aus.

Schreie zerrissen die Luft, Joris zuckte bei jedem zusammen, als wäre er selbst getroffen worden. Dann herrschte eine unheimliche Stille. Joris musste wissen, ob noch einer seiner Kameraden lebte. Mit dem Gewehr in der Hand kroch er langsam vorwärts, bis er gegen einen leblosen Körper stieß und noch ein Stück weiter gegen einen zweiten. Seine Hoffnung, einen Überlebenden zu finden, sank mit jedem Atemzug. Unbändige Wut stieg in ihm auf, aber er robbte wieder zurück in die Deckung. Als leise Schritte jenseits der Schanzkörbe erklangen, rappelte er sich schnell auf und zielte über die Verteidigungslinie ins Dunkel. Er machte eine Bewegung hinter einer Mauer aus und schoss. Die Gestalt sackte zusammen. Eine Kugel verfehlte Joris um Haaresbreite und schlug neben ihm in den Schanzkorb ein.

Anschließend folgte ein weiterer Kugelhagel. Dann spürte er einen Luftzug neben seinem Gesicht und warf sich auf die Erde, die Arme schützend über dem Kopf. Die Granate explodierte nicht weit von ihm entfernt. Splitter flogen durch die Luft. Er spürte einen stechenden Schmerz in der Schulter, der ihn lähmte. Staub rieselte auf ihn herab. Kurz bevor er die Besinnung verlor, hörte er die Detonationen weiterer Granaten und die Schreie der Sterbenden, und er sehnte sich nach dem Tod.

Joris erwachte von seinem eigenen Schrei. Einige Schafe hatten die Köpfe gehoben und schauten ihn an. Immer wieder durchlebte er die Nacht von damals, hörte die Schüsse, Explosionen und die Schreie der Sterbenden. Dieses Erlebnis hatte ihn für alle Zeiten gezeichnet. Was würde er darum geben, es vergessen zu können.

10.

Nele starrte auf das Kuvert in ihren Händen. *Für meine beste Freundin Dörte. Von Esther* stand in schwungvollen Buchstaben darauf.

Wer zum Teufel war nun schon wieder diese Dörte?

Sie konnte sich nicht daran erinnern, dass der Name schon mal in irgendeinem Zusammenhang in der Familie gefallen war. In welcher Beziehung mochte diese Dörte zu ihrer Großmutter gestanden haben? Ihre Neugier wuchs. Es juckte ihr in den Fingern, den Umschlag zu öffnen. Was würde sie erfahren?

Erst hatte Sandra durch ihr Hotelprojekt Ruth und Herbert Willhart kennengelernt, die sich als Verwandte entpuppt hatten und nun fest zur Familie gehörten. Nele mochte das etwas schrullige Ehepaar, das ihre Schwester beim Hotelprojekt kräftig unterstützte. Aber auch sie hatten niemals den Namen Dörte erwähnt.

Nele war aufgeregt und versucht, Sandra zu wecken, um ihr von ihrer Entdeckung zu berichten. Ein Blick auf die Uhr zeigte, dass es schon nach Mitternacht war. Das konnte sie nicht machen. Ihre Schwester brauchte den Schlaf, da doch die ganze Verantwortung für das Hotel auf ihren Schultern lastete.

Nele wollte das Öffnen des Kuverts auf den Morgen verschieben, den Brief im Beisein ihrer Schwester lesen. Aber ihre Neugier siegte. Vorsichtig öffnete sie den Umschlag und zog den Brief heraus. Weil keine Adresse auf dem Brief stand, ging Nele davon aus, dass ihre Großmutter den Brief dieser Dörte persönlich hatte übergeben wollen. Das Papier war arg zerknittert, dass Nele mehrmals mit den Händen darüberstreichen musste, damit die Buchstaben lesbar waren.

Suderdorf, Anfang August 1968

Meine liebe Dörte!

Wenn Du diese Zeilen liest, werde ich nicht mehr in Suderdorf sein. Horst und ich haben beschlossen, die Heimat zu verlassen. Wir können nicht mehr so weiterleben und unsere Liebe vor den anderen verstecken. Die heimlichen Treffen im Gästehaus auf dem Schafhof müssen ein Ende haben. Horst und ich wissen noch nicht, wohin wir gehen werden. Nur weit, weit fort von diesem Ort.

Anselms aufbrausende Art kann ich nicht mehr ertragen, und auch Horst ist am Ende mit den Nerven wegen Birtes Eifersuchtsanfällen. Nur unsere Liebe hat uns bislang geholfen, alles durchzustehen.

Glaub mir, die Entscheidung ist mir nicht leichtgefallen. Ich muss meinen geliebten Sohn Friedrich zurücklassen. Es zerreißt mir das Herz. Aber Anselm würde ihn nie mit mir gehen lassen. Horst ergeht es ähnlich wie mir. Er weiß, dass sein Abschied von seiner kleinen Tochter Helga für immer ist. Doch wir könnten hier nie mehr glücklich sein und unseren Frieden finden. Anselm wird mich dafür hassen.

Am Tag des Heideblütenfestes werden wir Suderdorf für immer verlassen. Ich hoffe, Du verstehst meine Entscheidung.

Ich werde Dich schrecklich vermissen!

Fühl Dich von mir ganz lieb gedrückt.

In Liebe, Deine Esther.

Nele senkte die Hand mit dem Brief. Hier hatte sie es schwarz auf weiß, dass ihre Großmutter Horst Koopmann geliebt und geplant hatte, mit ihm von hier fortzugehen.

Ob Onkel Herbert und Tante Ruth oder gar ihr Vater von Omas Plänen gewusst hatten?

Gleich morgen früh würde sie mit Sandra darüber reden. Mit zittrigen Fingern steckte Nele den Brief wieder in den

Umschlag zurück. Gerade in dem Moment, als sie ihn in die Nachttischschublade legte, hörte sie draußen einen Knall und wenig später noch einen. Benny und Bobby hoben die Köpfe und spitzten die Ohren. Sie knurrten leise.

Das hatte sich wie Schüsse angehört. Aber um diese Jahreszeit war das Jagen verboten. Nele sprang vom Bett und rannte zum Fenster. Sie schob die Gardine beiseite und lugte hinaus. Draußen war es stockdunkel, sodass sie nichts erkennen konnte. Eine Weile stand sie da und lauschte in Erwartung eines weiteren Knalls. Ihr Herz pochte vor Aufregung schneller. Sie lief zur Tür und schaute in den Flur. Stille. Ihre Schwester schlief scheinbar tief und fest. Hier draußen war es einsam. Es kam selten vor, dass sich jemand nachts hierher verirrte. An Sandras Stelle würde sie sich allein in diesem Haus fürchten. Die plötzliche Stille besaß etwas Unheimliches. Die angespannte Atmosphäre lockerte sich erst, als Benny und Bobby sich wieder hinlegten. Nele beschloss, ins Bett zurückzukehren.

Da hörte sie, dass die Haustür leise ins Schloss fiel. Zuerst dachte sie an einen Einbrecher, bis ihr klar wurde, dass es nur Patrick sein konnte, der heimkehrte. Nele lief zur Tür und öffnete sie einen Spaltbreit. Licht flammte auf.

Patrick stand mit einem Aktenkoffer in der Hand mitten im Flur. Er zuckte kurz zusammen, als er sie bemerkte, stellte den Aktenkoffer ab und kam auf sie zu.

»Hallo, Nele«, begrüßte er sie leise und umarmte sie freudig.

»Hallo, Rick. Sandy schläft schon.«

»Dachte ich mir.«

»Es hat zweimal geknallt. Hast du das eben auch gehört?«, fragte sie aufgeregt.

»Das waren Schüsse. Meinst du das?«

Nele nickte.

»Ja, habe ich. Sicher wegen des Wolfs. Ich werde morgen früh gleich Dr. Larsen verständigen.«

Nele war betroffen. »Weil er hier herumstreift?« Sie hasste es, wenn wehrlose Tiere abgeschossen wurden.

»Angeblich soll er ein Kalb vom Widderhof gerissen haben.«

»Deswegen können sie ihn doch nicht einfach gleich abknallen!«

»Reg dich nicht auf, Nele. Du kannst die Leute nicht ändern.«

»Ich weiß. Aber vielleicht müsste Dr. Larsen alle mehr aufklären!«

»Glaub mir, das macht er«, versicherte Rick ihr. »Er hat mehrere Vorträge im Ort gehalten.«

Nele kannte die mangelnde Einsicht und den Starrsinn vieler Bauern, einschließlich ihres Vaters und Ricks Mutter. Für sie war der Wolf ein Ungeheuer. Lieber wollten sie ihn tot als lebendig sehen.

»Larsen meinte, der Wolf würde keinen Menschen angreifen. Sei bitte dennoch vorsichtig, wenn du durch den Wald spazieren gehst«, riet Rick ihr besorgt.

Nele lächelte. »Ich glaube eher, dass ein Wolf vor mir und meinen Hunden Reißaus nehmen wird.«

»Gut zu wissen.« Er klopfte ihr liebevoll auf die Schulter, bevor er sich umwandte. Dann zog er seine Jacke aus und hängte sie an die Garderobe. Nele wollte ihm unbedingt noch von Großmutters Brief berichten.

»Du, Patrick, ich hab da was gefunden …«, begann sie.

Rick wandte sich zu ihr um. »Sei mir bitte nicht böse, ich bin hundemüde und muss jetzt schlafen. Lass uns lieber morgen in Ruhe darüber reden, okay?«

Nele war ein wenig enttäuscht, die Neuigkeit nicht loswerden zu können, auch wenn sie Verständnis für seine Müdigkeit hatte.

»Ja, natürlich.«

»Gute Nacht, Nele.«

»Nacht, Rick.«

Dann verschwand er durch die Tür zu seinem und Sandras Schlafzimmer. Da die Tür einen Spaltbreit offen stand und Licht ins Schlafzimmer fiel, konnte Nele Rick beobachten, der sich über seine Frau beugte und ihr einen Kuss auf die Stirn hauchte. Davon wachte ihre Schwester auf, schlang die Arme um seinen Hals und zog ihn zu sich herunter. Der innige Kuss der beiden wollte nicht enden. Wie verliebt die zwei noch immer waren ... Auch wenn sie ihnen das Glück gönnte, wurde Nele traurig. Sie fühlte sich einsam und dachte an Henner, der jetzt sicher mit Mareike eng aneinandergeschmiegt schlief.

Auf Zehenspitzen schlich sie in ihr Zimmer und kroch unter die Decke.

Während Bobby und Benny tief und fest schliefen, fand Nele nicht die ersehnte Ruhe. Die Ereignisse des Tages und auch der Brief ließen sie nicht los. Sie dachte an die unheimliche Stimmung bei der Schafhofruine und an das Geflüster, das sie dort einmal zu hören geglaubt hatte. Auch jetzt wusste sie nicht, ob sie sich das nur eingebildet hatte. Sie hatte das Gefühl, verrückt zu werden.

Nele vermisste ihr geordnetes Leben in Hamburg mit Henner in ihrer Wohnung. Single zu sein gefiel ihr nicht. Immer besser verstand sie daher ihren Großvater. Nele konnte nur vermuten, dass er die Pläne ihrer Großmutter, gemeinsam mit Horst fortzugehen, geahnt hatte. Wie schwer musste das für ihn gewesen sein. Das hatten Nele und Sandra am eigenen Leib erlebt. Ihre eigene Mutter hatte Sandra und sie ebenfalls verlassen. Nur zu gut konnte sie sich an den Schmerz und die Lücke erinnern, die sie hinterlassen hatte.

Nele wischte sich eine Träne von der Wange. Wie gern hätte sie jetzt mit jemandem über ihre Gedanken und Gefühle gesprochen, sich an eine Schulter gelehnt, um getröstet zu werden. Sie fühlte sich einsamer als je zuvor. Schluchzend drehte sie sich auf den Bauch und weinte in die Kissen. Warum war alles so gekommen? Erst kurz vor Morgengrauen schlief sie ein.

11.

Gerädert wachte Joris am nächsten Morgen auf. Nach dem Albtraum hatte er völlig verkrampft gelegen. Die Sonne schien auf die friedlich grasenden Schafe herab. Der Wolf war nicht zurückgekehrt. Er konnte sich nicht vorstellen, dass sein Warnschuss das Tier wirklich verjagt hatte. Sollte der andere Schuss, den er in der vergangenen Nacht gehört hatte, dem Wolf gegolten haben? Falls das Tier tödlich getroffen worden war, würde sicher geklärt werden müssen, ob der Abschuss genehmigt worden war. Im Geist sah Joris bereits Tierschützer mit Plakaten durch Suderdorf ziehen.

Er stand auf, packte die Sachen zusammen und trug sie ins Blockhaus.

Als Joris in den Kühlschrank schaute, um sich Frühstück zu machen, war der bis auf eine matschige Tomate und einen Becher Milch leer. Er wollte ohnehin heute ein paar Besorgungen machen. Doch er hatte einen Mordshunger und beschloss, zum nächstgelegenen Hofladen zu fahren, um sich zwei Brötchen und etwas Käse zu holen. Natürlich hätte er auch ins Hotel Rosenhagen fahren können, aber das war ihm auf Dauer zu teuer. *Schade, dass Gut Rosenhagen keinen Hofladen besaß.*

Auf der Fahrt zum Thalen-Hof, der am Rande von Suderdorf lag, passierte Joris das Haus von Sandra Gercke. Er mochte das alte Gemäuer, das mehr Geschichten erzählte als jeder Neubau. Auf dem Parkplatz seitlich vom Haus stand der blaue Kombi der Fremden von gestern Abend. Die Ähnlichkeit, natürlich! Und dann hatte sie ihm erklärt, dass sie keine Touristin sei. Joris schlug sich mit der flachen Hand gegen die Stirn. Friedrich Gercke hatte einmal erwähnt, dass er zwei Töchter hätte. Wegen der Ähnlichkeit musste die Unbekannte von gestern Abend Sandra Gerckes Schwester sein.

Schon beim ersten Gespräch mit seinem Chef hatte dieser kein gutes Haar an seiner jüngeren Tochter gelassen.

»Sie hat nichts gelernt und ist mehr durch ihre Eskapaden bekannt als durch ihren Fleiß«, klangen die Worte seines Chefs ihm in den Ohren, während er weiterfuhr.

Das wütende Aufblitzen in ihren Augen und ihr selbstbewusstes, fast trotziges Auftreten ließen Joris vermuten, dass sie sehr eigensinnig sein konnte.

Auch wenn die Gesichtszüge der beiden Schwestern sich ähnelten, waren sie dennoch unterschiedlich. Während Sandra Gercke stets in sportlich-eleganter Businesskleidung das Bild der erfolgreichen Geschäftsfrau vermittelte, wirkte ihre Schwester wie eine Anhängerin der Flowerpower-Bewegung. Die Lockenmähne hatte sie mit einem bunten Stirnband gebändigt gehabt. Ihre Ohrringe waren mit Federn bestückt gewesen, und die Muschelkette schien sie selbst gefertigt zu haben. Unzählige Metallarmreifen hatten ihren rechten Arm vom Handgelenk bis zum Ellbogen geziert und geklimpert. Sie hatte ein helles Top getragen. Ein Träger war den Arm hinuntergerutscht. Unter dem Top hatte sie keinen BH getragen. Einen Moment lang war ihm beim Anblick des wohlgeformten Busens heiß geworden. Sexy war sie, aber genauso flippig. Zum Glück schien sie nicht bemerkt zu haben, dass er auf ihr Top gestarrt hatte. Sonst hätte sie sich das verbeten.

Der Hofladen von Bauer Thalen war nicht größer als Joris' Wohnzimmer im Blockhaus, mit einem Tresen und zwei Regalen. Bekannt war der Laden durch die Brötchen, die jeden Morgen von der Bauersfrau frisch gebacken wurden.

Auf dem Hof wurden Ziegen gehalten, deren Milchprodukte ebenfalls zum Verkauf standen. »Das macht drei Euro fünfundsiebzig für die Brötchen und den Ziegenkäse«, riss ihn Frau Thalen aus den Grübeleien. »Ja, ja, natürlich.«

»Ihnen als Schäfer müsste es doch auch recht sein, wenn diese Bestie endlich von hier verschwindet. Wenn der Ihre Schafe reißen würde …«, sagte Frau Thalen.

»Vielleicht gibt es aber auch andere Möglichkeiten«, wandte Joris ein. Die Züge der Bäuerin gefroren.

»Ich wüsste nicht, welche«, antwortete sie pikiert.

Hastig zog er seine Brieftasche aus der Hose und legte das Geld in die Schale, bevor er den Hofladen verließ.

12.

Am nächsten Morgen wurde Nele durch das Klappern von Geschirr geweckt. Sie schaute auf die Uhr. Ihre Schwester stand also immer noch um sechs Uhr morgens auf. Wenn sie ihr von dem Brief erzählen wollte, musste sie sich beeilen. Nele gähnte und schwang die Beine aus dem Bett. Irgendwo im Gepäck steckte ihr Bademantel. Nachdem sie den Frotteemantel übergestreift hatte, steckte sie den Brief in die Tasche und lief in die Küche, wo es nach frischgebrühtem Kaffee duftete. Sandra stand am Küchentresen und biss von einem Hörnchen ab. Wie immer war ihre Schwester elegant gekleidet, sie trug einen dunkelblauen Hosenanzug und eine zitronengelbe Bluse, die wunderbar mit ihrem Haar harmonierte. Durchs Fenster sah sie Patrick, der gerade in seinen roten Ferrari stieg.

»Guten Morgen, Nele«, begrüßte Sandra sie herzlich und wischte sich die Krümel mit einer Serviette ab. »Möchtest du vielleicht auch ein Brötchen?«

»Ja, gern.« Nele nahm eines der noch warmen Teigteile aus dem Korb, der vor Sandra auf dem Tresen stand.

»Köstlich. So knusprig«, schwärmte sie, als sie den ersten Bissen kaute.

»Ja, finde ich auch. Hat Hilke aus der Hotelküche gerade vorbeigebracht.«

Sandra wollte sich gerade auch ein Brötchen nehmen, als sie innehielt. Ihr Lächeln erlosch.

»Du siehst aus, als hättest du nicht gut geschlafen. Ist was, Schwesterchen?«

Da zog Nele den Brief aus der Manteltasche und legte ihn vor Sandra hin.

»Die eine Schublade der Vitrine hat geklemmt«, erklärte sie, »und der da war die Ursache. Du musst ihn beim Restaurieren irgendwie übersehen haben.« Nele tippte auf den Umschlag. Sandras Augen weiteten sich, als sie die Worte auf dem Kuvert las.

»Von Oma Esther?«

Die Farbe wich aus ihrem Gesicht, als sie nach dem Brief griff. Sie starrte auf den Umschlag in ihren zittrigen Händen.

»Ich fasse es nicht. Ich … ich habe die Vitrine nicht aufgearbeitet. Das war Anna, eine Bekannte von Rick, die sich neben den Pferden etwas Geld mit der Restaurierung alter Möbel verdient.«

»Die Anna, die Rick zu Hilfe gerufen hat, als Akazia durchgegangen ist?«

»Ja, genau die. Wie konnte sie das nur übersehen?«

»Hätte ich auch fast. Der war zusammengepresst. Du siehst ja, wie zerknittert er ist.«

»Ja. Du hast ihn schon gelesen, oder?«, fragte Sandra und wirkte enttäuscht.

»Ja, sorry. Ich hoffe, du bist mir nicht allzu böse. Aber ich konnte einfach nicht anders. Ich war gestern Nacht drauf und dran, dich zu wecken. Aber weil ich weiß, dass du immer früh aufstehst, wollte ich dir das nicht antun«, beichtete Nele.

»Schon gut, ich bin nicht sauer. Es ärgert mich nur, dass der Brief nicht schon längst entdeckt wurde.«

Sandra zog das Blatt aus dem Kuvert und las mit gerunzelter Stirn.

»Viel weiter bringt er uns nicht. Schon wieder neue Fragezeichen.« Sandra stöhnte.

»Hast du schon mal was von dieser Dörte gehört?«, fragte Nele. Ihre Schwester schüttelte den Kopf.

»Nein. Ich habe keinen blassen Schimmer, wer das sein könnte.«

»Und Onkel Herbert und Tante Ruth haben sie auch nie erwähnt?«

»Nein. Das muss aber nichts heißen. Vielleicht haben sie es nur vergessen. Immerhin liegt alles über fünfzig Jahre zurück.«

Da musste Nele ihrer Schwester zustimmen.

»Ich wollte den beiden eh einen Besuch abstatten. Bei der Gelegenheit kann ich sie gleich nach dieser Dörte fragen«, schlug Nele vor.

»Gute Idee«, fand Sandra. »Ich würde dich ja gern begleiten. Aber Papa und sein Verwalter haben mich zu einem Gespräch gebeten. Es geht mal wieder um den Wolf.« Sie seufzte und rollte mit den Augen.

Da erzählte Nele ihr von den beiden Schüssen.

»Ja, ich weiß. Rick hat heute Morgen schon mit Dr. Larsen telefoniert. Es scheint keiner von den besenderten Wölfen zu sein. Aber er hat versprochen, sich zeitnah darum zu kümmern.«

»Gut. Ich habe mich nur zu Tode erschrocken.«

»Versteh ich. So, jetzt muss ich ins Hotel. Du findest dich zurecht?«

»Ja, klar.«

»Grüß mir Onkel und Tante, ja?« Sandra gab Nele einen Kuss auf die Wange, bevor sie das Haus verließ.

Nach dem Frühstück brach Nele mit den Hunden zum Spaziergang auf. Die meisten Touristen zu dieser Jahreszeit reisten mit Pferd an und nutzten die ausgedehnten Reitwege durch die Heidelandschaft. Nele kannte jeden der Wege und entschied sich für den Wanderweg zum Suderdorfer Hochmoor. Die Hände über die Augen haltend, weil die Sonne sie blendete, schaute sie zum Wald hinauf, der ans väterliche Gut angrenzte. Rosenhagen erstreckte sich östlich gen Norden bis zum Sudertal, Gut Moorland lag im Westen. Das Landschaftsschutzgebiet Sudertal trennte Gut Rosenhagen und Moorland und war einst der Zankapfel beider Familien gewesen.

Schon zu früher Stunde war es heute unangenehm schwül. Nele sah zum Himmel auf, an dem sich Wolken auftürmten. Regen drohte. Sie musste sich beeilen, wenn sie nicht in einen Guss kommen wollte. Falls sich das Wetter verschlechterte, konnte sie ein oder zwei Abzweigungen vorher nehmen, die schneller zu Sandras Haus zurückführten. Benny und Bobby trabten am Boden schnüffelnd vor ihr her. Nach wenigen Minuten hatten sie den Waldrand erreicht. Farn hatte große Teile des Waldbodens erobert. Der schwere Geruch von feuchter Erde und würzigen Waldpflanzen erfüllte die Luft. In der Ferne hämmerte ein Specht, und das Konzert der Singvögel begleitete sie auf jedem Schritt. Sanft fiel das Sonnenlicht durch das dichte Laub der Baumkronen und überzog einen Teil des wuchernden Grüns mit einem goldenen Schimmer. Vor ihr lag eine Kurve. Die beiden Hunde trotteten voran und verschwanden aus ihrem Blickfeld. Nele dachte an die Schüsse von letzter Nacht und pfiff durch die Zähne. Doch die beiden kehrten nicht zurück. Nele pfiff noch einmal. Als das erfolglos war, rief sie nach ihnen. Doch nur Benny kehrte winselnd zurück.

»Hey, wo ist denn dein Bruder?« Nele streichelte ihm über den Kopf und hielt Ausschau nach Bobby. In der Nachkriegszeit hatten hier Wilderer Fallen aufgestellt. Im Laufe der Jahre waren sie in Vergessenheit geraten, bis der zweite Hund von Schäfer Gernot in eine Falle geraten und kläglich verendet war. Aus diesem Anlass hatten die

Suderdorfer zu einer Sonderaktion aufgerufen. Zwei Dutzend Leute, darunter auch ihre Schwester Sandra, hatten den Wald nach den Fallen abgesucht, um sie zu entfernen. Sollten sie vielleicht eine übersehen haben? Bei dem Gedanken blieb Nele fast das Herz stehen. »Bobby!«, schrie sie und rannte hinter Benny hinterher, der zur Kurve zurücklief.

Hinter der Biegung war auch Benny plötzlich verschwunden. Keuchend blieb Nele stehen und schaute sich um. Irgendwo mussten die beiden doch stecken.

»Benny! Bobby!«, rief sie voller Furcht. Es raschelte im Unterholz. Benny tauchte auf und bellte, als wollte er sie auffordern, ihm zu folgen. Neles Angst wuchs mit jedem Schritt. Irgendetwas musste geschehen sein. Warum kam Bobby nicht zu ihr? Die beiden Hunde waren ihr sehr ans Herz gewachsen und das Einzige, was ihr noch geblieben war. Wenn sie die beiden auch noch verlor … Sie verbot sich, daran zu denken. Atemlos kämpfte sich Nele durchs Gebüsch. Jetzt hörte sie auch Bobby bellen.

»Ich bin gleich bei dir!«, rief sie und zwängte sich durch Blattwerk und Gestrüpp. Mit ihrer Strickjacke, die sie um die Taille gebunden hatte, blieb sie mehrmals hängen. Ein Zweig zerkratzte ihre Wange. Warme Flüssigkeit rann Nele übers Gesicht. Sie zog ein Taschentuch aus ihrer Hosentasche und tupfte sich das Blut ab. Bobby jaulte auf, und Nele erschrak. Im Geist ging sie alle Möglichkeiten durch, was den Hunden geschehen sein könnte. Nele schickte ein Stoßgebet gen Himmel und bat darum, dass Bobby gesund sein mochte. Nachdem sie sich durch das Gestrüpp geschlagen hatte, hielt sie Ausschau nach den Hunden.

Das Bellen und das Jaulen waren verstummt. Stattdessen herrschte eine Totenstille. Nicht einmal das Gezwitscher eines Vogels. Vorsichtig tastete sie sich weiter.

»Benny? Bobby?«, rief sie, während ihr Herz vor Furcht

wild klopfte. Irgendwo mussten die Hunde doch sein. Schritt für Schritt lief Nele voran. Die Stille war unheimlich. Sie blickte sich um und bemerkte verfallene Mauern. Die Schafhofruine. Als Kind hatte sie sich einmal hierhin verirrt. Ein Knacken hinter ihr ließ Nele herumwirbeln. Nichts war zu sehen.

»Nele.« Nele fuhr erschrocken zusammen. Bildete sie es sich nur ein oder hatte da nicht eben jemand ihren Namen geflüstert? Eine Gänsehaut kroch ihren Rücken hinauf und überzog auch ihre Arme.

»Hallo? Wer ist denn da? Kommen Sie heraus!« Aber sie erhielt keine Antwort. Mit den Hunden an ihrer Seite hätte sie sich sicher gefühlt.

Erneut rief sie nach ihnen. Aber sie kamen nicht. *Wo steckten die beiden nur?* Nele hatte das Gefühl, dass dieser Ort unter einer unsichtbaren Glocke lag, die jedes Geräusch dämpfte. Die Zeit schien hier keine Rolle zu spielen.

Nele näherte sich der Mauer, die einst den prächtigen Schafhof eingefasst hatte. Beim näheren Hinsehen erkannte sie die Gravur im gerußten Stein: *Schafhof Familie Koopmann.*

Sie hatte diesen Ort immer gemieden. Hier waren ihre Großmutter und ihr Liebhaber verbrannt. Plötzlich hörte sie von überallher kommend Geflüster. Nele konnte nicht unterscheiden, ob sie es wirklich hörte oder es nur in ihrem Kopf erklang. Die Stimmen der Vergangenheit, so hätte Tante Mia es ihr erklärt. Ihre Tante hatte manchmal ebenfalls Stimmen gehört. Nele drehte sich im Kreis, suchte jeden Winkel ab. Niemand war hier. Als das Geflüster nicht aufhörte, sondern eindringlicher wurde, hielt sie sich die Ohren zu. Das Geflüster hörte nicht auf, wurde eindringlicher. »Feuer«, flüsterten die Stimmen. Vor ihren Augen sah sie ein brennendes Gebäude. Dann drehte sich alles in ihrem Kopf. Das mussten Halluzinationen sein. Weil sie an diesem Ort immer an den Tod ihrer Großmutter erinnert wurde.

»Niemand außer mir ist hier. Es gibt kein Geflüster«, sagte sie laut. Sie wiederholte es so oft, dass es zum Mantra wurde.

Als sie sich wieder gefasst hatte, spürte sie plötzlich einen eisigen Luftzug an ihrem Hals, obwohl es nicht windig war. Erschrocken schrie Nele auf und rannte davon. Sie wollte nur fort von diesem unheimlichen Ort. Erst als sie keine Luft mehr bekam, blieb sie stehen. Da hörte sie endlich ihre Hunde bellen und lief in die Richtung, aus der das Bellen gekommen war.

Die Hunde standen vor einer umgestürzten Eiche. Nele traute ihren Augen nicht, als sie sah, was neben dem Baum auf dem Boden lag.

13.

Nach dem Frühstück fühlte sich Joris wieder wie der Alte. Das Gespräch im Hofladen hatte er längst schon abgehakt. Es wurde viel geredet, und er gab nichts auf Klatsch.

Er blätterte in der Tageszeitung, die er mitgebracht hatte, und las einen Artikel über syrische Flüchtlinge. Er dachte wieder an seinen aufwühlenden Traum der vergangenen Nacht, der seine verdrängten Ängste und Schuldgefühle in ihm erneut hatte aufsteigen lassen. Wie auch die syrischen Flüchtlinge bekam er die Bilder einfach nicht aus dem Kopf, die Gesichter der toten Kameraden. Als Kind hatte er den heroischen Erzählungen seines Urgroßvaters gelauscht, der im Zweiten Weltkrieg gekämpft und ein halbes Dutzend Kameraden seiner Kompanie an der russischen Front gerettet hatte. Joris war fasziniert gewesen. Doch am Krieg gab es nichts Heroisches. Die Gräuel waren in der Realität viel schlimmer als in seinen kühnsten Vorstellungen. Noch nie hatte er eine solche Angst verspürt wie damals.

Ein Schwall kaltes Wasser würde ihn bei dieser morgendlichen Schwüle nicht nur erfrischen, sondern hoffentlich auch die bösen Geister in seinem Kopf vertreiben.

Draußen neben dem Blockhaus stand ein Brunnen mit einem Sandsteinbecken.

Er hätte auch das winzige Bad im Innern benutzen können, aber am Morgen bei Sonnenschein liebte er das weiche, erfrischende Wasser aus dem Brunnen. Dunkle Wolken zogen am Horizont auf. Auf dem Weg zum Brunnen begleiteten ihn das Blöken der Schafe und Vogelgezwitscher. Seitdem er hier im Wald lebte, hatte er die Vogelnamen und deren Stimmen gelernt. Er nahm das Handtuch von der Wäscheleine und warf es sich über die Schulter.

Die Blätter der Birken und Buchen raschelten leise im Wind. Die Geräusche der Natur taten seiner Seele gut. Er dachte an seinen damaligen Kriegseinsatz, bei dem er morgens bereits in der Ferne dumpfes Maschinengewehrgeratter gehört hatte. Kein Vogel hatte gesungen, und im Sommer war es unerträglich heiß gewesen. An seinem letzten Tag in Afghanistan hatte die Erde von den vorbeifahrenden Panzern gezittert, sodass er beim Rasieren mit dem Messer abgerutscht war und sich ins Kinn geschnitten hatte.

Nicht schon wieder daran denken!

Joris tauchte zuerst die Hände ins kalte Wasser, dann bückte er sich und steckte den Kopf hinein. Anschließend schüttelte er das Haar aus. Er kämmte sich und fasste sein langes Deckhaar zu einem Zopf zusammen. Dann wusch er seinen muskulösen Oberkörper und trocknete sich ab. Über seinen rechten Oberarm zogen sich mehrere eurostückgroße Narben von Granatsplittern. Er hatte Riesenglück gehabt, dass er noch lebte. Ein Stückchen weiter oben, und die Splitter hätten seine Halsschlagader zerfetzt.

Erfrischt kehrte er ins Haus zurück. Es war Zeit, in den Ort zu fahren, um Besorgungen zu machen.

Nachdem er sich ein Sweatshirt übergestreift hatte, lief er zu seinem Wagen.

Er mochte das beschauliche Suderdorf, dessen Herzstück der kleine Marktplatz inmitten des Ortes war. Hier, zwischen penibel gepflegten Blumenrabatten und Bänken um den Brunnen, spielte sich das Leben der Einwohner ab. Ein Dutzend Geschäfte hatten sich zu beiden Seiten des Rathauses um den Marktplatz angesiedelt. Darunter auch der Supermarkt, in dem er gewöhnlich seine Einkäufe tätigte. Joris parkte den Wagen und überquerte den Marktplatz.

Nachdem er sich aus dem Reformhaus mit Tee versorgt und im Schreibwarenladen Papier für seinen Drucker gekauft hatte, wollte er noch schnell in den Supermarkt, um seinen Kühlschrank aufzufüllen. Da bemerkte er den dunkelblauen Wagen, der direkt vor den Stufen des Rathauses hielt. Joris kannte sich sehr gut mit den älteren Modellen aus und pfiff leise durch die Zähne. Da vorn stand tatsächlich ein BMW 705 Roadster. Was würde er drum geben, einmal in diesem Wagen zu sitzen. Die Fahrertür öffnete sich, und eine schlanke, sehr attraktive Frau mittleren Alters stieg aus. Trotz der Schwüle trug sie ein elegantes dunkles Kostüm. Am auffälligsten war ihr Schmuck, bestehend aus einer breiten Goldpanzerkette und den dazu passenden Ohrgehängen, die das Sonnenlicht reflektierten. Schwarze Haare, hübsches Gesicht und sehr selbstbewusst … Den Beschreibungen seines Chefs zufolge musste es sich bei der Frau um die Bürgermeisterin Helga Koopmann handeln. Für einen Moment dachte er an die Gespräche im Hofladen und das, was ihm sein Chef über die Bürgermeisterin erzählt hatte.

Von Friedrich Gercke wusste Joris auch von der Fehde zwischen den Familien. Nur den Grund hatte er ihm nicht genannt.

Helga Koopmann drehte sich kurz um und musterte ihn neugierig. Dann lächelte sie ihn charmant an. Bestimmt hatte sie mit ihrem Aussehen und ihrer Ausstrahlung so manchen Männerpuls beschleunigt. Aber da lag etwas in ihrem Blick, das ihn zur Vorsicht mahnte. Joris sah ihr nach, wie sie mit schwingendem Gang zum Rathaus lief, bevor er sich umdrehte und den Supermarkt betrat.

Mit einem übervollen Einkaufswagen steuerte er wenig später die Kasse an. Während er am Ende der Schlange wartete, belauschte er zufällig die Unterhaltung zwischen zwei Frauen hinter dem Regal.

»Hast du den großen, kräftigen Kerl gesehen, der gerade den halben Laden leergekauft hat? Er trug einen Schlapphut.«

»Der neue Schäfer von Rosenhagen. Selbst mit dem Vollbart ziemlich attraktiv, findest du auch, Helga?«, antwortete die Zweite, deren Stimme etwas rau klang und sich jünger anhörte.

»Wohnt er auf dem Gut?«, bohrte die, die vermutlich Helga Koopmann war, nach.

Joris lauschte aufmerksam weiter. Er war es gewohnt, dass sich Frauen für ihn interessierten, besonders wenn er die Uniform getragen hatte.

»Nein, er lebt oben im Wald in Friedrichs neuem Blockhaus. Mit den Schafen.«

»Ich dachte, Friedrich wollte nach Gernots Abschied die Herde verkaufen«, warf Helga Koopmann verwundert ein. »Bei seinem schlechten Gesundheitszustand.«

»Soviel ich weiß, Helga, hat er das Vorhaben wieder verworfen. Im Gegenteil, er will die Herde vergrößern. Weiß ich vom Zuchtverbandsleiter.«

»Dann braucht er mehr Land. Das könnte diesem alten Fuchs so passen. Es bleibt doch bei unserer Absprache?«, fragte Helga Koopmann.

»Ja, natürlich«, versicherte ihre Gesprächspartnerin.

Was mochten die beiden Frauen miteinander vereinbart haben? Joris beschlich ein komisches Gefühl. Er sollte mit seinem Chef darüber reden.

»Hast du sonst noch Neuigkeiten für mich?«, fragte Helga Koopmann.

Scheinbar war sie als Bürgermeisterin an allem interessiert.

»Stell dir vor, Friedrichs Jüngste ist wieder hier. Lorchen hat sie gestern Abend durch den Ort fahren sehen. Grellbunt wie eh und je. In einem klapprigen Fiat. Zwei riesige Hunde auf der Rückbank«, antwortete die Jüngere.

»Hunde? Was will sie denn damit?«

»Keine Ahnung.«

»Scheinbar hat dieses unverschämte Weibsbild wieder einen neuen Spleen. Es wäre besser gewesen, sie wäre nie mehr nach Suderdorf zurückgekehrt.« Die letzten Worte spie Helga Koopmann heraus.

Die Spannung, die in der Luft lag, konnte Joris körperlich spüren. Auch im Ort war die zweite Tochter seines Chefs in Ungnade gefallen. Allein vom Äußeren her wirkte sie wie eine Exotin in dieser ländlichen Umgebung. Ein Grund, um ins Visier von Klatsch und Tratsch zu geraten.

Suderdorf schien viele Geheimnisse zu hüten.

»Was macht denn eigentlich Patrick, Helga?«

»Was weiß ich denn? Seitdem er mit der Gercke-Tochter zusammen ist, wechseln wir kaum noch ein Wort.«

Joris wusste, dass sein Arbeitgeber nicht gerade gut auf den Freund seiner Tochter zu sprechen war. Weil er ein Koopmann war.

Auf den ersten Blick wirkte Suderdorf mit seinen Bewohnern beschaulich. Doch mit jedem Tag, den er hier verbrachte, spürte er, dass die Feindschaft zwischen den Koopmanns und den Gerckes das Leben aller im Ort überschattete. Was mochte zwischen ihnen vorgefallen sein?

Ganz in seinen Grübeleien versunken, zuckte Joris zusammen, als ihm jemand auf die Schulter tippte.

»Wollen Sie nicht endlich Ihre Sachen aufs Band legen? Wir möchten auch an die Reihe kommen«, meldete sich eine dürre Frau mit Bubikopf zu Wort und sah ihn verärgert an.

»Ja, ja, natürlich.« Hastig legte Joris seinen Einkauf aufs Band.

Bevor er den Supermarkt verließ, schaute er sich noch einmal nach Helga Koopmann und ihrer Gesprächspartnerin um. Sie standen tuschelnd an der Salatbar zusammen. *Auch hier blühten Tratsch und Klatsch.* Joris schleppte die Einkaufstüten zum Wagen und fuhr zurück zum Blockhaus.

Kurz bevor er den Wald erreichte, erkannte er von Weitem Friedrich Gerckes Tochter Nele. Nele, die Starke. *Zumindest sind die Farben ihrer Kleidung stark,* dachte er schmunzelnd. Das schrille Neonorange von Hose und T-Shirt leuchtete in der grünen Umgebung. Sie hatte ihre rotblonde Lockenmähne zu einem Knoten gebändigt. Ihre Kleidung umspannte ihren Körper wie eine zweite Haut und betonte ihre schlanke Figur. Sie besaß an den richtigen Stellen Rundungen. Unwillkürlich hielt Joris am Wegrand. Sie schien ihn nicht bemerkt zu haben, sodass er sie beobachten konnte. Es amüsierte ihn, wie sie auf einem gefällten Baumstamm balancierte. Dabei haftete sein Blick auf ihrem wohlgeformten Hinterteil, das bei jedem Schritt aufreizend hin und her schwang. Joris wurde bei dem Anblick heiß. Sie war wirklich sexy und ein Hingucker. Die beiden weißen, stämmigen Hunde trotteten, mit den Nasen überm Boden, neben ihr her. Nele wirkte gegen die beiden Kraftpakete eher zart. Die drei folgten dem Weg, der sich am Wald entlangwand. Er schaute ihnen nach, bis sie aus seinem Blickfeld verschwunden waren, und fuhr erst dann weiter.

Nachdem er seine Einkäufe ins Haus getragen und ausgepackt hatte, trainierte er. Neben dem Laufpensum gehörten Klimmzüge und Hantelübungen zu seinem täglichen Fitnessprogramm. Gegen Mittag wurde es so schwül, dass er ins Schwitzen kam und sein T-Shirt auszog. Es war still um ihn herum. Die Schafe dösten auf der Wiese, während er mit nacktem Oberkörper am Dach des Holzhauses Klimmzüge machte.

Seine gestählten Muskeln hätten sicher noch länger durchgehalten, wäre da nicht das Gefühl gewesen, dabei heimlich beobachtet zu werden. Schon beim Militär hatte er ein besonderes Gespür bewiesen, wenn der Feind sich in der Nähe befand. Joris sprang auf den Boden und blickte sich um. Er konnte niemanden entdecken, und doch hörte er leise Schritte.

»Kommen Sie raus, ich habe Sie längst bemerkt!«, rief er, erhielt aber keine Antwort. Es knackte neben ihm im Gebüsch. Blitzschnell wirbelte Joris herum und sprang an die vermeintliche Stelle. Er teilte die Zweige des Buschwerks und schaute dahinter. Nichts zu sehen. Eine Weile verharrte er und lauschte. Als sich nichts regte, zuckte er mit den Achseln und kehrte zum Brunnen zurück.

»Du bist stets unter Spannung, vermutest hinter jeder Ecke, in jedem Schatten einen Feind. Das ist paranoid«, hatte ihm seine Exfreundin vorgeworfen. Aber im Kriegseinsatz wären mangelnde Aufmerksamkeit und fehlende Intuition tödlich gewesen. Er konnte seine Reaktionen nicht auf Knopfdruck ausschalten. Kopfschüttelnd griff er nach seinen Hanteln und räumte sie weg.

14.

Ein Wolf lag reglos neben dem vermoderten Baumstamm. Die Augen waren weit aufgerissen und blickten ins Leere. Krähen hackten an seinem Körper. Nele verscheuchte die Vögel und schaute auf das tote Tier hinunter. Seine Flanke war blutverkrustet, und auch der Erdboden war dunkel gefärbt. Nele schluckte voller Mitgefühl. In der vergangenen Nacht hatte sie Schüsse gehört. Bobby und Benny schnupperten am Kadaver. Plötzlich ruckten ihre Köpfe hoch, und sie knurrten. Nele blickte in die gleiche Richtung wie ihre Hunde. Es dauerte einen Moment, bis ihre Augen im Schatten des Unterholzes den Eingang zu einem Bau entdeckten. Sie hörte ein leises Winseln.

»Platz! Und bleibt!«, befahl sie ihren Hunden, die artig ihrem Kommando folgten. Langsam näherte Nele sich dem Bau. Zwei Welpen streckten winselnd die Köpfe heraus. Sicher warteten sie auf ihre Mutter. Als sie Nele sahen, verschwanden sie im Innern. Nele konnte die beiden nicht ihrem Schicksal überlassen. Vielleicht würde derjenige, der ihre Mutter getötet hatte, zurückkehren und auch die Jungen gnadenlos abschießen. Sie dachte an den Wolfsforscher Larsen, der sicher wusste, wie man Wolfswelpen behandeln musste. Ihre Schwester oder Rick kannten seine Nummer. Nele zog ihr Handy aus der Tasche und fluchte, weil sie kein Netz hatte. Die Welpen brauchten sicher bald Nahrung. Sie ging ein paar Schritte und hielt das Handy in die Höhe. Noch immer kein Netz! Fieberhaft überlegte Nele, was sie tun könnte. Bis zu Sandras und Ricks Haus war es über eine Stunde. Das Blockhaus ihres Vaters war nur wenige Minuten von ihrem Standort entfernt. Vorhin hatte sie den Wagen des Schäfers gesehen, der in Richtung Wald gefahren war. Eigentlich missfiel es ihr, zu diesem unfreundlichen Kerl zu gehen und ihn um Hilfe zu bitten. Doch was blieb ihr anderes übrig? Außer ihm war niemand weit und breit, der ihr helfen könnte, die Welpen einzusammeln und zu Dr. Larsen zu bringen. Entschlossen wandte sie sich um und begab sich in Begleitung ihrer beiden Hunde zum Blockhaus. Auf der Waldlichtung graste friedlich die Schafherde ihres Vaters. Sein ganzer Stolz. *Ich wünschte, er wäre auf mich so stolz wie auf die wolligen Viecher.*

Nele war überrascht, dass die Wiese umzäunt war. Ihr Vater hatte immer an den Einzäunungen gespart. Doch jetzt lebten Wölfe in der Gegend. Früher war ihr Vater gern zur Jagd gegangen. Seine Jagdgewehre hatte er immer im Waffenschrank im Gutshaus aufbewahrt. Er war ein ausgezeichneter Schütze, und sie traute ihm durchaus zu, dass er den Wolf abschießen würde, wenn eines seiner Schafe gerissen würde.

Bei der Vorstellung, ihr Vater könnte die Wölfin getötet haben, wurde ihr ganz flau. Doch die Schüsse waren in der Nacht gefallen, und ihr Vater verließ nur selten bei Dunkelheit das Gutshaus. Und nur mit seinem Wagen.

Von Weitem schimmerte das Dach des Blockhauses durch die Baumkronen. Bevor Nele das Terrain um das Haus betrat, nahm sie die Hunde an die Leine. Schließlich hatten sie den ungehobelten Kerl angeknurrt. Sie konnte jetzt keinen zusätzlichen Ärger wegen eines Hundebisses gebrauchen.

Nele hatte ganz vergessen, wie idyllisch es hier oben war. Viele Jahre waren seit ihrem letzten Besuch vergangen. Damals war sie gerade in die Schule gekommen.

Die Sonne schien warm. Auf der Wiese blühten Gänseblümchen und Butterblumen. Sie mochte die anheimelnde Atmosphäre von Blockhäusern. In Paraguay hatten sie auch in einem Holzhaus gewohnt, viel schäbiger und weniger komfortabel als das hier. Das Blockhaus vor ihr besaß sogar eine kleine Veranda, an deren Geländer Blumenkästen hingen, die frisch mit hängenden Fuchsien bepflanzt waren, deren Rot weithin leuchtete. Was wäre, wenn der Schäfer sich weigerte, ihr zu helfen?

Ein Staketenzaun rahmte das Blockhaus und seinen kleinen Garten ein. Ursprünglich hatte ihr Vater es an Gäste vermieten wollen, das wusste Nele von Sandra. Gelbe Schwertlilien blühten im Vorgarten. Bevor Nele das schmale Gartentörchen aufzog, holte sie tief Luft. Sie wappnete sich auf eine Abfuhr des Fremden. Es ging um das Leben der Welpen, da musste sie schon Argumente bringen.

Nele trat ein und lief zur Eingangstür. Sie klopfte an, aber er öffnete nicht. Als sie gerade wieder gehen wollte, hörte sie hinter dem Haus Schritte. Weil sie den Schäfer dort vermutete, umrundete sie das Haus und stoppte. Er hatte ihr den Rücken zugewandt und schien sie nicht zu bemerken. Eine perfekte Männerfigur mit muskulösen, breiten Schultern und schmalen Hüften. So perfekt, dass er glatt eine Statue hätte sein können. Beim Anblick seines nackten Oberkörpers musste Nele schlucken. Gegen ihn wirkte Henner schmächtig. Sie hatte nicht gedacht, dass der Schäfer so groß war. Sein dunkelblondes Haar hatte er zu einem Zopf zusammengebunden, der unter dem Schlapphut hervorlugte. *Reiß dich zusammen, Nele! Denk an die Welpen!*

Sie räusperte sich laut. Der Schäfer fuhr herum und sah sie wütend an. Ungeniert glitt sein Blick über ihren Körper. Jetzt im Tageslicht sah er eigentlich ganz gut aus, mit den hohen Wangenknochen und der geraden Nase. Nur der Bart, der wild wucherte wie Gestrüpp und seinen Mund verdeckte, musste dringend gestutzt werden. In seinen stahlgrauen Augen lag trotz der Feindseligkeit auch etwas Verwundbares, das sie nicht unberührt ließ.

»Was wollen Sie denn hier?«, fragte er barsch.

Benny und Bobby fletschten die Zähne.

»Ruhig«, befahl Nele ihnen.

»Nehmen Sie Ihre Köter und verschwinden Sie!«

»Hätte ich mir ja denken können, dass Sie so reagieren. Können Sie überhaupt nett und freundlich sein?«

»Sie kennen mich doch gar nicht!«, erwiderte er.

»Stimmt. Ich bin auch nicht gekommen, um Sie kennenzulernen, sondern weil ich dringend Ihre Hilfe brauche.«

Er schien überrascht zu sein.

»Bitte! Ich wäre nicht zu Ihnen gekommen, wenn es nicht wichtig wäre.« *Sie hasste es zu betteln.*

Da lächelte er süffisant.

»Sind Sie wieder gerast und haben jemanden plattgefahren?«

So eine Unverschämtheit! Nele schnappte nach Luft. Ihr lag eine patzige Antwort auf der Zunge, die sie jedoch hinunterschluckte. Schließlich brauchte sie ihn, um die Wolfswelpen in Sicherheit zu bringen. Sie ließ sich auf das Wortgeplänkel ein.

»Genauso platt, dass ich ihn auf ein Kuvert kleben könnte«, antwortete sie grinsend. Seine Miene blieb düster. *Der Kerl besitzt nicht einen Deut Humor!*

Schon bereute sie, hergekommen zu sein. Aber außer ihm war niemand in der Nähe, den sie hätte bitten können.

»Ich brauche wirklich Ihre Hilfe«, fuhr sie in versöhnlicherem Tonfall fort und schenkte ihm einen langen Blick. Das hatte bei Männern bislang immer gewirkt, um sie versöhnlicher zu stimmen. Doch bei ihrem Gegenüber schien ihr Charme zu verpuffen. Seine Augen verengten sich zu Schlitzen.

»Ich habe keine Zeit. Muss wieder zu den Schafen zurück.«

Er wollte sie abwimmeln, doch so schnell gab Nele nicht auf.

»Lehnen Sie es grundsätzlich ab, anderen zu helfen? Oder nur bei mir?«

Wusste er etwa, wer sie war? Es wäre nicht ungewöhnlich, wenn ihr Vater ihm nur Schlechtes über sie erzählt hätte. Nele, die ihr Leben nicht in den Griff bekam. Sie wartete auf seine Antwort, aber er sah sie nur an. *Vergebliche Liebesmüh!* Bei ihm war es hoffnungslos. Sie wollte sich gerade abwenden, als er den Mund öffnete.

»Erst will ich wissen, worum es geht«, lenkte er ein, und Nele atmete auf.

»Also schön. Gestern Nacht habe ich Schüsse gehört …«

»Ja und?«, fiel er ihr ins Wort. »Kommt hier vor. Das Militär ist ganz in der Nähe.«

»Sie glauben doch auch nicht, dass es Soldaten waren. Jemand hat eine Wölfin erschossen. Sie liegt tot da unten, nur wenige hundert Meter vom Blockhaus entfernt. Und sie hat zwei Welpen. Wir müssen sie retten, bevor auch sie getötet werden.«

»Und wie wollen Sie das anstellen? Rufen Sie den Förster an. Der ist für so was zuständig.«

Der Revierförster gehörte, wie sie von Sandra wusste, zu Helga Koopmanns Anti-Wolf-Lobby. Der würde kurzen Prozess mit den Kleinen machen. Das konnte und wollte sie nicht riskieren.

»Das werde ich gewiss nicht tun«, widersprach sie ihm. »Ich weiß jemanden, bei dem sie besser aufgehoben sind. Bei Dr. Larsen.«

Der Schäfer schwieg.

»Der Wolfsforscher, der seit einiger Zeit in der Lüneburger

Heide die Wölfe besendert, um ihre Bewegungen zu studieren. Sind Sie ihm noch nie begegnet? Er lebt ganz in der Nähe. Wir könnten die beiden zu ihm bringen. Ich glaube, dass sie noch von der Mutter gesäugt wurden.«

»Sind Sie auch eine Wolfsexpertin?«

Er nahm sie nicht ernst.

»Dazu brauche ich keine Wolfsexpertin zu sein. Ich habe Hunde.«

»Sie sind wohl sehr von sich eingenommen.«

Nele ignorierte seinen Vorwurf. Hier ging es um Leben und Tod der Welpen!

»Also, helfen Sie mir nun oder nicht?« Ihre Geduld war am Ende.

»Mal ein paar praktische Fragen: Wie wollen Sie die denn einfangen und worin transportieren?«

»Da wird sich doch sicher bei Ihnen eine Kiste finden lassen.« Sie deutete auf die Holzkiste mit Deckel, die neben der Haustür lehnte.

»Und was machen Sie mit Ihren Hunden in der Zwischenzeit?«

»Na, die warten so lange in Ihrem Kofferraum.«

»Das haben Sie sich ja schön ausgedacht!«, rief er aus und schüttelte den Kopf.

»Ja, nicht wahr?« Nele strahlte ihn an. Sie spürte, dass sie ihn überzeugt hatte, ihr zu helfen.

»Aber in zwei Stunden muss ich zurück sein«, verlangte er.

»Dann sollten wir uns beeilen.«

Nachdem Nele und der Schäfer Benny und Bobby in den Kofferraum verfrachtet hatten, trugen sie die Kiste zum Wolfsbau. Es war noch schwüler geworden, und die Wolken am Himmel zogen sich zusammen. Schweiß rann über Neles Stirn.

»Moment, bitte.« Sie setzte die Kiste ab, um ihn wegzuwischen. Auch ihr Begleiter nahm ein Tuch zur Hand.

»Ich bin übrigens Nele. Nele Gercke.« Sie streckte ihm die Hand entgegen. Er wirkte wenig überrascht.

»Joris Münster«, antwortete er steif und ignorierte ihre Hand.

Keine Manieren!

»Meine Wetter-App sagt, dass es regnen wird. Komm, Joris, der Bau ist gleich da hinten.«

Als sie das Gebüsch erreichten, hinter dem der Bau versteckt lag, drehte sie sich zu Joris um und legte einen Finger auf den Mund.

»Dahinter ist es.« Sie deutete auf die Sträucher.

»Ich hoffe, du hast Erfahrung mit dem Einfangen von Welpen«, flüsterte er ihr zu.

»Na ja …«, antwortete sie ausweichend. Sie konnte nur hoffen, dass die kleinen Wölfe wie Hunde reagieren würden.

»Hätte ich mir doch denken können, dass du das zum ersten Mal machst«, sagte er und stöhnte.

Nele schluckte. Er hatte sie durchschaut.

»Ach ja? Wie kommst du darauf?«

»Du handelst nicht nach Plan. Was ist, wenn wir etwas falsch machen und gebissen werden?«, flüsterte er weiter.

»Dann müssen wir eben aufpassen. Hast du noch nie spontan gehandelt?«

Er öffnete den Mund, als wollte er etwas entgegnen, schwieg aber erneut.

»Kann ich mir denken, so steif, wie du wirkst.«

Wütend presste er die Lippen zusammen. Es blieb ihnen keine Zeit zum Streiten. Die Kleinen brauchten ihre Hilfe.

Vorsichtig schob Nele die Zweige auseinander und lugte durch die Lücke. Die beiden Kleinen kauerten am Höhleneingang und winselten herzzerreißend.

»Wenn wir jetzt auf sie zugehen, ziehen sie sich bestimmt zurück«, flüsterte Joris.

»Ist mir auch klar.« Nele rollte mit den Augen. *Für wie blöd hält er mich?*

Sie dachte an die Hundeleckerlis, von denen sie stets ein paar in der Tasche trug. Vielleicht könnte sie mit ihnen die Welpen aus der Höhle locken.

Sie griff in ihre Jackentasche und holte zwei heraus.

»Wir versuchen es damit«, wandte sie sich an Joris und zeigte ihm die Leckerlis auf ihrer Handfläche. »Die können sie bestimmt noch nicht essen, aber der Duft wird sie anlocken.«

»Dein Wort in Gottes Ohr«, antwortete er seufzend.

»Sobald sie herauskommen, müssen wir sie packen.«

Das hörte sich in ihren Ohren leicht an. Aber sie wusste von Sandra, die stets die Vorträge von Dr. Larsen besucht hatte, dass Wolfswelpen Menschen gegenüber viel misstrauischer waren als Hundewelpen. Sie konnte nur hoffen, dass ihr Plan gelingen würde.

Nele bedeutete Joris, die Zweige der Sträucher auseinanderzuschieben und in die Hocke zu gehen. Dann reichte sie ihm ein Leckerli.

»Kommt her, ihr Süßen«, lockte sie die Welpen. Die zögerten und beäugten sie skeptisch. Nele streckte den Arm mit dem Leckerli aus. Der Mutigere der beiden Welpen wagte sich vor und schnupperte. Nele gab Joris mit einer Kopfbewegung zu verstehen, ihrem Beispiel zu folgen. Auch er hielt dem anderen Welpen das Leckerli auf der Hand hin. Es dauerte eine Weile, bis der Welpe sich auch aus dem Bau wagte. Er leckte über Joris' Handfläche. Ganz langsam kniete Nele sich hin.

Der Welpe bei ihr stellte sich mit den Vorderpfoten auf ihr Knie, um das Leckerli ausgiebig zu beschnuppern. Jetzt waren die beiden so dicht, dass sie sie greifen konnten.

»Bei drei. Pack sie im Nacken hinter den Ohren«, flüsterte Nele und sah, dass Joris nickte.

»Eins, zwei, drei«, zählte Nele und griff sich den Welpen, der sich wehrte, aber dann erstaunlicherweise ruhig auf ihrem Arm blieb. Joris gelang es, den anderen zu packen, der mit allen Beinen zappelte und jaulte. Der Kleine versuchte ihn in die Hand zu beißen. Zum Glück war Joris geschickt und drückte dem Welpen sanft das Mäulchen zu.

»Jetzt schnell in die Kiste mit ihnen«, sagte Nele und setzte den Welpen behutsam hinein. Joris tat es ihr nach. Erleichtert klappte sie den Deckel zu, und Joris zog den Verschluss zu. Die beiden Welpen jaulten den ganzen Weg bis zum Blockhaus in der Kiste. Erst auf der Fahrt zu Dr. Larsen schliefen sie vor Erschöpfung ein. Bobby und Benny benahmen sich vorbildlich und lagen entspannt im Kofferraum.

Joris saß schweigend am Steuer, während Nele ihn zum Wolfsforscher dirigierte. Sie betrachtete seine kräftigen Hände, die das Lenkrad und den Schaltknüppel umfassten. Sehr gepflegte Hände, die geschickt und sanft zupacken konnten, wie sie eben beobachtet hatte. Wie mochte es sein, wenn seine Hände sie berührten? Sie spürte, wie die Hitze in ihre Wangen schoss. Sandra hätte sicher über ihre Fantasien den Kopf geschüttelt und ihr vorgeworfen, dass sie unverbesserlich sei, weil sie nur an Männer dachte.

Nicht jede Frau hatte wie ihre Schwester nur die Karriere im Kopf, sondern sehnte sich nach einem liebenden Mann, mit dem sie durch dick und dünn gehen konnte. Das Leben war mehr als Arbeit. Es war dazu da, es mit allen Sinnen zu genießen. Genauso wie die Liebe.

Nele lächelte vor sich hin. Bislang hatte sie fast jeden Augenblick ihres Lebens genossen, seitdem sie Rosenhagen damals verlassen hatte. Keine Verpflichtungen, sondern frei sein, um Abenteuer zu erleben. Eine Zeit, die sie nicht missen wollte. Doch in den letzten Wochen hatte sie sich öfter gefragt, ob ihr Lebensstil sie auf Dauer glücklich machte. Manchmal hatte sie sich dabei ertappt, wie ihre Gedanken in ihre Heimat abgeschweift waren. In ihr war im Laufe der Jahre der Wunsch nach einer gewissen Stetigkeit gewachsen. Natürlich würde sie nie solch ein Leben führen wie ihre Schwester mit Patrick. Es musste mehr Raum für Spontaneität bleiben. Sie hasste es, wenn jeder Tag dem anderen glich. Aber würde sie einen Mann kennenlernen, der dieselbe Ansicht teilte? Der mit ihr verreiste, wenn sie das Fernweh packte, mit ihr herumalberte, um dem Alltag zu entfliehen? Sie tröstete, wenn sie traurig war? Oder einfach etwas Verrücktes tat, wenn ihr danach zumute war?

»Solch ein Mann muss erst noch geboren werden«, hatte Sandra lächelnd zu ihr gesagt.

Während Joris konzentriert auf die Straße schaute, betrachtete sie ihn verstohlen. Sie stellte sich vor, wie er mit gestutztem oder ohne Bart aussehen würde. Immerhin besaß er ein sehr ebenmäßiges Gesicht mit einer schmalen, geraden Nase. Die Lippen konnte sie nur erahnen. Sie wurde das Gefühl nicht los, dass er etwas verbarg.

Joris war ganz anders als Henner, Juan und all die anderen, mit denen sie zusammen gewesen war. Nicht so ein leichtlebiger, berechenbarer Sunnyboy, sondern ein Mann mit Ecken und Kanten. Sicher war es schwer, sein Herz zu gewinnen, und noch schwerer, ihm etwas recht zu machen. Eine Beziehung mit ihm einzugehen, wäre vermutlich sehr kompliziert. Genau so etwas konnte sie nach dem Desaster mit Henner nicht gebrauchen. Joris wirkte hart und verbittert. *Wie mein Vater!*

Aus den Erzählungen von Tante Mia wusste sie, wie sehr das cholerische Verhalten ihres Vaters ihre Mutter abgestoßen hatte. Deshalb war sie gegangen.

Dennoch fühlte Nele sich auf unerklärliche Weise zu Joris hingezogen. *Nur weil er tolle Muskeln besitzt, musst du nicht schwach werden.*

Sie wurde aus ihren Grübeleien gerissen, als sie auf den Parkplatz vor dem Wolfscamp fuhren. Dr. Larsen hatte sich dauerhaft in der Hütte einquartiert, um die wachsende Wolfspopulation in der Lüneburger Heide rund um die Uhr überwachen zu können.

»Bitte bis zum Ende fahren. Dort hinten bei den Birken. Die letzte Wegstrecke muss ich zu Fuß zurücklegen. Passt du bitte auf die Vierbeiner auf, wenn ich zu Dr. Larsen gehe?«, fragte sie.

»Meinetwegen«, antwortete er ihr mit gepresster Stimme. Überhaupt wirkte er plötzlich sehr angespannt.

Nele bemerkte, wie Joris' Hände das Lenkrad umklammerten, dass das Weiß der Knöchel hervortrat. Er zuckte zusammen, als in der Ferne Schüsse und dumpfe Detonationen zu hören waren. Seine Hände zitterten leicht.

»Der Truppenübungsplatz ist in der Nähe«, erläuterte sie ihm.

Joris war bleich und blickte stur geradeaus. Die starre Miene machte Nele Angst.

»Alles okay mit dir?«, fragte sie und legte ihre Hand auf seinen Arm.

Er zuckte zusammen.

»Ja, verdammt!«, rief er und stieß ihre Hand fort.

Weshalb reagierte er so abweisend?

Seine Reaktion versetzte Nele einen Stich.

»Entschuldige bitte, ich wollte dir nicht zu nahe treten. Ich … ich …« Sie suchte nach den passenden Worten.

»Nun geh schon endlich zu dem Forscher!«, blaffte er sie an.

Jetzt war sie nicht nur verletzt, sondern wütend.

»Ich geh ja schon!« Sie stieg aus dem Wagen und knallte die Wagentür zu, bevor sie dem Waldweg folgte.

Noch nie hatte ein Mann sie derart grob behandelt. Offenbar war ihm ihre Berührung unangenehm gewesen. Dennoch entschuldigte das nicht sein Verhalten.

Auf dem Weg zu Larsens Hütte fragte Nele sich, was der Auslöser für seine Reaktion gewesen sein könnte. Waren die Manövergeräusche des Militärs dafür verantwortlich oder hatte sie etwas gesagt, das ihn derart aufgebracht hatte? Bei nächster Gelegenheit würde sie ihre Schwester nach Joris fragen. Vielleicht wusste sie etwas über ihn.

Der Himmel hatte sich immer mehr zugezogen. Wenn sie nicht vom Regen überrascht werden wollte, musste sie sich beeilen.

15.

Seine Finger wollten sich nicht vom Lenkrad lösen. Joris hatte die Augen geschlossen und lauschte auf die Detonationen. Deutlich spürte er das Beben des Bodens. Sein Herz pochte schmerzhaft gegen die Rippen, und er rang nach Atem. In Gedanken reiste er wieder zurück in die Vergangenheit, an den Ort und zu dem Tag, den er am liebsten für immer aus seinem Gedächtnis gestrichen hätte. Er hörte wieder die Schreie seiner Kameraden, spürte die Druckwelle, die über ihn hinwegraste. *Ruhig bleiben! Beweg dich nicht!*

Leises Winseln und Jaulen sickerten langsam in sein Bewusstsein. Nur mit Mühe schlug er die Augen auf. Es dauerte einen Moment, bis er begriff, dass er sich nicht hinter der Barrikade der Wüstenstadt befand, sondern in seinem Dienstwagen mitten im Wald der Lüneburger Heide. Er war in Sicherheit, die Schreie der anderen längst verklungen. Erschrocken stellte er fest, dass das Keuchen von ihm kam. Allmählich lösten sich seine Finger vom Lenkrad.

Es kam ihm so irreal vor, dass Nele eben noch neben ihm auf dem Beifahrersitz gesessen hatte. Joris schämte sich, weil er sie angefahren hatte. Sie hatte es nur gut mit ihm gemeint. Immer wenn ihn die Panikattacken überkamen, hatte er sein Verhalten nicht mehr unter Kontrolle.

Er nahm den Schlapphut ab und fuhr sich mit der Hand durchs Haar, bevor er ihn wieder aufsetzte.

Du bist hier. In der Lüneburger Heide. Die Detonationen gehören zu den militärischen Übungen. Kein Angriff! Keine Gefahr!

Er wiederholte die Worte im Geist so lange, bis sie zum

Mantra wurden. Langsam fielen Spannung und Furcht von ihm ab.

Stöhnend lehnte er sich gegen das Lenkrad. Würde er die Gespenster der Vergangenheit je besiegen?

Joris zwang sich, tief ein- und auszuatmen, wie es ihm der Therapeut geraten hatte.

Als er sich wieder gefasst hatte, drehte er sich zu den Tieren um. Neles Hunde glotzten ihn neugierig durch das Gitter an. Ein beißender Geruch drang ihm in die Nase. Joris hielt es in dem stickigen Wagen mit dem schrecklichen Geruch nicht länger aus und verließ das Auto. Er öffnete die hintere Seitentür, wo die Kiste mit den Welpen stand. Er beugte sich über sie und spähte durch die Spalten ins Innere. Der aufsteigende Geruch verursachte bei ihm Übelkeit. Hastig wandte er sich um und schnappte nach Luft.

»Puh! Ich hätte nie gedacht, dass kleine Tiere solch stinkende Häufchen machen können.« Dann wandte er sich Neles Hunden zu: »Und ich hatte euch schon im Verdacht«, sagte er augenzwinkernd und strich den beiden über den Kopf.

Wenn sie die Kleinen abgesetzt hatten, sollte Nele mal schön die Rückbank reinigen.

Die Tiere waren still. Joris genoss die frische Luft und lüftete den Wagen. Er lehnte sich mit dem Rücken an die Karosserie und sog die Schönheit der Landschaft ein. Der Parkplatz war von Birken gesäumt und befand sich unterhalb einer sanft ansteigenden, dicht bewaldeten Anhöhe. Rechts von ihm erstreckte sich die Heide, die der Landschaft ihren Namen gegeben hatte. Um diese Jahreszeit wirkte sie fast unscheinbar in ihrem zarten Grün. Ein Weg schlängelte sich hindurch, vorbei an zwei riesigen Findlingen, neben denen eine Bank stand. Von dort aus konnte man sicher die Gruppe Heidschnucken beobachten, die zwischen den Heidepflanzen zupften. Ein holzig würziger Geruch schwebte durch die Luft.

Als Joris noch ein kleiner Junge gewesen war, hatte er bei seinen Großeltern in der Nähe von Suderdorf gewohnt, einem kleinen Ort namens Niederheidingen. Seine Eltern waren viel unterwegs gewesen, bis sie nach Hamburg gezogen waren. An seine Kindheit in der Lüneburger Heide erinnerte er sich gern. Seine Eltern und er hatten im Haus der Großeltern gewohnt, mit Kaninchen, Hühnern und Schafen.

Wind kam auf. Joris schaute zum grauen Himmel. Hoffentlich würde Nele bald zurückkehren.

Motorengeräusche weckten seine Aufmerksamkeit. Vier Wagen fuhren den Waldweg hinauf und hielten vorn auf dem Parkplatz. Einer inneren Eingebung folgend, setzte Joris schnell den Wagen zurück, sodass er vom Weg aus nicht zu sehen war. Er wollte nicht für neuen Klatsch und Tratsch sorgen, weil er mit der Tochter seines Chefs zusammen war. Joris nahm an, dass es sich um Mitarbeiter des Forschungsteams handelte, bis er Helga Koopmann in Begleitung eines bulligen Mannes aussteigen sah, der ein Gewehr schulterte. *Stimmten die Gerüchte etwa doch?*

»Los, kommt. Wenn Larsen und die Behörde nichts tun, müssen wir das alleine klären!«, rief der Bullige den anderen zu, die nacheinander aus den Wagen stiegen. Alle, bis auf die Bürgermeisterin, trugen ein Gewehr bei sich. Gefahr schwebte in der Luft. Nach wenigen Schritten hielten sie an.

»Da zieht ein Unwetter auf«, meldete sich einer der Männer zu Wort. Er war schlank und trug einen Schnurrbart.

»Ihr lasst euch doch nicht etwa von Regen und Donner abschrecken? Wie viel Vieh soll die Bestie denn noch reißen?«, empörte sich Helga Koopmann.

Joris war froh, dass die Tiere in der Kiste ruhig waren. Auf keinen Fall wollte er, dass einer von ihnen auf die Wolfswelpen aufmerksam wurde. Als er sah, wie der Tross mit Helga Koopmann entschlossen den Waldweg hinaufging, den Nele kurz zuvor erklommen hatte, war er in höchster Sorge. So aufgebracht wie die Männer und ihre Bürgermeisterin waren, würden sie vermutlich zu allem fähig sein, und es war das Schlimmste zu befürchten. Fieberhaft überlegte Joris, wie er Nele und den Forscher vor ihnen warnen könnte. Sein Großvater hatte gesagt, dass es zu einem Objekt immer zwei Wege gab. Dieser Leitspruch hatte ihm auch in Afghanistan weitergeholfen. Von hier unten war kein zweiter Zuweg erkennbar.

Wenn einer sich in der Gegend auskannte, dann war es Knut Hellenbrand, der Gutsverwalter von Rosenhagen. Ein Urgestein in Suderdorf und auf dem Gut. Joris nahm sein Handy und wählte dessen Nummer.

Die Rufzeichen ertönten ein Dutzend Mal. Joris' Finger trommelten auf dem Lenkrad. »Komm schon, nimm endlich ab«, sagte er. Vielleicht hatte der Gutsverwalter viel zu tun oder steckte in einem Funkloch. Er wollte ihm gerade eine Nachricht auf die Mailbox sprechen, als sich der Angerufene am Telefon meldete.

»Hellenbrand. Was gibt's?«, ertönte dessen Bassstimme. Der Gutsverwalter war außer Atem.

»Joris Münster.«

»Ah, unser Schäfer. Sie haben Glück, dass ich gerade den Traktor ausgestellt habe, sonst hätte ich das Klingeln nie gehört.«

In knappen Sätzen erklärte Joris ihm, was er beobachtet hatte und dass er sich um das Wohl von Nele sorgte.

»Gibt es noch einen anderen Weg, der zum Blockhaus des Forschers führt? Von der anderen Seite vielleicht.«

»Hm«, antwortete Hellenbrand. »Da fällt mir, offen gestanden, keiner ein.«

Joris' Hoffnung schwand.

»Wirklich nicht? Bitte, so aufgebracht wie die Leute waren, befürchte ich Schlimmes.«

Er mochte sich gar nicht vorstellen, was geschehen würde, wenn Helga Koopmann und ihre Begleiter auf Dr. Larsen und Nele treffen würden. Einen Moment war er versucht, den Wagen zu verlassen und zu versuchen, vor dem Eintreffen der Bürgermeisterin und deren Begleitern zur Hütte zu gelangen. Im Geist sann Joris über Alternativen nach und kam zu einem niederschmetternden Ergebnis. Die Wolfswelpen konnte und wollte er auf keinen Fall allein im Wagen lassen. Im Notfall musste er die Polizei um Hilfe bitten.

»Moment ...«, unterbrach der Gutsverwalter Joris' Gedanken. »Da fällt mir ein, dass früher ein Weg über die Schafhofruine hinaufführte. Aber der ist seit damals nie mehr genutzt worden und bestimmt zugewuchert. Mit dem Wagen ist da kein Durchkommen.«

Joris war schon so manche unwegsame Strecke, mit Schlaglöchern versehen, durch Gebirge oder Wüstensand gefahren. Mit dem Geländewagen seines Chefs könnte er es schaffen.

»Egal, ich werde es versuchen.«

»Okay! Aber auf Ihre eigene Verantwortung! Toi, toi, toi«, erwiderte Hellenbrand und beschrieb Joris den Weg.

»Von der Ruine bis zur Hütte ist es dann noch etwa ein zehnminütiger Fußmarsch bergauf. Der Weg von ihrem jetzigen Standort aus zur Hütte hinauf wird sicher eine halbe Stunde benötigen. Je nachdem, wie schnell man geht. Wenn Sie sich also beeilen und der Weg frei ist, könnten Sie es schaffen.«

»Okay, ich werde es versuchen. Können Sie bitte in der Zwischenzeit versuchen, Dr. Larsen zu erreichen? Er und Nele sollen so schnell wie möglich aufbrechen und mir entgegengehen«, bat Joris den Gutsverwalter.

»Ich habe seine Nummer nicht. Aber ich könnte es bei Nele versuchen. Wenn ich Glück habe, stimmt die Nummer noch, die ich seit Jahren in meinem Handy gespeichert habe.«

Es war ein Hoffnungsschimmer, auf den Joris vertraute.

»Ja, bitte, versuchen Sie es«, bat er seinen Gesprächspartner.

Rasch startete er den Motor. Ihm blieb nur wenig Zeit, wenn er Helga Koopmann und den anderen zuvorkommen wollte.

Neles Hunde setzten sich auf und glotzten schläfrig durchs Gitter. Dann legten sie sich wieder hin.

Joris trat aufs Gaspedal. Der Wagen schoss nach vorn und wirbelte Staubwolken auf. Zu seiner Erleichterung war die Landstraße frei, und er trat das Gaspedal durch. Die Hunde lagen flach im Kofferraum. Als er das von Hellenbrand genannte Schild von Weitem erkannte, bremste er ab und bog in den Waldweg ein. Er hatte mit vielem gerechnet, aber nicht, dass ein Dickicht den Weg erobert hatte. Doch ein Zurück gab es nicht mehr. Joris fuhr das Gebüsch nieder. Die Räder drehten auf dem sandigen Boden durch. Es gelang ihm dennoch mit etwas Geschick, den Wagen zu befreien. Äste und Wurzeln, wuchernde Pflanzen bedeckten den Waldboden. Er kam langsamer voran als gedacht und fluchte bei jedem Hindernis. Die Fahrt erschien ihm endlos, und er befürchtete, nicht rechtzeitig zu kommen. Nach einer gefühlten Ewigkeit erkannte er im dichten Grün Mauerreste. Links davon, ein Stück weiter oben auf der Anhöhe verlief der Reitweg, nur breit genug für ein Pferd mit

Reiter. Laut Beschreibung des Gutsverwalters würde der Reitweg, den Neles Schwester beim Ausritt nutzte, an der Ruine weiter vorbeiführen zu einem höher gelegenen Wildfutterplatz. Der Motor heulte auf, als er das Gaspedal bis zum Anschlag durchtrat. Er kam nicht weit, denn ein umgestürzter Baum versperrte den Weg, sodass er gezwungen war, den Rest zu Fuß zurückzulegen. Joris schaute aufs Handy. Kein Netz. *Das hätte ich mir denken können!* Jetzt musste er hoffen, dass der Gutsverwalter Nele in der Zwischenzeit erreicht hatte. Nach einem Blick auf die Welpen in der Kiste und die Hunde im Kofferraum stieg er aus und lauschte. In der Ferne hörte er die Stimmen der Männer.

»Ich habe einen Wagen gehört!«, rief einer von ihnen den anderen zu.

»Scheiße! Wer kann das sein? Die Polizei?«

Joris war froh, dass dichtes Buschwerk den Geländewagen vor ihren Blicken schützte.

Zur Vorsicht schloss er ihn ab, stützte sich mit beiden Händen auf den Baumstamm und sprang hinüber. Sich lautlos dem Feind zu nähern, darauf war er trainiert worden. Gekonnt federte er die Landung ab. Einen Moment lang verharrte er auf der Stelle, um sich zu orientieren. Wo führte der Weg weiter? Totenstille herrschte und verlieh diesem Ort etwas Unheimliches. Die Stille vor dem Feindangriff. Konzentriert schlich er los. Verkohlte Holzbalken lagen verstreut auf dem Boden herum, von Moos und Insekten erobert. Rechts vor ihm ging es steil die Anhöhe hinauf. Von dort oben kamen die Stimmen der Männer und der Bürgermeisterin.

Durch das dichte Grün konnte er die Holzhütte auf der Anhöhe erkennen. Der aufgebrachte Tross hatte sie fast erreicht. Der zweite Weg führte links hinauf, beginnend mit wenigen Stufen. Doch Joris erkannte, dass es zu spät war, um hochzulaufen. Selbst wenn er den Rest des Weges hinaufsprintete, würde er nicht rechtzeitig ankommen.

Joris fluchte. Hatte Hellenbrand die beiden vielleicht erreichen können? Er ging ein Stück vorwärts und hielt vergeblich nach Nele und dem Forscher Ausschau. Vermutlich hatte der Gutsverwalter das gleiche Netzproblem. Es war wie verhext. Ihm blieb nichts anderes übrig, als zum nächsten Ort zu fahren und die Polizei zu verständigen, bevor die Situation in der Hütte eskalierte. Entschlossen drehte er sich um und lief zum Wagen zurück. Die Stimmen an der Hütte klangen wütend. Aber er konnte sie nicht verstehen.

Plötzlich vernahm er das Knacken von Zweigen. Es kam aus dem Gebüsch neben der Ruine. Hatten die Männer ihn entdeckt? Instinktiv tastete seine Hand nach der Pistole, die er als Soldat getragen hatte. Vergeblich, denn er hatte sie längst abgegeben. Stattdessen griff er nach einem Ast auf der Erde und wirbelte herum. Nichts. Die Anspannung gaukelte ihm etwas vor. Joris verbarg sich hinter einem Baum. Dann hörte er ein leises Klicken, das sich wie das Entsichern einer Waffe anhörte. Er dachte an die Wölfe im Wagen …

»Halt!«, rief er mit gedämpfter Stimme. »Keinen Schritt weiter.«

»Joris? Bist du das?«, hörte er Nele flüstern. Erleichtert trat er hinter dem Baum hervor und stand Nele und einem blonden Mann in grünem Hemd und grüner Hose gegenüber, wie er es von kanadischen Parkrangern kannte. Das musste Larsen, der Wolfsforscher, sein.

»Was machst du hier?«, fragte Nele leise. »Hast du etwa Hellenbrand angerufen?«

»Ja, aber das erkläre ich dir später. Wir müssen jetzt schnell zu meinem Wagen. Er steht gleich da hinten.«

Der Forscher grinste. Nele auch.

»Du wolltest uns doch nicht damit erschlagen?«, fragte sie und deutete auf den Ast, den er noch immer in der Hand hielt.

In diesem Augenblick kam Joris sich lächerlich vor. Und er war wütend, weil die beiden sich über ihn amüsierten.

Achtlos warf er den Ast auf den Boden.

»Natürlich nicht«, antwortete er, obwohl es auch in seinen Ohren unglaubwürdig klang.

»Das Vögelchen ist ausgeflogen«, hörten sie einen der Männer klar und deutlich oben an der Hütte den anderen zurufen. Gemeinsam rannten sie zu Joris' Wagen.

»Wohin?«, fragte Joris, nachdem alle eingestiegen waren.

»Im nahe gelegenen Wildpark gibt es eine Auffangstation für Wildtiere«, erklärte der Forscher. »Sie wissen, wo der liegt?«

Joris war einmal dort gewesen, als er seine neue Heimat erkundet hatte.

»Ich denke schon.« Er startete den Wagen und fuhr rückwärts den Waldweg entlang. Nele saß verkrampft neben ihm auf dem Beifahrersitz, während sich Dr. Larsen zu den Welpen gesetzt hatte.

»Was haben die Männer gewollt?«, wandte Nele sich an Dr. Larsen.

»Den Wolf abschießen und Dr. Larsen einen Denkzettel verpassen«, antwortete Joris.

»Meinen die etwa die tote Wölfin?«, hakte Nele nach.

»Auf die Entfernung hin konnten sie sicher nicht das Geschlecht bestimmen. Vermutlich dachten sie, dass es der Wolf vom vergangenen Jahr ist«, sagte Larsen.

»Angeblich sind Tiere gerissen worden«, warf Joris ein, der sich ein wenig ausgeschlossen fühlte. Schließlich hatte er die Bürgermeisterin und die Männer belauscht. Aber Nele schien nur noch Augen und Ohren für Larsen zu haben.

»Die Wölfin musste ihre Jungen ernähren«, erklärte Larsen.

»Wisst ihr denn schon, von welchem Rudel sie stammt?« Neles Augen leuchteten, wenn sie mit Larsen sprach.

»Nein«, antwortete der Forscher. »Offen gesagt, glaube ich nicht, dass die Wölfin ohne Gefährten unterwegs gewesen ist.«

»Du meinst, es war noch ein männliches Tier in der Nähe?«

»Schon möglich. Aber ich kann mich auch irren. Eine Wölfin mit Welpen allein ist mehr Gefahren ausgesetzt. In einem Rudel wird sie beschützt.«

Die Erläuterungen des Forschers leuchteten Joris ein. Er warf einen Blick auf Nele, die wie gebannt an Larsens Lippen hing.

»Ja, das kann ich verstehen. Ich habe zwei Schüsse gehört. Vielleicht hat der zweite ihrem Gefährten gegolten?«

»Ich schaue mich nachher noch in der Umgebung um, wenn die Luft wieder rein ist«, versprach Dr. Larsen.

Den restlichen Weg bis zum Wildpark schwieg Joris, lauschte aber der Unterhaltung zwischen Nele und dem Forscher. Die beiden schienen sich ohne ihn sehr gut zu unterhalten. Nele lachte selbst über die platten Witze Larsens. Joris war froh, als sie endlich den Wildpark erreichten.

Ohne eine Erklärung verschwand Nele mit dem Forscher und der Welpenkiste im Park, während Joris im Wagen mit den Hunden wartete.

»Falls Bobby und Benny sich mal erleichtern müssen … die Leinen liegen auf dem Boden hinter dem Beifahrersitz!«, hatte sie ihm kurz zugerufen, bevor sie durch die Eingangstür getreten war. Joris hoffte, dass ihm das erspart bliebe.

Nach einiger Zeit jedoch wurden Neles Hunde unruhig. Zuerst versuchte Joris, es zu ignorieren. Doch als sie unerträglich laut zu jaulen begannen, stieg er aus und nahm die Leinen.

Kaum waren sie aus dem Wagen gesprungen, begannen sie mit ihm das Tauziehen.

»Halt!«, rief Joris, der es gewohnt war, Befehle zu erteilen.

Wider Erwarten gehorchten die beiden und schauten ihn an. Ihr treuherziger Blick aus schwarzen Augen besaß etwas Rührendes.

Er fasste die Leinen kürzer und beugte sich zu ihnen hinunter.

»Im Gegensatz zu manchen Ländern habt ihr hier in Deutschland ein gutes Leben. Also zeigt mehr Dankbarkeit und benehmt euch, okay?«

Als hätten die beiden jedes seiner Worte verstanden, gehorchten sie vorbildlich.

»Geht doch. Brave Hunde.« Joris lobte sie und ging mit ihnen ein Stück abseits.

Joris war froh, als Nele in Begleitung des Wolfsforschers zurückkehrte. Die beiden passten vom Äußeren her hervorragend zusammen. Das gefiel Joris nicht, erst recht nicht, wenn Nele bewundernd zu dem Forscher aufsah. Sie wirkte in dessen Nähe gelöst und lachte oft. Auch Larsen schien sich in ihrer Gesellschaft äußerst wohlzufühlen. *Sie flirten miteinander!*

Joris presste die Lippen zusammen. Ein bekannter und noch dazu gutaussehender Forscher wie Larsen wirkte auf Frauen wie ein Magnet.

Am Eingang des Wildparks umarmten sich Nele und Larsen zum Abschied. Die Hand des Forschers lag für Joris' Geschmack unanständig tief auf Neles Rücken.

Dann kam Nele strahlend auf Joris zu. Seine Stimmung sank auf den Nullpunkt. Am liebsten hätte er ihr die Leinen in die Hand gedrückt, wäre in seinen Wagen gestiegen und davongefahren. Doch er riss sich zusammen.

Nele bückte sich und umarmte ihre Hunde. »Wart ihr denn auch brav?«

Joris zog es vor, nichts zu erwidern. Dass sie den smarten Larsen so angehimmelt hatte, wurmte ihn.

»Kannst du mich wieder mit zurücknehmen? Bitte.«

»Ja«, antwortete er knapp und öffnete die Wagentür.

»Übrigens, danke, dass du mir mit den Wölfchen geholfen hast«, sagte sie, als sie auf den Beifahrersitz sank und sich anschnallte.

Joris schwieg weiter.

»Und auch, dass du Bobby und Benny Erleichterung verschafft hast«, fuhr sie fort und schenkte ihm ein betörendes Lächeln.

Sie weiß genau, wie sie Männer um den Finger wickeln kann!

Er betrachtete ihr Gesicht. Noch nie glaubte er solch blaue Augen wie ihre gesehen zu haben. Wenn sie lächelte, war ein Grübchen an ihrem Kinn sichtbar, das er gern geküsst hätte. *Geküsst? Bist du von allen Sinnen?*

Nein, er würde sie bestimmt nicht küssen. Schließlich hatte er durch Lisa gelernt. Neles impulsive Art war einfach nur nervig.

Gib doch zu, dass dir das gefällt.

Und wenn schon. Joris könnte keine Frau glücklich machen. Seit dem schicksalhaften Tag war er ein seelisches Wrack. Nur die Einsamkeit heilte seine Wunden. *Warum sehnst du dich dann in der Nacht nach der Nähe einer Frau?* Joris ignorierte die Stimme in seinem Innern. Dass er sich nach einer Frau sehnte, lag nur an den Hormonen. Rein biologisch. Jeder wünschte sich einen, durch den er Zärtlichkeit und Liebe erfuhr.

Nele schaute ihn fragend von der Seite an. Sein Schweigen schien sie zu verunsichern.

»Wie gesagt, danke noch mal für alles«, wiederholte sie nach einer Weile.

»Schon gut. Brauchst dich nicht andauernd zu bedanken«, antwortete er.

Aus dem Augenwinkel sah er, wie sie die Lippen zusammenkniff.

»Was denkst du, wäre geschehen, wenn Hellenbrand uns nicht gewarnt hätte?«, fragte sie. Sie hatte den Arm auf die Tür gestützt und schaute zum Fenster hinaus. Die urtümliche Landschaft flog an ihnen vorbei, obwohl sie es wert war, dass man ihr mehr Aufmerksamkeit schenkte. Inmitten der Heide ragten vereinzelt Birken heraus. In dieser Gegend war der Wacholder noch häufiger anzutreffen, und Heidelbeeren verdrängten an vielen Stellen die Heide. Deren Beeren schmeckten viel köstlicher als die, die er neulich im Supermarkt gekauft hatte, und sie färbten auch den Mund schön blau. Joris war viel in der Welt herumgekommen und wusste, dass die im Laden angebotenen Heidelbeeren ursprünglich aus Amerika stammten und hier kultiviert worden waren.

»Hast du meine Frage nicht verstanden?« Aus Neles Tonfall hörte er Verärgerung heraus.

»Offen gesagt … ich weiß es nicht. Aber ich habe Schlimmes befürchtet. Deshalb habe ich auch nach einer Möglichkeit gesucht, dich zu warnen.«

»Das war gut so. Du kennst Helga Koopmann nicht. Ich traue ihr alles zu. Nur nichts Gutes.« Nele blickte finster drein.

»Der Hass zwischen euch und den Koopmanns … woher rührt er?«

Sein Chef hatte zwar über die Bürgermeisterin hergezogen und die eine oder andere Andeutung gemacht. Aber nichts war so gravierend, dass es die herrschende Fehde rechtfertigte.

Nele seufzte. »Leider weiß ich auch nur das, was alle bereits wissen. Mein Vater schweigt wie ein Grab, wenn es um dieses Thema geht.«

Nele erzählte ihm von dem heimlichen Verhältnis ihrer Großmutter zu dem verheirateten Horst Koopmann und dem Brand des Schafhofs.

»Dann ist die Ruine der einstige Schafhof gewesen? Und der hat den Koopmanns gehört?«

»Richtig. Meine Großmutter ist bei dem Brand ums Leben gekommen und Ricks Großvater auch.«

»Oh, das tut mir leid. Eine traurige Geschichte.«

»Ja. Meine Oma war scheinbar todunglücklich in ihrer Ehe. Ihre Eltern haben sie dazu gedrängt, einen reichen Erben zu heiraten. Meinen Großvater. Aber sie hat Horst Koopmann geliebt. Er scheint genauso unglücklich in seiner Ehe gewesen zu sein wie sie.«

»Nur wenige werden mit einer arrangierten Ehe glücklich«, sagte Joris. »Da hatten es meine Großeltern besser. Sie haben sich als Kinder kennen- und als Jugendliche lieben gelernt. Ihre Liebe hielt bis ans Lebensende. Sie haben übrigens auch hier in der Heide gelebt.«

»Wirklich? Wo?«, fragte Nele und wirkte sehr interessiert.

»Ein winziges Kaff. Besitzt nicht mal einen Tante-Emma-Laden. Dorthin verirrt sich niemand. Kennst du bestimmt nicht.«

Nicht einmal hundert Seelen wohnten in diesem Ort. Die Bewohner alles Bauern. Touristen gab es bislang nicht.

»Nun sag schon, wie heißt denn der Ort?«, drängelte Nele.

»Niederheidingen«, antwortete Joris und bemerkte, wie Nele nachdenklich wurde.

»Was …? Was sagst du da? Niederheidingen?«, stammelte sie leise.

»Ja, Niederheidingen. Glaub mir, dort gibt es nichts Aufregendes«, scherzte Joris und bemerkte, wie ungewöhnlich blass Nele plötzlich geworden war. Ihr Blick wirkte abwesend.

»Kennst du das Dorf? Bist du schon einmal dort gewesen?«

Sie schüttelte den Kopf.

»Nein. So ein Zufall. Meine Urgroßeltern stammen auch von dort. Vielleicht hast du mal was über die Familie Birkfeld gehört?«

»Nein«, antwortete Joris. Seine Eltern waren bei den Großeltern ausgezogen, als er noch ein Kind gewesen war.

»Ich war noch zu klein, als ich mit meinen Eltern dort gelebt habe, und kann mich beim besten Willen weder an Namen noch an Gesichter erinnern.«

Nele schien enttäuscht. Ihr Schmollmund lud zum Küssen ein. Joris musste sich zusammennehmen, um ihn nicht zu berühren.

»Schlimm?«, hakte er nach.

»Ach, nicht so wichtig.« Nele winkte ab.

Doch das kaufte er ihr nicht ganz ab. Irgendetwas behielt sie für sich, das spürte er.

»Klang aber nicht so. Hat dein Vater dir denn nichts über sie erzählt?«

Ihre Miene verdüsterte sich, und sie hüllte sich in Schweigen.

Was mochte zwischen Nele und ihrem Vater vorgefallen sein?

»Du kannst mich und die Hunde da vorn an der Gabelung rauslassen. Ich glaube, die beiden sind froh, wenn sie noch ein wenig laufen können«, erwiderte sie stattdessen.

»Kein Problem«, antwortete Joris, obwohl er es bedauerte, sich von ihr trennen zu müssen. Aber er wollte noch mit Friedrich Gercke sprechen. Nachdenklich warf er ihr einen Seitenblick zu. Sie war seit Langem die erste Frau, mit der er mehr als nur ein paar Worte gewechselt oder der er etwas über seine Familie preisgegeben hatte. Wenn er nicht aufpasste, würde er Gefühle für sie entwickeln. Wohin das führte, hatte er ja erfahren. Es war besser, Abstand zu ihr zu halten. Sie war die Tochter seines Arbeitgebers. Basta.

Er stoppte an der nächsten Weggabelung, wie sie ihn gebeten hatte.

»Ich glaube, diese Nacht brauchst du keinen Wolf mehr zu fürchten«, sagte sie augenzwinkernd, als sie sich noch einmal beim Aussteigen zu ihm herunterbeugte. Ihre Armreifen klimperten bei jeder Bewegung. Irgendwie mochte er ihre schrille Art.

»Wahrscheinlich nicht. Aber ich bleibe trotzdem wachsam.«

»Mach's gut und vergiss nicht, vor dem Einschlafen die Schafe zu zählen«, verabschiedete sie sich lachend. Dann drehte sie sich um und holte die Hunde aus dem Kofferraum, bevor sie zum Haus ihrer Schwester hinunterlief. Joris beobachtete sie im Rückspiegel, bis sie hinter der nächsten Kurve verschwand. Nele hüpfte fröhlich wie ein Kind den asphaltierten Weg entlang. Durchs geöffnete Fenster hörte er, wie sie laut und schräg irgendeinen Song sang, den sie auf dem Rückweg im Radio gehört hatten. Das brachte ihn zum Lächeln. Er konnte sich nicht mehr daran erinnern, wann er das letzte Mal gelächelt hatte.

16.

Dieser Schäfer war Nele ein Rätsel. Ein unfreundlicher und wortkarger Kerl mit einem argwöhnischen Blick. Irgendwas stimmte nicht mit ihm. Wie er sie musterte ... Abweisend, als wäre sie ein giftiges Insekt. Nur beim Thema Niederheidingen hatte er die Maske der Gleichgültigkeit verloren. Sein Blick war verträumt und sehnsuchtsvoll gewesen.

Zu blöd war nur, dass er scheinbar nie etwas von ihrer Familie gehört hatte.

Jeder noch so kleine Anhaltspunkt hätte ihnen geholfen, Oma Esthers Leben nachzuzeichnen. Vielleicht gab es doch noch irgendwo einen lebenden Zeitzeugen, der mehr über sie wusste.

Die Urgroßeltern besaßen eine Schlüsselfunktion im Familiendrama, denn sie hatten die Kette mit dem Amulett beim Juwelier in Auftrag gegeben. Vielleicht hatten sie auch gewusst, welches zweite Bild darin gesteckt hatte.

Ihre Schwester hatte versucht, mehr über die Urgroßeltern herauszubekommen, war aber jedes Mal gegen eine Wand des Schweigens geprallt. Vielleicht konnten sich Joris' Eltern an eine Kleinigkeit erinnern. Doch wie sollte sie das erfahren, wenn er sich stets distanziert verhielt?

Neles Magen knurrte, als sie Sandras Haus erreichte. Kein Wunder, denn ihr Morgenspaziergang mit den Hunden hatte sich wegen der Aktion mit den Wolfswelpen bis in den Nachmittag ausgedehnt. Zuletzt hatte sie gefrühstückt. Den Plan, Großtante Ruth und Großonkel Herbert zu besuchen, musste sie auf später verschieben. Nele war müde und hatte keine Lust, für sich allein zu kochen. Bevor sie den Pizzaservice anrief, zählte sie das Geld in ihrem

Portemonnaie und erschrak. Die paar Euro reichten nur noch für zwei Tage inklusive Hundefutter. Den Pizzalieferdienst konnte sie sich nicht leisten.

In diesem Moment bereute Nele, dass sie nie gespart hatte. Wie denn auch? Sie hatte sich mit kleinen Jobs über Wasser gehalten, die gerade mal die Kosten für Essen und Hundefutter gedeckt hatten. Kellnern, Autos waschen, für nichts war sie sich zu schade. Auch jetzt brauchte sie dringend einen festen Job. Hungrig war sie nicht in der Lage, einen klaren Gedanken zu fassen. Nele ging in die Küche und stöberte in Sandras Kühlschrank nach etwas Essbarem.

»Bedien dich ruhig«, hatte ihre Schwester gestern Abend zu ihr gesagt. »Und wenn du Appetit auf etwas anderes hast, dann komm doch ins Hotel. In der Küche ist immer was Leckeres übrig.«

Ins Hotel? Auf keinen Fall. Sie verspürte keine Lust, ihrem Vater zu begegnen, der sicher wieder einen abfälligen Spruch für sie hatte.

Außer ein paar Eiern und Schinken herrschte in Sandras Kühlschrank gähnende Leere.

»Besser als nichts«, sagte Nele laut und nahm beides heraus.

Wenig später saß sie vor ihrem Teller und aß heißhungrig eine Riesenportion Brot, Schinken und Spiegelei. Bobby und Benny lagen bereits satt vor dem Kamin und dösten. Als sie nach beiden sah, bemerkte sie auf dem Beistelltisch vor dem Kamin die Tageszeitung. Einer der Hotelangestellten brachte sie frühmorgens auf Sandras Wunsch für Rick mit. Nele nahm die Zeitung an sich. Zuerst las sie ihr Horoskop, das ihr die Begegnung mit der großen Liebe und beruflichen Erfolg prophezeite.

Sie schöpfte Hoffnung und blätterte in den Stellenanzeigen nach einem geeigneten Job.

Sie studierte alle. Das Ergebnis war enttäuschend. Das Horoskop hatte gelogen. Von wegen große Liebe und beruflicher Erfolg! Außer einem Aushilfsjob in einem Nachtclub war nichts für ungelernte Kräfte dabei. Zwar hatte sie schon manchmal in einer Bar gekellnert, es aber schnell wieder aufgegeben, als die Männer anzüglich geworden waren. Lieber hätte sie in einer Boutique gearbeitet. Sie beschloss, die Läden in Uelzen und Lüneburg auf gut Glück anzurufen, und setzte ihr Vorhaben gleich nach dem Essen in die Tat um.

Die Antworten waren niederschmetternd. Alle hatten genügend Personal. Nele redete mit Engelszungen, versuchte mit ihrer Erfahrung zu punkten, in der Hoffnung, dass einer der Ladenbesitzer es mit ihr versuchen wollte. In Süd- und Mittelamerika war es einfacher gewesen, einen passenden Job zu finden. Einen Moment lang überlegte sie, dorthin zurückzukehren. Doch wie sollte sie die Reise bezahlen? *Warum fragst du nicht einfach Sandra?* Weil sie ihre Schwester nicht belasten wollte. *Gib doch zu, dass du dich schämst!*

Sie würde es allein schaffen. Aus eigener Kraft. Ohne Sandra. Nele telefonierte die Gaststätten der Umgebung ab und erhielt wieder nur Absagen.

Alles schien sich gegen sie verschworen zu haben. Nele war verzweifelt. Viel zu oft hatte sie ihren Vater oder Sandra um Geld gebeten. Diesmal nicht! Sie könnte ihren Silberschmuck verkaufen und schaute wehmütig auf ihre Armreifen hinab. Sie waren das Letzte, was ihr geblieben war.

Nele fasste den Entschluss, Onkel Herbert und Tante Ruth zu besuchen. Das würde sie von ihren Sorgen ablenken. Außerdem freute sie sich nach langer Zeit auf ein Wiedersehen mit ihnen. Sie hatte ein schlechtes Gewissen, weil sie ihnen immer einen Besuch versprochen, es aber nicht realisiert hatte.

Weil sie nicht mit leeren Händen ihre Verwandten besuchen wollte, hielt sie unterwegs an einem Blumenladen. Sie bereute diese Entscheidung, denn die Kunden standen in einer Schlange vom Kassentresen bis zum Ladeneingang. Ein wenig abseits saß eine alte, elegant gekleidete Frau im Rollstuhl. Die graue Perücke mit dem Bubikopf ließ sie aus der Ferne jünger erscheinen. Lächelnd winkte sie einer anderen Frau mittleren Alters zu, die sich in die Schlange vor dem Tresen eingereiht hatte.

Nele bemerkte, dass die Frau im Rollstuhl sie die ganze Zeit über ansah. Sie hatte es schon oft erlebt, dass sie anderen wegen ihrer exotischen Erscheinung auffiel, besonders den Männern. Aber die Neugierde der älteren Frau war neu. Je länger die Frau sie ansah, desto unbehaglicher fühlte Nele sich.

»Entschuldigung, kennen wir uns?«, fragte sie die ältere Dame freundlich.

»Wo ist denn dein rotes Kleid?«, fragte die Frau im Rollstuhl.

Nele überlegte, was sie darauf antworten konnte, denn sie besaß kein einziges Kleid. Höflich beugte sie sich zu der Rollstuhlfahrerin hinunter.

»Entschuldigung, aber Sie verwechseln mich sicher mit jemandem.«

»Das hast du doch immer so gern getragen. Dein Lieblingskleid mit den weißen Punkten«, entgegnete die alte Dame. Nele verbiss sich ein Lächeln, als sie bemerkte, dass die Frau verwirrt war. Ehe sie antworten konnte, trat die jüngere Ausgabe der Frau im Rollstuhl zu ihnen. Nele schätzte sie auf knapp sechzig.

»Mutti, die junge Frau ist nicht deine Freundin.« Dann

wandte sie sich Nele zu. »Bitte entschuldigen Sie, aber meine Mutter lebt in der Vergangenheit und sieht in jeder Frau immer ihre alte Freundin, die sie schmerzlich vermisst.«

Das erklärte natürlich alles.

»Das ist schon in Ordnung«, versicherte Nele lächelnd, bevor sie sich erneut zu der alten Dame hinunterbeugte. Sie wusste noch gut von Opa Anselm, dass es ratsamer war, sich auf keinen Konflikt einzulassen, um den Kranken nicht zu verletzen.

»Ich habe in meinem Schrank auch ein rotes Kleid. Bei der nächsten Gelegenheit werde ich es tragen«, sagte sie zu der Rollstuhlfahrerin und drückte sanft deren Hand. Ein Lächeln huschte über das faltige Gesicht.

»Das ist wunderbar. Hast du das gehört, Gitti?«, antwortete die Dame im Rollstuhl und tätschelte Neles Hand.

»Ja, natürlich, Mama«, antwortete Gitti und zwinkerte Nele zu.

Nele verabschiedete sich gerade von den beiden Frauen, als die Verkäuferin neben sie trat.

»Wie kann ich Ihnen helfen?«, fragte sie freundlich.

»Ich hätte gern einen kleinen Blumenstrauß. Für meine Tante.«

Als die Verkäuferin ihr wenig später einen bunten Strauß überreichte, waren die ältere Dame und ihre Begleiterin längst fort. Nele schaute auf die Uhr. Es war später geworden als gedacht. Sie schob das Geld für den Strauß über den Tresen, nahm ihn an sich und eilte aus dem Laden.

Ihr Wagen parkte in einer Seitenstraße um die Ecke. Auf dem Weg dorthin sah sie die alte Dame im Rollstuhl mit ihrer Tochter Gitti auf der gegenüberliegenden Straßenseite. Während Gitti sich mit einem Pärchen über den Gartenzaun unterhielt, knetete die Dame im Rollstuhl ein Taschentuch in der Hand. Es fiel ihr herunter. Schwerfällig bückte sie sich danach, und der Rollstuhl rollte gefährlich nah an die Bordsteinkante heran. Die Tochter der Frau war so vertieft in das Gespräch mit dem Pärchen, dass sie die Gefahr nicht mitbekam. Nele überquerte schnell die Straße. »Vorsicht!«, rief sie und war im rechten Augenblick zur Stelle, als der Rollstuhl über die Bordsteinkante vorwärts kippte. Blitzschnell packte sie zu und zog den Rollstuhl zurück. Die Dame im Rollstuhl schrie auf. Ihre Tochter wirbelte erschrocken herum.

»Mama, was machst du nur?«, rief sie besorgt, bevor sie sich bei Nele für die Rettungsaktion bedankte.

»Sie wollte ein Taschentuch aufheben«, erklärte Nele, klaubte es vom Bürgersteig, gab es zurück und beschrieb ihr, was geschehen war.

»Sie haben meine Mutter vor einem schweren Sturz bewahrt. Wie konnte ich nur so unachtsam sein! Ich kann Ihnen gar nicht sagen, wie dankbar ich Ihnen bin«, sagte Gitti mit Tränen in den Augen und drückte Neles Hand.

»Das war doch selbstverständlich«, erklärte Nele.

»Ich möchte mich gern bei Ihnen erkenntlich zeigen. Möchten Sie vielleicht mit uns eine Tasse Kaffee trinken? Ich habe heute Morgen einen Erdbeerkuchen gebacken.«

Das Angebot rührte Nele. Aber dann könnte sie ihren Besuch bei den Willharts vergessen.

»Tut mir leid, aber ich bin auf dem Weg zu Verwandten, die ich lange nicht gesehen habe.«

Die beiden Frauen zogen eine enttäuschte Miene. »Oh, na dann … Schade. Aber vielleicht ein anderes Mal? Wir würden uns sehr freuen, wenn Sie uns besuchen würden. Ihre Hunde dürfen Sie auch gerne mitbringen.«

Die ältere Dame nickte und lächelte.

»Danke für die nette Einladung. Aber ich bin nur für kurze Zeit in der Heide.« Nele bezweifelte, dass es zu einem Besuch kommen würde. Sobald sie einen passablen Job gefunden und etwas Geld verdient hatte, würde sie die Heimat wieder verlassen. *Papa und ich, das geht nicht gut.*

»Na ja, vielleicht können Sie es doch noch irgendwie einrichten. Hier meine Karte.« Die Frau nahm eine Visitenkarte aus ihrer Handtasche und reichte sie Nele. Ohne einen Blick darauf zu werfen, schob Nele sie in ihre Hosentasche.

»Vielen Dank.« Anschließend verabschiedete sie sich von den beiden sympathischen Frauen und begab sich auf den Weg zu den Willharts.

Keine halbe Stunde später klopfte sie an die Haustür ihrer Verwandten. Von Sandra wusste sie, dass ihre Großtante und ihr Großonkel meistens zu Hause waren. Der wunderschöne Garten, den Nele bislang nur von Fotos her kannte, war ihr Ein und Alles.

Es war Tante Ruth, die ihr die Tür öffnete.

»Nele! Das ist ja eine Überraschung!«, rief ihre Tante und zog sie an sich. Nele war überrascht über diesen herzlichen Empfang, denn sie hatte die beiden nur einmal kurz im vergangenen Jahr per Zufall getroffen, als sie und Henner sich einen Pferdeanhänger von Sandra für den Umzug geliehen hatten. Sie musste sich erst an die neuen Verwandten gewöhnen. Doch Nele fand die beiden sehr sympathisch und hatte mit ihnen E-Mails geschrieben.

»Herbert? Nele ist da!«, rief Tante Ruth in den Flur und wandte sich dann an ihren Gast. »Komm herein. Bei dem schönen Wetter sitzen wir immer im Garten. Wo sind denn deine Hunde? Sandra hat uns erzählt, dass du sie mitgebracht hast.«

»Die sitzen im Wagen.«

Ihre Tante ließ keine Ruhe, bis Nele Bobby und Benny aus dem Wagen geholt und ihnen präsentiert hatte.

»Das sind ja wirklich zwei Prachtkerle«, sagte Tante Ruth und kraulte die beiden zwischen den Ohren.

Großtante Ruths weißes Haar glitzerte im Sonnenschein, als sie hinters Haus gingen. Sandra hatte nicht zu viel versprochen, der Garten von Großtante und Großonkel wirkte wie ein Schaugarten aus einer Gartenzeitung. Sanft geschwungene Beete mit Stauden und Rosen reihten sich aneinander und endeten an einem Pavillon aus Holz. Auf der anderen Seite des Pavillons lag ein Fischteich. Auf einem Holzdeck daneben standen ein gedeckter Tisch und vier Gartenstühle.

»Herbert, hol doch noch bitte ein Gedeck für Nele und Wasser für die Hunde.«

»Hallo, Nele!«, begrüßte er sie und hob zum Gruß seinen Strohhut an.

Während er zurück ins Haus ging, führte Tante Ruth Nele zum Holzdeck und plauderte auf dem Weg über ihren Garten. Bobby und Benny erkundeten derweil schnüffelnd den Garten.

Tante Ruth konnte hervorragend backen und reichte Nele von ihrem Rührkuchen, als sich alle drei am Tisch niedergelassen hatten.

Während Nele den Kuchen aß, musste sie den beiden von ihrem Leben in Paraguay erzählen. Dabei brannte ihr die Frage nach Oma Esther auf der Zunge. Doch sie musste sich gedulden für den richtigen Moment. Erst einmal berichtete Onkel Herbert humorvoll von seinen Führungen durch das Sudertal. Die eine oder andere Touristenanekdote brachte Nele zum Lachen. Nachdem sie mit ihrer Tante den Tisch abgeräumt hatte, grübelte Nele darüber nach, wie sie am geschicktesten ihre Frage nach Dörte platzieren konnte. Aus dem E-Mail-Verkehr mit den beiden hatte sie herauslesen können, dass auch sie nicht gern über die Vergangenheit redeten. Immer wenn Nele das Thema angeschnitten hatte, waren die Reaktionen verhalten gewesen.

»Du hast doch was auf dem Herzen, das spüre ich«, sagte Tante Ruth und sah Nele forschend an.

Nach kurzem Zögern berichtete Nele ihnen von dem Brief ihrer Großmutter an Dörte. Aufmerksam hörten Onkel und Tante ihr zu.

»Kanntet ihr diese Dörte?«, fragte sie am Schluss.

Onkel Herbert runzelte die Stirn. »Dörte … Dörte …«, sinnierte er, »beim besten Willen, aber der Name sagt mir nichts.«

Tante Ruth hob die Hände. »Wenn es eine Jugendfreundin von Esther gewesen ist, bin ich raus. Da kannte ich sie noch nicht.«

Nele war enttäuscht, denn sie hatte sich mehr von den beiden erhofft.

»Im Brief hat Oma geschrieben, dass sie vorhatte, mit Horst wegzugehen. Wusstet ihr davon?«

Tante Ruth stellte die Tasse so heftig ab, dass der Kaffee in die Untertasse schwappte. Deutlich spürte Nele ihr Unbehagen. »Gesagt hat sie nie etwas. Aber sie war sehr verliebt in Horst. Ich weiß nicht, ob sie es tatsächlich getan hätte. Schließlich war ja dein Vater da.«

»Und was sagst du dazu, Onkel Herbert? Du kanntest sie doch am längsten von allen.«

»Esther ist impulsiv gewesen. Und leidenschaftlich. Sie war, wie Ruthchen schon sagte, ganz vernarrt in Horst. Dein Großvater Anselm war immer sehr launisch und grob zu ihr. Aber ich bin davon überzeugt, dass sie deinen Vater nie im Stich gelassen hätte. Sie hat ihr Kind abgöttisch geliebt.«

»Papa sieht das anders. Er ist fest davon überzeugt, dass sie ihn und seinen Vater verlassen wollte«, widersprach Nele. Für einen Moment blitzte es wachsam in den Augen ihrer Verwandten auf.

»Wie können wir denn wissen, was in Esther wirklich vorgegangen ist? Warum wollt ihr, Sandra und du, die Vergangenheit aufrühren? Das nützt niemandem, sondern reißt nur alte Wunden auf.«

»Sandra und ich wollen doch nur verstehen, wie es zu dieser Tragödie kommen konnte, die zwei Familien verfeindet hat«, rechtfertigte sich Nele.

Genauso wie Tante und Onkel hatte sie selbst auch einmal gedacht, bis sie begriffen hatte, wie stark das Vergangene ihr Leben und das ihrer Familie bestimmt hatte und noch bestimmte. Sie wollte endlich frei entscheiden und die unselige Fehde ein für alle Mal begraben.

Nele entschied, nicht mehr weiterzubohren. *Irgendwann wird die Wahrheit ans Licht kommen.*

Am frühen Abend, als Nele mit den Hunden von ihrem Besuch zurückkehrte, kam Sandra von der Arbeit. Erschöpft ließ sie sich aufs Sofa gleiten.

»Puh, was für ein Tag. Und das am Mittwoch, der kein Anreisetag ist«, sagte sie und streifte die Pumps von den Füßen. »Und wie war's bei Ruth und Herbert?«, wandte sie sich an Nele, während sie ein Glas vom Tisch nahm und sich Wasser aus der Karaffe einschenkte.

»Ganz nett. Sie haben mich vor lauter Freude über mein Kommen mit Kuchen gemästet«, gestand Nele lächelnd.

»Hast du sie denn nicht nach Dörte gefragt?« Sandra wirkte enttäuscht.

»Natürlich habe ich sie wegen Omas Brief angesprochen.«

»Und? Was haben sie dazu gesagt?«

Nele schüttelte den Kopf. »Sie kannten Dörte nicht.«

Sandra seufzte. »Ich hatte wirklich gehofft, dass sie wenigstens wissen, wer Dörte gewesen ist. Na ja, da kann man nichts machen.«

Nele spürte, dass ihre Schwester enttäuscht war, und versuchte sie durch ihren Bericht über die tote Wölfin und die Rettungsaktion der Welpen abzulenken.

»Ich fasse es nicht, dass es solch skrupellose Menschen gibt!«, entfuhr es Sandra, als Nele fertig erzählt hatte. »Es war die richtige Entscheidung, die beiden zu Sven zu bringen. Bestimmt hat einer von Helga Koopmanns Vertrauten die Wölfin erschossen, da möchte ich wetten. Hast du einen von ihnen erkannt?«

Nele schüttelte den Kopf. »Ich habe sie gar nicht gesehen.« Gleich nachdem der Gutsverwalter sie telefonisch erreicht hatte, waren Dr. Larsen und sie in Richtung Ruine geflüchtet. Sie hatten Glück gehabt. In einem Funkloch wäre die Warnung nie angekommen.

Beim Gedanken an die zornigen Männer rieselte es ihr noch immer eiskalt den Rücken hinab. In Paraguay hatte sie miterlebt, wie eine aufgebrachte Schar Männer eine Siedlung überfallen und zwei Menschen erschlagen hatte. Nele verabscheute Gewalt. Sie hätte nie damit gerechnet, dass das Auftauchen eines Wolfes die zivilisierten Menschen in ihrer Heimat rücksichtslos werden ließ.

»Ich bin froh, dass Papas Schäfer euch geholfen hat.«

»Ja, ich auch. Ich verstehe nur nicht, warum er immer so abweisend reagiert«, beklagte sich Nele.

»Ich glaube, er hat Schlimmes durchgemacht. Hat Papa angedeutet. Aber frag mich nicht weiter. Mehr weiß ich nämlich nicht.«

Selbst wenn ihr Vater den Grund dafür kannte, würde er es niemandem erzählen. *So wie er uns das mit Oma Esther verschwiegen hat!*

Was verschwendete sie noch einen Gedanken an Joris. Sie hatte das Gefühl, dass er sie stets auf Distanz hielt.

»Übrigens stammen Joris' Großeltern aus Niederheidingen.«

Sandras Augen weiteten sich.

»Ah, ihr seid schon beim Vornamen?« Sandra stupste sie sanft an und grinste.

»In den Ländern, wo ich gewesen bin, haben sich alle immer geduzt. Ich habe das steife Sie in Deutschland nie verstanden.«

»Okay. Sagtest du eben Niederheidingen?« Es war ihrer Schwester anzusehen, dass sie eine neue Spur witterte.

»Und das erzählst du mir erst jetzt? Was weiß er? Hat jemand mit ihm über den Brand geredet? Oder das Forsthaus?«, fragte Sandra aufgeregt. Ihre Lippen zitterten.

»Über den Brand hat er kein Wort verloren. Und der Name Birkfeld sagte ihm auch nichts.«

»Schade«, sagte Sandra enttäuscht. »Es ist zum Verrücktwerden. Ich bekomme immer die gleichen Antworten. Keiner kann oder will sich an etwas von damals erinnern. Und Zeitzeugen habe ich auch nicht gefunden. Jede Spur, die ich von Oma Esther verfolge, endet in einer Sackgasse. Vielleicht besitzt er alte Fotos von seinen Großeltern oder kann uns etwas über den Förster sagen. Ich muss mit ihm reden. Am besten gleich morgen.«

Sandra war wie immer entschlossen, den Dingen auf den Grund zu gehen. Gleichgültig, ob die Wahrheit schmerzte, hatte sie Nele einmal am Telefon gesagt. Seit einem Jahr recherchierte sie das Leben von Oma Esther. Aber die Puzzleteile ergaben kein Gesamtbild.

Leider waren viele Zeitzeugen bereits verstorben, dement oder nicht mehr ausfindig zu machen.

Nele bedrückte das schlechte Gewissen, weil sie Sandra bei ihren Recherchen nicht unterstützt hatte. Ihr war es lieber, die Vergangenheit ruhen zu lassen. Sie lebte in der Gegenwart und blickte in die Zukunft. Es lohnte sich nicht, zurückzuschauen, weil es sie nur deprimierte. Alle Menschen, bis auf Sandra, die ihr lieb und teuer gewesen waren, hatte sie verloren. Sie konnte sich nicht einmal mehr an das Gesicht ihrer Mutter erinnern.

Sandra seufzte. »Eigentlich habe ich morgen gar keine Zeit dafür. Wir erwarten einige neue Gäste im Hotel. Außerdem müsste ich dringend mal wieder saubermachen. Schau …« Sie strich mit dem Finger über den Tischrand und zeigte ihn Nele. »Ich habe seit zwei Wochen keinen Staub mehr gewischt.«

»Aber das kann ich doch machen«, bot Nele sich an.

»Nein, du sollst dich die beiden Tage erholen. Ich nutze doch deinen Besuch nicht aus!«

»Es macht mir wirklich nichts aus«, entgegnete Nele. Ablenkung war das beste Mittel gegen Grübeleien.

Sandra wollte gerade etwas antworten, als Rick das Zimmer betrat. Er beugte sich zu seiner Frau herab und küsste sie.

So hat Henner das auch immer gemacht! Und dabei an eine andere gedacht.

Nele wurde das Herz schwer. In solchen Momenten wurde ihr wieder bewusst, wie einsam sie sich fühlte.

»Ich könnte jetzt einen Tee vertragen. Und ihr?«, fragte Rick.

»Ja, ich denke, das ist eine gute Idee. Ich setze gleich Wasser auf. Was ist mit dir, Nele? Möchtest du auch einen?«, wandte Sandra sich ihr zu.

Nele schüttelte den Kopf. Sie hatte Tee noch nie gemocht. Ein starker, schwarzer Kaffee war ihr entschieden lieber.

»Danke, nein«, antwortete sie. Mit einem unguten Gefühl im Bauch beobachtete Nele, wie Rick die Zeitung, die sie vorhin nach Jobanzeigen durchsucht hatte, nahm und damit zur Sitzgruppe vor dem Kamin ging. Ihre Schwester entschwand währenddessen in die Küche. Nele blieb auf dem Sofa zurück und hoffte inständig, dass ihr zukünftiger Schwager den Anzeigenteil überblättern würde.

»Sandy, wer außer mir liest den Suderdorfer Anzeiger noch?«, rief Rick durch den Raum.

Mist! Er hatte also ihr Stöbern entdeckt. Gleich würde Sandra aus der Küche treten und ihn fragen, wie er darauf käme.

»Wie meinst du das?«, rief ihre Schwester prompt zurück.

»Suchst du nach einem neuen Job?«

Schritte erklangen, und Sandra trat ins Wohnzimmer. »Wieso sollte ich einen Job suchen?«

»Na, weil hier ein paar Anzeigen angestrichen sind, für die du überqualifiziert bist.« Rick hielt die Zeitung hoch, in der Neles Markierungen zu sehen waren.

Sandras Blick flog zwischen ihrem Lebensgefährten und Nele fragend hin und her. Sicher reimte sich ihre Schwester zusammen, dass nur Nele es gewesen sein konnte.

»Nele, kannst du mal bitte kommen?« Sandras Tonfall duldete keinen Widerspruch. Sie wandte sich um und ging in die Küche zurück. Vor diesem Augenblick hatte Nele sich gefürchtet. Nun musste sie ihrer Schwester alles gestehen. Während Nele ihr folgte, überlegte sie, wie sie es ihr beibringen konnte.

»Ich glaube, wir haben Klärungsbedarf. Bist du auf Jobsuche?«, fragte Sandra, kurz nachdem die Küchentür hinter ihr zugefallen war.

Neles Wangen brannten. Sie schämte sich entsetzlich, wieder gescheitert zu sein. Es fiel ihr schwer, die passenden Worte zu finden.

Sandra trat auf sie zu und nahm Neles Hände in ihre. »Also, was ist los? Brauchst du einen Job?«

»Ja«, gestand Nele kleinlaut.

»Ich dachte, bei dir läuft es gut mit dem Laden …«

Der Kummer, den Nele seit zwei Tagen mit sich herumtrug und den sie vor den anderen verborgen hatte, überwältigte sie. Schluchzend warf sie sich in die Arme ihrer Schwester.

»Mit … Henner ist … es aus. Ich habe … meine Wohnung … und meinen Job verloren«, stieß Nele zwischen Schluchzern hervor.

»Ach, Liebes, wie konnte das geschehen? Warum hast du das denn nicht gleich gesagt?« Sandra drückte sie fest an sich und strich ihr sanft über den Rücken. »Wir sind doch füreinander da.«

»Weil … weil ich mich so schäme«, gestand Nele. »Die verrückte Nele, die nichts gebacken bekommt.«

»Du weißt doch genau, dass ich nicht so denke. Wir sind Schwestern und helfen uns gegenseitig.«

Sandras Worte streichelten Neles Seele. Sie war erleichtert, dass die Wahrheit endlich heraus war. Und sie war froh darüber, dass Sandra zu ihr hielt, anstatt über sie den Kopf zu schütteln.

Als Neles Tränen versiegt waren, berichtete sie Sandra ausführlich von ihrem Dilemma.

»Dieser Mistkerl! Der hat dich nicht verdient! Dir auch noch Schulden aufzuhalsen, ist ein starkes Stück. Wir reden mit einem Anwalt. Es kann doch nicht sein, dass du auf diesem Schuldenberg sitzen bleibst und er davonkommt.«

Sie reichte Nele eine Packung Taschentücher.

»Du kannst natürlich ein paar Tage hier bei uns wohnen. Was den Job betrifft … da muss ich mich im Betrieb umhören. Bestimmt haben wir irgendwo eine freie Stelle.«

Sandra strahlte eine solche Zuversicht aus, dass Nele sich wie befreit fühlte.

»Danke«, antwortete Nele heiser. »Ich habe nicht gewusst, wo ich hinsollte.«

»Es war die richtige Entscheidung. Jetzt geh und wasch dir dein Gesicht. Deine ganze Wimperntusche ist verlaufen. Du siehst aus wie ein Pandabär.« Lächelnd deutete ihre Schwester mit dem Finger auf Neles Gesicht. Rasch wischte Nele die gröbsten Spuren mit dem Taschentuch fort.

»Ich geh mal schnell ins Bad«, sagte sie und huschte an Sandra vorbei.

»Lass uns bei einem Glas Wein beratschlagen, wie ich dir helfen kann«, rief Sandra Nele hinterher.

Im Bad wusch Nele sich das Gesicht mit kaltem Wasser. Auch hier waren Sandra und Rick ihrem Einrichtungsstil treu geblieben. Das Waschbecken war aus Stein und auf einer Steinsäule befestigt. Auch die Badewanne war mit dem gleichen Stein eingefasst und wirkte, als stünde sie in einer Grotte. Nele blickte in den goldgerahmten Spiegel. Ein fremdes Geschöpf mit wirrem, rotblondem Haar und bleichem Gesicht starrte sie an. Ohne Make-up sah sie anders aus. Nicht wie Nele Gercke, sondern wie ihre Großmutter Esther auf den alten Familienfotos. Sie lief zu ihrer Tasche und zog ein Foto heraus, das sie neben den Spiegel hielt.

Es war eines aus dem Familienalbum, das sie heimlich an sich genommen hatte. Grund dafür war eine Nachricht von Großonkel Herbert gewesen. Nele strich ihr Haar zurück und fasste es hinter dem Kopf mit einem Haarband zusammen, so wie ihre Großmutter auf dem Foto. Sie hätten Zwillinge sein können.

Du bist genauso lebendig und abenteuerlustig wie deine Großmutter, hatte Onkel Herbert ihr in einer E-Mail geschrieben. Vielleicht war es doch interessanter als gedacht, mehr über die Vergangenheit zu erfahren.

Nele verzichtete darauf, noch einmal Make-up aufzulegen, obwohl sie sich nackt fühlte. Üblicherweise verließ sie nie das Haus, ohne sich zu schminken. Heute jedoch war es ihr gleichgültig. Zum ersten Mal nach langer Zeit spürte sie die Geborgenheit und Liebe ihrer Schwester Sandra. Nele schämte sich, dass sie sie angelogen und ihr nicht vertraut hatte. Wie hatte sie nur annehmen können, dass Sandra auf sie herabsehen könnte?

Weil ihr euch fremd geworden seid!

Seitdem Nele damals Rosenhagen nach dem Streit mit dem Vater verlassen hatte, war zwischen ihr und Sandra mit den Jahren eine Kluft entstanden. Nach dem Herzinfarkt des Vaters im vergangenen Jahr waren Sandra und sie gezwungen gewesen zusammenzuhalten, um den Bestand des Gutes zu sichern. Dabei waren sie sich wieder etwas nähergekommen. Beim Abschied hatten sie sich versprochen, sich öfter zu sehen. Aber Neles Freiheitsliebe und Abenteuerlust hatten sie wieder in die Welt getrieben, sodass sie zu Sandra nur via Telefon und E-Mail den Kontakt aufrechterhalten hatte. Das hatte sie einander wieder ein Stück entfremdet. Jetzt, da Nele in einer Misere steckte, begriff sie erst, wie einsam sie sich gefühlt hatte und wie wichtig es war, eine liebende Schwester zu besitzen.

Nach ihrer Rückkehr in die Lüneburger Heide hatte sie gemerkt, wie sehr sie das alles in der Fremde vermisst hatte. Besonders eine Freundin wie ihre Schwester.

»Du bist älter und sentimentaler geworden«, sprach sie zu ihrem Spiegelbild und streckte die Zunge heraus.

Oder war die Zeit gekommen, dass auch sie den Wunsch verspürte, sesshaft zu werden? Ehe sie darüber nachgrübeln konnte, hörte sie Gläser klirren und das Knistern von Feuer. Sicher hatte Sandra bereits eine Flasche Rotwein auf den Tisch gestellt und wartete vor dem Kamin auf sie. Entschlossen drückte Nele die Klinke der Badezimmertür herunter und begab sich zu ihr.

17.

Friedrich Gerckes Jeep hielt vor dem Blockhaus, als Joris nach seiner Rückkehr gerade die Tür aufschloss. Der Gutsbesitzer hatte ihn noch nie besucht, sondern ihn jedes Mal zum Gut zitiert. Ein ungutes Gefühl beschlich Joris, als sein Chef aus dem Wagen stieg und energischen Schrittes auf ihn zukam.

Gercke stand vor dem Eingang, ein Mann von Mitte sechzig, hochgewachsen und breitschultrig. Am auffallendsten war sein weißes, fülliges Haar.

»Ich muss mit Ihnen reden«, sagte er, ohne Joris zu begrüßen. Seine düstere Miene verhieß nichts Gutes.

»Guten Tag, Herr Gercke.« Joris begrüßte ihn betont freundlich. Er wusste um die barsche Art seines Arbeitgebers. Auch beim Militär herrschte oft ein rauer Ton, und er hatte gelernt, das nicht persönlich zu nehmen.

»Wollen wir drinnen oder lieber draußen auf der Terrasse sprechen?«, fragte Joris.

»Ist mir egal.« Friedrich Gercke stapfte hinter ihm her.

Joris führte ihn ins Haus und bat ihn, am Tisch Platz zu nehmen.

Brummend und mit finsterer Miene setzte sich sein Chef. Joris ließ sich normalerweise nicht einschüchtern, aber er fürchtete um seinen Job. Die Arbeit als Schäfer auf dem Gut bereitete ihm Freude und tat ihm gut.

»Ein Wolf treibt sich hier rum«, erklärte Friedrich Gercke. Dann beugte er sich zu Joris über den Tisch. Seine Augen verengten sich zu Schlitzen wie bei einem Raubtier, das seine Beute fixiert.

Woher kam bei seinem Chef der Sinneswandel? Neulich

hatte er noch behauptet, dass es ein Wildschwein gewesen sei.

»Also doch«, antwortete Joris.

»Ja, verdammt noch mal, Sie hatten recht.« Friedrich Gercke schlug mit der flachen Hand auf den Tisch.

Joris lächelte. Er spürte, wie schwer es seinem Chef fiel, das zu gestehen.

»Sie haben dafür zu sorgen, dass keines meiner Tiere gerissen wird. Sie wissen, wie viel mir die Schafzucht bedeutet«, forderte Gercke.

»Ich denke, die Gefahr ist gebannt. Der Wolf oder vielmehr die Wölfin ist tot«, antwortete Joris und berichtete seinem Chef von den Schüssen und dem Fund. Einer inneren Eingebung folgend, verzichtete er darauf, Neles Einsatz bei der Rettung der Welpen zu erwähnen.

»Dafür ist bestimmt die Koopmann verantwortlich! Kein anderer wäre zu solch einer Ungeheuerlichkeit fähig! Sie besitzt genug Geld, um jemanden mit dem Abschuss des Wolfes zu beauftragen. Umsiedeln nach Tschechien oder Polen wäre eine bessere Lösung.« Friedrich Gerckes Hand ballte sich zur Faust, als würde er die Bürgermeisterin erwürgen wollen.

Doch am meisten erschrak Joris über den hasserfüllten Ausdruck in Gerckes Augen. Was mochte nur zwischen den Familien vorgefallen sein, dass sich die Fronten derart verhärtet hatten?

»Herr Gercke, Sie müssten erst beweisen, dass die Bürgermeisterin den Abschuss beauftragt hat. Andernfalls könnte man Ihnen Rufmord vorwerfen«, erwiderte Joris. Das brachte sein Gegenüber erst richtig auf.

»Sie kennen die Bürgermeisterin nicht und wissen nicht, wozu sie fähig ist. Sie will das verfluchte Landstück haben. Um jeden Preis! Dafür habe ich Beweise«, erboste sich sein Chef.

»Okay. Welches Landstück denn?« Wovon redete er nur? Joris zuckte mit den Achseln und wartete auf eine Erklärung Friedrich Gerckes.

»Sie wollte das Sudertal haben, um dort einen Golfplatz zu bauen. Doch wegen einiger seltener Tiere und Pflanzen soll es zum Landschaftsschutzgebiet erklärt werden. Das durchkreuzt die Pläne der Koopmann. Zum Glück hat meine Tochter Sandra das Schutzgebiet durchsetzen können, und das Sudertal bleibt in seiner Ursprünglichkeit erhalten. Der Golfplatzbau wurde verschoben.«

»Dann ist doch alles gut.« Joris erinnerte sich daran, was ihm der alte Schäfer von dem Kampf ums Sudertal und den Plänen zur touristischen Nutzung erzählt hatte. Es hatte einen Hotelwettbewerb gegeben, bei dem es um Tourismuskonzepte gegangen war. »Die Koopmanns haben verloren, und Sie haben Ihr Hotelsiegel gewonnen. Ich verstehe nicht, weshalb Sie …«

Friedrich Gercke sprang vom Stuhl auf, dass dieser auf den Boden knallte. Der Gutsbesitzer schwankte und hielt sich am Tisch fest.

»Gar nichts verstehen Sie, Münster. Helga Koopmann würde ihre Seele und die ihrer Kinder verkaufen, wenn es erforderlich wäre, um den Golfplatz zu bekommen! Das Projekt ist nicht aus ihrem Kopf. Dafür sucht sie dringend Land. Und ich glaube, sie hat es schon gefunden.«

»Woran denken Sie?«

»Ich kann Ihnen nur raten, Augen und Ohren aufzusperren, wenn Sie weiterhin noch Schäfer sein möchten.«

Joris wurde flau im Magen.

»Sie meinen, Sie würde die Wiesen für den Golfplatz nutzen? Aber die sind doch Gemeindebesitz.«

»Das wollen sie jeden glauben lassen. Aber mich können sie nicht betrügen!«, brüllte Friedrich Gercke.

Joris verzichtete darauf, etwas zu erwidern, als er spürte, wie die Emotionen in seinem Gegenüber brodelten. Er dachte an das, was Nele ihm über die Feindschaft zwischen den beiden Familien erzählt hatte. Was ging es ihn an? Er arbeitete für das Gut. Mehr nicht. Dennoch spürte Joris, wie er ungewollt immer tiefer in die Sache hineingezogen wurde.

Friedrich Gercke hing an seinen Schafen, das hatte Joris bereits beim ersten Treffen erkannt.

»Wenn es Ihnen wohler ist, Herr Gercke, treibe ich die Schafe gleich heute noch auf eine der Gutswiesen …«

»Nein. Das geht nicht. Die sind für die Heuernte und die fohlenden Stuten vorgesehen. Außerdem reichen sie nicht aus. Die Schafe futtern binnen einer Woche alles ab«, unterbrach Friedrich Gercke ihn. »Wir brauchen mehrere Hektar. Am besten treiben Sie die Herde auf eine der anderen Wiesen.«

»Sie meinen die Gemeindewiesen?«

»Angeblich gehören sie denen offiziell. Aber das ist nicht rechtens!«, brauste der Gutsherr auf. Joris wollte mit seinem Chef jetzt nicht über die Eigentumsverhältnisse diskutieren, so aufgebracht wie der war.

»Okay, ich könnte das gleich morgen früh klären, und wenn uns die Gemeinde das Go gibt, die Schafe dorthin treiben.«

Die Klosterwiese bot sich besonders an. Sie lag gleich neben dem Gut, sodass ein nächtliches Aufstallen der Schafe bei drohender Gefahr problemlos erfolgen könnte.

»Haben Sie mich nicht verstanden? Die brauchen wir nicht zu fragen.«

»Das können wir nicht machen. Wir benötigen dafür die Genehmigung der Gemeinde«, wandte Joris ein.

Friedrich Gercke murmelte, dass die Wiesen eigentlich zum Gut gehörten. Joris horchte auf.

»Das habe ich jetzt nicht verstanden, Herr Gercke. Die Klosterwiese gehört doch der Gemeinde. Oder habe ich da was falsch verstanden?«

»Herrgott noch mal, was ist denn daran nicht zu verstehen? Treiben Sie die Schafe auf die Klosterwiese. Die Genehmigung interessiert mich nicht! Einen schönen Tag noch«, verabschiedete sich Friedrich Gercke von Joris und verließ das Blockhaus.

Nachdenklich blieb Joris eine Weile sitzen.

Er konnte die Schafe doch nicht einfach ohne Genehmigung der Gemeinde auf die Wiese treiben. Das roch nach Ärger mit Helga Koopmann, und er wollte nicht zwischen die Fronten geraten. Gleich morgen früh würde er das Gemeindebüro aufsuchen und vorsichtshalber die Nutzung klären.

Dann dachte er an Larsens Worte über einen möglichen Gefährten der Wölfin und beschloss, auch diese Nacht draußen bei den Schafen zu verbringen.

Obwohl Joris bereits über die Hälfte des starken Kaffees aus der Thermoskanne getrunken hatte, fielen ihm immer wieder die Augen zu. *Verdammt noch mal, ich will auf keinen Fall einschlafen!*

Gähnend schaute er auf die Uhr. Es war erst kurz nach Mitternacht. Bis zum Morgengrauen musste er wachbleiben. Er goss sich eine Tasse Kaffee ein und nippte daran, während er angespannt auf jedes Geräusch lauschte. Zum Glück war bei den Schafen alles ruhig. Die Wiese war schon in kurzer Zeit ziemlich abgegrast. Die Klosterwiese war mindestens fünf Hektar größer. Es war richtig, die Schafe auf eine andere Grünfläche zu bringen. Mit dem festen Vorsatz, im Gemeindebüro vorzusprechen, machte Joris es sich im Unterstand, soweit es ging, gemütlich.

Die Arme vor der Brust verschränkt, lehnte er sich an den Holzpfosten und schaute in die Dunkelheit, die etwas Beruhigendes besaß. Vielleicht hatte Larsen sich geirrt, und die Wölfin war mit den Welpen allein gewesen.

Mit fortschreitender Stunde kämpfte Joris gegen die aufsteigende Müdigkeit. Damals hatte er vor jedem Einsatz immer eine Koffeintablette geschluckt, um die nächtliche Wache durchzuhalten. Hier hatte er geglaubt, sie nicht zu brauchen. *Kaffee und Cola würden es auch tun.* Er griff nach der Colaflasche und trank in gierigen Zügen.

Trotz aller Bemühungen wach zu bleiben, schlief Joris ein.

Im Traum lag er wieder hinter den Schanzkörben, hörte die Schüsse und Todesschreie. Die Erde bebte unter ihm, als er auf dem Bauch im Staub lag, die Hände schützend über dem Kopf. Die Schüsse kamen aus allen Richtungen. Furcht wallte in ihm auf, als nicht weit von ihm etwas explodierte. Der Splitterhagel flog über ihn hinweg. Schreie vor Schmerz. Todesschreie. Noch nie hatte er sich so machtlos gefühlt wie in diesem Augenblick. Wut und Verzweiflung tobten in ihm. Sein Inneres schrie nach Rache. Nachdem die Schreie verstummt waren, herrschte eine bedrückende Stille.

Er hörte seinen keuchenden Atem. Dann ein dumpfes Geräusch direkt neben ihm …

Joris erwachte aus dem Albtraum. Er zitterte, und hinter seinen Schläfen hämmerte es. Ein dumpfes Geräusch hatte ihn geweckt. Es dauerte einen Moment, bis er es eingeordnet hatte. Das Geräusch verursachte die Schafherde, die sich aufgebracht zusammendrängte. Der Wolf! Sofort war er hellwach und sprang auf. Er hielt das Nachtsichtgerät vor die Augen und suchte den Verursacher. Die Schafe suchten einen Fluchtweg und drückten gegen den Zaun. Doch der Holzzaun des Pferchs widerstand dem Drängen. Dann sah er ihn. Ein kräftiges, muskulöses Tier, größer als die Wölfin. Joris hielt den Atem an und beobachtete den Wolf, der sich langsam anpirschte. Larsen hatte also recht gehabt. Die Wölfin war nicht allein gewesen. Langsam nahm er das Gewehr und entsicherte es. Der Zaun des Pferchs war einen guten Meter hoch. Jetzt konnte er nur noch hoffen, dass der Wolf davor Respekt zeigte. Die Schafe liefen im Pulk fort. Der Wolf duckte sich zum Sprung. Nur einen Atemzug später landete er mit einem Satz auf dem Zaunpfosten. Geschickt balancierte das Tier auf dem Holz, ohne die Beute aus den Augen zu verlieren.

»Die hier kriegst du nicht«, flüsterte Joris. Sein Finger legte sich um den Abzug. Es klickte leise. Der Schuss durchschnitt die Stille. Der Wolf zuckte beim Knall zusammen und sprang vom Zaun. Dann verschwand er im Wald.

Fürs Erste hatte Joris die Gefahr gebannt. Für den Wolf war es kein Problem, den Pferch zu überwinden. Jetzt, da er es erfolgreich ausprobiert hatte, war es so sicher wie das Amen in der Kirche, dass er wiederkehren würde. Joris schulterte das Gewehr und lief zu der Stelle, an der der Wolf im Dickicht verschwunden war. Mit der Taschenlampe leuchtete er hinein. Nichts war zu sehen, bis auf die Spuren, die seine Pfoten auf dem weichen Waldboden hinterlassen hatten. Aber er war nicht weit entfernt. Joris hatte ein feines Gespür für die Gefahr entwickelt.

»Sie haben dafür einen Riecher, Münster«, hatte ihn der Kommandeur gelobt. Nur an dem verfluchten Tag damals hatten ihn seine Sinne verlassen.

Joris war erleichtert, dass sich keines der Schafe beim Herumrennen verletzt hatte. *Glück gehabt.* Sein Chef hätte es ihm nicht verziehen, wenn eines der Tiere gerissen worden wäre.

Joris dachte an das Einstellungsgespräch mit Friedrich Gercke. Deutlich hatte er gespürt, was dieser von einem Schäfer ohne Hund hielt. Aber Joris hatte diesen Job unbedingt gewollt. Er war sein Rettungsanker, an den er sich klammerte. Er hatte mit Engelszungen auf Gercke eingeredet und ihn schließlich überzeugen können.

Inzwischen hatten sich die Schafe wieder einigermaßen beruhigt. Die Begegnung mit dem Wolf bestärkte Joris nur darin, dass es besser wäre, die Tiere näher am Gut zu halten. Für den Rest der Nacht musste er wach bleiben.

Bevor er in den Unterstand zurückkehrte, kochte er sich im Haus einen starken Kaffee und füllte die Thermoskanne.

Diesmal blieb Joris wach. Die restliche Nacht verlief ruhig, denn der Wolf kehrte nicht zurück. Wenn er es in der nächsten Nacht versuchen würde, wären die Schafe schon fort.

In der Morgendämmerung verließ er seinen Wachposten und lief ins Haus. Aus dem Vorratsschrank nahm er ein Stück eingewickelten, geräucherten Schinken und legte ihn draußen auf den Verandatisch. Seine Glieder waren ganz steif von der starren Haltung. Joris sehnte sich nach einer heißen Dusche und einem deftigen Frühstück draußen.

Als er sich gerade ausziehen wollte, blökten die Schafe. Er hörte deren Getrappel und Holz bersten. War der Wolf etwa zurückgekehrt? Er schaute aufs Tablet. Da war nichts zu sehen. Er griff das Gewehr, das er kurz zuvor in den Waffenschrank zurückgestellt hatte, und stürzte hinaus.

18.

»Das kann nicht dein Ernst sein!«, rief Nele empört und sprang vom Sofa auf. »Ich habe geschworen, dass ich niemals wieder im Stall arbeiten werde«, beharrte sie und sah wütend auf Sandra hinab. »Hast du denn nichts in deinem Hotel? Ich bin gut im Kellnern!« Das war leicht übertrieben.

»Nein, im Hotel ist nichts frei. Es ist doch nur übergangsweise, bis wir was anderes gefunden haben. Du würdest mir wirklich eine Sorge nehmen. Didi wird sich freuen, dich wiederzusehen.«

Die Leitung für das gesamte Gut einschließlich Hotel hatte der Vater im vergangenen Jahr auf Sandra übertragen. Ihre Schwester kostete der Spagat zwischen Gut und Hotel viel Kraft. Obendrein mischte sich ihr Vater beim Gut immer wieder ein.

Mit Didi würde es keine Probleme geben, das war Nele klar. Der Arme hatte sich bei einem Sturz den Arm gebrochen und musste die Arbeit delegieren.

»Du weißt ganz genau, dass ich weder mit Papa noch mit Hellenbrand klarkomme!«

Auch wenn ihr Vater offiziell nicht mehr die Verantwortung für das Gut trug, würde er sie kontrollieren. Weil er ihr nichts zutraute. Ganz zu schweigen von diesem arroganten Gutsverwalter. Er hatte ihr schon damals zu verstehen gegeben, wie wenig er von ihrer Arbeit hielt. Durchgeknalltes Weibsbild hatte er sie genannt, als sie einmal versehentlich im Stress das Weidetor offen gelassen hatte und die Pferde ausgebrochen waren. Die beiden warteten doch nur darauf, dass sie einen Fehler beging. Dass Joris ausgerechnet diesen Hellenbrand angerufen hatte, um sie vor Helga Koopmann und Gefolge zu warnen, wurmte sie noch immer.

»Mit Didi bist du doch immer wunderbar ausgekommen. Wir haben verzweifelt versucht, jemanden zu finden, der Didi unterstützt. Aber es hat sich niemand gemeldet. Wenn du ein Problem hast, kannst du jederzeit zu mir kommen.«

»Papa und Hellenbrand werden begeistert sein«, sagte Nele sarkastisch. Wenn sie nicht so dringend Geld bräuchte …

»Ich rede mit ihnen«, versprach Sandra. »Die nächsten beiden Wochen ist Papa ohnehin nicht auf dem Gut, sondern fährt für mich zu einem Fachkongress, weil ich hier nicht wegkann. Und Hellenbrand hat genug mit der Zucht zu tun, jetzt, da Didi ausfällt. Sechs unserer Zuchtstuten fohlen.«

Der Lohn für den Job war höher als für die Aushilfsjobs in der Gastronomie. Und immerhin würde ihr Vater zwei Wochen abwesend sein und sie nicht mit Argusaugen überwachen können.

»Ich mische mich nur ungern ein«, meldete sich Rick zu Wort, der ihnen zugehört hatte. Er nahm ein Glas und goss sich ebenfalls vom Rotwein ein. »Hast du eigentlich eine Rechtsschutzversicherung, Nele?«, fragte er.

»Natürlich nicht. So was habe ich nie gebraucht«, antwortete sie.

»Vielleicht brauchst du aber einen Anwalt, nach allem, was du uns über Henner erzählt hast«, gab er zu bedenken.

»Einen Anwalt? Wie soll ich mir den denn von meinen paar Kröten leisten? Ich habe nichts gespart.« In Neles Kehle steckte ein Kloß, als sie sich ihrer desolaten Finanzlage bewusst wurde.

»Es wäre vernünftig, den Job anzunehmen, den Sandra dir anbietet. Vom Lohn könntest du ihn bezahlen.«

Das klang zwar plausibel, aber Nele fühlte sich zu einer Entscheidung gedrängt. Sie musste erst eine Weile darüber nachdenken. »Ich muss wenigstens eine Nacht darüber schlafen«, sagte sie zu den beiden und verabschiedete sich bei Sandra und Rick.

Auf dem Weg in ihr Zimmer piepte ihr Handy. Ein Dutzend Anrufe von Henner in Abwesenheit. Sie hatte keine Lust, mit ihm zu reden. Aber er hatte eine Sprachnachricht hinterlassen. Nele warf sich aufs Bett. Ihre Neugier war stärker als ihre Wut auf ihn, und so hörte sie die Nachricht ihres Exfreundes ab.

»Hi, ich bin's. Ich wollte dir nur sagen, dass ich Weber gesagt habe, dass du die Renovierungskosten der Wohnung zahlen wirst. Die vielen Ausgaben. Mareike und ich nehmen uns eine neue Wohnung. Da müssen wir einiges investieren. Kurz: Ich bin pleite. Es war ja eh deine Wohnung, und der ganze Dreck stammt von den Hunden. Deine Familie ist doch reich. Sie werden sicher für dich in die Bresche springen. Mach's gut, Nele. Und danke für die tolle Zeit mit dir!«

Nele fühlte sich, als hätte Henner ihr die Faust in den Magen gerammt. Jetzt wollte er auch noch alle Kosten auf sie abwälzen.

»Arschloch!«, rief sie und boxte das Kissen. Rick hatte recht, womöglich brauchte sie doch einen Anwalt. Es blieb ihr nichts anderes übrig, als Sandras Angebot anzunehmen.

Außerdem wollte sie ihr gutes Verhältnis zur Schwester nicht trüben, weil sie deren Angebot ablehnte.

Dass es ausgerechnet eine Arbeit auf Rosenhagen sein

würde, war eine Laune des Schicksals. Unruhig warf Nele sich im Bett hin und her und tat kein Auge zu. Die ganze Zeit über wog sie ab, ob der Job auf dem elterlichen Gut wirklich lohnenswert war. Sie kam zu dem niederschmetternden Ergebnis, dass ihr keine Alternative blieb.

Als der Morgen dämmerte, wachte Nele auf. Sie hatte Kopfschmerzen und brauchte jetzt dringend frische Luft. Nur mit einem klaren Kopf konnte sie eine Entscheidung treffen. Als Nele ihre Jacke vom Haken nahm, spitzten die Hunde ihre Ohren.

»Kommt, wir machen einen kleinen Morgenspaziergang«, erklärte sie fröhlich. Die Begeisterung blieb aus. Bobbys Kopf sank auf die Matte zurück, und Benny gähnte.

»Wie kann man nur so faul sein«, schimpfte Nele. Doch als sie die Leinen von der Kommode nahm, standen beide Hunde neben ihr.

Jetzt konnte sie Sandra verstehen, die morgens gern ausritt. Die Luft in der Frühe war kühl. Nebel schwebte über der Heide und hüllte die Birken und den Wacholder in weiße Schleier, was etwas Gespenstisches besaß. Der schwere Duft von Erde und feuchten Pflanzen schwebte in der Luft. Ohne darüber nachzudenken, schlug Nele den Weg zum Wald ein. Bobby und Benny trotteten schnüffelnd neben ihr her. Rick hatte sie vor dem Wolf gewarnt, aber mit den Hunden an ihrer Seite fürchtete sie sich nicht.

Oben am Waldrand war schon von Weitem das Blöken der Schafe zu hören. Ihr Vater war ganz vernarrt in diese Tiere und hatte bereits viel Geld investiert. Einige Schafe hatten wichtige Preise errungen. Als Kind war sie immer in den Stall zu den neugeborenen Lämmern gelaufen und hatte jedem von ihnen einen Namen gegeben.

»Man gibt Tieren, die wir essen, keinen Namen.«

Erschrocken hatte Nele ihren Vater angesehen und anschließend geweint.

»Wir sind Bauern, und die essen nun mal ihr Vieh«, hatte er ihr erklärt. Nele liebte Tiere, genauso wie Sandra. Sie könnte niemals eines töten. Das Bild der toten Wölfin verfolgte sie noch immer.

Sie dachte an die Wolfswelpen, die dank Sven Larsen im Naturpark einen Platz in der Auffangstation gefunden hatten. Die armen Kleinen hatten noch einmal Glück gehabt. Wie konnte jemand nur so etwas tun!

Nele ging dem Blöken der Schafe nach. Bobby und Benny folgten ihr. Irgendetwas stimmte nicht, das spürte sie. Als sie die Lichtungswiese erreichte, stürzte ihnen die aufgebrachte Herde entgegen. Irgendetwas musste sie in Panik versetzt haben. Bobby und Benny begannen zu bellen und rannten den Schafen hinterher.

Ich muss etwas tun!

Sie konnte doch nicht die Herde ihres Vaters davonstürzen lassen. Es würde Stunden dauern, sie wieder zusammenzutreiben. Nicht auszudenken, wenn sie blind vor Angst zur Hauptstraße liefen.

Doch dann erinnerte Nele sich daran, dass ihre beiden Hunde nicht nur Herdenschutzhunde waren, sondern auch dem alten Schäfer geholfen hatten, die Schafe zu treiben. Sie waren zwar nicht so wendig und geschickt wie die Hütehunde, aber sie hatten es geschafft. Nele erinnerte sich noch an die Kommandos. Das lag nun ein gutes Jahr zurück, und die beiden hatten es nie wieder getan. Was, wenn sie alles vergessen hatten?

Nele machte sich damit Mut, dass Hunde ein hervorragendes Gedächtnis besaßen. Sie steckte Daumen und Zeigefinger in den Mund und pfiff zweimal, so wie ihr das der Alte beigebracht hatte. Sie beobachtete, wie Benny und

Bobby auseinanderstoben und die Herde von zwei Seiten zusammentrieben. Die Grundkommandos lauteten: rechts, links, stopp und gerade. Jetzt musste sie diese nur richtig einsetzen und hoffen, dass ihre Hunde sie befolgten. Es war wichtig, dass die Hunde gelassen blieben und die ohnehin schon aufgebrachten Schafe nicht scheuchten. Nele dirigierte die Hunde. »Bobby rechts! Benny links! Gerade!«

Die Hunde trieben die Schafe sicher und vorsichtig über die Heide nach oben zur Wiese. Nele fiel ein Stein vom Herzen. Sie rannte ihnen hinterher. Von Weitem erkannte sie, dass die Herde eine Seite des Zaunes niedergetrampelt hatte. Nur wenige Schritte entfernt stand der zum Glück geöffnete Pferch. Würden die Hunde es schaffen, die Herde dort hineinzutreiben? Sie musste es versuchen und gab die ersten Kommandos. Den Hunden schien das Unterfangen Spaß zu bereiten. Ruhig trabten sie auf beiden Seiten der Herde und dirigierten sie so in den Pferch. Erleichtert schloss Nele das Tor. Plötzlich ertönte ein Schuss. Sie erschrak zu Tode. Zitternd hielt sie sich am Pferch fest. Ihre Hunde spritzten davon.

»Bobby! Benny! Kommt zurück!«, rief sie heiser.

Wer hatte nur geschossen? Machte die Gefolgschaft von Helga Koopmann etwa Jagd auf einen Wolf?

»Bobby! Benny!« Nele war verzweifelt und den Tränen nah.

19.

Joris leuchtete ins Dickicht hinein. Zweige knackten, dann hörte er, wie etwas davonrannte. Er teilte das Gebüsch und wagte sich zwei Schritte vor. Dann sah er den Wolf. Ein prächtiges Tier, muskulös, aber nicht massig und mit einem respekteinflößenden Gebiss. Das Raubtier verharrte auf der Stelle und blickte ihn argwöhnisch an. Einen Moment schien die Zeit stillzustehen. Joris dachte an die vielen Zeitungsartikel, in denen Horrorszenarien von Wölfen, die Menschen angriffen, geschildert worden waren.

Auge in Auge standen sie sich eine gefühlte Ewigkeit lang gegenüber. Keinen Moment fühlte Joris sich von dem Tier bedroht. Im Gegenteil war er von ihm fasziniert. Als Joris sich leicht vorbeugte, drehte das Tier sich um und verschwand im Wald.

Joris hatte zwar damit gerechnet, dass der Wolf zurückkehren würde, aber nicht so schnell. Und nicht so früh am Morgen.

Er wandte sich um und begutachtete gerade den Schaden am Zaun, als er einen Schuss hörte. Joris ahnte, dass der Schuss dem Wolf gegolten hatte. Wütend fluchte er. Doch jetzt musste er sich erst um seine Herde kümmern.

Die Schafe hatten den Zaun samt Pfosten niedergetrampelt und waren in Panik hinunter ins Heidetal gerannt. Er verfluchte den Tag bei dem Gedanken, womöglich Schäfer Gernot und seine Senta darum bitten zu müssen, ihm wieder beim Hochtreiben zu helfen. Ihm klangen noch die Worte Gernots in den Ohren.

»Ein Schäfer ohne Hund? Wie wollen Sie das schaffen?«, hatte der Alte ihn kopfschüttelnd gefragt. Joris hatte sich nicht entmutigen lassen.

Er wollte gerade beginnen, die Schafe hochzutreiben, als er sah, wie die Herde einem Wunder gleich in den Pferch drängte. Zwei weiße Hunde trieben die Schafe gekonnt hinein. Neles Hunde. Ihr Frauchen folgte ihnen und schloss das Gatter.

Er musste ihr danken! Seine Sympathie für den rotblonden Wirbelwind, wie er sie insgeheim nannte, wuchs. Verflucht! Er begann Gefühle für sie zu entwickeln. Das war nicht gut. Was konnte er einer Frau schon bieten? Ein traumatisierter Mann mit einem Job, der gerade mal ausreichte, seinen bescheidenen Lebensunterhalt zu decken. Vielleicht wäre er irgendwann, wenn er sich wieder gefangen und das Trauma überwunden hatte, wieder für eine Beziehung fähig.

Neles Hunde kamen zu ihm und begrüßten ihn schwanzwedelnd. Er mochte die beiden sehr, nicht nur weil sie heute ihr Können beim Treiben der Schafe unter Beweis gestellt hatten. Einer von ihnen reckte plötzlich schnuppernd die Nase in den Wind und knurrte. Hatten sie vielleicht den Wolf gewittert? Doch als sie in Richtung Veranda spurteten, wusste er, dass sie den Schinken gerochen hatten. Zu spät, um das Fleisch vor den beiden zu retten. *Ade Schinken!* Joris seufzte. Ehe er die beiden zurückhalten konnte, machten sie sich über sein Frühstück her. Dann musste er eben etwas anderes essen.

Eilige Schritte erklangen hinter ihm. Er drehte sich um und stand Nele gegenüber, die offensichtlich wütend war.

»Warum hast du geschossen? Etwa auf meine Hunde? Die sind in Panik auf und davon! Schöne Dankbarkeit, wo sie doch eben die Schafe wieder zurückgetrieben haben!«, fuhr sie ihn an und zeigte auf die Herde, die inzwischen ruhig hinter der Umzäunung stand.

Wie kam Nele nur auf die absurde Idee, er könnte geschossen haben? Dann fiel ihm ein, dass er noch immer das Gewehr geschultert hatte.

»Nun beruhige dich doch. Ich habe nicht geschossen und schon gar nicht auf deine Hunde«, entgegnete Joris. Ihre Anschuldigung verletzte ihn.

Nele trat dicht vor ihn und sah ihn wütend an. Selbst so aufgebracht, wie sie war, sah sie hinreißend aus.

»Auf wen denn dann? Einen Wolf? Überhaupt, was ballerst du hier herum? Hast du überhaupt einen Waffenschein? Weiß mein Vater davon, dass du hier oben ein Gewehr bei dir hast?«

Ihre Vorwürfe prasselten nur so auf ihn ein.

»Ja, ich habe einen Waffenschein, und ja, dein Vater weiß es. Zufrieden? Aber noch mal: Ich habe nicht geschossen«, verteidigte er sich.

Nele zitterte am ganzen Körper.

»Hast du etwa vorletzte Nacht auf die Wölfin geschossen?«, fragte sie ihn.

Wie konnte Nele das nur annehmen, nachdem er ihr mit den Welpen geholfen hatte. Er packte sie an den Schultern.

»Dass ich erst auf die Wölfin ziele und dann auf deine Hunde? Das traust du mir wirklich zu, Nele?«, fragte er leise.

»Nein«, sagte sie nach einer gefühlten Ewigkeit. »Tut mir leid, ich bin ganz durcheinander vor Sorge, seitdem ich den Schuss gehört habe und meine Hunde davongelaufen sind. Als du dann auch noch mit dem Gewehr aufgetaucht bist …«

»Ich kann ja verstehen, dass du dich erschrocken hast und dich um deine Hunde ängstigst, aber es berechtigt dich nicht, mich einfach so zu beschuldigen.«

»Du hast recht«, sagte Nele. »Hilfst du mir, die beiden zu suchen?«

»Mach ich nicht.«

Nele zog ein enttäuschtes Gesicht.

»Verstehe, du bist sauer auf mich, weil ich dich verdächtigt habe.«

»Nein, deshalb nicht«, antwortete er.

»Sondern?«

»Weil deine Hunde gerade mein Frühstück auffressen!« Joris deutete hinauf zur Blockhausveranda.

Nele grinste.

»Sorry. Aber ich glaube, das haben sie sich verdient.«

»Vermutlich.« Joris nahm rasch seine Hände von ihren Schultern, weil er versucht war, sie an sich zu ziehen.

»Die Schafe haben da unten den Zaun niedergetrampelt. Irgendetwas hat sie in Panik versetzt.«

»Ich weiß. Ein Wolf war hier. Larsen hatte übrigens recht. Die Wölfin hatte einen Gefährten. Letzte Nacht hat er versucht, über den Pferchzaun zu klettern. Durch einen Schuss in die Luft habe ich ihn verjagen können. Danke fürs Zurücktreiben der Schafe.«

»Schon gut, das haben Bobby und Benny gemacht«, erwiderte sie lächelnd.

»Jetzt müssen sie sich nach der Arbeit stärken. Ich mich auch. Magst du vielleicht eine Tasse Kaffee?«

»Da sage ich nicht Nein.«

»Gehst du mit den Hunden immer so früh Gassi?«, fragte Joris, während er ihr Kaffee eingoss. Nele sah traurig aus. Wie gern hätte er sie jetzt tröstend in die Arme gezogen.

Du und trösten? Das schaffst du ja nicht mal bei dir selbst!

»Nein, ich bin eigentlich mehr der Nachtmensch und gehe auch mit den Hunden sonst erst spät raus. Oft abends. Letzte Nacht habe ich bloß schlecht geschlafen. Mir ging vieles durch den Kopf.«

»Wegen der Fehde zwischen deinem Vater und der Bürgermeisterin?« Joris sah sie mitfühlend an. Neles Miene verschloss sich.

»Ich möchte nicht darüber reden.«

»Okay. Ich backe Hörnchen auf und mache Rührei, wenn du magst.« Joris nahm ihr Schweigen als Zustimmung und verschwand, ohne ihre Antwort abzuwarten, in der Küche. Nele blieb draußen, und er hörte sie von drinnen die Hunde loben. Wenig später kehrte er mit einer Pfanne Rührei und vier Butterhörnchen zurück. Nele leckte sich über die Lippen.

»Das duftet köstlich«, sagte sie und griff nach einem Hörnchen, als Joris ihr den Korb hinhielt.

»Hast du den Hunden das alles beigebracht?«, fragte er.

»Nein, so was kann ich nicht. Ich habe die beiden von einem alten Schäfer übernommen. Der hat sie das gelehrt.« Anschließend erzählte sie Joris, wie sie zu den Hunden gekommen war. Als sie nach einem Hörnchen griff, streckte auch er seine Hand aus und berührte sie. Ihre kühlen Finger ruhten jetzt in seinen. Es fühlte sich aufregend an. Sein Puls schnellte in die Höhe. Eine Flut prickelnder Erregung floss durch seinen Körper. Überall auf seiner Haut begann es zu kribbeln. Hastig zog er die Hand zurück.

»Greif ruhig zu«, forderte er sie auf und mied ihren Blick. Er wunderte sich darüber, wie gelassen seine Stimme klang. Nele griff unvermutet über den Tisch nach seiner Hand. Joris wurde heiß, und er wollte sie zurückziehen. Aber er brachte es nicht fertig und verlor sich in ihren veilchenblauen Augen.

Auf keinen Fall durfte er sich in sie verlieben. Erneut zog er die Hand weg.

»Ich meinte damit nicht meine Hand«, fuhr er sie an. Er war auf sich selbst ärgerlich, weil sein Körper sich verräterisch verhielt.

»Und ich wollte nur klarstellen, dass mir deine Berührung nichts ausmacht«, sagte Nele. *Sein Verhalten war peinlich.*

Joris schwieg und schob eine Gabel mit Rührei in den Mund. Als er erneut Neles Blick begegnete, sah er weg. Diese Frau war schrill und trug ihr Herz auf der Zunge. Eigenschaften, die er eigentlich nicht mochte, ihn aber irgendwie doch magisch anzogen.

Nele aß mit großem Appetit. Alle Frauen, die er kannte, achteten stets auf ihre Linie. Aber bei der schlanken Figur hatte Nele es nicht nötig, sich an eine Diät zu halten. Auch das gefiel ihm, dass sie nicht nur auf dem Teller herumstocherte und nach zwei Gabelbissen bereits über ihre Taille jammerte.

»Tut mir leid, ich konnte nicht ahnen, dass dir das unangenehm ist. Ein Bekannter von mir ist auch schwul. Er mag es lieber, von einem Mann berührt zu werden.«

Da war sie wieder, Neles unverhoffte Direktheit. Joris verschluckte sich am Ei und hustete.

Vielleicht war es sogar ganz vorteilhaft, wenn sie glaubte, dass er schwul war. So könnte er besser Distanz zu ihr halten.

Andererseits hasste er es, zu lügen, und schwieg.

»Das bleibt natürlich unter uns«, versprach sie und zwinkerte ihm verschwörerisch zu. Er nickte, denn er wollte sich nicht weiter in Lügen verstricken.

»Ist Dr. Larsen eigentlich dein Typ?«, bohrte sie nach einer Weile weiter.

Da habe ich vielleicht etwas angerichtet!

Der letzte Bissen blieb ihm im Hals stecken. Er verharrte in der Bewegung und versuchte, das Stück Hörnchen hinunterzuschlucken, während er sie ratlos anstarrte. *Was soll ich ihr jetzt darauf antworten?*

»Oh, sorry, das war sehr indiskret von mir«, entschuldigte sich Nele.

Joris war froh, um eine Antwort herumgekommen zu sein. Eine Weile saßen sie schweigend am Tisch. Nele schien in Gedanken weit weg zu sein. Nachdem sie ihren Teller leer gegessen hatte, kraulte sie die Hunde unter dem Tisch. Dabei klimperten ihre Armreifen. Ein vertrautes Geräusch, das er mochte.

»Kannst du dich denn an gar nichts mehr in Niederheidingen erinnern?«, fragte Nele, während sie das Geschirr aufs Tablett räumte. Ihre Nähe irritierte ihn und ließ seine Sinne verrücktspielen. Er stand auf und war darauf bedacht, sie nicht zu berühren. Einerseits wünschte er sich, dass sie ging, andererseits fühlte er sich unwiderstehlich zu ihr hingezogen. Gefühlschaos konnte er nicht gebrauchen.

»Nein.« Seine Antwort fiel barscher aus als beabsichtigt. *Das kommt davon, wenn man nicht auf Distanz geht.*

Nele zuckte zusammen. »Schade«, sagte sie. Er sah ihr an, dass sie enttäuscht war.

Dann berichtete sie ihm von dem Amulett, das ihre Schwester Sandra gefunden hatte.

»Eine Familie Birkfeld hat es bei einem Juwelier in Auftrag gegeben. Vielleicht kannst du deine Eltern oder Großeltern bei deinem nächsten Besuch nach den Birkfelds fragen«, schlug sie vor.

»Meine Großeltern sind leider schon beide gestorben. Das Haus, in dem ich die ersten Jahre meiner Kindheit verbracht habe, ist längst verkauft. Meine Eltern hatten nur wenig Kontakt zu den Leuten aus dem Dorf. Ich glaube nicht, dass sie sich erinnern. Soweit ich mich entsinnen kann, ist der Name Birkfeld nie bei uns gefallen.«

Er dachte über die Geschichte ihrer Großmutter nach.

Ein trauriges Schicksal, das seiner Familie erspart geblieben war.

»Frag sie bitte trotzdem, ja?« Nele sah ihn flehend an.

»Mach ich beim nächsten Mal. Wenn ich es nicht vergesse«, versprach er, auch wenn er sich nichts davon erhoffte. Seine Eltern redeten nie über Niederheidingen. Es hatte sie immer schon in die Stadt gezogen. Aber er wollte Nele nicht vor den Kopf stoßen, indem er ihre Bitte von vornherein ablehnte.

Sie beugte sich über den Tisch, um den Brötchenkorb zu nehmen. Er konnte ihren warmen Atem auf seinem Gesicht spüren. Wie ein Streicheln auf der Haut. Als ihm heiß wurde, trat er einen Schritt zurück.

»Es wird Zeit, dass ich den Zaun an der Wiese repariere«, sagte er heiser und nahm das Tablett mit dem Geschirr vom Tisch und verließ fluchtartig die Veranda. *Nur fort von ihr!*

Er musste sich sputen. Erst den Zaun reparieren und dann hinunter zum Gemeindebüro wegen der Kommunalwiese.

»Ich muss zu meiner Schwester zurück. Sie wundert sich sicher schon, wo wir bleiben«, sagte Nele und griff nach den Hundeleinen. »Kommt, Jungs, wir müssen gehen«, forderte sie die Hunde auf. Joris drehte sich zu ihr um.

»Danke fürs Frühstück, Joris.«

Wenn sie wüsste, wie reizvoll sie war!

»Das Frühstück war doch das Mindeste, was ich für euch tun konnte. Ohne euch hätte ich bestimmt den ganzen Tag damit verbracht, die Schafe wieder einzufangen.«

»Ist schon okay. Bobby und Benny hatten dabei viel Spaß. Wenn du mal wieder Hilfe brauchst, meld dich einfach.«

Sie reichte ihm zum Abschied die Hand, die er jedoch nicht nahm. Jede Berührung von ihr weckte in ihm ungeahnte Empfindungen. Wenn er nicht aufpasste, war er auf dem besten Weg, sich in sie zu verlieben. Er sollte ihr lieber aus dem Weg gehen.

Neles Züge gefroren. Sie zog ihre Hand wieder zurück.

Wenn die Schafe erst mal auf der anderen Wiese wären, würde er Abstand zu ihr gewinnen. Vielleicht verließ sie die Heimat schneller als gedacht.

»Ja, ja, mach ich. Bleibst du länger in Suderdorf?«

»Ich weiß es noch nicht. Man sieht sich.«

Plötzlich schien Nele es eilig zu haben, wegzukommen. Sie leinte die Hunde an und verließ das Blockhaus.

Joris sah ihr nach, als sie mit ihrem aufreizenden Hüftschwung den Waldweg hinunterlief. Jetzt konnte er nur noch hoffen, dass sie sich nicht zu oft über den Weg liefen, wenn er seine innere Ruhe nicht verlieren wollte.

Nachdem er den Zaun an der Wiese geflickt hatte, fuhr er zum Suderdorfer Rathaus. Zuständig für die Nutzung der Wiesen war Arabella Gregor, eine schüchterne, üppig gebaute Frau seines Alters. Aber sie besaß ein ansprechendes Gesicht und verstand es, durch passendes Make-up ihre Vorzüge zu betonen. Er hatte das Gefühl, dass Arabella Gregor förmlich nach Komplimenten lechzte. Und weil er sie außerdem sehr sympathisch fand und es von Vorteil war, sich mit den Behörden gut zu stellen, sagte er immer etwas Nettes zu ihr.

Joris hatte Glück, Arabella allein im Büro anzutreffen. Normalerweise teilte sie es sich mit einem Kollegen. Wie er am Empfang des Rathauses erfahren hatte, waren viele Mitarbeiter zu einem Meeting mit der Bürgermeisterin geladen worden. Seit Joris' letztem Besuch waren Wochen vergangen. Jetzt konnte er nur hoffen, dass die Gemeinde Suderdorf diese Wiese inzwischen nicht anderweitig verplant hatte.

Er klopfte an die Bürotür und trat auf Arabella Gregors freundliches »Herein« ein.

»Guten Tag, Herr Münster«, begrüßte sie ihn und strahlte über das ganze runde Gesicht. Heute trug sie ihr platinblondes Haar hochgesteckt. Sie besaß von Natur aus eine beneidenswerte Bräune, die gut mit ihrer cremefarbenen Bluse harmonierte. Wie immer war sie perfekt geschminkt und erinnerte ihn ein wenig an Daniela Katzenberger.

»Guten Tag, Frau Gregor. Ihr Lächeln ist jedes Mal wie ein Sonnenstrahl.«

Jetzt lächelte sie verlegen. Eine feine Röte zeichnete sich auf ihren Wangen ab.

»Ach, Herr Münster, nun übertreiben Sie nicht. Ihre gute Laune liegt wohl eher am guten Wetter.« Sie winkte lächelnd ab, bevor sie wieder ihre Geschäftsmiene aufsetzte. »Wie kann ich Ihnen helfen?«

Sie deutete auf einen der Stühle vor ihrem Schreibtisch, auf dem Joris Platz nahm.

»Sie erinnern sich doch sicher noch an unser letztes Gespräch?«

»Ja, natürlich«, bestätigte sie zu seiner Erleichterung.

»Wie ich von Herrn Gercke erfahren habe, hat seine Schafherde in den vergangenen Jahren immer die kommunalen Wiesen genutzt.«

»Das ist richtig.«

»Ich wollte fragen, ob Sie es genehmigen, wenn ich die Schafe auf die Klosterwiese treibe?«

»Oh.« Arabella Gregor wurde ernst. Ihre Stirn legte sich in Falten. »Für alle Wiesen im Gemeindebesitz haben sich leider die Nutzungsrechte geändert.«

Das klang nach Schwierigkeiten.

»Das war mir nicht bekannt. Was hat sich denn geändert?«, bohrte er nach.

»Unsere Bürgermeisterin hat verfügt, dass die Nutzung der kommunalen Weideflächen ab sofort für dieses Jahr bis zum Herbst ausgesetzt wird.«

Das war in all den Jahren davor noch nie der Fall gewesen, das wusste er von Friedrich Gercke.

»Aber Sie hatten uns doch erst neulich die Wiesen für dieses Jahr wieder angeboten«, entgegnete er. »Ich verstehe den Grund hierfür nicht.«

Arabella Gregor senkte den Blick und rutschte auf ihrem Stuhl hin und her. War der Grund hierfür die Familienfehde? Er wusste ja von seinem Chef, dass Helga Koopmann gern dessen Geschäfte torpedierte. Jetzt als Bürgermeisterin besaß sie die Macht, ihm Rechte zu verweigern, und spielte das aus.

»Den kenne ich leider auch nicht genau. Aber ich denke, es geht darum, dass sich die Wiesen erholen sollen. Besonders die Klosterwiese. Auf der standen im vergangenen Jahr noch die Koopmann-Rinder.«

»Aber die Wiese sieht gesund aus, und das Gras steht schon einen halben Meter hoch. Wir brauchen dringend Weidegrund für die Schafe«, beharrte Joris. Ohne genügend Weidegründe könnte sein Chef überlegen, die Herde zu verkaufen. Damit wäre sein Job, der ihm viel bedeutete, hinfällig.

Arabella Gregor holte tief Luft und lehnte sich auf dem Stuhl zurück. Sie verschränkte die Arme vor ihrem üppigen Busen.

»Ich fürchte, ich kann hier keine Ausnahme machen, selbst wenn ich es möchte«, erklärte sie ernst. »Ich habe die Anweisung von Frau Koopmann, die Gesuche abzulehnen.«

»Und da gibt es keine Ausnahmen?«

Arabella Gregor schwieg.

Es gibt immer ein Hintertürchen.

»Das können Sie nicht machen. Sie haben doch sicher von dem Wolf gehört, der sich hier herumtreibt? Frau Koopmann kennt das Problem. Herrn Gerckes Schafe können nicht mehr auf der Waldwiese stehen.« Dann berichtete er in knappen Sätzen von seiner Begegnung mit dem Wolf.

Arabella Gregor riss die Augen vor Schreck weit auf.

»Da haben Sie aber Glück gehabt. Bei Bauer Schweckendieck soll der Wolf ein Kalb gerissen haben.«

Joris erhob sich von seinem Stuhl und lehnte sich weit über den Schreibtisch zu Arabella Gregor hinüber und sah sie eindringlich an.

Er bemerkte plötzlich, wie ihre zittrigen Hände den obersten Blusenknopf zu schließen versuchten.

»Sie verstehen doch, Frau Gregor, warum wir diese Wiese so dringend brauchen.«

»Ja, natürlich verstehe ich das, aber … aber ich …«

Joris schenkte ihr ein charmantes Lächeln. »Ich würde Sie nicht bitten, wenn es nicht äußerst wichtig wäre.«

»Ich … ich weiß nicht recht …« Arabella Gregor rutschte auf ihrem Stuhl hin und her. »Frau Koopmann würde das nicht gefallen.«

»Es geht doch wirklich nur um eine kurze Zeit. Bis zum Ende der Heuernte. Bitte helfen Sie uns!«

Joris legte seine Hand auf ihre. »Bitte.«

Arabella Gregors Wangen wurden dunkelrot. Sie senkte den Blick.

»Ich … ich kann nicht so ohne Weiteres bei Ihnen eine Ausnahme machen. Frau Koopmann ist der Ansicht, dass das Problem gelöst ist, wenn der Wolf abgeschossen wird«, sagte sie und seufzte.

»Ist das auch Ihre Meinung?«

»Ehrlich gesagt, nein«, gab sie zu. »Die Wölfe gehören zur Natur. Dr. Larsen sagt, wir müssen lernen, mit ihnen zu leben. Aber das muss bitte unter uns bleiben. Frau Koopmann hört das nicht gern.«

»Ehrensache. Was sind schon ein paar Tage? Das wird der Wiese nicht schaden«, appellierte er an sie.

Es war Arabella Gregor anzusehen, wie es in ihrem Kopf arbeitete.

»Ich möchte mich kurz mit meinem Vorgesetzten besprechen.«

»Ja, natürlich, kann ich verstehen.«

»Wenn Sie bitte einen Moment draußen warten könnten, Herr Münster …«

Sie deutete zur Tür, und Joris erhob sich.

Unruhig lief Joris im Flur auf und ab. Er dachte über Alternativen nach, falls die Gemeinde seine Bitte ablehnen würde. Joris hatte ein schlechtes Gewissen, weil er sich über die Anordnung seines Chefs, die Schafe einfach auf die Klosterwiese zu bringen, hinweggesetzt hatte. Die Schafe ohne Genehmigung auf die Klosterwiese zu lassen, wäre Grund für eine weitere Auseinandersetzung zwischen den Koopmanns und den Gerckes, die eskalieren würde. Friedrich Gercke würde sich strafbar machen, was ein gefundenes Fressen für die Bürgermeisterin wäre.

Nach einer Viertelstunde bat Arabella Gregor ihn wieder herein.

»Ich habe meinem Chef die Situation geschildert. In Anbetracht dessen, dass Herr Gercke sich immer als zuverlässig erwiesen hat, konnte ich meinen Chef davon überzeugen, eine Sondergenehmigung für Sie zu erwirken.«

Joris triumphierte, dass er diese Hürde genommen hatte.

»Sie können die Schafe bis zum Ende der Heuernte auf die Klosterwiese bringen. Aber Sie müssen alles sauber hinterlassen.«

»Selbstverständlich«, versprach er. »Danke.«

Als Joris das Büro von Frau Gregor verlassen wollte, hielt sie ihn noch einmal zurück.

»Herr Münster?«

Joris drehte sich um.

»Herr Gercke und seine Töchter haben schwere Zeiten hinter sich. Suderdorf hat ihnen viel zu verdanken, denn sie haben das Sudertal erhalten. So wie wir es kennen und lieben. Die Natur ist es wert, dass wir sie schützen.«

»Verstehe«, antwortete Joris und verabschiedete sich von Arabella Gregor.

20.

Joris war schwul? Nele schluckte. Am Anfang des Frühstücks im Blockhaus hatte sie eigentlich geglaubt, Begehren in seinen Augen zu lesen. Da hatte sie sich geirrt.

Weshalb enttäuschte sie das so? *Weil du dich zu ihm hingezogen fühlst!*

Sie schüttelte den Kopf. Joris Münster war von seiner introvertierten Art und dem wilden Aussehen her gar nicht ihr Typ. Wenn sie allerdings an seinen nackten Oberkörper dachte … Der war wirklich sexy gewesen. Auch mit den Narben. Sie hätte schwören können, dass er sich für Frauen interessierte. Diesmal hatte ihr Bauchgefühl sie verlassen. Wahrscheinlich war es nur ihrem Wunsch entsprungen. Weil ihr Selbstwertgefühl durch Henner gelitten hatte und sie sich danach sehnte, von jemandem begehrt zu werden. Die Männer, die sie bislang kennengelernt und anziehend gefunden hatte, waren entweder gebunden, homosexuell oder Arschlöcher wie Henner gewesen. Glück in der Liebe schien ihr im Leben nicht vergönnt zu sein. Dabei war das letzte Horoskop in Sandras Zeitung positiv gewesen.

Als sie das Haus ihrer Schwester betrat, war niemand da. Nele räumte das Frühstücksgeschirr fort und fütterte die Hunde. Gerade als sie damit fertig war, klingelte ihr Handy. Es war Sandra.

»Hi, wo bist du denn gewesen, Nele? Ich habe dich überall gesucht!«, hörte sie die melodische Stimme ihrer Schwester, in der ein Vorwurf mitschwang.

»Entschuldige. Das erzähl ich dir lieber später in Ruhe.«

»Okay«, antwortete Sandra. »Du, auf dem Gut wird jede Hand gebraucht. Außer Didi ist noch ein Stallbursche ausgefallen. Ich habe gerade mit Papa telefoniert. Er würde sich sehr freuen, wenn du sofort aushelfen könntest.«

Dass es so schnell ging, damit hatte Nele nicht gerechnet. Ihr Vater würde sich über ihre Hilfe freuen! Von wegen. Er hatte noch nie auf ihre Unterstützung Wert gelegt.

»Das kommt jetzt aber sehr plötzlich. Ich wollte eigentlich zu Tante Ruth und Onkel Herbert fahren, um mehr über Oma Esther und ihre Eltern herauszufinden.«

»Das kannst du auch noch später. Du brauchst den Job. Also mach dich auf die Socken.«

»Und was ist mit den Hunden? Die kann ich nicht den ganzen Tag allein lassen«, startete Nele einen weiteren Versuch, die ganze Sache zu verschieben.

»Das habe ich auch geklärt. Du kannst sie natürlich mitnehmen. Nur in die Reithalle dürfen sie nicht, okay?«

Nele waren die Argumente ausgegangen.

»Und Papa ist auch wirklich nicht da?« Sie wusste, wie eine Begegnung mit ihm enden würde. In einem Streit.

»Nein, er ist heute Morgen zum Hotelkongress an die Ostsee gefahren, keine Sorge. Und Herr Hellenbrand ist mit den tragenden Stuten beschäftigt. Didi wird sich um dich kümmern.«

»Na dann …«, antwortete Nele wenig begeistert.

»Viel Spaß, Schwesterherz.«

»Danke«, antwortete Nele wenig überzeugt. Aber die Aussicht, ihren Vater und den Gutsverwalter nicht sehen zu müssen, erleichterte sie ein wenig.

»Dann wollen wir uns mal auf den Weg machen, Jungs«, wandte sie sich an die Hunde, nachdem sie aufgelegt hatte. »Und benehmt euch!«

Mit gemischten Gefühlen verließ Nele das Haus und lief zum Gut.

Nichts hatte sich seit ihrem letzten Besuch auf Rosenhagen verändert, bis auf die gelbe Kletterrose, die rechts und links vom Torbogen emporwuchs. Sie war mächtig emporgeschossen und voller Knospen. Die hatte noch ihre Mutter gepflanzt. Sie hatte den Rosengarten, der dem Gut seinen Namen gegeben hatte, gehegt und gepflegt.

Nele leinte die Hunde zur Vorsicht an, bevor sie den Gutshof betrat. Selbst zu dieser frühen Stunde herrschte reger Betrieb. Viele Reiter nutzten die Morgenstunden für ein Training oder einen Ausritt, bevor sie zur Arbeit fuhren.

Ein Plakat vor dem Hoteleingang des Gutes kündigte für das kommende Wochenende ein Dressur- und Springturnier im nahe gelegenen Reiterstadion an, das etwas außerhalb von Suderdorf lag. Wenn sie sich richtig erinnerte, fand das Turnier alle zwei Jahre statt, und Gut Rosenhagen gehörte zu den wichtigsten Sponsoren. Viele Reiter des Gutes nahmen an diesem Turnier teil.

Nele lief zielstrebig zu den Stallungen und traf am Eingang auf Didi, der seinen eingegipsten Arm in einer Schlinge trug und den anderen Stallmitarbeitern Anweisungen erteilte.

»Schön, dass du kommst, Nele! Sandra hat mir erzählt, dass du wieder zurück bist«, begrüßte er sie lächelnd mit seinem typisch französischen Akzent. Heute trug er sein kinnlanges, braunes Haar offen. Seit letztem Jahr hatte er sich einen dünnen Schnauz- und Kinnbart wachsen lassen, was Nele an den Film mit den drei Musketieren erinnerte.

Dass du wieder zurück bist. Das klang, als würde Didi glauben, sie bliebe für immer hier. Am liebsten hätte sie ihm widersprochen, dass ihr Aufenthalt nur vorübergehend war. Aber eigentlich ging das niemanden etwas an.

»Wir können hier jede Hand gebrauchen. Sind das deine?« Er deutete auf Bobby und Benny, die ihn kritisch beäugten.

»Ja, das sind meine«, bestätigte sie.

»Na gut, wenn sie brav sind, dürfen sie herumlaufen.«

»Sind sie.«

Nele klickte die Leinen los. In der fremden Umgebung würden die Hunde erfahrungsgemäß bei Fuß laufen.

»Dann komm mal mit.« Didi ging voran in den Stall. Der Geruch von Stroh und Heu drang ihr in die Nase und weckte unliebsame Erinnerungen, die sie bis jetzt verdrängt hatte.

Dort hinten vor dem Waschplatz hatte sie sich oft mit ihrem Vater gestritten, weil er an ihrer Arbeit stets etwas auszusetzen hatte. Gleichgültig, was sie auch getan hatte, sie hatte es ihm nie rechtmachen können. Wegen der ständigen Konflikte hatte sie sich unwohl gefühlt und war an manchen Tagen lieber mit ihrem damaligen Freund an den Badesee gefahren.

Später, als die Konflikte sich zugespitzt hatten, war sie davongelaufen. Vor ihrem Vater, vor dem Gut und vor sich selbst.

»Die Pferde sind heute Vormittag alle auf der Koppel«, unterbrach Didi ihre Gedanken. »Du hilfst beim Ausmisten und Einstreuen. Anschließend müssen die Tränken und die Stallgänge gesäubert werden …«

Didi ratterte eine ellenlange Liste von Tätigkeiten herunter, bei der Nele es aufgab, sich Einzelnes zu merken. Wut wallte in ihr auf. Das war nicht das, was sie sich vorgestellt hatte.

»Ich soll also den ganzen Vormittag lang Pferdekacke schaufeln? Hast du nichts Besseres für mich zu tun?«

Didi zuckte mit den Achseln. »Tut mir leid, Nele, Anordnung vom Chef, dass ich dich dafür einteilen soll.«

Das hätte ich mir denken können! Jetzt, da mein Vater weiß, dass ich Geld brauche, lässt er es mich spüren, dass er am längeren Hebel sitzt.

»Na klasse! Ich mache alles, aber nicht das!« Sie ärgerte sich, dass sie Sandras Vorschlag zugestimmt hatte. Ihre Schwester wusste bestimmt nichts davon, dass der Vater die Mitarbeiter instruiert hatte, ihr die unbeliebtesten Arbeiten zu übertragen.

»Kann dich ja verstehen, Nele«, sagte Didi sanft. »Aber ich weiß, dass du das Geld dringend brauchst. Und hier im Stall benötigen wir dich wirklich. Kai ist auch ausgefallen. Und Ida, die sonst ausgeholfen hat, macht eine Sprachreise nach England.«

Er drückte ihr eine Forke in die Hand. »Mach das Beste draus.«

Wütend nahm sie das Arbeitsgerät an sich und stapfte zu den Schubkarren, die am Ende des Stalles standen. Ehe sie begann, schaute sie sich um. Die anderen Stallmitarbeiter befanden sich auf den Weiden, um angeblich den Gesundheitszustand des teuren Viehbestandes zu kontrollieren, andere im Reittrainingscenter. Damit sie allein schuften musste.

Beim Anblick der vielen Pferdeboxen zu beiden Seiten der Stallgasse, die es zu säubern galt, wurde ihr jetzt schon ganz schwummerig.

Ein Traumjob! Sie rollte mit den Augen und wandte sich ab, damit Didi es nicht sehen konnte.

»Ach ja, und die letzte Box von dem Pony lässt du bitte aus«, fuhr Didi fort.

»Wieso das denn?«

»Sie wird nicht gemacht. Basta.«

»Was fehlt denn dem Tier?« Neles Neugier war geweckt.

»Weiß ich nicht und geht uns auch nichts an. Anweisung vom Gutsverwalter. Das Pony gehört Leila. Ihre Eltern sind mit Hellenbrand befreundet. Leg dich besser nicht mit ihnen an.«

Nach diesen Worten verließ Didi den Stall, um eine Reiterin für das bevorstehende Turnier zu trainieren. Nele war drauf und dran, die Mistgabel in die Ecke zu werfen. Stattdessen schlangen sich ihre Finger um den Holzstiel. Dass sie aufgab, darauf wartete ihr Vater doch nur. Nele blickte zu dem Pferd, das einsam im Stall stand. Das Pony tat Nele leid.

Sie schrak zusammen, als sie hinter sich Schritte hörte.

»Ich hätte nicht gedacht, dass du das wirklich machst«, vernahm sie hinter sich eine vertraute Stimme.

Zornig wirbelte sie herum. »Tja, da hast du dich getäuscht, Papa.«

Kühl sah er auf sie herab. Ihr Vater überragte sie um einen Kopf. Als Kind hatte sie sich von seiner Größe und Kraft immer einschüchtern lassen. Jetzt waren es nur noch Wut und Bitterkeit, die in ihr aufstiegen, wenn sie ihn sah. Deutlich spürte Nele die unüberbrückbare Distanz zwischen ihnen.

Was macht er hier? Sandra hat doch gesagt, dass er sich auf dem Hotelkongress befindet.

»Als Sandra erzählte, dass du zurückgekommen bist, war klar, dass du mal wieder in finanziellen Schwierigkeiten steckst«, warf er ihr vor. Kein Wort der Begrüßung, gar der Freude. Von einer liebevollen Umarmung ganz zu schweigen.

Sie würde ihre Schwester heute Abend zur Rede stellen.

»Deine Meinung über mich war noch nie die beste«, erwiderte sie und schluckte gegen den Kloß in ihrem Hals an. Jede Begegnung mit ihrem Vater war schmerzhaft. Nele stöhnte innerlich auf. Es war eine Schnapsidee gewesen, den Aushilfsjob auf dem elterlichen Gut anzunehmen und so zu tun, als könne die Vergangenheit vergessen werden.

»Deine vielen Eskapaden haben mir auch nie Anlass zur Freude gegeben.«

Obwohl sie seine harten Worte gewohnt war, trafen sie Nele dennoch bis ins Mark.

»Du kannst froh sein, dass wir dir noch einmal eine Chance geben. Das hast du nur deiner Schwester zu verdanken. Halte dich hier an die Regeln und vermassele es nicht wieder. Ich will mich nicht wieder deiner schämen«, fuhr er fort. Plötzlich fühlte Nele sich wieder wie das kleine Mädchen von damals, das sich von ihm eine Moralpredigt anhören musste und sich vor der Strafe fürchtete. Aber sie war jetzt eine erwachsene Frau und musste sich nicht alles von ihm gefallen lassen.

Nele straffte den Rücken und hielt seinem Blick stand. Sie würde ihm beweisen, dass sie durchhalten konnte, selbst wenn er ihr die schwierigsten Arbeiten auftrug.

»Menschen können sich ändern.« Nele lächelte bitter. *Ich werde dir den Gefallen nicht tun und bei der ersten Kleinigkeit die Segel streichen*, fügte sie in Gedanken hinzu.

Einen Moment lang maßen ihr Vater und sie sich mit Blicken wie Gegner in einem Kampf.

Sein graues Haar war seit dem letzten Wiedersehen weiß geworden. Schweiß perlte von seiner Stirn, den er mit dem Tuch abtupfte. Die Tränensäcke unter seinen Augen waren gerötet und geschwollen. Nach seinem Herzinfarkt hatte er abgenommen. Er war nicht mehr der vitale Gutsbesitzer von einst, sondern ein kranker, alter Mann. Nele verspürte Mitleid, auch wenn er nie welches für sie gehabt hatte.

Er wandte sich wortlos um und verließ den Stall.

Nele zog ihr Handy aus der Tasche und rief ihre Schwester an.

»Du hast gesagt, er wäre nicht da!«, platzte sie heraus, als Sandra sich meldete.

»Von wem redest du?«

»Na, von Papa natürlich. Du hast gesagt, dass er auf irgendeinem Kongress ist, und dann ist er eben plötzlich im Stall aufgetaucht. Du hättest mich wenigstens vorwarnen können«, warf sie Sandra vor.

»Ehrlich, Nele, das wusste ich nicht. Schlimm?« Sandra klang besorgt.

»Du kennst ihn ja. Er hat gemeint, dass ich es nicht wieder vermasseln solle. Weißt du was? Er hat mir bewusst die mieseste Arbeit zugeteilt. Ich stehe nämlich bis zu den Knien in Pferdescheiße!«, beschwerte sie sich.

Sandra lachte. »Ich stelle mir das gerade bildlich vor. Ich hoffe, du trägst Gummistiefel.«

Es ärgerte Nele, dass ihre Schwester sich über sie amüsierte.

»Ich finde das gar nicht witzig«, meckerte Nele und musste über sich selbst grinsen.

»Entschuldige. Ich habe das auch schon öfter gemacht, wenn Not am Mann war. Du schaffst das schon, Nele. Lass dich nicht provozieren.«

Du schaffst das schon! Sandras Worte hallten immer noch in ihr nach, als sie längst aufgelegt hatte.

Du hast dich selbst in diese Lage hineinmanövriert!

Während sie die Forke schwang, dachte Nele über sich nach. Ihr Leben war, nachdem sie Rosenhagen verlassen hatte, ein einziges Chaos gewesen. Sie hatte immer anders sein wollen als ihr Vater und ihre Schwester, sie hatte nach Abenteuern gesucht und nach … Liebe. Abenteuer hatte sie genügend erlebt. Nur die Liebe ihres Lebens hatte sie nicht wirklich gefunden, auch wenn sie es eine Zeit lang geglaubt hatte. Henner! Ihr wurde das Herz schwer. *Wie konnte er mich nur betrügen!*

Genug Selbstmitleid!

Nele stach mit der Forke tief in den Mist und hievte alles auf die Schubkarre. Diese stupide Arbeit würde die trübsinnigen Gedanken hoffentlich verscheuchen. Um sich abzulenken, sang sie alle gängigen Songs, die sie aus dem Radio kannte, während sie den Mist auf die Schubkarre schaufelte.

Nach einer Weile verursachte der beißende Ammoniakgeruch Übelkeit. Schweiß rann ihren Körper hinunter. Nicht nur dass die Arbeit anstrengend war, sie musste ihre Hunde dauernd davon abhalten, die Pferdeäpfel zu fressen. Einzig der Gedanke daran, dass ihr Vater darauf hoffte, sie würde alles hinschmeißen, ließ sie durchhalten.

Es polterte. Nele blickte sich erschrocken um. Ganz hinten im Stall blickte das Pony über die Boxenwand. Es war hellbraun mit goldgelber Mähne. Neugierig beobachtete es Nele. Immer wenn sie die Schubkarre zur Dunglege fuhr, trat das Tier mit den Hinterbeinen gegen die Wand. Nele wurde von Mitleid erfasst und ging zu ihm.

»Bella Donna«, las Nele laut seinen Namen auf dem Schild an der Boxentür. »Eine Hübsche bist du wirklich.« Sie streichelte das Pferd, dessen Schulter ihr bis zur Brust reichte. Es zuckte bei jedem Geräusch, jeder Bewegung zusammen. Manchmal wieherte es aufgeregt.

»Ich glaube, du bist einsam und langweilst dich«, sprach Nele zu ihm, während sie über die schmale Blesse strich. Bobby und Benny sprangen an der Boxentür hoch und beschnupperten vorsichtig das Pferdemaul. Es rührte Nele, wie die drei Tiere sanft Kontakt aufnahmen. Wut auf den Gutsverwalter stieg in ihr auf. Wie konnte Hellenbrand nur anordnen, dass das Pferd allein im Stall blieb und nicht mit den anderen auf die Wiese ging?

Das grenzte fast an Tierquälerei.

»Ich bringe dir nachher eine Möhre«, versprach Nele, bevor sie eine Arbeitspause einlegte. Sie ging nach draußen und sank stöhnend auf die Bank. Ihr taten die Knochen weh.

Martina, die von Sandra geschickt worden war, brachte ihr eine Flasche gekühltes Mineralwasser und ein Käsebrötchen zum Mittag.

»Danke. Ich habe einen Mordshunger«, sagte Nele zu ihr und biss ins Brötchen. Dann setzte sie die Flasche an und trank in gierigen Zügen.

»Ehrlich gesagt, finde ich es unerhört, dass dein Vater dich diese Arbeit machen lässt und die Stallburschen auf die Weiden schickt.« Martina kniff die Lippen zusammen.

»Typisch für ihn. Endlich kann er seinen Ärger an mir auslassen und hofft, dass ich hinwerfe. Aber den Gefallen werde ich ihm nicht tun.«

»Richtig so.« Martina ballte die Faust. »Ich bewundere dich, Nele. Ich wünschte, ich hätte wie du je den Mut besessen, irgendwo auf der weiten Welt ein Leben zu beginnen. Ohne Freunde und nur auf die Zukunft vertrauend. Ich bin einfach zu sicherheitsbewusst.« Ein Seufzer entfuhr Martina, die in ihrem kirschroten Kostüm und der cremefarbenen Bluse hinreißend aussah. Nele liebte knallbunte Kleidung. Je intensiver die Farbe, desto besser. In Südamerika unterstrich es den heiteren Lebensstil.

»Es waren nicht Mut und Neugier, die mich fortgetrieben haben, sondern ich habe mich auf Rosenhagen wie begraben und ständig missverstanden gefühlt. Ich glaube, es war eher eine Flucht.«

Und mein Vater hat mich nie wirklich geliebt, fügte sie in Gedanken hinzu.

Martina wirkte mit einem Mal betroffen.

»So habe ich das offen gesagt nie gesehen. Ich dachte immer, du wolltest unbedingt die Welt sehen, Abenteuer erleben und fremde Menschen kennenlernen. Die Älteren im Ort behaupten, dass du wie deine Großmutter bist. Sie wollte die Welt erkunden und hatte stets Fernweh.«

Das hörte sich wirklich danach an, als hätten Oma Esther und sie Gemeinsamkeiten.

»Was reden die Leute denn noch so über sie?«

»Dass sie und dein Großvater zu verschieden gewesen seien. Wie Feuer und Wasser. Wen wundert es dann, dass beide nicht glücklich in der Ehe gewesen sind.«

Nele nickte nur und nahm noch einen großen Happen des knusprigen Käsebrötchens.

»Mmh, köstlich«, sagte sie zu Martina und leckte sich die Finger.

»Ich glaube, ich muss jetzt wieder zurück ins Büro. Frohes Schaffen noch.«

Martina drehte sich um und trippelte auf ihren High Heels über den gepflasterten Hof zum Hotel zurück. Lächelnd schaute Nele ihr nach und fragte sich, wie man auf diesen dünnen Absätzen die unebenen Pflastersteine überwinden konnte.

Sie schob gerade den letzten Bissen in den Mund, als eilige Schritte hinter ihr auf dem Pflaster erklangen. Sie warf einen Blick über die Schulter zurück und erkannte Joris. Erst jetzt war ihr bewusst, dass sie ihre älteste Jeans trug, darüber ein türkisfarbenes Top und kotbeschmutzte Gummistiefel, deren Pink an einigen Stellen durchschimmerte.

Er muss mich gesehen haben.

Dass er grußlos an ihr vorbeigegangen war, versetzte ihr einen Stich. *Hast du es immer noch nicht kapiert? Er steht nicht auf dich, sondern auf Männer!*

Sie dachte an Henner, der vermutlich ebenso wie Joris wortlos an ihr vorbeigegangen wäre. Sie betrachtete sich im Stallfenster. Überall in ihrem Gesicht klebten Dreckspritzer. Sie nahm ein Taschentuch, spuckte darauf und rieb den Schmutz fort. Henner hätte über sie nur den Kopf geschüttelt und gesagt: »So kenne ich dich ja gar nicht. Ungeschminkt und schmutzig.«

Nele lächelte. Immerhin, es tat nicht mehr so weh, wenn sie an ihren Exfreund dachte. Ein anderes Gesicht schob sich in ihre Gedanken. Joris. Auch wenn sie den nicht kriegen konnte, wenn er ihren Liebeskummer vertrieb, war das schon mal etwas. Eine Melodie summend, schob sie die Karre in den Stall zurück.

Neles Glieder schmerzten, als sie am Nachmittag die letzte Fuhre Heu in den Stall brachte, bevor die Pferde von den Weiden zurückkehrten. Auch ihre Hunde lagen müde vom Mitlaufen in der Stallgasse und dösten.

Sie stellte die Schubkarre an ihren Platz zurück und betrachtete stolz ihr Werk, bevor sie den Stall verließ. Gerade als sie durchs Tor trat, kam ihr der bullige Gutsverwalter Hellenbrand in grünem Overall und Lederweste entgegen. *Der nicht auch noch!* Von Weitem leuchtete sein hellgraues Haar in der Sonne. Sie kannte ihn nur schlecht gelaunt. Bobby und Benny knurrten ihn an. Nele war froh, beide wieder angeleint zu haben.

»Wollen Sie etwa schon Feierabend machen?«, fragte er barsch und blickte demonstrativ auf seine Uhr. *Sklaventreiber*, dachte Nele wütend. Sie konnte sich nicht daran erinnern, dass jemals länger als bis sechzehn oder maximal achtzehn Uhr in den Stallungen gearbeitet worden war, außer wenn die Stuten fohlten. Es war immer nur Didi gewesen, der sich um die Pferde gekümmert hatte. Weil er sich von allen am besten auskannte.

»Es ist kurz vor sechzehn Uhr, und ich habe heute mehr als acht Stunden gearbeitet.« Bestand er etwa darauf, dass sie die wenigen Minuten bis zur vollen Stunde hierblieb? Als wenn fünf oder zehn Minuten wichtig wären. Nele wollte sich an ihm vorbeidrängen, aber er hielt sie am Arm fest. Das Knurren der Hunde wurde eindringlicher.

»Lassen Sie mich los, oder ich kann für nichts garantieren«, fuhr sie ihn an. Es glich schon einem Wunder, dass er sie vor Helga Koopmann und Gefolge gewarnt hatte. Er sah auf die Hunde herunter und ließ sie los.

»Feierabend ist erst nach meinem Abschlussgang. Klar?«

Zum Feierabend unternahm der Gutsverwalter täglich einen Kontrollgang. Er verlangte von den Mitarbeitern, dass sie bis zu seinem Eintreffen arbeiteten, egal wie spät es war. *Mit mir nicht!*

»Wir gehen jetzt zusammen in den Stall, damit ich Ihre Arbeit prüfen kann«, befahl er.

Sein Tonfall duldete keinen Widerspruch. Nele hätte sich ihm nur zu gern widersetzt, aber sie wusste, dass er das sicher brühwarm ihrem Vater erzählen würde und dem einen Grund lieferte, ihr die Tür zu weisen. Also schwieg sie und folgte. Am liebsten hätte sie ihm entgegengeschleudert, dass er sich lieber um das Pony kümmern sollte, das allein im Stall zurückblieb. Krank konnte es nicht sein, so wie es aussah.

Er begutachtete jede Box und hatte bei jeder etwas zu bemängeln. Mal war das Heu nicht aufgeschüttelt, dann die Box zu dick eingestreut oder die Futtereimer standen nicht an der gewohnten Stelle. Nele platzte fast vor Wut, als die Vorwürfe nur so auf sie herabprasselten. Sie hatte fast vergessen, dass sie den nörgelnden Gutsverwalter noch nie hatte ausstehen können. Der suchte doch nur einen Grund, um sie schlechtzumachen. Die Kirchturmuhr schlug vier Mal. Der Gutsverwalter schien taub zu sein, denn er ging weiter und kritisierte jeden Handschlag von ihr, rückte die

Forken an eine andere Stelle und drehte die Mistkarren. Dabei war Nele mit ihrer Arbeit sehr zufrieden gewesen. Er hielt sich viel zu sehr an Kleinigkeiten auf.

»Morgen will ich, dass Sie das so ausführen, wie ich es Ihnen eben gezeigt habe.«

Es war Nele klar, dass auch Hellenbrand sie nicht mit Samthandschuhen anfassen würde, weil er ihrem Vater gegenüber stets loyal war. Ihr lag ein Protest auf der Zunge. Doch dann rief sie sich erneut in Erinnerung, dass sie den Job brauchte.

»Soll ich Ihnen die Arbeiten noch einmal auflisten?«, fragte er. Dann würden ja noch mehr Minuten vergehen. Sie sehnte sich nach einer wohltuenden Dusche.

»Nein, brauchen Sie nicht. Auch wenn Sie es nicht glauben, aber ich habe es kapiert, Herr Hellenbrand.«

Mit diesen Worten ließ sie ihn stehen und lief mit den Hunden zurück zu Sandras Haus.

Die Tür fiel krachend hinter ihr ins Schloss. Rasch fütterte sie die Hunde und begab sich ins Bad, um den Stallgeruch abzuwaschen. Ihre Waden krampften, an ihren Füßen brannten offene Blasen. Als sie ihr Zimmer betrat, um sich anzuziehen, hörte sie draußen einen Wagen vorfahren. Sandra kehrte heim. Die Vorfreude auf ihre Schwester ließ Nele das Brennen der Blasen kaum spüren, als sie ihr entgegeneilte.

21.

Joris wollte Friedrich Gercke die freudige Nachricht von der Klosterwiese selbst überbringen und war am Nachmittag gegen drei zum Gut gefahren. Wie immer parkte er seinen Wagen direkt hinter der Toreinfahrt und überquerte mit weit ausholenden Schritten den Hof.

Ein Bus hielt vor dem Hotel, aus dem eine Gruppe Reisender ausstieg. Die meisten Touristen reisten zur Kaffeezeit an, um nach dem Einchecken die vielgepriesenen Torten auf der Caféterrasse zu genießen. Sie warteten auf das Gepäck, das der Fahrer aus dem Bauch des Busses auslud. Deutlich bemerkte Joris die bewundernden Blicke der Neuankömmlinge, als sie vor dem Hoteleingang standen. Gut Rosenhagen besaß wirklich ein besonderes Flair durch die alten reetgedeckten Gebäude. Im vergangenen Jahr hatte Friedrich Gercke nach dem Sieg des Hotelwettbewerbs Zuschüsse von Sponsoren erhalten, die er in die Sanierung des Gutes gesteckt hatte. Es hatte sich gelohnt, wie Joris fand. Die neuen Fenster von Gutshaus und Hotel waren stilgerecht nach historischen Vorbildern gefertigt worden, zum Teil mit Butzenscheiben und abgerundeten Bögen. Die Rosenhochstämmchen mit dem Lavendel zu Füßen reihten sich entlang der Gebäude wie Zinnsoldaten. Einige Knospen hatten sich in der Sonne geöffnet und verströmten ihren lieblichen Duft. Die Stockrosen hatten sich vor der kurzen Ligusterhecke, die das Hotelgrundstück vom privaten Gutshaus trennte, selbst ausgesät und standen in voller Pracht. Ein Ort zum Wohlfühlen. Joris geriet ins Schwärmen, während er auf den Hoteleingang zulief. Wie er von der Sekretärin Ellen erfahren hatte, hatte Friedrich

Gercke den Kongress sausen lassen und befand sich seit Mittag im Büro. Joris folgte den Neuankömmlingen, die im Pulk schnatternd das Hotelfoyer stürmten. Er drängte sich an ihnen vorbei zum Bürotrakt. Je drei Türen gingen vom Flur ab, rechts lagen die Büros von Sandra Gercke, der gemeinsamen Sekretärin Ellen und ganz am Ende das von Friedrich Gercke. Der Senior nutzte es noch aus Gewohnheit, obwohl seine Tochter die Geschäfte leitete. Joris klopfte an und trat auf das energische »Herein!« seines Chefs ein.

»Herr Münster! Ellen hat mir schon gesagt, dass Sie im Laufe des Tages vorbeikommen wollten.« Friedrich Gercke blickte flüchtig von den vor ihm liegenden Dokumenten auf. Während er unterschrieb, winkte er Joris zu sich.

»Tag, Herr Gercke. Ich wollte Ihnen nur persönlich mitteilen, dass ich heute Frau Gregor von der Gemeinde aufgesucht habe.«

Friedrich Gercke blickte auf. Eine steile Falte bildete sich auf seiner Stirn.

»Sie sind ohne mein Wissen dort gewesen? Hatte ich mich nicht klar genug ausgedrückt, dass wir keine Genehmigung von denen brauchen?«, fragte er verärgert.

»Ich wollte Ärger für Sie vermeiden«, entgegnete Joris. Sein Chef musste doch einsehen, dass er nur im guten Willen gehandelt hatte.

»Pah! Ärger?« Gercke winkte ab und schüttelte den Kopf.

Da berichtete Joris ihm von seinem Gespräch mit Arabella Gregor und von dem Erfolg, eine Sondergenehmigung erhalten zu haben.

»Die hätten wir nicht gebraucht. Die Klosterwiese hat einst zu Rosenhagen gehört. Nach dem Tod meiner Mutter hat jemand die Grundbücher frisiert und uns durch die Gemeinde als Eigentümer ersetzt. Ein fieser Schachzug der

Koopmanns. Aber ich schwöre, ich werde mir unser Eigentum wieder zurückholen.«

Nach seiner Erklärung widmete Friedrich Gercke sich wieder dem Unterschreiben.

Joris war enttäuscht. Kein Lob, keine Anerkennung, nicht mal Fragen. Stattdessen hatte ihm sein Chef Informationen vorenthalten.

Joris trat dicht an dessen Schreibtisch heran. Friedrich Gercke blickte erneut auf.

»Was gibt es noch?«, fragte er und wirkte genervt.

»Ich würde die Schafe gern so schnell wie möglich nach unten treiben. Über Nacht könnten sie zur Sicherheit in den Stall«, schlug Joris seinem Gegenüber vor. Die Miene seines Chefs verfinsterte sich.

»Das geht nicht. Der Stall ist belegt«, widersprach sein Gegenüber.

»Aber …« Joris hob an zu protestieren. »Womit denn?«

»Nächstes Wochenende findet ein Reit- und Springturnier statt. Ich habe den Stall an teilnehmende Reiter und deren Pferde vermietet.«

»Ja, aber die Schafe …«

Langsam gewann Joris den Eindruck, dass sie seinem Chef nicht so viel bedeuteten wie angenommen.

»Wozu habe ich Sie eingestellt? Dann müssen Sie eben weiter in den Nächten wachen. Das ist doch ihr Job!«

»Ja, aber jetzt, wo sich der Wolf herumtreibt, ist das problematisch. Die Schafe sollten meiner Meinung nach die Nacht über in einem gesicherten Stall verbringen.«

»Sie wollen mir vorschreiben, was ich zu tun und zu lassen habe?«, echauffierte sich sein Chef und sprang auf. Plötzlich krümmte er sich und drückte die Hand gegen die Brust. Das Pfeifen bei jedem seiner Atemzüge und vor allem sein Husten machten Joris Angst. Von Sandra wusste er, dass sein Chef im vergangenen Jahr einen Herzinfarkt erlitten hatte. Er konnte es nicht lassen, sich in alle Belange des Gutes einzumischen, auch wenn er nicht mehr aktiv mitarbeitete. Hinzu kam, dass ihm Helga Koopmann in geschäftlichen Dingen zusetzte. Das nagte an seiner Gesundheit.

Friedrich Gercke röchelte.

Joris eilte um den Schreibtisch herum.

»Es geht Ihnen nicht gut. Ich rufe einen Arzt, Herr Gercke«, entschied Joris. Friedrich Gercke winkte ab und rang nach Luft. Doch Joris zog das Handy aus der Hosentasche.

Gestern war sein Chef sehr blass gewesen. War er nicht zum Kongress gereist, weil es ihm schlecht gegangen war?

»Nein!«, brüllte Gercke. »Ich will keinen Arzt«, wehrte er ab und stützte sich auf seinen Schreibtisch.

»Meine Tabletten …«, stammelte er, »ich brauche meine Tabletten. Wenn ich sie nehme, wird es mir gleich besser gehen.«

Hektisch zog er die Schubladen des Schreibtisches auf und wühlte darin herum. Zwischendurch steckte er einen Finger in den Hemdkragen und weitete ihn. Schweiß perlte von seiner Stirn.

Joris wusste nicht, ob er den Worten seines Chefs Glauben schenken konnte.

»Warten Sie, ich helfe Ihnen«, bot er an. In der obersten Schublade fand er mehrere Pillenpackungen.

»Welche von denen ist die richtige?«, wandte er sich an Gercke, der mit dem Finger auf eine weiß-rote Packung tippte. Joris zog sie heraus und drückte eine Tablette heraus, die er vor seinen Chef auf die Schreibtischplatte legte. Anschließend zog er aus dem Spender, der hinter dem Schreibtisch auf einem Beistelltisch stand, einen Becher und füllte ihn mit Wasser. Danach kehrte er zu Friedrich Gercke zurück.

»Hier, nehmen Sie die Tablette«, sagte er.

Friedrich Gercke folgte seiner Aufforderung und schluckte die Pille herunter.

Im selben Augenblick schaute Sandra Gercke zufällig ins Büro. »Ich wollte dich fragen, ob du vielleicht auch eine Tasse Kaffee ...« Als sie die Lage erfasste, brach sie ab und riss die Augen auf. Angst spiegelte sich darin wider.

»Großer Gott, Papa! Was ist mit dir?« Sie eilte zu ihm.

»Ich habe ihm diese Tablette gegeben. Er meinte, die würde ihm gleich helfen«, erklärte Joris und hielt die Pillenpackung hoch. Sandra nickte.

»Danke, Herr Münster.«

Joris reichte ihm ein Tuch zum Schweißabwischen. Gemeinsam mit Sandra Gercke leistete er dem Gutsherrn Gesellschaft. Ihm entgingen die besorgten Blicke seiner Tochter nicht.

Allmählich floss Friedrich Gerckes Atem ruhiger.

»Du solltest dich vor dem Abendessen noch eine Weile hinlegen«, schlug Sandra vor, nachdem sie ihm den Puls gefühlt hatte. Joris hätte erwartet, dass sein Chef protestierte. Aber er tat es nicht.

»Herr Münster, können Sie mir vielleicht helfen, meinen Vater zum Gutshaus hinüberzubringen?«, fragte Sandra.

»Ja, natürlich.«

»Ich brauche keine Begleitung. Ich bin doch kein Tattergreis.« Friedrich Gercke wehrte sich, als seine Tochter ihn am Ellbogen anfasste.

»Papa, bitte ... dein Herz ...«

»Mach jetzt kein Drama draus! Das war nur eine kleine Kreislaufschwäche. Mir geht es schon viel besser. Ich schaffe es auch allein ins Haus.« Schwerfällig erhob sich Friedrich Gercke vom Stuhl. Er schnaufte und stützte sich am Schreibtisch ab.

Sandra sah Joris hilflos an.

»Ihre Tochter hat recht, Herr Gercke. Selbst bei einer Kreislaufschwäche sollten Sie nicht allein hinübergehen.«

»Blödsinn, seit meiner Herzattacke will sie mich nur bevormunden.«

»Herr Gercke, Ihre Tochter meint es nur gut mit Ihnen. Sie sorgt sich«, widersprach Joris.

»Ja, Vater«, bestätigte Sandra.

»Wenn du es gut mit mir meinen würdest, ließest du die Vergangenheit ruhen. Stattdessen stocherst du in alten Wunden.«

Sandra wurde blass. Sie ließ ihren Vater los und schwieg.

Friedrich Gercke schlurfte zur Tür und wandte sich noch einmal zu ihnen um.

»Ich will heute nicht mehr gestört werden. Und das Abendessen soll mir einer aus der Küche hinüberbringen.«

»Danke, Herr Münster, dass Sie uns geholfen haben«, sagte Sandra und lächelte schwach.

»Bitte nennen Sie mich Joris.«

Sandra Gercke nickte. »Okay, Joris. Meinen Namen kennst du ja.« Sie seufzte. »Mein Vater ist einfach unverbesserlich und nimmt keine Rücksicht auf seine Gesundheit.«

»Ich kenne das von meinem. Er schämt sich seiner Schwäche.«

Sandra nickte und ging zur Tür, Joris begleitete sie.

»Warst du bei meinem Vater wegen der Schafe und des Wolfs?«, fragte sie beim Hinausgehen.

Sandras Lächeln ähnelte Neles. Im Geist verglich er die beiden Schwestern. Nele, die sich gern selbstbewusst gab und ihre Zunge oft nicht im Zaum halten konnte, wirkte zerbrechlicher als ihre Schwester. Vielleicht lag es an Sandras Ruhe.

»Ja, wegen der Schafe. Letzte Nacht hatten sie Besuch vom Wolf.« Detailliert berichtete er Sandra von der Begegnung.

»Ich denke, dass er wiederkommen wird, und möchte die Herde lieber näher am Gut wissen.«

»Nimm es mir nicht übel, aber das schaffst du nicht allein. Du könntest fest einschlafen oder gar selbst vom Wolf verletzt werden, wenn du dich ihm entgegenstellst. Das kann ich nicht verantworten.«

»Willst du die Herde verkaufen und mich entlassen?«, fragte Joris, der um seinen Job bangte.

»Die Schafe verkaufen? Sie gehören meinem Vater. Er vertraut dir, das habe ich bemerkt. Nein, ich denke eher über Unterstützung für dich nach.«

Fragend blickte Joris sie an. »Woran hast du da gedacht?«

»Herdenschutzhunde zum Beispiel«, schlug sie vor.

»Ich besitze keine Erfahrung mit Hunden.«

»Brauchst du auch nicht«, wehrte Sandra ab.

Herdenschutzhunde wuchsen nicht auf Bäumen.

»Wo sollte ich einen auf die Schnelle herkriegen?«, fragte er.

»Ich weiß da jemanden.« Sandra lächelte geheimnisvoll.

Joris dämmerte, worauf sie hinauswollte.

»Ich weiß nicht, ob Nele das so gut finden würde, mir ihre Hunde zu überlassen«, wandte er ein.

»Wer spricht denn davon, dass du allein mit den Hunden bist. Nele könnte dir doch Gesellschaft leisten. Ich werde gleich nachher mit ihr sprechen.«

Sandra schien von ihrer Idee begeistert zu sein.

Joris mochte Bobby und Benny und hatte das Gefühl, dass das auf Gegenseitigkeit beruhte. Aber Nele? Wie könnte er dann noch bei ihr auf Distanz gehen und ihr vorspielen, schwul zu sein, wenn er sie begehrte?

»Sandra, halt, ich glaube, das mit mir und Nele … das klappt nicht«, versuchte er, sie vom Gegenteil zu überzeugen.

»Meine Schwester mag manchmal freaky sein, aber sie hat ein gutes Herz.«

Bevor Joris etwas erwidern konnte, verabschiedete Sandra sich und eilte ins Hotelfoyer.

Die Vorstellung, dass Nele sich ständig in seiner Nähe befinden könnte, ließ es in seinem Magen kribbeln. Jetzt konnte er nur noch hoffen, dass Nele den Vorschlag ihrer Schwester ablehnte.

Nachdenklich verließ er das Hotel. Auf dem Weg zum Wagen sah er Nele. Selbst in der beschmutzten Jeans sah sie ungeheuer sexy aus. Kurz war Joris versucht, sie anzusprechen, denn sie hatte ihn noch nicht bemerkt. Sein Körper verlangte nach ihrer Nähe. Doch dann überlegte er es sich anders. In den Augen von Frauen gehörte er auf die Couch eines Psychiaters. Nur zu gut erinnerte er sich an Lisas mitleidige Blicke nach einem Albtraum. Das war das Letzte, was er sich von einer Frau wünschte.

Mit weit ausholenden Schritten und gesenktem Kopf lief er schnell an Nele vorbei und hoffte, dass sie ihn nicht bemerkte.

Joris atmete auf, als er seinen Wagen erreichte. Wie sollte das erst werden, wenn Nele sich tatsächlich dazu bereit erklärte, mit ihren Hunden die Nächte bei ihm und den Schafen zu verbringen? Er hatte kein bisschen schauspielerisches Talent.

Als er wenig später das Blockhaus betrat, überlegte er, ob er den alten Schäfer Gernot doch um Hilfe bitten sollte.

Während er darüber nachgrübelte, klingelte sein Handy. Ein Blick aufs Display verriet ihm, dass seine Mutter die Anruferin war, und nahm den Anruf entgegen.

Er war ein verwöhntes Einzelkind, wie es dem Klischee entsprach. Seine Mutter war dagegen gewesen, dass er zum Bund ging. Kurz vor seinem Abflug nach Afghanistan hatte sie geweint und ihn angefleht zu bleiben. Doch Befehl war Befehl.

»Pass auf dich auf«, hatte sie zu ihm gesagt.

Damals hatte er ihr lächelnd versichert, dass ihm so schnell nichts geschehen würde. Wie naiv und blauäugig er doch gewesen war. In höchster Gefahr hatte er an sie denken müssen und sich gefragt, ob sie sich jemals wiedersehen würden.

»Hallo, Mama«, meldete er sich am Telefon.

»Joris, endlich. Ich habe es schon ein paar Mal bei dir versucht. Wie geht es dir?«

Seine Mutter gehörte zu der Spezies, die man sprichwörtlich als Glucke bezeichnete.

»Gut.«

»Gefällt dir der Job auch noch?«, fragte sie weiter. Joris sah seine Mutter vor sich. Eine schlanke Frau mit dunkelbraunen Haaren und Augen. Als Auslandskorrespondentin hatte sie vor der Ehe auch viele Krisengebiete besucht und wusste um die Gefahren.

»Ja«, antwortete er knapp.

»Nun lass dir doch nicht jedes Wort aus der Nase ziehen«, beschwerte sie sich.

Joris lachte. »Du kannst es doch mal versuchen«, scherzte er.

»Dir scheint es wirklich wieder gut zu gehen.« Sie klang erleichtert. »Ich bin so froh, dass du endlich einen ungefährlichen Job hast und ich nicht jeden Tag um dich bangen muss.«

»Wer weiß …«

»Was heißt das? Nun erzähl schon. Gehst du etwa wieder zur Armee zurück?«

»Nein, keine Sorge, ich habe den Dienst quittiert.«

Sie seufzte am anderen Ende.

Dann berichtete Joris ihr von seiner Arbeit mit den Schafen und dem Erlebnis mit dem Wolf.

»Gott sei Dank ist dir nichts passiert.«

»Mama, Wölfe sind Menschen gegenüber eher scheu, das solltest du doch wissen. Er hatte es nur auf die Schafe abgesehen.«

»Ja, du hast recht. Es freut mich, dass dir die Arbeit Spaß bereitet. Jetzt kommt dir auch das zugute, was du bei deinen Großeltern gelernt hast.«

Nachdem sie aus Niederheidingen weggezogen waren, hatte Joris immer die Sommerferien bei ihnen verbracht. Es war sein Großvater gewesen, der ihn an Tiere herangeführt hatte. Im Geist reiste er in die Vergangenheit zurück. Fast glaubte Joris die Wiese hinter deren Haus zu riechen und das Blöken der Schafe zu hören. Gemeinsam mit dem Großvater hatte er die Schafe von Weide zu Weide getrieben und seinen Worten gelauscht. Die Herde seines Großvaters war kleiner gewesen als die von Rosenhagen, und die Weiden hatten dichter nebeneinander gelegen. Damals hatten sie sich nicht wegen eines Wolfes gesorgt. Sein Großvater hatte jeden in Niederheidingen gekannt. Er dachte wieder an Nele, die ihn am Morgen nach einer Familie Birkfeld gefragt hatte.

»Du, Mama, kanntest du in Niederheidingen eine Familie Birkfeld?«, fragte er nach einer Weile.

Seine Mutter sog scharf die Luft ein.

»Der … der Name sagt mir so nichts«, antwortete sie.

Irgendetwas in ihrer Stimme ließ ihn aufhorchen.

»Niederheidingen war doch ein kleiner Ort, in dem sicher jeder jeden gekannt hat.«

»Wie hießen die noch mal?«, fragte sie nach.

»Birkfeld.«

»Birkfeld … Birkfeld. Ja … das könnte doch … ja, ich bin mir sicher … der damalige Revierförster gewesen sein. Warum fragst du?«

»Ach, nur so«, wich er aus.

»Du fragst doch nie nach etwas nur so.«

»Na ja, die Tochter meines Chefs …«

»Ist sie hübsch?«, fiel ihm seine Mutter ins Wort.

Er konnte einfach nichts vor ihr verheimlichen.

»Wer?«

»Wenn du schon so fragst … Also, wie heißt sie?«

»Du siehst Gespenster«, log Joris und lachte.

»Na, gut, wenn du nicht darüber reden willst. Ich möchte nur nicht, dass du wieder eine Enttäuschung wie mit Lisa erlebst.«

»Keine Sorge, Mama. Mein Singleleben erfüllt mich.«

Joris biss sich auf die Zunge, weil er schon wieder gelogen hatte.

»Hm, hm«, antwortete seine Mutter.

Sie glaubt mir nicht!

»Was weißt du denn so von den Birkfelds? Haben Oma und Opa vielleicht mal etwas von ihnen erzählt?«, lenkte er von sich ab.

»Wenn ich mich richtig erinnere, gab es da eine dramatische Familiengeschichte. Der Förster und seine Frau hatten eine Tochter. An den Vornamen des Försters kann ich mich noch gut erinnern, weil er so selten war: Holm. Holm Birkfeld. Er hat seine Tochter, deren Namen mir gerade nicht einfällt, vergöttert. Das Mädchen muss bildhübsch gewesen sein. Jedenfalls waren viele junge Männer an ihr interessiert. Holm Birkfeld und seine Frau wollten immer, dass ihr einziges Kind es im Leben besser haben sollte als sie. Holms Frau Magdalena hat tagsüber in einer

Wäscherei gearbeitet und abends für andere gestrickt. Trotz der ganzen Schufterei hatten sie nie viel Geld. Magdalena hat im ganzen Dorf damit geprahlt, dass ihre Tochter irgendwann mal einen reichen Erben heiraten wird.«

»Und? Hat sie es getan?«, hakte Joris nach.

»Wie ich gehört habe, ja. Allerdings erst Jahre nach dem Tod ihres Vaters. Wenn ich mich recht erinnere, ist sie in dieser Ehe nicht glücklich geworden.«

»Wie ist denn ihr Vater ums Leben gekommen?« Plötzlich fand Joris diese Familiengeschichte spannend. Er fragte sich nur, was die Birkfelds mit den Gerckes zu tun hatten.

Seine Mutter schwieg eine Weile.

»Bist du noch dran?«, fragte er.

»Ja, ja, ich war nur mit meinen Gedanken in der Vergangenheit«, gestand sie. »Holm Birkfeld ist angeblich bei einem Jagdunfall ums Leben gekommen. Eine Zeit lang war er nicht nur der Revierförster von Niederheidingen, sondern auch von Suderdorf. Es war üblich, dass er zu jeder Jagd eingeladen wurde. Die Suderdorfer hatten ihm die Teilnahme an der Jagd aber verweigert. Das war damals ein Skandal, der hohe Wogen geschlagen hat. Es soll deshalb einige handgreifliche Auseinandersetzungen gegeben haben, bis Holm Birkfeld schließlich, aus welchem Grund auch immer, doch an der Jagd teilnehmen durfte. Das wurde ihm zum Verhängnis, denn er wurde von einem Querschläger tödlich getroffen. Böse Zungen behaupten, dass jemand auf ihn gezielt hätte.«

Suderdorf … Jagd … das musste auch etwas mit den Gerckes zu tun haben, sonst hätte Nele ihn nicht nach den Birkfelds gefragt.

»Weißt du denn, wo die Jagd stattgefunden hat?«

»Nein, nicht genau. Irgendwo in Suderdorf. Auf einem Gut. Mehr weiß ich leider auch nicht. Du weißt doch, ich habe mich nie so für den Klatsch und Tratsch im Dorf interessiert. Außerdem war ich zu selten dort.«

»Hast du in dem Zusammenhang einmal den Namen Gercke gehört?«

»Nein. Wer ist das?«, fragte seine Mutter.

»Mein jetziger Chef. Ich habe irgendwie das Gefühl, dass das etwas mit meinem jetzigen Arbeitgeber und dessen Familie zu tun hat. Und was wurde aus seiner Witwe und seiner Tochter?«

Die Puzzleteile ergaben für ihn noch kein Bild. Vielleicht würde er mehr erfahren, wenn er Nele berichtete, was er von seiner Mutter über diese Birkfelds erfahren hatte.

»Wenn ich mich nicht irre, hat die Witwe später noch einmal geheiratet, und ihr zweiter Mann hat die Tochter adoptiert. Der ist schon früh gestorben, und sie hat dann noch ein drittes Mal geheiratet. Was interessieren dich plötzlich all die alten Geschichten? Oma und Opa hätten dir sicher viel mehr darüber erzählen können.«

»Da hast du vermutlich recht.«

»Die Tochter deines Chefs … gefällt sie dir?«

Sie konnte es nicht lassen, nachzubohren.

»Sie ist gar nicht mein Typ. Viel zu schrill und vorlaut.« Er verschwieg seiner Mutter, wie attraktiv Nele war, weil sie sonst nicht lockerließe mit ihren Fragen.

»Wann besuchst du uns wieder? Wir vermissen dich sehr.«

Alles im Haus seiner Eltern erinnerte ihn an die schlimmste Phase in seinem Leben, mit den Albträumen, den Depressionen und der Trennung von Lisa.

»Irgendwann, Mama, wenn die Zeit dafür reif ist.«

Eine kleine Weile plauderten sie noch am Telefon, bevor sie sich voneinander verabschiedeten.

»Ich wünsche mir so sehr für dich, dass du endlich dein Glück findest mit einer Frau, die dich versteht.«

»Ich weiß, Mama«, antwortete er, obwohl er insgeheim nicht mehr daran glaubte, dass es eine solche Frau überhaupt für ihn gab.

Nach dem Telefonat zog Joris sich im Schlafzimmer um und packte die Sachen für die nächtliche Wache bei den Schafen zusammen. Halb zehn Uhr abends wurde es draußen dunkel. Bis dahin musste er es geschafft haben, die Schafherde zur Klosterwiese zu treiben.

Während Joris sich umzog, hörte er draußen einen Wagen vorfahren. Er rannte zum Fenster, sah hinaus und traute seinen Augen nicht.

22.

»Das kannst du nicht von mir verlangen! Ich verbringe keine Nacht mit Joris da draußen!«, rief Nele empört. Der Tag war ein Albtraum. Sie hätte am Morgen schön ihr Horoskop lesen und dann gleich im Bett bleiben sollen. Es hatte wahrscheinlich den Weltuntergang vorausgesagt.

Wie konnte Sandra nur vorschlagen, dass sie gemeinsam mit Bobby und Benny Papas Schafe auf eine andere Wiese treiben und bewachen sollte? Dabei wollte Nele nur nach dem anstrengenden Tag im Stall die Beine hochlegen und etwas lesen oder mit Sandra nach deren Feierabend gemeinsam fernsehen. So wie früher.

Sandra lachte.

»Was gibt es denn da zu lachen?«, fragte Nele wütend.

»Du hörst dich an, als würde ich dir eine heiße Nacht mit ihm vorschlagen. Dabei geht es doch nur darum, die Schafe zu bewachen. Ich verstehe einfach nicht, warum du dich so stur stellst. Für deine Hunde wäre das sicher ein Heidenspaß. Und du liebst doch Abenteuer«, versuchte Sandra ihr das schmackhaft zu machen.

Von wegen heiße Nacht! Wenn du wüsstest, Sandy!

»Aber für mich ist es kein Spaß. Ich mag diesen Schäfer nicht«, erwiderte Nele. »Warum können denn die Schafe nicht in den Stall?«

Sandra seufzte. »Weil wir den Stall an Reiter vermietet haben, die am Turnier teilnehmen.«

»Na toll.« Nele rollte mit den Augen.

Mit Joris des Nachts gemeinsam Schafe hüten? Niemals! Seine Nähe brachte sie durcheinander und weckte verborgene Sehnsüchte. Aber er war für sie tabu!

»Egal, was zwischen dir und Papa oder zwischen dir und Joris vorgefallen ist, wirst du doch nicht wollen, dass der Wolf unsere Schafe reißt!«

Natürlich wollte Nele nicht, dass eines der Schafe getötet wurde. Und eine Abwechslung für Bobby und Benny wäre es tatsächlich.

»Also gut, ich mach's. Aber unter einer Bedingung«, erklärte Nele.

»Und die wäre?«

»Wenn ich merke, dass ich mit Joris nicht klarkomme, beende ich die ganze Aktion. Dann müsst ihr eine neue Lösung finden. Einverstanden?«

Sandra zögerte einen Augenblick, bis sie schließlich nickte.

»Einverstanden.«

»Wann soll es losgehen?«

»Heute«, antwortete Sandra vorsichtig.

»Was?«, rief Nele entsetzt und lief wie ein aufgescheuchtes Huhn im Zimmer herum. »Warum überfährst du mich damit? Erst mit dem Job auf Papas Gut und jetzt mit der Schafwache.«

»Du liebst doch Spontaneität.«

Nele fühlte sich überrollt. Sie hatte das Gefühl, dass ihr alles entglitt, ihr, die immer darauf gepocht hatte, Entscheidungen in ihrem Leben selbst zu treffen.

»Aber das ist mir nun zu spontan. Hattest du dir das im Büro vielleicht aus Langeweile ausgedacht?«

»Natürlich nicht. Letzte Nacht hat der Wolf die Schafe wieder belauert. Einzig Joris' Aufmerksamkeit haben wir es zu verdanken, dass keines der Tiere verletzt wurde. Es war seine Idee, die Schafe auf die Klosterwiese zu treiben.«

Ausgerechnet auf die Wiese, die, von Sandras Haus gesehen, auf der anderen Seite des Gutes lag.

»Zu deinem Haus ist es dann viel zu weit. Wo soll ich bitteschön duschen und so?«

»Ich habe vorhin mit Papa telefoniert. Ihr könnt während der Zeit im Gutshaus wohnen. Du in deinem alten Zimmer und Joris im Gästebereich.«

Das wird ja immer schöner! Nele war auf ihre Schwester nicht nur wütend, sondern stinksauer.

»Hast du das alles geplant, damit ich mich mit Papa aussöhne?«, warf sie Sandra vor.

»Bestimmt nicht. Nenne es einfach Fügung des Schicksals. Dich und die Hunde hat buchstäblich der Himmel zur rechten Zeit geschickt. Es könnte doch sein, dass sie als Retter von höheren Mächten bestimmt worden sind. Was sagt denn dein Horoskop dazu?«

Wie gut Sandra sie doch kannte. Normalerweise las Nele jeden Tag ihr Horoskop. Aber hier war einfach zu viel los.

»Ich muss nachdenken«, entgegnete Nele. Vom Gutshaus bis zur Klosterwiese war es nur ein Fußweg von maximal zehn Minuten. Bis zum Haus ihrer Schwester das Drei- bis Vierfache. Sie dachte an ihr altes Zimmer, in dem sie bereits im vergangenen Jahr gewohnt hatte. Immerhin war es ihr Elternhaus, das ihr noch immer ein Gefühl der Geborgenheit vermittelte. Sie konnte durch den Garten gehen, wenn sie ihrem Vater nicht begegnen wollte.

»Für die Nachtwache bekommst du natürlich noch etwas mehr Geld.«

»Meinetwegen«, gab Nele widerwillig nach.

»Prima, dann ist ja alles klar. Komm, lass uns deine Sachen zusammenpacken. Anschließend fahren wir zur Waldwiese, und dann können deine Hunde beweisen, was in ihnen steckt«, sagte eine sichtlich erleichterte Sandra.

Mit einem flauen Gefühl im Bauch saß Nele eine Stunde später in Sandras Wagen auf dem Weg zum Blockhaus. Ihre beiden Hunde hockten im Kofferraum des SUV. Sie schienen zu spüren, dass irgendetwas geschehen würde, und wirkten angespannt. Würden sie es tatsächlich schaffen, die Herde hinunter auf die Klosterwiese zu treiben? In einer Stunde würde es dunkel werden.

Nele hatte ihren Schlafsack mitgenommen, etwas zu knabbern und eine Thermoskanne Kaffee, den Sandra ihr gekocht hatte. Außerdem hatte sie sich mit Pflastern und Wundheilcremes versorgt, um die Blasen an ihren Füßen zu behandeln. Rick hatte versprochen, ihr Gepäck zum Gutshaus zu fahren, wo Martina es in Empfang nehmen wollte. Noch immer weigerte Rick sich, die Gutsgebäude zu betreten. Am Anfang hatten ihr Vater und Rick, wenn sie sich begegnet waren, zumindest Höflichkeiten ausgetauscht. Aber seitdem Ricks Mutter Bürgermeisterin des Ortes war und ihrem Vater und ihrer Schwester das Leben schwermachte, war die Kommunikation eingefroren. Bei jedem noch so kleinen Anlass lebte die alte Familienfehde erneut auf.

Nele lehnte den Kopf an die Scheibe und schloss die Augen. Sie war froh, dass ihre Schwester schwieg. So konnte sie in sich gehen. Gleichgültig, an was sie auch dachte, immer wieder schlich Joris sich in ihre Gedanken ein. Obwohl er stets auf Distanz ging, löste er Gefühle in ihr aus, die sie nicht beschreiben konnte. Wenn sie dem Blick aus seinen stahlgrauen Augen begegnete, verspürte sie ein Kribbeln im Bauch.

Verdammt, Nele, wach auf! Selbst wenn du ihm schöne Augen machen würdest, fände er keinen Gefallen an dir!

Immer fühlte sie sich von den falschen Männern angezogen.

Einer der Geländewagen ihres Vaters, den Joris als Dienstwagen nutzte, parkte vor dem Blockhaus. Die Schafe befanden sich noch im Pferch, in den ihre Hunde sie hineingetrieben hatten. Die Klosterwiese war knapp zwei Kilometer entfernt. Neles Zweifel wuchsen, dass ihre Hunde es schaffen würden, die Schafe sicher dorthin zu dirigieren. Würden sie ihre Kommandos alle befolgen? Was, wenn sie ein falsches Kommando gab? Wie sollte sie es korrigieren? Ihre Aufregung wuchs, die Hände ruhten eiskalt im Schoß.

»So, da wären wir. Nun kommt es auf dich an, Schwesterherz. Und natürlich auf deine beiden Hunde.« Sandra parkte den Wagen unterhalb des Blockhauses und stellte den Motor ab.

»Bist du bereit?«, wandte sie sich an Nele, die zögernd nickte.

Bevor Nele aus dem Wagen stieg, atmete sie tief durch. Sie fühlte sich ängstlich wie vor einer Prüfung.

»Ihr schafft das«, versuchte Sandra sie aufzumuntern, und tätschelte ihren Arm.

»Ich hole Joris, okay?«

Während Sandra zum Blockhaus hinaufging, befreite Nele ihre Hunde aus dem Kofferraum und schulterte ihren Rucksack. Als die beiden die Schafe sahen, waren sie aufgeregt. Der Glanz in ihren Augen verriet Nele, dass Schafe ihre Bestimmung waren. Bobby und Benny umkreisten auf beiden Seiten den Pferch und bewirkten, dass die Schafe sich enger zusammenschlossen.

Es schien, als könnten ihre Hunde es kaum erwarten, die Herde vor sich her zu treiben. Aber würden sich die Schafe von ihnen lenken lassen? Immerhin waren sie sich fremd. Sie musste Bobby und Benny vertrauen. Nele wandte sich um und blickte die Anhöhe hinunter. Zwischen der Heide und einem Acker schlängelte sich ein Feldweg hinunter zum Gut. Von hier aus konnte sie die reetgedeckten Dächer des elterlichen Gutshauses und des benachbarten Hotels sehen. Im Geist lief sie den Weg ab, den die Hunde mit den Schafen nehmen sollten. Ein kurzes Stück mussten sie über den Gutshof hinter der Reithalle entlang bis zum Weg, der zur Klosterwiese führte. Das hörte sich leicht an. Aber sie wusste, dass ein unvorhergesehenes Ereignis ein Chaos auslösen könnte.

Bobby und Benny rannten am Pferch auf und ab. Nele erinnerte sich an die Worte des alten Schäfers: »Schafe gehören zu ihrer Familie. Das wurde ihnen in die Wiege gelegt. Die beiden sind besonders. Sie schützen nicht nur, sondern leiten sie auch«, hatte er ihr damals erklärt. Nele hatte diese Worte hingenommen, aber deren Bedeutung wurde ihr erst jetzt bewusst.

Es war schon gleich neun, und die Sonne ging am Horizont leuchtend rot unter. Die Tiere mussten vor der Dunkelheit auf der Klosterwiese sein.

Ungeduldig drängten sich die Schafe ans Gattertor.

Entschlossen schritt Nele zum Tor und öffnete es. Die Herde strömte wie ein wolliger Wasserfall aus dem Pferch. Sofort rahmten die Hunde sie ein, und die Schafe ordneten sich unter.

In Neles Westentasche steckte noch die alte Schäferpfeife, die sie irgendwann auf einem Flohmarkt gekauft hatte. Eine Empfehlung des alten Schäfers, um die Hunde auch über weitere Distanzen zu dirigieren.

Die Herde stürmte blindlings die Anhöhe hinab.

»Bobby! Benny! Links!«, wies Nele die Hunde an.

Sie profitierte von der Erfahrung der Hunde, die blitzschnell reagierten, wenn ein Schaf sich von der Herde löste. Es gelang Nele, die Hunde so zu instrumentalisieren, dass die Herde die erste Etappe bis zum Feldweg erfolgreich hinter sich brachte. Mittlerweile jedoch wurde Nele jeder Schritt zur Qual. Schuld waren die Blasen von den Gummistiefeln, die höllisch brannten. Zu ihrer Erleichterung trotteten die Schafe in langsamem Tempo den Feldweg entlang. Nele, ganz in Gedanken versunken, bemerkte Joris erst, als er sie einholte.

»Läuft es gut?«, fragte er.

»Bislang ja«, bestätigte sie. Dennoch musste sie Unwegsamkeiten einkalkulieren, falls etwas Unvorhergesehenes geschah.

»Okay, ich hatte deine Schwester danach gefragt, wie es eurem Vater geht, und habe nicht bedacht, dass es schon so spät ist.«

Der Schreck fuhr Nele durch die Glieder.

»Meinem Vater? Was ist mit ihm?«, fragte sie und hatte Angst um ihn. Sie konnte sich noch gut an den damaligen Anruf von Dr. Fröhlich erinnern, der ihr mitgeteilt hatte, dass es ihrem Vater sehr schlecht ginge. Das wollte und konnte sie nicht noch einmal durchmachen. Warum hatte Sandra vorhin im Wagen kein Wort zu ihr gesagt?

»Keine Sorge, es geht ihm gut. War wohl nur ein kleiner Schwächeanfall.«

»Und meine Schwester hat mir nichts davon gesagt!«, rief Nele enttäuscht aus.

»Sie wollte dich nicht beunruhigen. Wirklich, es geht ihm wieder gut. Er kann das Gut einfach nicht loslassen und fühlt sich für alles verantwortlich«, beteuerte Joris.

Ja, so war ihr Vater. Das Gut war sein Leben. Wenn man es ihm wegnehmen würde, wäre das sein Tod.

Nele war zwar etwas beruhigt. Dennoch ärgerte es sie, dass ihre Schwester ihr nichts davon gesagt hatte.

»Danke, dass du und Sandra mir helft«, sagte Joris nach einer Weile.

»Du hast Benny und Bobby vergessen«, merkte sie an.

»Ja, stimmt. Sorry.«

Es war das erste Mal, dass Nele einen Anflug von Lächeln in seinem Gesicht sah, das ihn viel jünger wirken ließ. *Wie mag er ohne das Gestrüpp im Gesicht aussehen?*

Es war sinnlos, einen Gedanken daran zu verschwenden. Schließlich würde nie etwas zwischen ihnen sein. Nicht einmal ein One-Night-Stand. Wenn sie an seinen muskulösen Oberkörper dachte, wurden ihre Knie ganz weich. Dass ein anderer Mann ihn sanft berühren könnte, machte sie eifersüchtig. Wie konnte sie Eifersucht empfinden, wenn Joris doch ein Fremder für sie war?

Wütend presste Nele die Lippen zusammen.

»Los, wir müssen uns beeilen. Die Dunkelheit kommt rasch«, trieb Joris sie zur Eile an.

Als wenn ich das nicht selbst wüsste!

Nele warf einen flüchtigen Blick zu Joris. Es ärgerte sie, dass sie Gefühle für jemanden entwickelte, der diese nie erwidern würde.

Den restlichen Weg liefen sie schweigend nebeneinander. Nele war die Lust auf Unterhaltung vergangen. Ohne besondere Vorkommnisse erreichten sie ihr Familiengut bei der Reithalle. Die Erinnerungen stiegen in ihr auf. Besonders die, als ihr Vater sie einst unter Tränen auf ein Pony gezwungen hatte, ließ ihre Laune auf den Nullpunkt sinken.

Vor einem Jahr war wenigstens Sandra bei ihr gewesen. Das hatte ihren Aufenthalt erträglicher gemacht. Wie gern wäre sie bei ihr geblieben. Aber abgesehen davon, dass der Weg zu den Schafen von Rosenhagen aus um einiges kürzer war, wollte sie das junge Glück von Sandra und Rick nicht länger stören. Sie hatte noch deutlich vor Augen, wie die beiden sich leidenschaftlich geküsst hatten. Da war sie nur die unliebsame Dritte im Bund.

Der Weg führte an der Reithalle entlang, aus der laute Stimmen erklangen. Einige der Pferdebesitzer konnten ihre Tiere erst nach der Arbeit bewegen. Die Schafe liefen friedlich an der Halle vorbei, bis ihnen plötzlich ein Schimmel entgegenpreschte, der eine Longe hinter sich her schleifte. Bobby und Benny bellten wie verrückt und rannten auf das Pferd zu.

»Ich habe geahnt, dass etwas schiefläuft!«, rief Nele und fluchte. Sie pfiff nach den Hunden, die zögernd zu ihr kamen. Nele packte beide am Halsband, als das weiße Pferd auf sie zugaloppierte. Es bahnte sich wiehernd einen Weg durch die Herde, in entgegengesetzter Richtung.

Kurz darauf kamen ihnen zwei Frauen aufgeregt entgegen.

»Positano! Halt!«, rief die Jüngere von beiden und fuchtelte mit der Peitsche.

»Tut mir leid«, entschuldigte sich die andere bei Nele im Vorbeilaufen.

Nele drehte sich um und sah, wie Sandra sich dem Pferd in den Weg stellte. Sie hatte Angst um ihre Schwester und schrie auf. Wäre Sandra nicht geistesgegenwärtig zur Seite gesprungen, hätte das Pferd sie umgerannt. Nele ließ die Hunde wieder los. Sofort hetzten sie den Schafen nach, die in Panik auseinandergestoben waren, und bemühten sich verzweifelt, sie wieder zusammenzutreiben.

Nele schrie ihnen Kommandos zu. Aber irgendwie lief alles durcheinander. Noch jagten die Hunde jedem ausgebrochenem Schaf hinterher, aber bald würden ihre Kräfte nachlassen. Einem Wunder gleich schafften Bobby und Benny es, fast alle Tiere wieder zusammenzutreiben. Nur eine Dreiergruppe war schon zu weit entfernt und trabte in der Dämmerung über die Heide.

»So ein Mist!«, schimpfte Nele und sah, wie Joris den

dreien hinterherrannte. »Bobby, rechts!«, schrie sie ihrem Hund zu, in der Hoffnung, er möge Joris und den drei Schafen folgen, um sie zurückzuholen. Doch er musste zwei weitere Schafe, die erneut der Dreiergruppe folgen wollten, den Weg abschneiden.

Allmählich beruhigte sich die Lage, und die Schafe trotteten wieder voran.

Atemlos holte Sandra Nele ein.

»Was für Dilettanten! Das wird noch ein Nachspiel haben«, sagte sie wütend zu Nele. »Ich habe gerade mit der Älteren gesprochen. Die hatten entgegen der Regeln die Hallentür offen. Weil ihr Pferd ja so brav sei! Mir war gleich klar, dass die beiden Frauen von nichts eine Ahnung haben! Beim ersten Peitschenknall hat sich der Schimmel losgerissen und ist auf und davon.« Sandra schüttelte den Kopf. Es war ihr anzusehen, wie verärgert sie war. »Ich verstehe unseren Verwalter nicht.«

»Wieso? Was hat der denn damit zu tun?«, hakte Nele nach.

»Die Jüngere ist seine Nichte, wie ich erfahren habe«, erklärte Sandra noch immer außer Atem.

»Der sollte lieber ihr etwas vorhalten als mir«, sagte Nele patzig.

»Da hast du recht. Wo ist Joris denn?« Sandra sah sich um.

»Drei Schafe haben sich von der Herde entfernt. Er ist ihnen nach.«

»Das schafft er vielleicht nicht allein. Bring du bitte die Schafe zur Klosterwiese. Es ist ja nicht mehr weit. Vielleicht kann ich ihm irgendwie helfen«, fuhr Sandra fort.

Nele nickte. »Bete, dass auf dem kleinen Stück nicht noch etwas Unvorhergesehenes passiert.«

»Wird schon nicht.« Sandra klopfte Nele tröstend auf die Schulter. Dann drehte sie sich um und rannte Joris nach.

Nele atmete auf, als sie in der Dämmerung das Tor der Klosterwiese schloss und die Schafe in Sicherheit waren. Höchste Zeit. Hier draußen in der Dunkelheit würde man schon bald die Hand vor Augen nicht mehr sehen können. Nele drückte liebevoll ihre Hunde an sich. »Das habt ihr klasse gemacht!« Zur Belohnung reichte sie ihnen eine Wurst aus dem Rucksack.

Ihr Handy vibrierte. Eine SMS von ihrer Schwester. *Sind gleich da*, schrieb sie. Nele wartete am Gatter auf die beiden.

Der Himmel hatte sich zugezogen, und ein leichter Wind fuhr durch das Laub der Birken. Als Kind hatte sie sich gefürchtet, wenn der Wind ums Haus geheult hatte. Tante Mia jedoch hatte ihr die Furcht genommen. Mit ihrer unbeschwerten Art und ihren Gutenachtgeschichten, denen Nele jeden Abend vor dem Zubettgehen ehrfürchtig gelauscht hatte. »Wenn der Wind weht, sprechen die Bäume miteinander«, hörte sie Tante Mia sagen, als stünde sie vor ihr.

Eine Geschichte von Tante Mia hatte Nele besonders interessiert. Sie handelte von einer Prinzessin, die von ihrem Mann, einem Magier, im eisernen Turm festgehalten wurde und sich allen Vorsätzen zum Trotz unsterblich in einen moossammelnden Schafhirten verliebte. Zum Ärger des Magiers und der Verlobten des Schafhirten. Als der Magier und die Braut des Schafhirten davon erfuhren, steckten sie den Turm in Brand. Und die Liebenden fanden den Tod.

Ihre Großmutter … der Schafhirte … der Brand … Jetzt dämmerte es Nele. Weshalb war ihr das nicht früher eingefallen? Die Geschichte besaß Parallelen zu Oma Esthers Leben. War das Zufall? Oder hatte ihre Tante vielleicht mehr über die Liebesbeziehung ihrer Schwester gewusst? Hatten Birte und Anselm gemeinsam das Feuer gelegt?

Ein eisiger Schauer lief Neles Rückgrat entlang bei der Vorstellung, ihr Großvater könnte für den Tod ihrer Großmutter verantwortlich gewesen sein. Nele fröstelte. In ihrem Gedächtnis war ihr Großvater mürrisch und verbittert gewesen. Aber war er auch zu einem Mord fähig?

Herrgott, was habe ich nur für verstiegene Vorstellungen!

Und doch ließ sie der Gedanke an den Brand und die Schuld nicht mehr los.

Ihre Grübeleien wurden unterbrochen, als Sandra und Joris mit den drei Schafen am Strick zurückkehrten. Nele fiel ein Stein vom Herzen, dass sie die drei eingefangen hatten. Ein warmes Gefühl durchflutete sie, als Joris sie anschaute. Hastig sah sie weg.

»Ich habe mir schon Sorgen gemacht, dass wir die Suche nach den Ausreißern morgen fortsetzen müssen«, begrüßte Nele die Ankömmlinge.

»Ohne Hunde war es schwierig, die drei Schafe einzufangen. Aber wir haben es geschafft.« Sandra sah müde aus und rieb ihre zitternden Hände.

»Zum Glück sind die Schafe jetzt alle auf der Wiese«, meldete sich Joris zu Wort, der die drei Flüchtigen zu den anderen gebracht hatte.

»Seid mir nicht böse, aber mir ist eiskalt. Ich fahre jetzt gleich nach Hause. Rick macht sich bestimmt auch schon Sorgen«, erklärte Sandra.

»Ja, natürlich«, antwortete Nele verständnisvoll und umarmte ihre Schwester. »Danke, Sandy«, flüsterte sie ihr ins Ohr.

»Schon gut. Und ihr beiden haltet durch. Dein Zimmer und das Gästezimmer sind für euch vorbereitet. Martina wollte eure Schlafsäcke und den Rest oben zum Unterstand bringen.« Sie deutete die Weide hinauf.

»Sie hat die Sachen gebracht, das konnte ich eben sehen«, warf Joris ein.

»Hast du eine Taschenlampe mit?«, fragte Nele besorgt. Sandra knipste eine an. Nele war erleichtert.

»Mach dir keine Sorgen, ich gehe nur zum Gut zurück und rufe Rick an, damit er mich abholt«, sagte Sandra.

»Okay, dann bin ich ja beruhigt.«

»Macht's gut. Eine friedliche Nacht wünsche ich euch. Ohne Wolf«, verabschiedete Sandra sich augenzwinkernd und lief zum Gut zurück.

Bedauernd sah Nele ihr nach.

»Danke, dass du die Herde mit den Hunden hierhergetrieben hast«, wandte Joris sich an sie.

Er stand viel zu dicht neben ihr. Rasch trat sie einen Schritt beiseite.

»Wir sollten jetzt zum Unterstand gehen«, sagte sie und lief mit den Hunden zum Weidetor. Joris folgte ihr.

Allzu deutlich war Nele sich seiner Nähe bewusst. Sie wollte nicht mit ihm allein sein, weil sie sich vor ihren eigenen Gefühlen fürchtete.

Sandra hatte nicht zu viel versprochen. Martina hatte an alles gedacht: Stalllaternen, Schlafsäcke, Kaffee, Mineralwasser und Proviant. Sogar Hundefutter und zwei Näpfe standen in der Ecke. Im Unterstand waren Strohballen gestapelt, auf denen sie es sich bequem machen konnten. Nele fütterte die Hunde, während Joris bereits mit dem Nachtsichtgerät seinen Beobachtungsposten auf einem der Strohballen einnahm.

Nele setzte sich ebenfalls auf einen Ballen, natürlich in angemessener Entfernung von Joris. Weil sie fror, zog sie sich ihre Daunenjacke über und legte den Schlafsack über die Beine. Bobby und Benny mischten sich unter die

Schafe. Alles war ruhig. Anschließend verspeiste Nele eines der köstlichen Sandwiches, die in Martinas Picknickkorb verstaut waren, und trank eine Tasse schwarzen Kaffee.

In der Zwischenzeit verschluckte die Dunkelheit immer mehr das Land. Um diese Zeit waren die Gerüche der Pflanzen besonders intensiv. Nele reichte Joris einen Becher dampfenden Kaffee.

Dann hieß es warten. Bald schon saß Nele völlig verkrampft auf dem Stroh. Was würde heute Nacht geschehen? Würde der Wolf es tatsächlich wagen, sich erneut den Schafen zu nähern? Sie fürchtete um ihre Hunde.

»Wölfe gehen kein Risiko ein. Wenn sie einen der Hunde sehen, meiden sie eine Konfrontation. Verletzt haben sie in der freien Wildbahn keine Chance«, hatte der alte Schäfer Otto ihr erklärt. Das beruhigte Nele wieder.

Sie zog die Beine an und schlang die Arme darum. Obwohl sie einen harten Tag hinter sich hatte, würde sie nicht einschlafen können. Schuld daran waren die Aufregung und Joris' Nähe.

Schweigend saßen sie nebeneinander. Joris hatte das Licht in den Laternen gelöscht. Nele lauschte auf jedes Geräusch und starrte in die Dunkelheit. *Wie die Ruhe vor dem Sturm,* dachte sie. Wie gern hätte sie jetzt ihre Schwester bei sich gehabt und ihr von Tante Mias Geschichte erzählt und mit ihr geplaudert. Früher hatten sie als Kinder in ihren Betten gelegen und sich gegenseitig Gruselgeschichten erzählt, bis Tante Mia sie zur Ruhe gemahnt hatte. Nele bedauerte, dass sie ihre Tante seit deren Weggang nicht mehr gesehen hatte. Sandra telefonierte mit ihr an Feier- und Geburtstagen. Nele war von ihrer Tante damals sehr enttäuscht gewesen. Kaum dass sie sie liebgewonnen hatte, war sie wieder fortgegangen. Aus Einsamkeit hatte Nele sich an ihre ältere Schwester geklammert.

Die Suderdorfer Kirchturmuhr schlug Mitternacht und holte Nele wieder in die Gegenwart zurück. Gähnend reckte sie ihre Glieder.

Die Wolkendecke war aufgerissen und ließ das Mondlicht durch. Es roch nach Gras, süßen Blüten und Stroh. Ab und zu blökte ein Schaf und unterbrach das Konzert der Grillen. Nele betrachtete Joris' Silhouette, der das Nachtsichtgerät vor die Augen hielt.

»Und?«, fragte sie.

»Alles ruhig, nichts zu sehen.«

»Wenn der Wolf in der Nähe wäre, hätten meine Hunde sicher angeschlagen.«

»Bestimmt«, bestätigte er. »Müde?«

»Nein«, antwortete Nele ehrlich. Sie war viel zu angespannt. Joris wandte sich zu ihr um und hielt ihr etwas hin. Sie zögerte, es zu nehmen.

»Nimm schon. Ist Schokolade«, sagte er. »Esse ich immer, wenn ich die Nacht aufbleiben muss.«

Bei Süßigkeiten konnte Nele noch nie Nein sagen und griff zu.

»Geht mir genauso«, antwortete sie und brach sich ein Stück ab. Genussvoll ließ sie es im Mund zergehen.

»Dann haben wir ja etwas gemeinsam.« Der Klang seiner rauen, tiefen Stimme ging ihr unter die Haut.

»Meinst du, der Wolf wird kommen?«, fragte sie, um sich abzulenken.

»Keine Ahnung. Möglich wäre es. Wir werden die Schafe beschützen.«

»Ich möchte nicht, dass der Wolf abgeschossen wird. Ich mag Wölfe. Schließlich sind sie mit Hunden verwandt.« Nele könnte die beiden nicht wieder hergeben.

»Der Tod ist so … endgültig.« Eine tiefe Traurigkeit schwang in seiner Stimme mit, die Nele erneut einen Schauer über den Rücken trieb. Sie sah zu ihm hinüber.

Mondlicht fiel auf Joris' Gesicht. Seine Miene war plötzlich wie versteinert. Er schien in Gedanken weit weg zu sein. Nele dachte an Sandras Worte, dass er viel durchgemacht hatte.

Sie wollte ihn nicht mit ihren Fragen bedrängen, und doch konnte sie ihre Neugier nicht im Zaum halten.

»Es hört sich so an, als hättest du erst kürzlich jemanden verloren«, wagte sie sich vor.

»Ich bin dem Tod schon oft begegnet«, antwortete er ausweichend. »Die Bürgermeisterin und ihre Schergen scheinen ganz heiß darauf zu sein, den Wolf zu erlegen.«

Er will nicht über sich sprechen.

»Du redest nicht gern über die Vergangenheit?«

»Nein«, antwortete er knapp.

»Ich eigentlich auch nicht, aber seitdem ich hier bin, holt sie mich bei jedem Schritt wieder ein.«

»Sprichst du von der Fehde zwischen deiner Familie und den Koopmanns?«

»Ja, auch.« Nele spielte mit einem Strohhalm, den sie aus dem Ballen gezogen hatte.

»Und von deinem Vater, stimmt's?«, hakte er nach.

»Ja, unser Verhältnis ist … schwierig.«

»Er ist auch nicht gerade einfach.«

Es tat Nele gut, dass Joris sie verstand und ihren Vater richtig einschätzte.

»Ich habe übrigens meine Mutter nach den Birkfelds gefragt, worum du mich gebeten hattest.«

Neles Kopf ruckte hoch.

»Und? Kannte sie meine Urgroßeltern?«

»Deine Urgroßeltern? Jetzt verstehe ich, warum du mehr über sie erfahren wolltest.«

Joris berichtete ihr, was er von seiner Mutter erfahren hatte. Auch von dem Jagdunfall Holm Birkfelds, von dem getuschelt worden war, dass es kein Unfall gewesen sei.

»Ich mag es kaum glauben. Wenn die Gerüchte stimmen … Wer um Himmels willen hätte ihn töten wollen?« Nele war erschüttert.

Sofort dachte sie an die Koopmanns. Sie hatte das Gefühl, je tiefer sie bohrte, desto mehr tragische Ereignisse kamen ans Licht.

»Das liegt alles schon so lange zurück. Die Zeitzeugen sind gestorben. Ich glaube, du musst dich damit abfinden, dass du nie die Wahrheit herausfinden wirst.«

Aber sie wollte sich nicht damit zufriedengeben. Sandra bestimmt auch nicht. Nele hatte das Gefühl, dass alles immer mysteriöser wurde. Immer mehr Fragen stellten sich ihnen. Vielleicht hatte Joris recht, und sie würden nie etwas über die Geschehnisse und wahren Hintergründe erfahren.

»Fragen, Fragen und nochmals Fragen, je tiefer wir in die Vergangenheit schauen!«, rief sie aus und boxte mit den Fäusten in den Strohballen. Bobby und Benny winselten. Sie waren sensibel genug, um ihre Emotionen zu spüren. Nele malträtierte das Stroh mit den Fäusten, bis Joris ihre Hände festhielt.

»Es ist jetzt genug. Ich kann deinen Frust verstehen. Schau nicht immer nur zurück, sondern nach vorn. Sonst wirst du die Schatten über deinem Leben nie verlieren«, redete er beruhigend auf sie ein.

»Aber ich habe das Gefühl, diese Schatten nur loswerden zu können, wenn ich alles darüber weiß«, brach es aus ihr hervor. Nele zitterte. Joris hielt ihre Hände in den seinen. Sie waren warm und fühlten sich so an, als könnten sie nicht nur kräftig zupacken, sondern auch sanft sein. Sanft? Erst jetzt wurde ihr bewusst, dass er mit dem Daumen über ihren kalten Handrücken strich. Diese einfache Berührung war dennoch sinnlich. Auf ihrer Haut prickelte es, und ihr Puls schnellte in die Höhe.

Verdammte Gefühle! Das macht er doch nur, um mich zu trösten.

Er sah sie an. Doch sie konnte den Ausdruck in seinen Augen nicht erkennen. Die Luft war plötzlich wie elektrisiert. Er war ihr so nah, dass sie seinen warmen Atem im Gesicht spüren konnte. Fast schien es ihr, als würde er sie begehren.

Bild dir bloß nichts ein! Er steht auf Männer!

Die Stimme in ihrem Innern war wie eine eiskalte Dusche und ließ Nele wieder zur Vernunft kommen. Rasch entzog sie ihm die Hände.

»Alles wieder okay?«, fragte er.

»Ja, ja, natürlich. Ich habe heute einen Stresstag hinter mir und überreagiert«, erklärte sie ihr Verhalten. Sie rückte von Joris ab. Auf dem Strohballen zog sie die Beine an und schlang die Arme darum. Ein Bollwerk, das sie vor ihm schützen sollte.

Das Mondlicht überzog die Weide mit einem silbrigen Schimmer. Alles schien friedlich, als könnte nichts diese Idylle gefährden. Allmählich beruhigten sich Neles Sinne wieder und die Spannung fiel von ihr ab.

Die Minuten verrannen und nichts geschah. Manchmal blickte Joris durch das Nachtsichtgerät.

Nele versank in Grübeleien. Es musste doch möglich sein herauszufinden, was damals wirklich geschehen war.

Während sie den ganzen Tag noch mal im Geist durchging, fielen ihr die Augen zu.

»Schlaf ruhig. Ich wecke dich, wenn etwas geschehen sollte«, sagte Joris.

Einerseits war Nele ihm dankbar für den Vorschlag, andererseits wollte sie auf keinen Fall eine Begegnung mit dem Wolf verpassen. *Nur ein kleines Nickerchen,* nahm sie sich vor und schloss die Augen.

Der anstrengende, aufregende Tag verlangte seinen Tribut, und sie schlief fest ein.

Etwas kitzelte sie an der Nase. Nele schlug die Augen auf. Sie fühlte sich wie gerädert. Ihr Nacken war ganz steif von der ungewohnten Schlafstellung. Über sich erblickte sie eine schiefe Holzdecke. Es dauerte einen Augenblick, bis ihr klar wurde, dass sie sich im Unterstand bei den Schafen befand und Joris sie nicht geweckt hatte. Die Strahlen der Morgensonne bahnten sich den Weg durch die Astlöcher. Auf dem Gut krähte der Hahn. Nebel schwebte über der Wiese und hüllte die Schafe ein. Wie Gazeschleier. Ihr Blick suchte vergeblich nach Joris. Sie hatte nur ein Nickerchen halten wollen und war doch in einen tiefen, traumlosen Schlaf gesunken. Offenbar hatte sich der Wolf nicht blicken lassen. Nele gähnte und reckte ihre steifen Glieder. Sie warf den Schlafsack achtlos beiseite und klopfte das Stroh von der Kleidung.

Die Herde lagerte friedlich. Als sie aufstand, tauchten ihre Hunde schwanzwedelnd aus dem Nebel auf, um sie zu begrüßen.

»Joris?«, rief sie und erhielt keine Antwort. Wo steckte er nur?

Schlief er bereits im Gutshaus? Sie überlegte, ob sie hier auf ihn warten sollte oder lieber zum Gut laufen und entschied sich für Ersteres.

23.

Der Andrang in dem kleinen Hofladen war um diese frühe Uhrzeit größer als gedacht. Joris reihte sich in die Schlange ein, als die Ladentür sich öffnete und Helga Koopmann den Verkaufsraum betrat. Eine Wolke blumigen Parfümdufts schwebte ihr nach. Ihre für ihr Alter ungewöhnlich schlanke Figur kam durch den hellgrünen Hosenanzug gut zur Geltung.

»Guten Morgen allerseits«, sagte sie übertrieben freundlich. Ihr Blick war für Joris' Geschmack zu herablassend.

»Guten Morgen, Frau Koopmann«, kam es im Chor von den anderen zurück. Wie brave Schüler, die zum Unterrichtsbeginn aufstanden, um ihren Lehrer zu begrüßen.

Helga Koopmanns Präsenz in dem kleinen Raum schien alles zu überlagern. Respektvoll traten die Wartenden zurück, um sie zur Ladentheke vorzulassen. Nur Joris wich nicht, sondern blieb mit verschränkten Armen an derselben Stelle stehen und erwartete eine Konfrontation.

Zu seinem Erstaunen maß sie ihn nur mit einem abfälligen Blick, bevor sie die Warteschlange umging und sich an die Theke stellte.

»Ich hab's leider sehr eilig«, erklärte sie. Keiner widersprach ihr oder beschwerte sich.

»Wie immer, Frau Bürgermeisterin?«, fragte Frau Thalen hinter dem Tresen.

»Ja, wie immer. Aber bitte Beeilung, ich habe gleich ein wichtiges Meeting«, drängelte Helga Koopmann.

»Natürlich.« Die Bäuerin wirbelte herum und verschwand im Nebenraum, bevor sie mit mehreren Tüten zurückkehrte und sie der Bürgermeisterin über die Theke reichte. Im selben Augenblick verkündete die Glocke über der Eingangstür einen weiteren Kunden. Es war ausgerechnet Friedrich Gercke. *Das kann ja heiter werden!*

Joris war gespannt, wie sich das zufällige Aufeinandertreffen entwickeln würde.

Helga Koopmann hatte seinen Chef noch nicht bemerkt, sondern reichte einen Geldschein über den Tresen. Die Blicke der anwesenden Kunden flogen von einem zum anderen. Schlagartig herrschte im Laden eine angespannte Atmosphäre. Auch Joris erwartete die Begegnung zwischen den beiden Verfeindeten mit Spannung.

»Stimmt so«, sagte Helga Koopmann und schob das Wechselgeld, das Frau Thalen auf den Teller gelegt hatte, wieder zurück. »Morgen früh komme ich gegen acht. Ich möchte, dass meine Brötchen dann fertig sind.«

»Selbstverständlich. Schönen Tag noch, Frau Koopmann. Vielen Dank«, antwortete die Bäuerin lächelnd und legte das Geld in die Kasse.

Helga Koopmann drehte sich mit der Tüte um. Als ihr Blick auf Friedrich Gercke fiel, verhärtete er sich. Hocherhobenen Hauptes schritt sie an der Schlange vorbei und blieb neben Gercke stehen. Dessen Mundwinkel zogen sich nach unten. Es herrschte Totenstille. Aller Augen ruhten auf den beiden. Die Luft im Laden war mit einem Mal drückend wie vor einem Gewitter.

»Die Wiesen gehören der Gemeinde. Also entscheide ich über deren Nutzung«, sagte Helga Koopmann bestimmt.

Friedrich Gerckes Augen verengten sich zu Schlitzen. Sein Körper spannte sich an wie bei einem Raubtier, das zum Sprung ansetzte.

»Wenn du dich da mal nicht irrst, Helga. Sie haben immer zu Rosenhagen gehört. Die Dokumente … alle gefälscht«, erwiderte er mit gepresster Stimme.

Die Bürgermeisterin lachte. »Das …«, sie legte eine Pause ein, »kannst du nicht beweisen, Friedrich.«

Nach diesen Worten verließ sie den Laden.

»Das werden wir ja sehen.« In den Augen seines Chefs blitzte es kampflustig auf.

Kaum hatte Helga Koopmann den Bäckerladen verlassen, erhob sich Stimmengewirr. Einige empörten sich über den Vorwurf Gerckes, andere wiederum über die Arroganz der Bürgermeisterin, die sie vorher noch überfreundlich begrüßt hatten. Sein Chef tat, als wäre eben nichts geschehen, und bestellte in stoischer Ruhe eine Tüte Brötchen bei der Verkäuferin. Eine Schlange vor ihm gab es ja nicht mehr. Anschließend verließ er ebenfalls den Bäckerladen.

Joris wollte ihm hinterhereilen, um ihn zu fragen, was er mit den gefälschten Dokumenten gemeint haben könnte. Doch er beschloss, es auf später zu verschieben, wenn sie allein waren.

Mit einer Tüte Croissants und zwei Bechern Kaffee begab sich Joris wenig später zurück zur Klosterwiese. Der eben erlebte Konflikt zwischen seinem Chef und der Bürgermeisterin Koopmann kreiste noch immer in seinem Kopf. Deutlich war der Hass zwischen beiden zu spüren gewesen. Die Fronten waren so verhärtet, dass Joris ein Beilegen der Fehde ausschloss.

Auf dem Weg zur Klosterwiese dachte Joris an Nele, die noch fest geschlafen hatte, als er zum Bäcker gegangen war. Er war versucht gewesen, eine widerspenstige Locke aus ihrem Gesicht zu streichen. Im letzten Augenblick hatte er sich zusammengerissen.

Seitdem er Nele im Glauben gelassen hatte, schwul zu sein, ging sie auf Distanz. Genau das hatte er gewollt, und doch bereute er es, denn er lief Gefahr, sich immer tiefer in einem Lügennetz zu verstricken. *Du musst es so schnell wie möglich klarstellen*, meldete sich sein Gewissen.

Nele war zu exotisch, als dass sie nach Suderdorf passte. Die Querelen mit ihrem Vater und die Familienfehde schienen sie zu belasten. Es war nur eine Frage der Zeit, wann sie die Heimat wieder verlassen würde.

Also änderte er seine Meinung wieder. Die Lüge mit der Homosexualität war besser, als ihr zu gestehen, dass er seit Monaten an einem Trauma litt.

Er mochte Nele, auch wenn sie schrill war. Sie brachte nicht nur äußerlich Farbe ins Leben. Lisa hatte sich damals immer mehr zurückgezogen, seitdem sie von seiner posttraumatischen Belastungsstörung erfahren hatte. Das wollte er mit Nele nicht erleben.

In der Fußgängerzone Hamburgs war er immer im Schutz der Häuser gelaufen. Bei jedem lauten Geräusch war er zusammengezuckt. Einmal hatte er sich sogar auf den Boden geworfen.

Die mitleidigen Blicke und Anspielungen der Passanten waren unerträglich gewesen. Er hatte gespürt, dass Lisa sich seinetwegen geschämt hatte.

»Das ist mir zu anstrengend. *Du* bist mir zu anstrengend«, hatte sie ihm vorgeworfen, bevor sie auseinandergegangen waren.

Alle hatten zwar sein Problem verstanden, aber keiner von ihnen hatte es nachfühlen und damit umgehen können. Weder seine Eltern, denen es peinlich war, dass er aus dem Militär ausgeschieden war, noch seine Freunde, die glaubten, dass man das Trauma schnell überwinden und wieder ins normale Leben zurückfinden könne. Depressionen waren die Folge gewesen, gegen die er Medikamente eingenommen hatte. Ein Teufelskreis, aus dem er beinahe nicht wieder herausgekommen wäre. Auf den Partys die Blicke der anderen, die geglaubt hatten, er wäre betrunken, weil sein Gang schwankte. Manchmal war er versucht gewesen, sich die vier Buchstaben PTBS auf die Stirn zu kritzeln. Es war die Hölle gewesen. Er wollte und konnte das nicht noch einmal durchmachen.

Hier in der Lüneburger Heide fand er in der Ruhe und Beschaulichkeit langsam wieder zu sich selbst. Auch seine Albträume waren seltener geworden. Und Neles direkte Art hatte ihn aus der Reserve gelockt.

Von Weitem sah er ihre Hunde zwischen den Schafen über die Wiese laufen.

Ob Nele schon aufgewacht war?

Als er den Unterstand betrat, stieß er mit ihr zusammen. Der Deckel vom Kaffeebecher verrutschte, und ein Teil des heißen Inhalts schwappte über seine Hand.

»Ah, verdammt!«, rief Joris.

»Wo zur Hölle bist du gewesen?«, fuhr sie ihn an.

»Beim Bäcker. Ich habe dir auch einen Kaffee und ein Croissant mitgebracht. Schoko. Ich hoffe, du magst das.«

Joris hielt ihr Becher und Tüte hin. Ihr Ärger schien zu verfliegen.

»Ja, klar. Danke«, sagte sie lächelnd. Joris spürte jetzt die aufsteigende Müdigkeit und sehnte sich nach einem Bett.

»Nach dem Frühstück gehe ich zum Gut. Muss ein wenig schlafen«, erklärte er und gähnte hinter vorgehaltener Hand.

»Wir begleiten dich«, sagte Nele.

Zum Glück waren Wölfe dämmerungs- und nachtaktiv, sodass sie am Tag die Schafe allein lassen konnten. Das hatte Larsen im Internet berichtet. Joris schlief nie lange. Ein Relikt seiner militärischen Einsätze.

Nachdem sie den Kaffee getrunken und die Croissants

verspeist hatten, packten sie die Schlafsäcke und ihre Sachen zusammen und begaben sich gemeinsam mit den Hunden zum Gutshaus.

»Der Wolf hat sich nicht mehr blicken lassen, oder?«, fragte Nele, nachdem sie eine Weile gegangen waren.

»Nein. Alles war ruhig. Deshalb habe ich dich schlafen lassen. Vielleicht ist er zur Wiese am Blockhaus gelaufen. Es ist nur eine Frage der Zeit, wann er hier auftauchen wird.«

Wenn die Kameras aufgezeichnet hatten, könnte er auf dem Tablet sehen, ob der Wolf tatsächlich dort gewesen war.

Nele machte ein bedrücktes Gesicht.

»Du hast Angst um deine Hunde?«, fragte er besorgt.

Sie nickte. »Ich möchte nicht, dass sie verletzt werden.«

»Das kann ich verstehen. Aber ich habe mich auch über Dr. Larsens Projekt informiert. Seine Webseite ist sehr informativ. Wölfe gehen den Herdenschutzhunden aus dem Weg. Sie wollen nur leichte Beute machen. Deine Hunde besitzen eine stattliche Größe und würden die Schafe verteidigen. Bisher haben sie das wirklich toll gemacht. Sie haben sicher schon als Herdenschutzhunde gearbeitet?«

Joris hatte die beiden Hunde beobachtet, die eine klare Einsatzteilung besaßen. Der Jüngere von beiden trieb die Schafe zusammen, während der Ältere und Größere alles aufmerksam beobachtete und nur manchmal eingriff. Aber er war auch der Wachsamere von beiden in der Nacht gewesen.

»Als ich den Kaffee und die Croissants geholt habe, bin ich unfreiwillig Zeuge einer Auseinandersetzung zwischen deinem Vater und dieser Helga Koopmann geworden.« Joris schilderte Nele den Vorfall im Bäckerladen.

»Das ist mal wieder typisch für die Koopmann. Sie kann es sich einfach nicht verkneifen, meinen Vater vor anderen zu provozieren.«

»Was hat dein Vater eigentlich damit gemeint, dass die Dokumente gefälscht seien?«, hakte Joris nach.

»Keine Ahnung. Aber er hat immer behauptet, dass einige der jetzt kommunalen Weideflächen eigentlich zu Rosenhagen gehören würden.«

»Das lässt sich doch einfach durchs Grundbuch feststellen«, gab Joris zu bedenken.

»Sorry, aber ich kenn mich damit einfach nicht aus.« Nele hob abwehrend die Hände.

»Jeder Eigentümer eines Grundstücks ist im Grundbuch eingetragen. Die Eintragungen müssen sehr gewissenhaft vorgenommen werden …« Joris ging in diesem Moment ein Licht auf, worauf Friedrich Gercke vermutlich angespielt hatte.

»Ich glaube, dein Vater unterstellt den Koopmanns, dass sie für die gefälschten Eintragungen verantwortlich sind.«

»Helga traue ich ja wirklich einiges zu, aber dann müsste sie die vom Amt bestochen haben. Und Rick hat mit Sicherheit nichts damit zu tun. Er ist viel zu ehrlich. Das sind bestimmt nur wieder irgendwelche Anschuldigungen, die aus Gerüchten entstanden sind. Ich kann das Thema Familienfehde nicht mehr hören«, gab Nele zu. »Seit wir denken können, hat die Feindschaft Sandras und mein Leben bestimmt. Es ist nicht mehr zu ertragen. Weder mein Vater noch Helga wollen diese sinnlose Fehde beenden. Ich habe die Hoffnung aufgegeben, dass sie beigelegt wird oder jemals die ganze Wahrheit ans Licht kommt.«

Die Fehde war für alle Betroffenen kräfteraubend. Joris spürte, wie sehr sie die Beteiligten belastete. Und doch vermochte keiner von ihnen aus dem Dilemma auszubrechen.

Plötzlich war die eben noch lockere Atmosphäre angespannt. Nele schwieg auf dem restlichen Weg. Sie kickte mit dem Fuß einen Stein am Wegesrand fort. Ein bitterer

Zug umgab ihren Mund, der sonst immer lächelte. Joris war froh, als sie endlich Gut Rosenhagen erreichten und das Pflaster zum Gutshaus überquerten. Seine Beine waren schwer wie Blei, und er konnte nur noch mit Mühe die Augen offen halten.

Ihre Zimmer lagen im Obergeschoss. Sie standen vor drei Türen. Nele zeigte auf die Linke.

»Das ist das Gästezimmer. Früher war das Sandras Kinderzimmer. Mit achtzehn ist sie dann in das größere Zimmer da hinten gezogen.« Sie deutete auf eine Tür am Ende des Flures. »Papa hat dann ihr Kinderzimmer zum Gästezimmer umbauen lassen«, erklärte sie.

Joris nickte. »Was ist hier drin?« Er tippte an die Tür in der Mitte.

»Das Bad. Ich hoffe, es ist okay, wenn wir es uns teilen?«, fragte sie.

»Kein Problem«, log er. Bei der Vorstellung, sie könnte nebenan nackt unter der Dusche stehen, wurde seine Kehle eng.

»Ich leg mich jetzt hin. Die schlaflosen Nächte haben mich ganz schön geschlaucht«, sagte er heiser.

»Also dann, schlaf gut«, verabschiedete sie sich und ging in ihr Zimmer.

Joris warf Schlafsack und Rucksack in eine Ecke des Raumes, bevor er sich seiner Jacke und Schuhe entledigte. Immer wieder ertappte er sich, wie er lauschte. Eine Tür klappte, dann Schritte auf dem Flur und knarrende Treppenstufen. Nele ging nach unten. Da konnte er schnell die Gelegenheit ergreifen, um sich wenigstens die Zähne zu putzen, bevor er sich schlafen legte.

Joris öffnete die Tür zum Badezimmer und erstarrte in

der Bewegung. Vor der Dusche stand Nele. Beim Anblick ihrer nackten Kehrseite wurde Joris heiß.

Über ihrem rechten Arm hing ein Handtuch. Ihre Kleidung lag auf dem Boden verstreut und die zahlreichen Armreifen auf der Spiegelablage.

Die Entschuldigung blieb ihm im Hals stecken. Stattdessen räusperte er sich. Er hatte erwartet, dass sie erschrocken zusammenzuckte. Doch sie drehte sich lächelnd zu ihm um. Das Handtuch hielt sie vor ihren Unterleib. Joris stockte beim Anblick ihrer perfekten Brüste der Atem. *Als wenn du noch nie eine nackte Frau gesehen hättest!*

»Ich … ich … es tut … mir leid«, stotterte er.

»Mach kein Drama draus. Auch wenn du schwul bist, hast du bestimmt schon eine nackte Frau gesehen«, antwortete sie frech.

Mit aller Kraft riss er sich von ihrem Anblick los.

»Ja, ja …«, stieß er hervor.

»Wie gut, dass du dir nichts aus Frauen machst, sonst müsste ich dich sofort hinauswerfen«, erklärte sie lächelnd. Ungeniert warf sie das Handtuch auf den Hocker und betrat die Dusche.

Wenn sie auch nur ahnen würde, welches Verlangen sie in ihm auslöste und dass er nicht schwul war, würde sie nicht so gelassen reagieren. Wie gebannt stand er noch immer auf der Schwelle. Erst als das Wasser plätscherte, löste sich seine Starre und er floh zurück in sein Zimmer. Durch die Tür hörte er, wie sie unter dem Wasserstrahl laut und schräg ein Lied sang. Schmunzelnd steckte er sich die Finger in die Ohren. Doch sie sang voller Inbrunst, dass es ihn anrührte.

Seine Erregung war noch immer nicht abgeklungen. Wahrscheinlich hätte er in Eiswasser springen können, ohne dass das lodernde Feuer des Verlangens in seinen Lenden gelöscht würde.

Die heftige Reaktion seines Körpers auf ihren Anblick lag sicher darin begründet, dass er seit über einem Jahr keinen Sex mehr gehabt hatte.

Jetzt war es für ihn noch schwieriger geworden, ihr die Wahrheit über seine sexuelle Orientierung zu gestehen. Sie musste ja annehmen, dass er ausgehungert nach Sex war, so wie er sie angestarrt hatte. Joris sank aufs Bett, nachdem er die Rollläden heruntergelassen hatte. Aber er fand keinen Schlaf. Wie in Afghanistan, weil die Furcht ihn wachgehalten hatte.

Joris setzte sich auf und zog sein Tablet aus der Tasche. Er wollte prüfen, ob die von ihm installierten Kameras etwas aufgezeichnet hatten und der Wolf darauf zu sehen war.

Tatsächlich hatten die Geräte alles aufgenommen. Der Wolf schien in der Nacht nicht bei der Waldwiese gewesen zu sein. Als Joris die Aufzeichnung schließen wollte, geriet er versehentlich auf den Schnelllaufbutton, der in der Zeit zurückführte. Als er den Rücklauf stoppte, war er bei der Morgendämmerung am Vortag gelandet. Die Schafe dösten im Pferch. Da sah er auf einmal eine schmale Person in einem blauen Trainingsanzug mit Kapuze, die sich mit einem Gewehr in der Hand im Schatten der Bäume bewegte. Joris vergrößerte das Bild. Zuerst vermutete er einen der Männer, die Helga Koopmann neulich begleitet hatten. Doch die Statur der Person war zu schlank für einen von ihnen. Er tippte auf einen jungen Mann, konnte es aber nicht mit Gewissheit sagen. Joris ließ die Aufnahme weiterlaufen. Der Fremde verschwand aus dem Aufnahmewinkel, dann ertönte ein Schuss, und die Schafe gerieten in Panik. Joris ließ das Tablet sinken. Warum hatte er den Fremden nicht bemerkt? Worauf hatte er geschossen, wenn es nicht der Wolf gewesen war? Oder war der Schuss nur abgefeuert worden, um die Schafe in Panik zu versetzen? Keiner der

Männer aus Helga Koopmanns Begleitung war derart schlank gewesen. Wer besaß noch ein Interesse daran, Friedrich Gercke zu schaden?

Er würde es herausfinden. Erschöpft sank Joris in die Kissen. Schon nach wenigen Atemzügen war er tief und fest eingeschlafen.

Erneut träumte er von einem seiner Einsätze in Afghanistan. Er lag im Staub auf der Erde, nachdem seine Patrouille aus dem Hinterhalt überfallen worden war, das Schnellfeuergewehr an seinen Körper gepresst. Deutlich spürte Joris jeden Luftzug der Kugeln, hörte deren Einschläge. Der Boden unter ihm zitterte von den Detonationen der Granaten und den fahrenden Panzern. Er fürchtete sich nicht vor dem Tod, aber davor, als Krüppel weiterleben zu müssen und von allen bemitleidet zu werden. Als die Gewehrsalven verstummten, rappelte Joris sich auf. Plötzlich verspürte er einen Schlag gegen die Schulter, dann durchzuckte ihn ein höllischer Schmerz. Getroffen von einer Kugel sank er auf die Knie. Jemand packte ihn von hinten und zog ihn mit sich. Joris schlug um sich …

24.

Nele fuhr aus dem Schlaf, als sie Schreie hörte. Auch die Köpfe der Hunde neben ihrem Bett ruckten hoch. Es war Joris, der da schrie! Nele schwang die Beine aus dem Bett, schlüpfte in ihre Pantoffeln und rannte zur Tür.

»Ihr bleibt hier«, befahl sie den Hunden, die brav liegen blieben. Sie eilte über den Flur und klopfte an die Tür des Gästezimmers. Keine Antwort. Sie drückte das Ohr an die Tür. Als sie drinnen Stöhnen hörte, drückte sie einfach die Klinke hinunter und trat ein. Es war stockdunkel. Neles Hand tastete nach dem Lichtschalter. Das Licht flammte auf. Da sah sie Joris, der nur mit Unterhose bekleidet auf dem Bett lag und um sich schlug. Sein Anblick schnitt sich ihr ins Herz.

»Joris? Wach auf! Komm zu dir!«, rief sie. Doch er reagierte nicht.

Seine Miene war verzerrt, als würde er starke Schmerzen erleiden. Sie legte ihre Hand auf seine nackte Schulter, über die sich eine rote, wulstige Narbe zog, und rüttelte ihn.

»Joris!«

»Sicherheit … Verstärkung«, murmelte er immer wieder. Es war Todesangst, die in seinen Worten mitschwang, und Verzweiflung.

Was mochte ihm widerfahren sein? Vor Mitgefühl stiegen ihr Tränen in die Augen. Sie schrie auf, als er ihre Hand fortschlug. Nele wollte ihm helfen, aber sie wusste nicht wie.

»Joris? Joris? Ich bin's, Nele! Wach endlich auf!«, rief sie und hoffte, zu ihm durchzudringen.

Das Gemurmel verstummte, und seine Lider flatterten.

»Was … ist …?«, stammelte er und öffnete die Augen.

»Du hattest einen Albtraum«, erklärte sie ihm. Plötzlich fuhr er auf.

»Es ist meine Schuld«, flüsterte er. Es klang so verzweifelt, dass es Nele erschütterte. »Meine Schuld.«

»Was ist deine Schuld?«, fragte sie. Sie setzte sich zu ihm aufs Bett und umarmte ihn. Sanft streichelte sie seinen nackten Rücken. Seine Haut war weich und mit unzähligen Narben bedeckt. *Was musste er alles erlitten haben!* Unter ihren Händen spürte sie deutlich die Muskeln seines gestählten Körpers. Die eines Kämpfers. In einer Zeitschrift hatte sie einen Artikel über traumatisierte Menschen gelesen. Von Sandra wusste sie nur, dass er viel durchgemacht hatte, aber nicht was. War er vielleicht beim Militär gewesen?

Nach einer Weile merkte sie, wie sich allmählich sein Atem beruhigte und seine Muskeln sich entspannten.

»Möchtest du mir von deinem Albtraum erzählen?«, flüsterte sie ihm ins Ohr. Vielleicht könnte sie, wenn sie seine Albträume kannte, ihm helfen, sie zu verlieren. Sie spürte, wie sein Körper sich erneut anspannte, und bereute ihre Frage.

»Ich … ich kann … nicht«, stammelte er.

»Schon gut. Vielleicht irgendwann. Ich bin eine gute Zuhörerin.«

Seine Wange ruhte an ihrer, und sein Bart kitzelte. Joris roch angenehm nach Wald und Gras. Eine Weile saßen sie so da. Dabei wurde sich Nele wieder seiner Nähe bewusst und auch der Tatsache, dass sie beide nur spärlich bekleidet waren. Obwohl er kräftig und trainiert war, wirkte seine Seele in diesem Moment zerbrechlich. Das berührte sie tief. Er richtete sich auf und sah sie an. Sie konnte den Blick nicht von ihm abwenden. Die Wärme und das Begehren in seinen Augen ließen ihr Herz schneller schlagen. Nele wurde von einer Welle der Zärtlichkeit erfasst und war versucht, ihn zu küssen. Das konnte und durfte nicht sein. Sie konnte nicht hoffen, dass ihre Gefühle erwidert werden.

Dass er dich begehrt, hast du dir nur eingebildet.

Es musste doch endlich in ihr Hirn gehen, dass seine Leidenschaft Männern galt.

Das Wissen um Joris' Homosexualität war effektiver als eine kalte Dusche. Sie durfte sich nicht in ihn verlieben. Sanft schob Nele ihn von sich. Die Spannung, die in der Luft lag, war unerträglich.

Sag was, Nele!

»Ich habe dich schreien gehört.« Sie wunderte sich selbst, wie fest ihre Stimme klang.

»Ich weiß«, gestand er.

»Hast du so was öfter?«, bohrte sie weiter.

»Kann sein«, antwortete er ausweichend. Da war er wieder zurück, der verschlossene Blick.

»Du magst jetzt nicht darüber reden, stimmt's?«

»Stimmt«, lautete seine knappe Antwort.

Nele fühlte, dass es zwecklos wäre, weiter in ihn zu dringen. Er würde jetzt nicht mehr preisgeben.

»Wenn du irgendwann einmal darüber reden möchtest … Wie gesagt, ich bin eine gute Zuhörerin.«

»Danke.«

Sie fuhren zusammen, als es unten an der Haustür klingelte. Es war erst kurz vor acht. Wer mochte das so früh am Morgen sein?

Nele beschloss, das Klingeln zu ignorieren. Aber sie hatte die Hartnäckigkeit des Klingelnden unterschätzt.

»Ich glaube, du solltest lieber nach unten gehen. Ist vielleicht was Wichtiges«, riet Joris ihr.

»Vielleicht hast du recht.« Nele stand auf und verließ das Zimmer.

Nicht nur dass derjenige vor der Haustür Klingelterror schob, er hämmerte dazu noch mit der Faust an die Tür.

»Ja, ja, ich komm ja schon!«, rief Nele genervt und öffnete die Haustür.

Entsetzt prallte sie zurück, als der Gutsverwalter Hellenbrand mit grimmiger Miene vor ihr stand.

»Nur einen Tag haben Sie es ausgehalten. Das hätte ich mir denken können.« Er stemmte die Hände in die Hüften.

Sein Vorwurf machte Nele wütend.

»Was zur Hölle meinen Sie damit?«

»Der Dienst im Stall beginnt um Punkt sieben. Aber wer war wieder nicht da? Nele Gercke. Stattdessen treiben Sie es mit diesem sonderlichen Schäfer! Und das im Haus Ihres Vaters!«

Jetzt verstand sie. Scheinbar hatte ihre Schwester dem Gutsverwalter nicht mitgeteilt, dass sie die Schafe bewachen sollte.

Nele bebte vor Zorn, weil er, ohne sie zu fragen, gleich mit Vorwürfen gekommen war.

»Das geht Sie nichts an, Herr Hellenbrand. Ich dachte, Sie wüssten Bescheid, dass ich nachts mit meinen Hunden die Schafherde bewache.«

Der Gutsverwalter wurde blass.

»Mir hat keiner was gesagt«, verteidigte sich Hellenbrand kleinlaut. »Und wer mistet jetzt die Ställe aus?«

Über die Schulter des Gutsverwalters hinweg sah Nele Sandra aus dem Hotel kommen. Wie blass und dünn ihre Schwester geworden war! Das war sicher dem Stress mit Hotel und Gut geschuldet.

»Sandra!«, rief Nele und winkte ihre Schwester zu sich.

»Morgen, Nele, Morgen, Herr Hellenbrand. Wie kann ich helfen? Gibt es ein Problem?«, fragte Sandra freundlich.

»Kann man so sagen«, antwortete Hellenbrand und warf Nele einen strafenden Blick zu.

»Sandy, hast du vergessen, Herrn Hellenbrand darüber zu informieren, dass ich mit den Hunden nachts die Schafe hüte?«

Ihre Schwester kaute auf der Unterlippe, wie immer, wenn ihr etwas unangenehm war.

»Ach, stimmt. Das habe ich im Stress glatt vergessen. Sorry, Herr Hellenbrand. Mein Vater und ich haben gestern besprochen, jetzt, wo sich der Wolf in unserer Gegend herumtreibt, die Schafherde von Rosenhagen nachts von Herdenschutzhunden bewachen zu lassen. Und da meine Schwester zwei besitzt, war es naheliegend …«, erklärte sie dem Gutsverwalter.

»Ja, ich verstehe schon«, fiel Hellenbrand ihrer Schwester ins Wort. »Aber das nächste Mal wäre es besser, wenn ich in die Entscheidung rechtzeitig mit eingebunden werde. Noch koordiniere ich die Arbeiten im Stall.«

Sandra zeigte sich von dem Seitenhieb des Gutsverwalters unbeeindruckt.

»Nun sind Sie ja informiert, Herr Hellenbrand. Meine Schwester wird mit Herrn Münster gemeinsam die Schafe bewachen.«

»Und wer kümmert sich dann um den Stall? Ich habe alle Hände voll zu tun mit den Zuchtstuten. Jeden Moment kann eine von ihnen fohlen.«

»Ich kümmere mich darum, Herr Hellenbrand«, versprach Sandra. Nele bemerkte, wie ihre Schwester kurz die Augen schloss und schwankte. Sandra fasste sich an die Stirn.

»Alles in Ordnung mit dir?«, fragte Nele besorgt.

»Ja, ja«, antwortete Sandra und fasste sich an die Schläfen. »Nur eine kleine Kreislaufstörung.«

Nele wollte ihre Schwester am Ellbogen stützen, aber sie wehrte ab. »Es ist nichts, Nele.«

Kaum war Sandra zwei Schritte gegangen, knickten ihre Beine ein. Sofort war Nele an ihrer Seite.

»Schnell, Herr Hellenbrand, fassen Sie mit an!«, forderte sie den Gutsverwalter auf.

Gemeinsam führten sie Sandra zum Hoteleingang zurück, neben dem eine Bank stand. Nele befahl ihrer Schwester, sich zu setzen. Sandra war weiß wie ein Gespenst, und Nele sorgte sich um sie.

»Hast du heute schon etwas gegessen oder Kaffee getrunken?«, fragte Nele.

Sandra schüttelte den Kopf. »Dafür war heute Morgen keine Zeit. Ich war spät dran.«

»Herr Hellenbrand, bitte bleiben Sie kurz bei meiner Schwester, während ich ihr etwas zum Frühstück hole«, wies sie den Gutsverwalter an. Es war ihm anzusehen, dass es ihm nicht recht war. Doch seltsamerweise widersprach er nicht.

»Nele, ich habe keine Zeit. Heute Abend feiert im Saal eine Gesellschaft. Da gibt es noch viel vorzubereiten …«, wollte Sandra sie zurückhalten.

»Keine Widerrede. Du wartest hier auf mich. Danach wird dir nicht mehr so flau sein und die Arbeit sicher leichter von der Hand gehen.«

Ihre Schwester blieb brav auf der Bank sitzen, bis Nele mit einem belegten Brötchen und einem Becher Kaffee zurückkehrte.

»Und wer kümmert sich nun um den Stall?«, fragte Hellenbrand ungehalten, der ebenfalls gewartet hatte.

Nele blickte zu Sandra, die ihren Kaffee schlürfte und hinter der gerunzelten Stirn zu grübeln schien.

»Offen gestanden …«, begann sie und stockte.

»Das mache ich«, antwortete Nele bestimmt.

Ihre Schwester hatte schon genug zu tun.

Sandra sah erstaunt auf.

»Sie?« Hellenbrand lachte verächtlich.

»Ja, ich kümmere mich darum«, bestätigte Nele mit fester Stimme.

Ich werde es allen zeigen, dass ich es kann!

»So wie damals auf Moorland?«

»Das lassen Sie mal meine Sorge sein«, antwortete Nele in schneidendem Ton.

Ihr wurde sofort klar, dass er auf die damalige unselige Episode anspielte, bei der sie ihre Pflichten auf Rosenhagen vergessen hatte, für ein amouröses Erlebnis mit Marius.

Der Gutsverwalter hatte immer etwas an ihr auszusetzen gehabt. Die mieseste Arbeit auf dem Gut hatte er ihr damals aufgetragen, mit Rückendeckung ihres Vaters. Wie jetzt auch wieder.

»Damit dir endlich einmal die Flausen ausgetrieben werden und du verstehst, was Verantwortung bedeutet, wirst du ab heute mehr Aufgaben auf dem Gut übernehmen«, hatte der Vater erklärt.

Doch mit siebzehn war sie lebenshungrig gewesen und hatte vor Unternehmungsgeist nur so gesprüht. Das Leben auf Rosenhagen war für sie ein Korsett aus Konventionen und familiären Verpflichtungen gewesen. Immer nur Arbeit und Pflichten. Überall war die drückende Stimmung auf dem Gut zu spüren gewesen. Nele hatte darauf gepfiffen. Immer länger war sie dem Gut ferngeblieben. Nach und nach hatte sie sich mehr von ihrer Familie entfernt.

Jetzt, nach Jahren, hatten Sandra und sie wieder zueinander gefunden, und Nele hatte begriffen, wie viel ihr das eigentlich bedeutete.

»Ich kümmere mich um Ersatz. Versprochen«, wandte sie sich an ihre Schwester.

Sandra nickte. »Danke, Nele.«

Nele fühlte sich nach der kurzen Nacht fit genug für die Stallarbeit. Heute würde sie sich parallel um geeigneten Ersatz kümmern. *Wenn ich doch nur schon eine Idee hätte!*

Hellenbrand brummte etwas, bevor er sich umwandte und davonging. Die Erinnerungen an diese unselige Episode waren wieder gegenwärtig. Marius Hensel war Neles flüchtige Affäre gewesen. Leider waren sie damals von Helga Koopmann beim Knutschen im Heu in flagranti erwischt worden, was Marius die Stellung auf Gut Moorland gekostet hatte. Der Tratsch hatte in Suderdorf schnell die Runde gemacht. Die meisten hatten in ihr die Schuldige gesehen, die den fleißigen Marius verführt hatte. Sie hatte sich nirgends mehr willkommen gefühlt.

Nele blieb bei Sandra, bis diese das belegte Brötchen verspeist und den Kaffee getrunken hatte. Dann begab sie sich zum Umziehen in ihr Zimmer. Vor der Tür des Gästezimmers hielt sie inne und lauschte. Nichts war zu hören. Ob es Joris gut ging? Sie wollte sich vergewissern und öffnete die Tür. Seine gleichmäßigen Atemzüge verrieten, dass er tief und fest schlief.

Anschließend ging sie in Arbeitskluft mit den Hunden zum Reitstall. Außer ihr war nur eine Praktikantin dort. Didi hatte sich für diese Woche krankgemeldet, und die anderen halfen Hellenbrand. Nele krempelte die Ärmel hoch.

Heute ging ihr die Arbeit leichter von der Hand. Gegen Mittag waren alle Boxen fertig, bis auf die des Ponys. Das kreiste aufgeregt in der Box und trat gegen die Wände. Nele schaute zum Stallfenster hinaus. Der Himmel war strahlend blau, ohne ein Wölkchen. Es roch nach frisch gemähtem Gras und Kräutern, die die Hotelküche bereicherten.

Nele schüttelte den Kopf. Den ganzen Tag lang verbrachte das Pony im Stall. Allein. Nele hatte Mitleid mit dem Tier. Sie sah sich um. Die Praktikantin war nach Hause gefahren. Niemand außer Nele befand sich im Stall. Entschlossen halfterte Nele das Pony auf und führte es in den angrenzenden Paddock. Voller Lebensfreude trabte es in der warmen Spätsommersonne. Während es draußen war, mistete Nele die Box aus. Als sie damit fertig war, holte sie das Tier wieder hinein.

Gegen Mittag kam ein Mädchen in den Stall. Nele schätzte sie auf fünfzehn, vielleicht auch jünger. Selbstbewusst schritt sie durch die Stallgasse. Ihr blonder, geflochtener Zopf reichte bis zum Gesäß und schaukelte bei jedem Schritt hin und her. Nele erkannte auf den ersten Blick, dass der Reitdress des Mädchens von einer exklusiven Marke stammte. Die ledernen Reitstiefel glänzten, als wären sie neu. Ein hübsches Mädchen, fand Nele. Aber ihr Blick war herablassend und kühl.

»Hallo«, begrüßte Nele sie freundlich.

Die Hunde hingegen knurrten sie an.

»Hunde haben hier im Stall nichts zu suchen«, sagte das Mädchen. »Und schon gar nicht ohne Leine.«

Die Kritik ärgerte Nele. Bobby und Benny hatten sich immer und überall tadellos benommen.

»Die beiden sind absolut brav und tun niemandem was«, verteidigte sie ihre Vierbeiner.

»Ach ja?« Sie stützte eine Hand in die Hüfte, taxierte Nele und rümpfte anschließend die Nase. »Bist du etwa die neue Stallhilfe?«, fragte sie.

»So ungefähr«, antwortete Nele ausweichend und verkniff sich ein Grinsen. Unterm Arm des Mädchens klaffte ein Loch im Reitshirt, das so gar nicht zu dem exklusiven Reitdress passte. *Es gab eben keine Perfektion.*

»Dann solltest du ja wohl wissen, dass die Box von Bella Donna für dich tabu ist«, fuhr das Mädchen fort. »Ich werde Herrn Hellenbrand sagen, dass du dich nicht an die Regeln hältst. Er ist nämlich der Gutsverwalter hier.«

Der überhebliche Tonfall des Mädchens missfiel Nele.

»Tu, was du nicht lassen kannst. Warum geht denn dein Pferd eigentlich nicht mit den anderen auf die Weide?«, fragte Nele ruhig.

»Das geht dich gar nichts an«, antwortete sie schnippisch. Der freche Ton machte Nele so wütend, dass sie das Mädchen am Arm packte. »Höflichkeit ist wohl ein Fremdwort für dich!«

Die versuchte sich loszureißen.

»Hey, was soll das? Lassen Sie mich los!«, rief sie.

»Erst hörst du mir zu …«, forderte Nele.

»Lassen Sie Leila sofort los!«, schallte Hellenbrands Stimme durch den Stall.

»Sie hat Bella Donna einfach aus der Box genommen«, petzte Leila und zeigte auf Nele. »Und die Tür hat sie auch nicht richtig geschlossen. Das Mädchen deutete auf den Riegelverschluss an der Pferdeboxentür.

»Stimmt das? Haben Sie das Pferd aus der Box gezerrt?«, fragte Hellenbrand gefährlich leise.

»Ich habe es nicht … herausgezerrt, sondern herausgeführt!«, verteidigte sich Nele. »Und die Tür dann auch wieder richtig geschlossen.«

Bobby und Benny knurrten und fletschten die Zähne, als Hellenbrand wütend einen Schritt auf sie zutrat.

»Vorsicht«, mahnte Nele ihn.

»Nehmen Sie die verdammten Köter zurück!«, forderte er.

Hellenbrands Mundwinkel zogen sich nach unten. Dann betrat er die Box und schaute sich das Pferd an.

»Was soll denn das? Was machen Sie da?«, fragte Nele den Gutsverwalter.

»Da haben Sie noch mal Glück gehabt, dass der Hinterlauf nicht wieder geschwollen ist«, fuhr er sie an. »Halten Sie sich zukünftig an meine Anweisungen.«

Er hatte es geschafft, Nele tatsächlich Schuldgefühle zu vermitteln. Dabei müsste er sie haben, da er das Pferd den ganzen Tag einsperrte. Nichts hatte sich geändert.

Nur zu gut erinnerte Nele sich daran, dass er sie einst einen lockeren Vogel genannt hatte. Wegen der Geschichte mit Marius.

»Die Gefahr, dass das Pony sich beim Kreiseln in der Box verletzt, ist viel größer. Das Pferd braucht Auslauf und einen Artgenossen.«

»Ach, wirklich? Sind Sie jetzt auf die Schnelle zur Pferdeexpertin mutiert und glauben, mich belehren zu müssen? Wenn Sie einmal genauer hinsehen, würden Sie die Verletzung am Hinterbein bemerken.«

Tatsächlich erblickte sie beim näheren Hinsehen innen am Röhrbein einen rosa Wulst. Himmel! Wie hatte sie das nur übersehen können?

Hellenbrands Miene war undurchdringlich. Leila stand mit verschränkten Armen neben ihr und lächelte triumphierend. Nele schluckte, als ihr Blick zum Pony glitt. In ihr regte sich das schlechte Gewissen.

»Weshalb haben Sie mich nicht informiert, dass das Pony verletzt ist?« Nele stemmte die Hände in die Hüften und funkelte den Gutsverwalter aufgebracht an.

»Warum haben *Sie* nicht nach dem Grund gefragt, als Didi Sie angewiesen hat, das Pony in der Box zu lassen?«

»Hab ich doch. Aber er wusste es selbst nicht«, erwiderte sie.

Nele warf sich insgeheim vor, Hellenbrand nicht gefragt zu haben. Sie spürte, wie ihre Kehle eng wurde und ihre Wangen glühten.

Es war wie damals, als sie sich für jede Entscheidung hatte rechtfertigen müssen und Hellenbrand wie auch ihr Vater es immer so hingestellt hatten, als lägen die Fehler einzig bei ihr.

»Ich kann nicht verstehen, dass Ihre Schwester Sie eingestellt hat. Sie sind inkompetent und obendrein fahrlässig. Ich werde diesen Vorfall Ihrem Vater und Ihrer Schwester melden. Komm, Leila. Ich fahre dich jetzt nach Hause.«

Das Mädchen warf Nele einen hämischen Blick zu, bevor sie mit dem Gutsverwalter den Stall verließ.

Seufzend sank Nele auf einen der Strohballen. Bobby und Benny drückten sich tröstend an sie.

Kurz erwog Nele, das Gut so schnell wie möglich wieder zu verlassen. Doch dann sagte sie sich erneut, dass ihr Vater und auch Hellenbrand nur auf eine Kapitulation ihrerseits warteten.

Nele fühlte sich erschöpft und sehnte sich nach einer Dusche. Auch wenn es erst drei Uhr war, machte sie jetzt Feierabend. Hellenbrand konnte froh sein, dass die Arbeit erledigt worden war.

Die Hunde hingegen schienen unerschöpfliche Energie zu besitzen. Sie entließ die beiden in den Garten des Gutshauses, während sie ins Haus ging.

Als sie die Diele betrat, hörte sie gedämpfte Stimmen im Herrenzimmer. Das weckte ihre Neugier. Nele schlich auf Zehenspitzen zur Tür und linste vorsichtig durch den Spalt. Ihr Vater saß hinter dem Schreibtisch, die Ellbogen auf die Platte gestützt. Auf der anderen Seite saß sein Gutsverwalter. Immerhin würde der nicht bemerken, dass sie die Arbeit früher beendet hatte. Sicher hatte er sich beim Vater über sie beschwert. Sie war gespannt, was er zu sagen hatte.

»Immer diese Koopmanns! Als wenn ich nicht schon genug Probleme hätte«, hörte sie ihren Vater sagen.

Zu dumm, dass ich den Gesprächsanfang verpasst habe!

»Welche Probleme meinen Sie?«, hakte Hellenbrand nach.

»Sandra lässt die Vergangenheit einfach nicht ruhen. Hat Kontakt zu diesen Willharts. Die haben immer zu Esther gehalten und an meinem Vater und mir nie ein gutes Wort gelassen. Aber Sandra will davon nichts hören. Sie will nur die Wahrheit! Aber die ist mit meiner Mutter begraben worden.«

Seufzend stützte ihr Vater den Kopf in die Hände. »Sie will nicht auf mich hören. Und jetzt auch noch Nele …«

Als ihr Name fiel, spitzte Nele die Ohren.

»Ganz anders als Sandra hat sie mir immer nur Probleme bereitet. Wie meine Mutter, die auch nichts von der Arbeit auf dem Gut hielt, sondern nur Spaß im Leben haben wollte. Mit Männern und Festen. Nele hat nicht mal einen vernünftigen Schulabschluss. Es wäre besser, sie wäre nie hierher zurückgekehrt.«

Die Worte ihres Vaters trafen sie tief. Ja, früher hatte sie keine Party ausgelassen. Die Arbeit auf dem Gut hatte sie nicht interessiert. Erst die Erfahrungen hatten sie gelehrt, dass Freizeit und Feiern nicht alles bedeuteten.

»Ihre Tochter Nele braucht vielleicht ein wenig Strenge und Grenzen. Aber seien Sie nicht zu hart zu ihr. Immerhin hat sie heute freiwillig die Stallarbeit übernommen. Und das, nachdem sie mit den Hunden über deine Herde gewacht hat. Gut, sie macht einige Fehler wie den mit dem Pony. Aber jeder verdient eine zweite Chance.«

Dass Hellenbrand für sie Partei ergriff, überraschte Nele,

besonders nach der Auseinandersetzung mit ihm vorhin. Andererseits hatte er sie auch vor Helga Koopmann und ihrem Gefolge gewarnt. Hatte sie ihn in all den Jahren verkannt?

»Das hält nicht lange an, das werden Sie sehen. Dann schmeißt sie wieder alles hin. Warum kann sie nicht einfach wie ihre Schwester sein und sich für die Arbeit auf unserem Gut oder im Hotel interessieren? Stattdessen ist sie rastlos … Nein, Hellenbrand, sie ist wie ihre Großmutter. Die haben nie hierhergehört.«

»Vielleicht irren Sie sich. Ich glaube, sie hat sich verändert. Ist reifer geworden.«

Und das aus dem Mund des Gutsverwalters! Nele kam aus dem Staunen nicht heraus.

»Nele und verändert? Das glauben Sie doch selbst nicht.«

»Nehmen Sie es mir nicht übel, Herr Gercke, jetzt reden Sie schon wie Ihr Vater. Frauen wie Ihre Mutter oder Nele können Sie nicht mit aller Gewalt in eine Form pressen. Vielleicht wenn Ihr Vater mehr Verständnis für Ihre Mutter gezeigt hätte, wäre das alles …«

»Seien Sie still! Das ist Schnee von gestern«, fiel ihr Vater dem Gutsverwalter ins Wort.

»Wie Sie meinen«, gab Hellenbrand nach.

Nie hätte Nele geglaubt, dass der Gutsverwalter so darüber dachte.

»Gleichgültig wie schwer die Arbeit ist, geben Sie sie ihr. Irgendwann wird sie kapitulieren.«

Nele hatte genug gehört. Die Worte des Vaters hatten sie verletzt. Er wollte sie dazu bringen, Rosenhagen für immer zu verlassen.

25.

Es war Joris peinlich, dass Nele ihn nach dem Albtraum erlebt hatte. Wahrscheinlich glaubte sie ebenfalls, dass er verrückt sei und auf die Couch eines Therapeuten gehörte. *Wenn ich doch diese verfluchten Träume abstreifen könnte!*

Ein Kleidungsstück, das unbequem war, sortierte man aus und entsorgte es in der Altkleidersammlung. Aber die Träume waren wie Parasiten, die sich in seinem Hirn festgesetzt hatten.

Nele hatte nicht erschrocken gewirkt, sondern sich verständnisvoll gezeigt.

An Lisas Verhalten hatte ihn damals am meisten geschmerzt, dass sie ihn steif wie eine Puppe umarmt hatte und bei jeder Berührung zusammengezuckt war. Neles Umarmung hatte ihm hingegen Trost gespendet und ihn beruhigt. Mehr noch, er hatte intensiv ihren anschmiegsamen Körper an seinem gespürt. Eine Flut prickelnder Erregung war durch seine Blutbahnen geflossen, die schlagartig verschwand, als sie ihn nach dem Inhalt des Albtraumes gefragt hatte. Er konnte einfach nicht darüber reden. Joris musste ein Leben lang mit der Schuld leben.

Er schlug die Hände vors Gesicht, denn er fühlte sich elend und ausgebrannt. Die lauten Geräusche, die durchs geöffnete Fenster von draußen hereindrangen, verschlimmerten es nur. Seine Hände zitterten. Wieder hörte er die Schüsse auf den Straßen Afghanistans. Jeden Moment hatten sie mit einem Angriff rechnen müssen. Einer seiner Kameraden war mit einem Selbstmordattentäter gestorben, der sich in die Luft gesprengt hatte. Um die Bilder aus dem Kopf zu bekommen, brauchte Joris Stille, Einsamkeit und die Natur. Er sehnte sich nach dem Blockhaus. Doch die Verantwortung für die Schafherde hielt ihn beim Gut fest.

Sein Hausarzt hatte ihm ein Schlafmittel verschrieben. Die Tabletten schlummerten im Rucksack. Er hatte auf sie verzichtet, weil er danach immer müde gewesen war. Über diese Gedanken schlief er schließlich ein.

Joris erwachte am frühen Nachmittag. Um halb drei ging er auf den Flur und klopfte bei Nele an. Als sie nicht antwortete, gehörte das Bad ihm.

Nach einer ausgiebigen Dusche lief er zum Hotel. Sandra hatte ihnen freie Verpflegung zugesichert. Sein Magen knurrte, er hatte einen Mordshunger. Die mollige Brünette an der Rezeption bat ihn, einen Moment in der Lobby zu warten.

»Bei uns wird alles frisch zubereitet«, erklärte sie und lächelte schüchtern. »Es dauert ungefähr eine Viertelstunde.«

Joris nickte. »Ich warte draußen und werde pünktlich wieder hier sein«, versprach er.

Der Sonnenschein lockte ihn hinaus in den Hotelgarten. Auf der Terrasse hatten sich einige Gäste zum Kaffee eingefunden. Weil er lieber allein sein wollte, lief er an ihnen vorbei über die gepflegte Rasenfläche zum abgeschiedenen Teil des Gartens und setzte sich auf eine Bank neben dem Brunnen. Das sanfte Plätschern des Wassers besaß etwas Beruhigendes. Singvögel flogen heran, um vom Brunnenwasser zu trinken. Diese Ecke des Gartens hatte ihn bereits am ersten Tag verzaubert. Ein gepflasterter Weg aus quadratischen Granitsteinen umrundete den Brunnen und führte entlang der bunt blühenden Blumenrabatten bis zum Rasen. In der Mitte des gepflegten Grüns lag ein mit Heide bepflanztes Beet, das das Denkmal eines bekannten Heidemalers umspielte. Zwei schmale Säulenwacholder rahmten zu beiden Seiten das steinerne Monument ein. Joris hatte die Landschaftswerke des Künstlers an den Hotelwänden bewundert. Der Anblick dieses Gartenteils glich selbst einem Gemälde.

Durch eine lichte Stelle in der Eibenhecke, die den Garten einfriedete, konnte er den Parkplatz und die Bushaltestelle sehen, die eigens für die Ausflügler ins Sudertal gebaut worden war. Sandra Gercke hatte mit ihrer Idee des Naturtourismus im Landschaftsschutzgebiet in einem Hotelwettbewerb gewonnen. Joris hatte bereits an einer von Herbert Willhart geleiteten Führungen teilgenommen. Er hatte dem Rentner angemerkt, mit wie viel Herzblut er versuchte, allen die Geheimnisse der Natur zu vermitteln. Joris hatte sich die Ausflugs-App mit den Terminen aufs Handy heruntergeladen. So wusste er, dass von Montag bis Mittwoch keine Touren stattfanden. Deshalb war er erstaunt, als er durch die Hecke erblickte, wie plötzlich erst ein und dann noch ein zweiter Wagen auf dem Parkplatz hielten. Er wollte erst aufstehen und den Fahrern mitteilen, dass es heute keine Ausflugstour geben würde, bis er den Geländewagen genauer betrachtete. Ein ungutes Gefühl beschlich ihn. Er kniff die Augen zusammen, um die Silhouette des Fahrers zu erkennen. Seine Vermutung bestätigte sich. Es war einer der Männer aus dem Tross von Helga Koopmann, die Dr. Larsen unbedingt hatten »sprechen« wollen. Aus der Limousine stieg ein kleinerer Mann mit Halbglatze und Brille. Auch wenn er nicht neulich Helga Koopmann zur Hütte des Wolfsforschers begleitet hatte, kam er ihm bekannt vor. Joris regte sich nicht hinter der Hecke und belauschte deren Gespräch.

»Warum treffen wir uns ausgerechnet hier?«, fragte der Bullige aus dem Geländewagen mit gedämpfter Stimme und sah sich um, als befürchte er, beobachtet zu werden.

»Weil heute keine Ausflugsfahrten stattfinden und wir unter uns sind«, antwortete der mit der Halbglatze. »Außerdem treffe ich anschließend im Hotel eine Handvoll Mitglieder aus dem Gemeinderat.«

»Du hast ja Nerven! Wenn der Gercke rauskriegt, dass du gegen ihn unter seinem Dach intrigierst, schmeißt er dich raus«, gab der Bullige zu bedenken.

»Die anderen halten dicht. Habt ihr dem Förster Druck gemacht? Der Wolf muss weg, und zwar schnell, bevor die Bauern Zahlungen von der Gemeinde für das gerissene Vieh fordern.«

»Keine Sorge, alles in trockenen Tüchern. Er ist zum Abschuss frei«, beruhigte ihn der Bullige.

»Und Larsen?«

»Der kriegt eine dicke Abfindung für sein Projekt. Also alles geklärt.«

Joris horchte auf. Sollte das wirklich wahr sein? Er hätte Larsen niemals als bestechlich eingeschätzt. Sollte er sich so in dem Forscher geirrt haben?

»Und was ist nun mit den Wiesen? Hast du herausbekommen, welcher Anwalt Gercke vertritt?«, fuhr der Bullige fort.

Friedrich Gerckes Worte, dass die Klosterwiese auch zum Gut gehören würde und die Dokumente gefälscht seien, waren Joris deutlich im Gedächtnis geblieben. War er etwa dabei, gegen die Gemeinde zu klagen?

Der mit der Halbglatze zuckte mit den Achseln. »Einer aus Uelzen, habe ich gehört.«

Eine Weile blieben sie schweigend stehen. Der Bullige steckte sich eine Zigarette an und schien über etwas nachzugrübeln.

»Wird Helga die Ruine wirklich wegreißen?«, fragte er.

»Ich denke schon. Sie ist ein Schandfleck. Außerdem

weckt sie in Helga nur unangenehme Erinnerungen. Ich habe übrigens dem Abriss schon offiziell zugestimmt.«

Joris hatte sich also nicht geirrt, dass er den Mann mit der Halbglatze aus dem Ort kannte. Aus dem Rathaus.

»Na, dann. Und was hat sie mit dem Stück Land vor?«, hakte der Bullige nach.

»Wenn ich sie richtig verstanden habe, will sie …« Der Mann verstummte abrupt, als sich ihnen plötzlich ein Pärchen näherte, das vermutlich einen Spaziergang unternahm. Die beiden Männer steckten die Köpfe zusammen.

Insgeheim verfluchte Joris die beiden, weil er nun nicht erfahren würde, was Helga Koopmann mit dem Land des einstigen Schafhofes plante.

»Es wäre besser, wenn uns niemand hier zusammen sieht«, flüsterte der mit der Halbglatze und stieg hastig in seinen Wagen. »Unser Gespräch hat nie stattgefunden. Verstanden?«, sagte er zu dem Bulligen, bevor er die Wagentür zuzog.

»Ja, alles klar«, antwortete sein Gegenüber, bevor auch er in seinen Geländewagen stieg. Anschließend fuhren beide davon, der Bullige in Richtung Suderdorf, während der Mann mit der Halbglatze seine Limousine auf dem Gutshof parkte.

Was würden Nele und ihre Familie zu diesen Informationen sagen? Joris war fest entschlossen, den Gerckes davon zu berichten.

Es war zu schade gewesen, dass das Gespräch zwischen den beiden Männern abgebrochen worden war. Zu gern hätte er mehr erfahren. Die verwitterten Mauern waren einst das Paradegut der Koopmanns gewesen, das mit Erinnerungen verknüpft war. Viele Jahre hatte es einem Mahnmal gleich im Wald gestanden. Nun sollte die Ruine abgerissen werden. Aus welchem Grund? Von Friedrich Gercke wusste er, dass Helga Koopmann im vergangenen Jahr einen größeren Golfplatz hatte bauen wollen. Im Sudertal. Sandras von Sponsoren gefördertes Naturschutzprojekt hatte das letztendlich verhindert.

Ganz in Gedanken versunken, zuckte Joris zusammen, als ihm jemand auf die Schulter tippte.

»Herr Münster? Ich habe Sie schon überall gesucht, um Ihnen zu sagen, dass Ihr Essen fertig ist.« Eine junge Frau mit blonden, kurzen Haaren stand vor ihm. Auf dem Revers ihres dunkelblauen Hotelkostüms war in Rot und Grün das Emblem *Heidehotel Rosenhagen* gestickt.

»Möchten Sie drinnen oder draußen speisen?«, fragte sie freundlich.

»Weder noch. Könnten Sie es mir bitte einpacken? Ich muss leider gleich zurück zu meinen Schafen.«

Vorher jedoch wollte er unbedingt seinem Chef von dem Gespräch berichten.

»Aber sicher. Einen Moment bitte. Wollen Sie so lange vor dem Haupteingang warten?«

»Ist Herr Gercke zufällig jetzt in seinem Büro?«

»Leider nein. Wir haben ihn heute noch nicht gesehen. Vielleicht ist er im Gutshaus drüben. Oder wollen Sie vielleicht mit seiner Tochter sprechen?«

»Nein, danke. Ich muss etwas mit ihm selbst klären. Privater Natur«, versicherte Joris.

Aus der Tüte stieg Joris ein verführerischer Duft in die Nase. Er hob den Deckel des Einweggeschirrs an, nahm sich eines der frisch gebackenen Apfel-Pfannküchlein und aß es sofort. Auf dem Weg zum Gutshaus nippte er am Kaffee in einem metallenen Thermobecher.

Er schloss die Eingangstür des Gutshauses auf und wollte zum Herrenzimmer laufen, in dem ihn sein Chef sonst meistens empfing. Aber so weit kam er nicht.

Als Joris ins Haus trat, prallte er mit Nele zusammen, die mit verschmutzter Kleidung und einigen Strohhalmen im Haar aus dem unteren Flur die Treppe ansteuerte. Sie wirkte verärgert.

Wie schon am Morgen schwappte der Kaffee aus seinem Becher und hinterließ braune Flecken auf den hellen Fliesen.

»Pass doch auf!«, herrschte Nele ihn an. Jetzt sah er, dass der Kaffee auch auf ihr Shirt gespritzt war.

»Entschuldige«, sagte Joris.

»Ja, in Ordnung«, gab sie nach. »Ist da was zu essen drin?« Sie tippte mit dem Finger gegen das Papier. »Ich habe vielleicht einen Kohldampf.« Sie leckte sich über die Lippen.

»Das ist mein Frühstück. Ich teile mit dir«, bot er an, »wenn du mir verrätst, wo dein Vater ist.« Ihre Miene verdüsterte sich.

»Was willst du denn von ihm?«, fragte sie.

»Ich habe zufällig ein Gespräch mit angehört und wollte mit ihm darüber reden.«

»Worum ging es denn da?«

Joris stöhnte innerlich auf.

»Darüber möchte ich erst mit deinem Vater reden. Ist er nun da oder nicht?«

»Guck nach.«

Er sah, dass es in ihren Augen feucht schimmerte. Nele war verletzt.

Sie wollte an Joris vorbei zur Treppe, aber er hielt sie fest.

»Möchtest du mir vielleicht erzählen, was zwischen euch vorgefallen ist, wenn wir uns die Pfannkuchen teilen?«

»Meinetwegen«, antwortete sie und starrte gierig auf die Tüte.

Dann leckte sie sich über die Lippen. »Ich muss erst mal den Stallgeruch abduschen und was anderes anziehen.« Sie deutete auf den Fleck auf ihrem Shirt. »Kochst du währenddessen Kaffee? Ich muss ja noch lange wachbleiben«, sagte sie und lief die Treppe hinauf.

»Kein Problem!«, rief Joris ihr hinterher.

Joris ging in die Küche des Gutshauses und beschäftigte sich mit dem Kaffeeautomat. Er war dankbar für die Ablenkung, denn seine Gedanken kreisten ständig um Nele, die oben nackt unter der Dusche stand. *Denk nicht dran!*

Das Essen war großzügig bemessen und reichte locker für zwei. Nele und Joris saßen in der Küche des Gutshauses und aßen die leckeren Pfannkuchen.

Neles rotblonde Locken waren noch feucht vom Duschen. Immer wenn sie sich bewegte, wehte ihr Duft zu ihm herüber. Der Kokosduft sensibilisierte seine ohnehin schon aufgewühlten Sinne noch mehr. Wie gern hätte er in diesem Augenblick an ihr geschnuppert. Stattdessen saß er verkrampft am Tisch und war stets darauf bedacht, sie nicht zu berühren.

Gierig langte Nele zu. Er hatte noch nie eine Frau gesehen, die so viel verspeisen konnte wie sie und dennoch eine Traumfigur besaß. Beim Essen berichtete Nele vom Gespräch zwischen ihrem Vater und dem Gutsverwalter. Deutlich spürte Joris, wie sehr es sie verletzt hatte, dass ihr Vater bestrebt war, sie loszuwerden. Tröstend wollte er ihre Hand nehmen. Er griff über den Tisch, bis seine Hand über ihrer schwebte. Doch dann zog er im letzten Augenblick den Arm zurück.

»Du solltest dir das nicht so zu Herzen nehmen«, riet er ihr. »Manchmal rutscht einem aus Ärger was heraus, was man nicht so gemeint hat.«

»Das hat er aber so gemeint«, widersprach Nele und zog ein trotziges Gesicht.

»Das Schicksal hat deinen Vater verbittert, und mit seiner Gesundheit steht es auch nicht zum Besten. Erst neulich ging es ihm nicht gut. Aber er hat deiner Schwester und mir verboten, einen Arzt zu rufen. Wenn du deiner Großmutter wirklich ähnlich siehst, wie du mir eben gesagt hast, dann wird er durch dich immer wieder an die Zeit erinnert, in der er seine geliebte Mutter verloren hat und durchlebt den Schmerz jedes Mal aufs Neue.«

Nele wirkte nachdenklich.

»Vielleicht hast du recht. So habe ich das noch nicht gesehen«, antwortete sie leise.

Eine Weile saßen sie schweigend da und schauten durchs Fenster den Hunden zu, die im Garten miteinander balgten. Nele schien in Gedanken weit entfernt zu sein.

»Das mit deinen Albträumen … hast du das schon lange?«, fragte sie.

Er hätte wissen müssen, dass sie nicht lockerließ.

»Ein paar Jahre«, gestand er. Tief in seinem Innern spürte er, dass er noch immer nicht dazu bereit war, über die Ereignisse, die zu seinem Trauma geführt hatten, zu sprechen.

Nele sah ihn forschend an.

»Bitte frag nicht, Nele. Ich kann einfach nicht darüber reden. Mit niemandem.«

»Verstehe«, antwortete sie traurig. »Eines Tages vertraust du dich hoffentlich dem Mann an, den du liebst.«

Der warme Ausdruck in ihren Augen ließ sein Herz schneller pochen.

Es war an der Zeit, richtigzustellen, dass er nicht schwul war.

»Nele, bitte, ich muss dir was sagen …«, begann er und suchte nach den passenden Worten. Er fühlte sich mies, weil er sie die ganze Zeit über angelogen hatte.

Gerade als er sich ihr erklären wollte, hörten sie Schritte in der Diele.

Friedrich Gercke stand auf der Küchenschwelle und

blickte von einem zum anderen. Aus seiner Miene war erkennbar, dass er ihr gemütliches Beisammensein nicht billigte. Immerhin war Joris sein Angestellter und nicht der Freund seiner Tochter.

»Wollten Sie nicht schon längst wieder bei den Schafen sein, Münster?« Joris entging nicht der verärgerte Unterton seines Chefs.

»Ich habe per Zufall ein Gespräch belauscht und wollte mit Ihnen reden, Herr Gercke. Unter vier Augen«, rechtfertigte sich Joris.

»Kommen Sie mit.« Mit einer Kopfbewegung bedeutete Friedrich Gercke Joris, ihm zu folgen.

»Also, was gibt's?«, fragte er, nachdem er die Tür des Herrenzimmers hinter ihnen geschlossen hatte. Er sank in den Sessel neben dem Schreibtisch.

Da berichtete Joris ihm von dem Gespräch, das er im Hotelgarten belauscht hatte.

»Und Sie sind sich sicher, dass der Kerl mit der Limousine ein Amt in der Gemeinde bekleidet?«

»Ziemlich sicher«, bestätigte Joris. »Ich habe ihn des Öfteren vor dem Rathaus gesehen. Und er soll den Abriss der Schafhofruine bewilligt haben.«

»Emil Habermann. Das kann nur er sein. Er ist unter anderem für Baudenkmäler zuständig. Ich habe ihn vorhin im Restaurant gesehen. Es war richtig, dass ich heute meinen Anwalt besucht habe.«

»Wegen der Wiesen?«, fragte Joris.

Friedrich Gercke nickte.

»Die Klosterwiese und zwei Wiesen auf der anderen Seite des Waldes gehören seit Urzeiten zu Rosenhagen. Ich habe Dokumente, die das beweisen.«

»Also Auszüge aus dem Grundbuch? Aber dann ist doch Ihr Anspruch auf die Wiesen gesichert.«

»Leider nicht. Die Auszüge in meinem Besitz sind von Anfang des zwanzigsten Jahrhunderts, als meine Vorfahren Rosenhagen gebaut haben. Ich habe immer angenommen, dass diese Ländereien auch weiterhin zum Gut gehören. Schließlich sieht man nicht jedes Jahr in die Grundbuchakten. Als die Koopmann im vergangenen Herbst zur Bürgermeisterin gewählt wurde, war sofort klar, dass sie versuchen würde, uns Steine in den Weg zu legen. Anfang des Jahres kam ein Schreiben, in dem sie Pacht für die Nutzung der Wiesen verlangt hat. Für unsere eigenen Wiesen! Ich habe natürlich nicht bezahlt und das Schreiben zerrissen. Daraufhin erhielt ich ein Mahnschreiben. Ich habe ihr dann geschrieben, dass ich keine Pacht für mein eigenes Land zahle. Irgendwann hat sie mir dann Grundbuchauszüge vorgelegt, in denen als Eigentümer der Wiesen die Gemeinde benannt ist.«

»Hat denn Ihr Vater die Wiesen vielleicht doch verkauft?« Kaum hatte Joris die Frage an seinen Chef gerichtet, bereute er das.

»Niemals!«, brüllte Gercke. »Kurz vor seinem Tod hat er mit mir noch über das Erbe gesprochen. Er hätte mir gesagt, wenn er etwas verkauft hätte.«

»Aber wenn er es vergess…?«

»Mein Vater war bis zum letzten Atemzug im Vollbesitz seiner geistigen Kräfte«, fiel Gercke Joris aufgebracht ins Wort. »Ich bin felsenfest davon überzeugt, dass die Eintragungen bewusst gelöscht wurden. Mit Sicherheit von den Koopmanns. Doch ich habe keine Beweise.«

»Sicher haben Sie den Anwalt wegen der Akteneinsicht eingeschaltet«, schloss Joris.

»Genau. Ich bin in der Pflicht zu beweisen, dass die Umschreibung nicht rechtens ist. Das Schreiben kam heute von der Gemeinde, zusammen mit dieser Einladung.« Friedrich

Gercke stand auf und ging zu seinem Schreibtisch. Aus einer der Schubladen zog er ein Schreiben heraus und reichte es Joris.

»Das kann doch nicht wahr sein!«, rief Joris empört und sah Friedrich Gercke an.

»Wenn es hart auf hart kommt und ich nichts beweisen kann … muss ich die Schafe verkaufen.«

Joris wurde übel. Endlich hatte er sich an einem Ort wohlgefühlt. Es hatte so ausgesehen, als könne er hier das Trauma hinter sich lassen. Das Schicksal konnte doch nicht so grausam sein und ihm diese Chance nehmen.

26.

Das flaue Gefühl in Neles Magen wuchs. Es musste etwas Wichtiges sein, weshalb Joris auf ihren Vater gewartet hatte. Wie geheimnisvoll er getan hatte. Sie hielt es in der Küche nicht mehr aus und schlich zum Herrenzimmer, wo sie die beiden vermutete.

Nele hockte sich hin und spähte durchs Schlüsselloch. Ihr Vater saß im Sessel, Joris konnte sie nicht sehen. Zum zweiten Mal belauschte sie an diesem Tag ein Gespräch ihres Vaters.

»Wenn es hart auf hart kommt und ich nichts beweisen kann ... muss ich die Schafe verkaufen«, sagte ihr Vater. Verkaufen? Sie konnte nicht fassen, was sie da hörte, denn ihr Vater hatte neben Herzblut auch viel Geld in den Aufbau der Herde und in die Zucht investiert. Ein Verkauf der Schafe wäre ein herber Schlag für ihn. Joris würde womöglich seinen Job verlieren und fortgehen. Wie sehr er in der Arbeit mit den Tieren aufging, sah doch ein Blinder. Das Jobangebot war gering. Es würde für Joris schwer werden, eine neue Stelle zu finden.

Wut stieg in Nele auf. Helga Koopmann wollte ihren Vater dort treffen, wo es besonders schmerzte. Auch wenn Nele sich nicht mit ihrem Vater verstand, das konnte sie nicht zulassen.

Aufgebracht stürmte sie ins Zimmer.

»Das kannst du nicht machen, Papa! Die Schafe bedeuten dir doch viel!«, rief sie. Die Köpfe der beiden Männer ruckten herum.

»Du hast gelauscht!«, rief ihr Vater empört.

»Ihr habt so laut gesprochen, dass ich jedes Wort durch

die Tür verstehen konnte«, hielt sie ihm entgegen. Joris' Blick ruhte auf ihr. Sie konnte aus seiner Miene nicht erkennen, was er dachte.

»Deswegen gehen dich meine Gespräche noch lange nichts an!«, fuhr ihr Vater sie an.

»Das sehe ich anders, Papa«, widersprach sie. »Noch sind wir eine Familie.«

»Schön, dass du dich auch mal daran erinnerst.« Es ärgerte sie, wie herablassend er das sagte. Noch dazu in Joris' Gegenwart. Doch jetzt war es klüger, die Spitze zu ignorieren. Helga Koopmann durfte nicht gewinnen und alle Geschehnisse in Suderdorf nach Gutdünken manipulieren.

»Auch wenn du keine Beweise findest, Papa, wir werden eine Lösung für die Schafe finden.« Nele sagte das voller Zuversicht, obwohl auch sie Zweifel hatte.

»Wo willst du sie denn weiden lassen? Im Haus- oder gar im Hotelgarten?«

Ihr Vater nahm sie nicht ernst. Wie immer. Ihre Schwester hätte ihrem Vater geraten, die Herde zu verkaufen. Die ständigen Auseinandersetzungen belasteten zu sehr seine Gesundheit. Doch Nele spürte, dass das ihrem Vater das Herz brechen würde. Und es ging um mehr. Darum, Joris und der Bürgermeisterin zu zeigen, dass sie sich deren Willkür nicht gefallen ließen.

»Natürlich nicht. Papa, du willst doch nicht ernsthaft vor der Koopmann klein beigeben und dich von den Schafen trennen?«

»Nein, verdammt noch mal!« Die Ader an der Schläfe ihres Vaters war angeschwollen, wie immer, wenn er wütend war.

»Gibt es denn noch jemanden im Ort, der das mit den Wiesen bezeugen könnte?«, fragte Joris ruhig.

Nele staunte, wie gelassen der Schäfer blieb, trotz der emotionsgeladenen Stimmung.

»Hellenbrand. Aber das habe ich mit dem Anwalt schon geklärt. Ein Zeuge reicht nicht aus, ein Dokument ist besser«, erwiderte ihr Vater seufzend.

»Es muss doch irgendwie feststellbar sein, wer die Änderungen wann im Grundbuch vorgenommen hat und aus welchem Grund«, sprach Nele ihre Gedanken aus.

»Genau«, stimmte Joris ihr zu. »Um im Grundbuch etwas ändern zu lassen, bedarf es einer vorhergehenden notariellen Beglaubigung, zum Beispiel eines Vertrags.«

»Es gab keinen Vertrag. Wie oft muss ich das noch betonen?«, wehrte ihr Vater ab. »Wenn mein Vater die Wiesen verkauft hätte, wüsste ich das. Noch kurz vor seinem Tod haben wir über die Klosterwiese gesprochen. Weshalb sollte er das getan haben, wenn sie sich nicht mehr in unserem Besitz befunden hätte?«

Die Begründung ihres Vaters klang plausibel. Großvater Anselm war kein Mann gewesen, der irgendwelchen Fantasien nachgehangen hatte. Auch Nele glaubte nicht daran, dass ihr bodenständiger Großvater den Verkauf der Wiesen dem Vater verschwiegen hätte.

»Du hast recht, Papa. Opa Anselm hätte es dir gesagt.« Zum ersten Mal waren Nele und ihr Vater einer Meinung. *Ein seltsames Gefühl.*

»Es muss ja kein Kaufvertrag gewesen sein. Aber vielleicht hat Ihr Vater einen Notar zu irgendetwas befragt«, gab Joris zu bedenken. Nele lächelte Joris an. Sie fand es großartig, dass er ihnen offensichtlich helfen wollte.

Neles Vater schüttelte den Kopf und zog die Stirn kraus. »Nein, nicht dass ich wüsste. Nicht mal ein Testament hat er geschrieben.«

Ihr Vater und Joris diskutierten weiter. Doch ihre Worte zogen ungehört an Nele vorbei. Bei Joris' Hinweis war Nele etwas eingefallen, was sie längst vergessen hatte.

Ihre Gedanken schweiften in die Vergangenheit zurück zu einem bestimmten Tag kurz vor der Heideblüte. An diesem Tag hatte ihr Großvater fremden Besuch empfangen. Ein älteres Pärchen mit strengen Mienen. Der Mann hatte wie ein Geschäftsmann gewirkt, ein Banker oder so, was durch den dunklen Anzug mit Hemd und Krawatte unterstrichen wurde. Deutlich hatte sie die Aktenmappe aus Krokodilleder vor Augen, die der Fremde unter seinen Arm geklemmt hatte. Die Frau des Fremden hatte ihn wie ein Schatten begleitet und die meiste Zeit geschwiegen.

Die drei hatten sich damals ins Wohnzimmer des Gutshauses gesetzt. Voller Neugier war Nele herbeigeschlichen und hatte ihr Ohr an die Eichentür gepresst. Leider hatte sie kein Wort verstanden, so leise hatten sie geredet. Dann hatte sie durchs Schlüsselloch geguckt und die Feindseligkeit in den Augen der Fremden gelesen. Der Mann hatte die lederne Mappe geöffnet und ihrem Großvater einen Schwung Papiere auf den Schoß gegeben, bevor er zusammen mit der Frau das Haus verlassen hatte. Ihr Großvater hatte die Brille aufgesetzt und gelesen. Seine Hände hatten dabei gezittert. Was mochte auf dem Papier gestanden haben, und wer war das Pärchen gewesen? Die Begegnung hatte fast etwas Unheimliches besessen.

»Nele?« Sie zuckte zusammen, als sich eine warme Hand auf ihren Arm legte.

»Ja?«, fragte sie und sah direkt in Joris' Gesicht.

»Ich gehe jetzt zu den Schafen«, sagte er sanft.

»Ja, natürlich. Warte, ich komme mit.«

»Halt! Ich muss noch mit dir sprechen«, fuhr ihr Vater dazwischen.

»Kann das nicht warten?«, fragte sie.

»Nein.«

»Worüber willst du denn mit mir sprechen?«, fragte Nele, die nichts Gutes ahnte. Joris sah von einem zum anderen.

»Bin schon weg. Guten Tag noch, Herr Gercke. Bis später, Nele.«

Am liebsten hätte Nele Joris zurückgehalten, denn sie wollte ungern mit ihrem Vater allein sein. Sicher würde es nur wieder Vorwürfe hageln.

Nele hörte, wie hinter ihr die Tür ins Schloss fiel. Wenige Atemzüge später sah sie Joris durchs Fenster. Er trug wieder den Schlapphut, der ihm so gar nicht stand.

»Was möchtest du nun mit mir besprechen, Papa?«, fragte sie gereizt.

»Lass die Finger von ihm. Der Schäfer ist nichts für dich.«

Nele wirbelte herum und funkelte ihren Vater wütend an.

»Was unterstellst du mir da wieder?«, rief sie aufgebracht.

»Ich habe doch Augen im Kopf!«, blaffte er zurück. »Hast du denn keinen Stolz? Ein Schäfer! Noch dazu mein Angestellter. Der hat nichts, und der ist nichts. Ich will nicht, dass du wieder im Fokus des Ortstratsches stehst!«, rief er verächtlich aus.

Nele hasste es, wenn ihr Vater verachtend über andere sprach, und noch mehr, wenn er andeutete, sich für sie zu schämen.

»Erstens habe ich nichts mit ihm angefangen, und zweitens wirkt er auf mich sehr intelligent«, verteidigte sie sich.

Auch damals hatte ihr Vater über Marius gelästert und ihn Reitschniegel genannt.

»Du verteidigst ihn schon?«

»Was soll das denn? Wir bewachen deine Schafe. Mehr nicht!« Nele schnaubte vor Zorn.

Ihr Vater beugte sich vor und sah sie aus zusammengekniffenen Augen an. »Ich warne dich, Nele. Ich schmeiße ihn raus, wenn ich mitbekomme, dass da was zwischen euch läuft. Ich dulde keine Techtelmechtel auf meinem Gut. Schlimm genug, dass deine Schwester eine schlechte Wahl getroffen hat. Ich möchte nicht schon wieder den Spott der anderen zu spüren bekommen.«

»Das wird nicht geschehen«, sagte sie schroff, machte auf dem Absatz kehrt und floh aus dem Zimmer.

Sie weinte still vor sich hin, als sie in der Küche aufräumte.

Da hatte sie Mitleid mit ihrem Vater gehabt wegen der Schafe und durfte sich noch Vorwürfe von ihm anhören.

Wütend pfefferte sie den Wischlappen in die Spüle. *Soll er doch die Schafe verlieren!* Aber dann sagte Nele sich, dass sie auch Joris damit bestrafte, und das wollte sie nicht. *Du willst nicht, dass er geht. Weil er dir gefällt.*

Ja, sie mochte Joris. Zu ärgerlich, dass auch ihr Vater das bemerkt hatte. Nele hatte ihre Gefühle schon immer schlecht verbergen können. Ob Joris vielleicht auch bemerkt hatte, dass sie welche für ihn hegte? Leider würden ihre Empfindungen nie erwidert werden. Wie lange würde sie es aushalten, mit ihm zusammen die Schafe zu bewachen, ohne dass sie ihre Emotionen verriet?

Nachdenklich ging sie hinauf in ihr Zimmer, um ihre Sachen für die Nacht zusammenzupacken. Nele fasste einen Plan. Morgen würde sie mit Sandra über das Gespräch mit dem Vater reden und danach endlich Onkel Herbert und Tante Ruth besuchen. Vielleicht würde sie dort etwas erfahren, was sie beim Thema Wiesen weiterbrachte.

Als Nele das Haus verließ, türmten sich am Himmel graue Wolken auf. Bald würde es regnen. Die Luft hatte sich stark abgekühlt, und es wehte ein frischer Wind. Der kroch durch Neles Kleidung, dass sie fröstelte. Brav trotteten

Benny und Bobby neben ihr her. Auf dem Weg zur Klosterwiese grübelte Nele und fasste den Entschluss, ihrem Vater zu helfen. Nur wusste sie nicht wie. Dann fiel ihr ein, dass es möglich war, eine außerordentliche Gemeinderatsversammlung einberufen zu lassen. Sandra hatte das nach dem gewonnenen Wettbewerb erfolgreich im vergangenen Jahr getan, um so viele Gemeindemitglieder wie möglich für ihr Projekt zu gewinnen.

Kurz bevor sie den Gutshof verließ, hielt ein blauer Kleinwagen mit laufendem Motor vor den Stallungen. Bobby und Benny spitzten die Ohren. Die Beifahrertür wurde aufgerissen, und heraus sprang ein junges Mädchen von vielleicht siebzehn Jahren. Sie winkte dem Wagen hinterher, der wendete und den Gutshof wieder verließ. Nele bemerkte, dass das Mädchen eine Reithose trug.

Ihre Wangen waren gerötet, und sie strahlte. Als sie Nele entdeckte, kam sie auf sie zu.

Nele war erstaunt, dass die Hunde nicht knurrten, obwohl sie meistens fremdelten, sondern entspannt neben ihr saßen.

»Hallo! Wo ist er denn?«, rief das Mädchen außer Atem.

»Hallo. Meinst du etwa Didi?«

Das Mädchen schüttelte den Kopf. »Nee, den doch nicht. Ich meinte Dandilo. Mein Pferd.«

Nele erinnerte sich, dass Sandra den Namen des Pferdes schon öfter erwähnt hatte. Da dämmerte es ihr, wen sie vor sich hatte.

»Dann musst du Ida sein. Ich bin Nele, Sandras Schwester«, stellte sie sich vor.

»Ihr seid euch ziemlich ähnlich. Nur das Haar sieht anders aus«, befand Ida.

»Das sagen alle«, antwortete Nele lächelnd. »Was machst du denn hier? Ich dachte, du seist auf Sprachreise in England. Jedenfalls hat Sandy so was angedeutet.«

Idas Lächeln erlosch schlagartig. »Erinnere mich bloß nicht daran. Das war so grässlich, dass ich nur noch nach Hause wollte. Jeden Morgen dieser eklige Haferbrei. Und zum Reitstall war es viel zu weit. Außerdem hatte ich riesiges Heimweh nach Dandilo.«

»Der ist mit den anderen auf einer der Gutswiesen hinter der Reithalle«, erklärte Nele und zeigte auf den Weg, der dorthin und auch zur Klosterwiese führte.

»Ist Sandy auch dort?«, fragte Ida hoffnungsvoll.

»Nein, sie arbeitet im Hotel.«

Ida schien enttäuscht zu sein. Sie spielte mit ihrem blonden Pferdeschwanz.

»Ich kann dich doch dort hinführen. Ich wollte sowieso gerade in die Richtung. Wenn du Lust hast, kannst du mich gerne begleiten«, schlug Nele vor. »Oder hast du Angst vor meinen Hunden?«

»Quatsch. Wir haben selbst einen Hund. Eine Dogge. Klar komme ich mit. Ich kann es kaum erwarten, meinen Dicken wiederzusehen.« Ida streichelte die Hunde.

»Sie mögen dich«, bemerkte Nele anerkennend und erntete ein weiteres Lächeln von Ida.

»Ich glaube, wir sollten uns beeilen. Sieht stark nach Regen aus.« Nele zeigte mit dem Finger zum Himmel hinauf.

Sie war froh über Idas Begleitung, die sie von den trüben Gedanken ablenkte. Fröhlich plaudernd folgten sie dem Weg hinter der Reithalle. Das Mädchen fragte Nele nach Didi und schlug vor, im Stall auszuhelfen. Nele fiel ein Stein vom Herzen. Schließlich berichtete Ida von ihrem Aufenthalt in England.

»Ich werde die englische Grammatik, glaube ich, nie kapieren. Ich habe die Sprachreise nur gemacht, weil ich keine Fünf auf dem Zeugnis mehr haben will. Sprachen liegen mir einfach nicht«, gab sie seufzend zu.

»Jeder hat seine Schwächen und Stärken. Mir hat Mathe nie gelegen.« Nele erzählte Ida ein paar Anekdoten aus der Schulzeit und brachte sie damit zum Lachen. Im Nu hatten sie die Klosterwiese erreicht und blieben stehen.

»Deine Hunde und du, ihr bewacht die Schafe? Meine Mutter hat mir erzählt, dass sich ein Wolf hier herumtreibt.« Ida blickte besorgt zur Pferdewiese am Waldrand, auf der Dandilo weidete. Es duftete nach frisch gemähtem Gras.

»Keine Sorge, an ein großes Pferd wie deinen Dandilo wird er sich kaum rantrauen. Außerdem ist Dandilo nachts im Stall«, beruhigte Nele Ida. Dann trennten sich ihre Wege. Ida verabschiedete sich von Nele und folgte dem grasbewachsenen Pfad hinauf zum Wald.

27.

Joris saß auf einem Strohballen im Unterstand und schaute aufs Tablet, das auf seinen Knien ruhte. Der Wildpark hatte erste Fotos von den Wolfswelpen online gestellt. Demnach ging es den beiden gut. Erleichtert seufzte Joris. Das Wetter wurde immer ungemütlicher. Regen und Gewitter sollten laut Wetter-App in der Nacht über die Heide ziehen. Vorsichtshalber hatte er Decken und Wechselkleidung eingesteckt. Auf einem der Strohballen hatte er bei seinem Eintreffen einen Korb mit belegten Sandwiches und zwei Thermoskannen Kaffee vorgefunden, die jemand aus dem Hotel gebracht haben musste.

»Was machst du da?«

Erschrocken zuckte Joris zusammen. Er war ganz in Gedanken versunken gewesen, dass er Neles Kommen nicht gehört hatte.

»Ein Gewitter zieht auf. Mit Regen.«

»Dazu brauche ich kein Tablet, um das zu wissen«, erwiderte Nele.

»Aber ich führe darauf auch noch eine Art Tagebuch über die Herde. Ich notiere besonders Verhaltensauffälligkeiten, Verletzungen und noch vieles mehr. Auch die Wolfsbegegnungen«, erklärte er.

»Finde ich faszinierend, obwohl ich sagen muss, dass ich für diesen ganzen Technikkram nicht viel übrighabe«, gestand Nele. »Er will einfach nicht in meinen Kopf rein.«

Joris verkniff sich ein Grinsen. Irgendwie passte das zu Nele.

»Ohne kommt man heute nicht mehr weit.«

»Ja, leider. Als ich gejobbt habe, war für mich die Kasse

das Schlimmste. Ich würde mir freiwillig nie so ein Ding anschaffen.« Lächelnd zeigte sie aufs Tablet.

»Mir haben Computer & Co viel geholfen«, gab Joris zu.

»Ich finde, dass alle viel zu viel Zeit mit diesen Dingern verbringen und ihnen der Blick für die Schönheit der Natur verloren geht«, erwiderte Nele.

Joris beobachtete ihre Hunde, die sich gleich unter die Schafe gemischt hatten. Der zunehmende Wind blies die losen Strohhalme über den Boden.

»Sieht nicht gut aus«, sagte Joris und schaute zu den Wolken hinauf, die schnell dahinzogen.

Aus diesem Grund rückten sie tiefer in den Unterstand hinein. Nele schien zu frieren, denn sie hatte die Beine angezogen und sich eine Decke um den Rücken gelegt.

Es dauerte nicht lange, bis es aus Kübeln schüttete. Der prasselnde Regen lockte auch die Hunde in den Unterstand, während die Schafe die Regenmassage scheinbar genossen. Immer wieder stand Nele auf und spähte unter dem Dach hervor.

Nach einer gefühlten Ewigkeit ließ der Regen nach. Doch die graue Wolkendecke schluckte das Tageslicht.

»Wenn ich es nicht besser wüsste, würde ich glauben, vor dem Weltuntergang zu stehen«, scherzte Nele. Die ersten Blitze zuckten am Himmel. »Bei diesem Sauwetter wird der Wolf sich sicher nicht sehen lassen«, vermutete sie.

Joris schwieg, weil er sich nicht sicher war.

Kurz darauf hörten sie Stimmen. Nele stand auf und beobachtete, wie eine Handvoll Stallmitarbeiter die Pferde zum Gut zurückführten. Sie winkte einem Mädchen im Vorbeigehen zu.

»Das ist Ida«, erklärte sie ihm. »Sandra hat sie mal bei einem Turnier vor einem Unglück bewahrt.«

Joris hatte Ida auch schon kennengelernt.

»Ich kenne Ida auch. Sehr fleißig und hilfsbereit«, sagte er.

»Ja, das ist sie. Sie hat sich spontan dazu bereit erklärt, die Ställe zu misten, solange ich bei den Schafen im Einsatz bin.«

Hoffentlich dauert das länger!

Joris musste sich eingestehen, dass er Nele vermissen würde. Sie schien es nie irgendwo lange ausgehalten zu haben, wie er aus den Erzählungen ihrer Schwester hatte entnehmen können. Oftmals war ein Mann der Grund dafür gewesen, dass sie der Heimat lange ferngeblieben war. Kein Wunder, dass sich seine Geschlechtsgenossen nach ihr umdrehten, so sexy, wie sie in ihrer schrillen Art war. Nele konnte sich aussuchen, mit wem sie zusammen sein wollte. Da würde sie bestimmt keinen komplizierten Mann wie ihn wählen. Was verschwendete er auch noch einen Gedanken an eine mögliche Beziehung mit ihr?

Der Wind wurde heftiger, dass sich das Fell der Hunde blähte.

Wieder fielen Tropfen vom Himmel, und in der Ferne zeichnete ein Blitz seine markante Zickzackform an den dunklen Himmel. Nele saß zusammengekauert und still zwischen den Strohballen. Ihre Lippen zitterten leicht. Fast hätte er sie an sich gezogen, um sie zu wärmen. Doch zwischen ihnen standen sein Trauma und die Lüge.

»Den kleinen Wölfen scheint es gut zu gehen«, brach er das Schweigen.

Nele sah auf. »Woher weißt du das?«

»Habe ich auf der Seite des Wildparks gelesen.« Er nahm das Tablet wieder zur Hand und öffnete die Webseite.

Lächelnd betrachtete Nele die Fotos der Wolfswelpen.

»Ich bin froh, dass wir sie gerettet haben«, sagte sie bewegt. Joris nickte.

Lange plauderten sie angeregt über Wölfe. Er war beeindruckt, wie viel Nele über diese Tiere wusste.

Längst hatte die Kirchturmuhr Mitternacht geschlagen. Nachdem sie sich mit Kaffee und Sandwiches gestärkt hatten, setzten sie sich zurück auf die Strohballen. Die Minuten verrannen. Auch heute blieb der Wolf fern. Joris sah, wie Nele gegen die Müdigkeit kämpfte, und reichte ihr noch eine Tasse Kaffee.

Gegen zwei Uhr nachts begann es kurz und heftig zu regnen. Der Wind wehte Schauer in den Unterstand, dass sie sich tiefer ins Stroh zurückzogen. Nele war Joris jetzt so nah, dass er die Wärme ihres Körpers spüren konnte. Bevor sein Verlangen übermächtig wurde, sprang er mit der Ausrede, nach den Schafen sehen zu müssen, von den Strohballen auf.

Joris trat aus dem Schutz des Unterstandes heraus. Der kalte Regen prasselte auf ihn herab und in sein Gesicht, als er den Kopf in den Nacken legte. Doch wenn er geglaubt hatte, das könnte das Feuer in ihm löschen, hatte er sich geirrt.

»Du wirst ja ganz nass und holst dir noch was!«, hörte er Nele hinter sich rufen. Eine Weile blieb er stehen. Erst als es aufhörte zu regnen, trat er wieder unter das Dach. Er lief zu seinem Rucksack und zog ein Handtuch heraus, mit dem er Gesicht und Hals trockenwischte. Nele beobachtete ihn. Aber er mied ihren Blick. Es fiel ihm immer schwerer, bei ihr auf Distanz zu gehen und seine Gefühle zu verbergen. Wie sollte er die kommenden Nächte an ihrer Seite aushalten?

»Setz dich lieber wieder zu mir.« Nele klopfte mit der Hand auf einen Strohballen neben sich. Widerwillig folgte er der Aufforderung und ließ sich nieder. Er nippte am Kaffee und betrachtete die Blitze am Himmel, die immer öfter das Dunkel erhellten. Nele rutschte auf dem Strohballen hin und her. Deutlich spürte er ihre Unruhe. Joris schaltete die Elektrolaterne an und blickte Nele forschend an. Furcht lag in ihrem Blick.

»Hast du Angst vor Gewitter?«, fragte er.

»Nein, wieso?«, antwortete sie. Sie wich seinem Blick aus. Ihre Hände zitterten. Da wusste er, dass sie log.

Joris dachte an seine eigene Furcht in Afghanistan und an die seiner Kameraden. Bei jedem Knall waren sie zusammengezuckt. In seinen Albträumen durchlebte er diese Angst immer wieder aufs Neue. Dass Nele sich fürchtete, weckte in ihm den Wunsch, sie zu beschützen. Das hatte er bei seinen Kameraden nicht geschafft.

Je heftiger es blitzte, desto tiefer zog Nele sich zwischen die Strohballen zurück.

Beim ersten Donnerschlag schrie sie auf und griff nach seiner Hand. Neles war eiskalt und zitterte. Mittlerweile suchten immer mehr Schafe Schutz im Unterstand. Bobby und Benny lagen ebenfalls auf Strohballen.

Der Donner rollte über ihre Köpfe hinweg. Neles Hand krallte sich die von Joris. Bei einem der darauffolgenden kräftigen Donnerschläge warf sie sich mit einem unterdrückten Aufschrei in seine Arme und vergrub ihr Gesicht an seiner Schulter. Sie schlang die Arme um seinen Nacken und presste sich an ihn.

Joris Kehle wurde schlagartig eng. Ihren biegsamen, weichen Körper an seinem zu spüren und sie nicht berühren zu dürfen, war mehr, als er ertragen konnte. Sein Blut geriet in Wallung und bewirkte ein Ziehen in den Lenden. Er wollte sich von ihr befreien. Aber sie lag so verletzlich in seinen Armen, dass er es nicht übers Herz brachte, sie wegzustoßen. Steif hielt er ihre Taille umfangen. Er wagte nicht, sich zu bewegen, um die Kontrolle über sich selbst nicht zu verlieren. Ihre Nähe, der Duft ihres Haares und ihr warmer Atem an seinem Hals waren die Versuchung pur.

Ewig lang saßen sie umschlungen auf dem Strohballen, über ihren Köpfen das tosende Gewitter. Joris schloss die Augen und hoffte, dass diese süße Qual bald ein Ende haben und sie sich von ihm befreien würde. Immer dröhnender wurde der Donner, immer kürzer die Abstände zu den Blitzen. Die Nässe des Schauers war weggetrocknet, als hätte ein Föhn darübergeblasen. Ein ungutes Gefühl stieg in Joris auf, der einen Blitzeinschlag befürchtete. Er wollte sich nicht ausmalen, wie verheerend es wäre, wenn ein vom Blitz gefällter Baum auf den Unterstand kippte oder die Tiere in Panik den Zaun niedertrampelten. Bei Dunkelheit nach ihnen zu suchen, war nahezu aussichtslos.

Im Garten seiner Großeltern hatte einmal ein Blitz in den alten Kirschbaum eingeschlagen und ihn entwurzelt.

Ein Blitz zuckte, dann krachte es hinter ihnen, und das Knirschen von berstendem Holz ertönte. Nele klammerte sich so an ihm fest, dass er kaum noch Luft bekam. Der Knall löste Panik unter den Schafen aus, die blindlings den Unterstand verließen und weiter nach oben auf die Wiese rannten. Der Blitz hatte in den Baum eingeschlagen, der den Unterstand beschirmte. Flammen züngelten empor. Entsetzt sprang Joris auf. Nele hatte die Augen geschlossen.

»Nele, wir müssen hier raus! Der Baum hinter uns brennt, und wenn das trockene Stroh von den Flammen ergriffen wird, steht hier alles lichterloh in Flammen!«, rief er und rüttelte sie an der Schulter.

Nur mühsam öffnete sie die Augen. »Was?«

»Wir müssen weg von hier. Sofort.«

Er packte sie an den Oberarmen und riss sie hoch. Das Feuer breitete sich rasch aus und erfasste das Stroh. Schnell packte Joris ihre Rucksäcke und verließ mit Nele den Unterstand.

»Lass uns nach oben gehen«, schlug er vor, legte ihr den Arm um die Schultern und wollte sie mit sich ziehen.

»Mein Handy!«, rief Nele, riss sich los und rannte zurück.

»Nele! Nein! Lass das Handy liegen!«, brüllte Joris. Ihr Leichtsinn machte ihn wahnsinnig, und er rannte ihr nach. Er stolperte auf dem unebenen Boden und schlug der Länge nach hin. Fluchend rappelte er sich wieder auf und lief weiter.

Das Dach des Unterstandes knarzte. Es drohte einzustürzen. Nele schwebte in höchster Gefahr. Er musste sie vor einem Unglück beschützen. Ihre beiden Hunde kamen bellend über die Wiese hinuntergeprescht. Auch sie schienen die Gefahr zu spüren, in der ihr Frauchen sich befand. Doch an das Feuer trauten sie sich nicht heran und blieben winselnd stehen, während Nele unbeirrt auf die Flammen zulief. Kurz vor dem Unterstand bückte sie sich nach etwas im Gras. Joris sah, wie die Flammen sich unaufhaltsam durch die Mitte des Daches fraßen, das sich Nele entgegenneigte.

Gleich würde alles einem Kartenhaus gleich zusammenbrechen. Die Angst um sie brachte ihn um. Sein Herz schlug hart gegen die Rippen.

»Nele, komm zurück!«, schrie er verzweifelt und lief keuchend weiter, bis er sie einholte.

»Ich hab's«, verkündete Nele stolz und hielt ihm das Handy hin.

»Komm, schnell.« Joris nahm ihren Arm und zog sie mit sich. Widerstandslos ließ sie es geschehen. Das Dach barst und ächzte, bis es nur wenige Meter von ihnen entfernt brennend auf den Boden rutschte. Noch immer wütete das Feuer im Baum. Funkenregen sprühten durchs Dunkel.

Dann sah Joris einen brennenden Ast, der durch die Luft direkt auf sie zuflog. Geistesgegenwärtig warf er sich auf den Boden und riss Nele mit sich. Sie lag auf dem Rücken. Schützend rollte er sich über sie. Der Ast flog über sie hinweg und fiel nur wenige Schritte weiter ins Gras. Fliegende Funken brannten Löcher in sein Hemd und die Weste. Vom Unterstand ragten bloß noch zwei Pfosten in die Höhe, die wenige Minuten zuvor das Dach getragen hatten.

Nele war gerettet. Zitternd und atemlos lag sie unter ihm. Ihre Augen waren vor Schreck weit aufgerissen.

»Herrgott, Nele! Warum bist du nicht stehen geblieben?«, fuhr er sie an. »Ich habe dich schon unter dem brennenden Holz begraben gesehen!«

»Sorry. Danke, dass du mich gerettet hast«, antwortete sie leise.

»Das war verdammt knapp«, stieß er heiser hervor.

Als ihm bewusst wurde, dass er noch immer auf ihr lag und ihre weichen Brüste und Schenkel spürte, wurde ihm heiß. Rasch rollte er sich von ihr hinunter auf die Seite und stützte sich mit dem Ellbogen auf. Das Gras war feucht und drang unangenehm durch den Hemdstoff.

»Ich … ich wollte doch nur mein Handy … Da habe ich die Zerstörungskraft des Feuers unterschätzt«, gab sie zu. Ihre Augen hatten sich mit Tränen gefüllt. Sie sah so verletzlich aus, dass es ihn rührte.

»Schon gut.« Joris strich ihr eine Locke aus der Stirn und betrachtete im Schein des Feuers ihr Gesicht. *Wie hinreißend sie ist!* Das Verlangen pochte in jeder Faser seines Körpers. Er begehrte sie wie noch keine andere Frau zuvor.

Langsam senkte er den Kopf und küsste ihre kalten, zitternden Lippen. Anstatt zurückgestoßen zu werden, wie er es von ihr erwartet hatte, erwiderte Nele seine Zärtlichkeit voller Leidenschaft. Stürmisch umschlang sie seinen Nacken und vergrub ihre Hände in seinem dichten Haar. Sein Herzschlag glich einem Trommelfeuer, während er sie immer wieder und wieder küsste.

Versunken in diesen innig süßen Taumel vergaß Joris eine Weile sein Trauma, die Lüge, dass er schwul sei, und sogar die Schafe. Weil Nele, die er mit jeder Faser seines Körpers begehrte, in seinen Armen lag. Er konnte nicht genug von ihr bekommen.

Etwas schnüffelte an seinem Ohr. Es waren die Hunde, die ihn wieder auf den Boden der Tatsachen zurückholten. Was trieb er hier eigentlich? Er wollte doch auf Abstand gehen.

Während sein Verstand ihm befahl, den Kuss zu beenden, löste sein Körper sich nur widerwillig von Nele.

28.

Eine feuchte Zunge leckte über Neles Wange. Es war nicht Joris, sondern Bobby, ihr Hund. Auch Benny versuchte ihr übers Gesicht zu lecken.

»Geht weg, ihr beiden!«, rief sie und wehrte die Hunde ab. Dennoch konnte sie ihnen nicht böse sein. Joris saß im Gras und lachte.

Nele war enttäuscht. Nur zu gern hätte sie diesen leidenschaftlichen Kuss fortgesetzt. Andererseits war sie froh, dass die Hunde sie wieder zur Vernunft gebracht hatten. Joris hatte sie geküsst. Hatte sie das eben geträumt? Doch sie spürte noch immer Joris' Lippen auf ihren. Wie konnte er das tun, wenn er doch schwul war?

»Du ... du ... hast mich eben ... ge...küsst?«, stammelte sie ungläubig. Ihre Lippen sprachen deutlich davon, denn sie prickelten noch von seiner Berührung. »Aber du stehst doch auf Männer?«

Es war nicht fair, dass er mit ihren Gefühlen spielte, auch wenn sie sich insgeheim seinen Kuss gewünscht hatte. Die Liebkosung hatte Hoffnungen in ihr geweckt, die sich nie erfüllen würden. Sie hatte schon genug Liebeskummer durchgemacht.

»Ich ... ich ... ich wollte es dir schon lange sagen ...« Joris brach ab und wirkte verlegen. Er kratzte sich am Hinterkopf.

»Was? Ich verstehe nicht ...«

»Dass ich nicht schwul bin«, antwortete er fest. »So, jetzt weißt du es.«

Nicht schwul! Die Wörter kreisten in einer Endlosschleife in ihrem Kopf, dass ihr schwindlig wurde. Hatte sie das wirklich richtig verstanden? Warum hatte er sie dann in diesem Glauben gelassen? Das machte sie wütend.

»Du hast mir die ganze Zeit etwas vorgemacht? Ich fasse es nicht! War das ein Spiel für dich? Hast du dich wenigstens gut amüsiert?«, fuhr sie ihn an.

»Nein. Wirklich nicht. Es tut mir leid. Ich wollte es auch schon ein paar Mal richtigstellen. Aber es war nie der geeignete Zeitpunkt dafür da. Außerdem bist du es gewesen, die in mein Verhalten hineininterpretiert hat, dass ich schwul sei. Nur weil ich meine Hand weggezogen habe.«

Nele hatte die Situation wieder vor Augen und musste widerwillig zugeben, dass er recht hatte. Er hatte das Wort schwul nicht in den Mund genommen, sondern sie. Weil sie sein Verhalten falsch interpretiert hatte. Also hatte ihr Bauchgefühl sie doch nicht getäuscht.

»Du hättest gleich widersprechen können!«, warf sie ihm vor.

»Ja … nein, weil … weil …«, stotterte er und brach ab, als sich Stimmen näherten.

»Nele! Joris!« Sandra, Rick und Didi kamen auf sie zugerannt.

»Gott sei Dank ist euch nichts passiert. Seid ihr verletzt? Ist bei euch alles gut?«, rief Sandra besorgt.

»Mach dir keine Sorgen, es geht uns gut«, beruhigte Nele sie.

Sandra umarmte Nele. »Ich bin so froh, dass euch nichts geschehen ist. Didi hat zufällig das Feuer gesehen und uns und die Feuerwehr gleich alarmiert. Ich bin fast gestorben vor Angst.«

»Euch ist zum Glück ja nichts passiert. Aber der Unterstand …« Rick deutete auf das Feuer, das Stück für Stück Holz und Stroh verzehrte.

»Die Feuerwehr vermag hier nichts mehr auszurichten.

Nur gut, dass es nicht die Wiese am Waldrand war. Das wäre sonst in einen Großbrand ausgeartet.«

Alle schauten betroffen in die Flammen. Nele war froh, dass die Tiere noch immer oben am Ende der Wiese in Sicherheit standen. Als Sandra sie losließ, schwankte sie. Das Feuer, die Aufregung und das Intermezzo mit Joris hatten sie nervlich strapaziert. Außerdem fror sie und zitterte.

Während sie in die Flammen starrten, musste Nele unwillkürlich an den Brand des Schafhofes und an ihre Großmutter denken, die im Feuer umgekommen war. Plötzlich war die Vergangenheit wieder nah. Sie waren es ihrer Großmutter schuldig, die wahren Umstände ihres Todes und die Schuld daran zu klären. Ein schrecklicher Tod, der ihr selbst dank Joris erspart geblieben war. Nele sah zu Sandra hinüber, die ebenso nachdenklich schien.

»In einer halben Stunde geht die Sonne auf«, meldete Didi sich zu Wort, der bisher geschwiegen hatte. »Nele, ihr solltet euch ein wenig ausruhen. Ich werde derweil bei den Schafen bleiben und …«

Seine letzten Worte gingen im Motorlärm des Feuerwehrautos unter, das den Weg vom Gut heraufgefahren kam. Der schwere Wagen hielt direkt an der Klosterwiese. Die Einsatzkräfte sprinteten heraus und rollten den Schlauch aus.

Nele beobachtete Rick, der mit einem der Feuerwehrmänner sprach.

»Didi hat recht«, bekräftigte Sandra, »hier könnt ihr nichts mehr tun. Du zitterst ja, Nele. Ruht euch lieber vom Schock aus. Wir kümmern uns um den Rest.«

»Ich kann eh nicht schlafen, und Papa …«, erklärte Nele trotz ihrer Müdigkeit, weil sie weder Lust auf Sprüche ihres Vaters hatte noch mit Joris allein sein wollte.

»Papa übernachtet in Uelzen bei einem alten Bekannten«, sagte Sandra, die wieder einmal Neles Gedanken erraten hatte.

»Aber in der Dämmerung könnte der Wolf kommen«, gab Joris zu bedenken, der scheinbar auch lieber auf der Wiese bei den Schafen bleiben wollte. »Ich muss die Gemeinde informieren wegen des Brandes und nach einer anderen Wiese suchen …«

»Die haben jetzt noch geschlossen. Keine Sorge, Joris. Rick und ich werden sie informieren und uns um alles kümmern. Bis spätestens heute Nachmittag ist alles geklärt. Dann haben wir sicher einen Platz für die Herde gefunden.«

Nele las weiter Zweifel in Joris' Blick. Schließlich war er verantwortlich für die Herde.

»Gut, aber ich wäre dankbar, wenn ihr mich in eure Entscheidungen einbinden würdet.«

»Das ist doch selbstverständlich. Ohne unseren Schäfer geht das nicht. Ruh dich aus, alles andere besprechen wir heute Mittag«, versprach Sandra.

»Einverstanden«, erklärte Joris.

»Sobald es hell ist, bringt Didi die Hunde zum Gut zurück.«

Sandra wusste, was Nele wichtig war.

»Das ist gut, denn die beiden müssen etwas fressen.« Nele gab sich geschlagen. Außerdem störte sie der Geruch des Rauchs in ihren Kleidern und im Haar. Sie musste duschen und sich umziehen.

»Okay, wir gehen dann zum Gutshaus.« Joris hob die Hand zum Gruß, bevor sie sich gemeinsam auf den Weg begaben. Schweigend liefen sie nebeneinanderher. Doch Nele entging nicht, dass Joris Abstand wahrte. Er wirkte wieder sehr verschlossen, wie am Anfang, als sie sich kennengelernt hatten. Der Kuss vorhin hatte sein Übriges zur angespannten Atmosphäre beigetragen. Sein wechselhaftes Verhalten stürzte sie in eine Achterbahnfahrt der Gefühle. Mal glaubte sie, dass er sie mochte und begehrte, und im nächsten Augenblick stieß er sie zurück. Er war ein einziges Rätsel.

Als sie das Gutshaus erreichten, waren die Fenster dunkel, und das Auto ihres Vaters parkte nicht wie gewohnt vor dem Eingang. Nele war erleichtert. Vermutlich würde er ihr die Schuld an allem geben. Sie mochte sich gar nicht seine Reaktion ausmalen, wenn er von dem abgebrannten Unterstand erfuhr. Nur mit Mühe unterdrückte sie ein Seufzen.

Oben im Flur blieben sie vor den Türen zu ihren Zimmern stehen und sahen sich an. Keiner von ihnen sprach ein Wort. Seine Züge waren angespannt, seine Kiefer fest geschlossen. Warum sagte er denn nichts?

Die Spannung zwischen ihnen war schier unerträglich und kratzte auf ihrer Haut wie Schurwolle. Ihr Herz pochte mit jedem Atemzug schneller, während sie sich im hellen Grau seiner Augen verlor.

Einen flüchtigen Augenblick lang glaubte sie, dass er sie wieder küssen würde, als er den Kopf leicht vorneigte.

»Na, dann … Was das Bad betrifft, gilt natürlich Ladys first.«

»Danke«, hauchte sie.

Nele stand noch immer wie angewurzelt auf der Stelle. Ihre Hände zitterten, jedoch nicht vor Kälte, sondern weil sie versucht war, ihn zu berühren. Überall auf ihrem Körper schienen winzige Flammen zu züngeln. Der Kuss vorhin verlangte nach einer Wiederholung. *Ja, ich will ihn und in seinen Armen Vergessen finden.* Sein Haar hatte sich so seidig zwischen ihren Fingern angefühlt. Wie mochte es auf ihrer nackten Haut sein?

In seinen Augen las sie das gleiche Begehren, das auch sie empfand. Weshalb quälte er sie so und gab seinen Empfindungen nicht nach? Erkannte er denn nicht, wie sehr sie sich nach einem weiteren Kuss von ihm sehnte?

»Dann geh ich mal in mein Zimmer«, sagte er heiser, öffnete die Tür und betrat das Gästezimmer.

Tränen der Enttäuschung brannten in Neles Augen, als er verschwand. Sie lehnte sich mit dem Rücken an die Wand und schloss die Augen. Ihr Körper brannte vor ungestilltem Verlangen.

Plötzlich öffnete sich neben ihr wieder die Tür. Nele schlug die Augen auf. Bei seinem Anblick kribbelte es von den Zehen bis in die Haarspitzen.

»Komm her«, raunte er.

Ehe sie noch einen Gedanken fassen konnte, fasste er ihren Arm und zog sie mit einem Ruck an sich, dass sie fast das Gleichgewicht verlor. Fordernd presste er seinen Mund auf ihren, tastete mit der Zunge zwischen ihre Lippen und erkundete ihre Mundhöhle. Nele schmolz unter der zärtlichen und zugleich besitzergreifenden Zärtlichkeit dahin. Ihr Herz hämmerte in der Brust. Wie von selbst schlangen sich ihre Arme um seinen Nacken. Mit einer ganzen Drehung wirbelte er Nele in sein Zimmer und stieß mit dem Fuß die Tür zu. Im Zimmer war es dunkel, bis auf den kleinen Lichtstreifen am unteren Rand der Jalousie, der von der aufgehenden Sonne stammte. Nele wollte auf keinen Fall diesen einzigartigen Moment zerstören. Ihre Finger glitten durch sein dichtes, seidiges Haar und seinen ebenso weichen Bart. Die Barthärchen kitzelten in ihrem Gesicht. Sie küssten sich immer wilder, als gäbe es keinen Morgen mehr für sie.

Die Gefühle hatten sich in Nele derart angestaut, dass sie es kaum erwarten konnte, seinen nackten Körper zu spüren. Sie hielt sich nicht lange mit den Knöpfen seines Hemdes auf, sondern riss am Stoff, dass sie durch die Gegend sprangen. Leise lachend zog Joris es aus und auch das T-Shirt, das er darunter trug, bevor er sich an Neles Kleidung zu schaffen machte. Neles Finger glitten über die samtige Haut seines Oberkörpers. Dann zogen sie sich gegenseitig aus. Sie wollte jeden Zentimeter seines gestählten Körpers spüren. Jede seiner Berührungen löste erregende Schauer bei ihr aus. Seine Haut war warm und glatt, so wie sie es sich vorgestellt hatte. Deutlich spürte sie die zahlreichen Narben auf seiner Schulter und auf dem Rücken und strich sanft darüber, als könnte sie ihn die erlittenen Schmerzen vergessen lassen.

Nach einem weiteren innigen Kuss hob Joris Nele auf die Arme und trug sie hinüber zum Bett, wo er sie behutsam ablegte. Er nahm ihre Arme, streckte sie über ihrem Kopf aus und hielt sie mit seinen Händen fest, während er sich ihrem Hals mit Küssen und spielerischen Bissen widmete. Nele fühlte sich ihm ausgeliefert und versuchte, sich zu befreien. Aber seine körperliche Überlegenheit ließ jeden Versuch scheitern. Es waren seine Kraft und die Geschmeidigkeit seines Körpers, die sie entflammten. Es schien ihm zu gefallen, dass sie sich zur Wehr setzte, denn sein Atem ging schneller, und sie spürte deutlich seine zunehmende Erregung.

Wie zwei Verdurstende liebkosten und rangen sie im Wechsel. Dann gab er ihre Hände frei. Noch nie hatte Nele eine solche Begierde empfunden wie mit Joris. Sie genoss es, jeden Zentimeter seines gut gebauten Körpers mit den Händen und Lippen zu erkunden. Wenn er sich über sie beugte, um sie mit den Lippen zu verwöhnen, strich sein seidiges Haar schmetterlingsleicht über ihre Haut, dass sie erschauerte. Sanft umfasste er ihre Brüste. Mit dem Daumen reizte er ihre Brustwarze, bis er sie in die Hitze seines Mundes einsog. Neles Zähne drückten sich in der Erregung in die Unterlippe, und sie sog geräuschvoll die Luft ein.

Joris schien genau zu wissen, wie er sie verwöhnen musste, damit sie in einen sinnlichen Taumel geriet. Sie rollten auf dem Bett herum, bis er unter ihr lag. Als sie ihre Hüften bewegte, stöhnte er, und sein Atem floss schneller. Immer wieder flüsterte er ihren Namen. Jede Zärtlichkeit wurde kühner und versetzte sie in einen Rausch, der nach Erfüllung verlangte. Ein Beben lief durch seinen Körper, als sie die Beine spreizte und er in sie drang. Zunächst war er verhalten, nahm sich zurück, als würde er ihr nicht vertrauen. Wie damals, als sie seine Hand nicht hatte nehmen dürfen. Doch sie wollte, dass er losließ, über sich die Kontrolle verlor und sie sich hemmungslos liebten. Das konnte sie nur erreichen, wenn sie ihm die gleiche Lust schenkte, die auch sie empfand.

Langsam bewegte sie ihr Becken vor und zurück. Joris spannte sich unter ihr an, seine Muskeln verkrampften. Neles Rhythmus wurde schneller. Überall auf ihrem Körper begann es zu prickeln, als würden tausend Flämmchen ihre Haut versengen. Joris stöhnte, seine Hände ruhten auf ihren Hüften. Mit jeder Bewegung ihres Beckens stieg sie die Leiter höher hinauf zum Höhepunkt. Nele konzentrierte sich auf das Feuer in ihrem Schoß und auf Joris, der mit dem Druck seiner Hände auf ihrem Gesäß nun den Takt bestimmte. Mit zunehmender Erregung steigerten sie das Tempo. Gemeinsam erklommen sie den Gipfel ihrer Lust. Nele hatte das Gefühl, in den Himmel katapultiert zu werden, um dann wieder zurück zur Erde zu schweben.

Ermattet lagen sie dicht aneinandergeschmiegt und schliefen in den Morgen.

29.

Das hätte nicht passieren dürfen! Joris hatte sich allen Vorsätzen zum Trotz mit Nele eingelassen und sich obendrein in diese verrückte Frau verliebt. Selbst wenn er es sich noch so sehr wünschte, eine Beziehung zwischen ihnen war chancenlos. Irgendwann würde sie wie Lisa nur aus Mitleid mit ihm zusammen sein. *Nele ist anders, sie versteht dich*, meldete sich seine innere Stimme zu Wort.

Am Anfang hatte Lisa sich auch verständnisvoll gezeigt. Doch mit seinen immer wieder auftretenden Albträumen und Panikattacken war sie überfordert gewesen. Deshalb musste er Nele klarmachen, dass er keine Beziehung wollte. Joris wurde das Herz schwer bei dem Gedanken, sie zu verletzen.

Durch die Schlitze der Jalousie fiel Tageslicht. Er schaute auf die Uhr. Es war bereits Nachmittag. Zeit, nach den Schafen zu schauen. Stattdessen betrachtete er die schlafende Nele. Sie lag auf dem Bauch, die Arme nach oben gestreckt und lächelte. Die rotblonden Locken bildeten einen reizvollen Kontrast zu ihrer Porzellanhaut. Sie hätte das Motiv auf dem Gemälde eines Renaissancekünstlers sein können.

Er fuhr mit dem Finger zärtlich über ihren weichen Rücken. Wohlig seufzend räkelte sie sich. Die Armreifen klimperten leise. Schließlich rollte sie sich auf den Rücken. Die Bettdecke rutschte herunter und bedeckte geradeso noch ihre Scham. Sein Puls beschleunigte sich wieder, als er an die Intensität dachte, mit der sie sich mehrmals geliebt hatten. Mit jedem Mal war es leidenschaftlicher geworden, kühner, hemmungsloser. Immer wenn Nele ihn liebkost hatte, war die Flamme in seinem Innern gewachsen. Sanft strich er ihr eine Locke aus der Stirn und hauchte einen Kuss auf ihre Nasenspitze. Sie seufzte leise. Sein Blick glitt tiefer über ihren zarten Hals bis zu ihren Brüsten, die ihm vollkommen erschienen wie die einer Statue. Das Piercing in ihrem Bauchnabel reflektierte das Sonnenlicht. Auch an dieser Stelle hatte er sie unzählige Male geküsst. Im Hellen erkannte er an der linken Wade ein Tattoo mit chinesischen Schriftzeichen. Normalerweise mochte er keine Tätowierungen. Zu Nele hingegen passte es. Sie war einfach anders.

Ob es etwas mit ihrem letzten Freund zu tun hatte? Eifersucht stieg in Joris auf.

Nele drehte sich wieder, rutschte näher an ihn heran und legte ihren Arm auf seinen Bauch. Stocksteif lag er da. Wenn er sie weiter an sich zog, würde er das fortsetzen, was sie am Morgen beendet hatten. Das durfte nicht sein. Joris starrte an die Wand, auf der sich der Jalousieschatten abzeichnete. Eine Windböe drang durchs geöffnete Fenster und bewegte die Jalousie, dass der Schatten an der Wand tanzte.

Sein Geist reiste in die Vergangenheit zurück. Plötzlich befand er sich wieder in dem zerschossenen afghanischen Haus, in dem auch die Jalousie schiefgehangen und im Wind hin und her gependelt war. Joris' Puls schnellte in die Höhe, seine Hände zitterten, und er rang nach Luft. Bilder tauchten in Sequenzen vor seinen Augen auf. Das Haus war nur noch eine Ruine gewesen. Überall war Blut gewesen, an den Wänden und am Boden. Immer weiter suchten sie im Haus nach Überlebenden. Ständig die Angst im Nacken, dass in einer Ecke die Taliban auf sie warteten und auf sie feuerten. Dann hatten sie den Raum mit den Toten gefunden. Ein Dutzend, darunter ein alter Mann, der Rest Frauen und Kinder. Ein kleines Mädchen hatte eine Stoffpuppe in der Hand gehalten. Er hatte das Kind erst vor ein paar Tagen auf der Straße damit spielen sehen. Dann hatte er hinter sich das leise Klicken des Entsicherns einer Waffe gehört …

Joris geriet in Panik, als warmer Atem seine Schulter streifte. Keuchend setzte er sich auf und tastete nach dem Schnellfeuergewehr. Aber es war nicht am gewohnten Platz.

»Joris? Was ist denn?«

Neles Stimme sickerte nur langsam in sein Bewusstsein. Sie waren in Gefahr. Er musste das Gewehr finden. Noch immer suchte er vergeblich nach der Waffe, bis Nele seine Hand festhielt und über den Handrücken streichelte.

»Was ist mir dir?«, fragte sie leise.

Er fühlte sich wie gelähmt, war nicht fähig, das erlebte Grauen in Worte zu fassen. Alles wollte er vergessen. Er drehte sich zu Nele um, zog sie wortlos an sich und vergrub sein Gesicht in ihrem Haar. Sie bedrängte ihn nicht mit Fragen, sondern umschlang ihn liebevoll.

Eine Weile blieben sie so liegen, und Joris gewann seine Fassung zurück. Wie immer nach solch einer Attacke überkam ihn Schamgefühl. Er fühlte sich allem ausgeliefert. Sicher wollte Nele kein seelisches Wrack, das bei dem kleinsten Auslöser eine Panikattacke bekam, sondern einen Mann, der gesund war und ihr zur Seite stand.

»Alles okay mit dir?«, fragte sie und sah ihn mitleidig an. Ihren Blick konnte er nicht ertragen.

»Ja, was soll schon sein?«, antwortete er barsch und bereute seinen scharfen Tonfall sofort, als er ihren verletzten Blick erkannte. Jetzt wusste sie, woran sie mit einem seelischen Krüppel wie ihm war, und würde auf Abstand gehen. Sollte sie doch begreifen, dass sie in einer Beziehung mit ihm nie glücklich werden könnte.

»Sorry«, sagte sie, »ich habe mir Sorgen gemacht. Du bist so … anders. Hast du das öfter?«

Sie gibt nicht auf.

»Was?«, fragte er gereizt. In seinem Kopf dröhnte es. Er wollte jetzt nur noch allein sein.

»Die Stimmungswechsel, die Albträume ...«

Wenn er eines nicht wollte, dann mit Nele über sein Trauma sprechen. Das war schon eine Tortur beim Therapeuten gewesen. Er war wütend, weil er sich selbst ausgeliefert war.

»Du bist nicht meine Psychotherapeutin!«, fuhr er sie an.

»Verstehe. Aber ich brauche keine Psychotherapeutin zu sein, um zu erkennen, dass du ein Problem hast«, sagte sie und senkte den Blick. Doch ihm war das feuchte Schimmern in ihren Augen nicht entgangen. *Was bist du doch für ein Riesenarschloch!*

Am liebsten hätte Joris sie in die Arme gezogen und geküsst. Aber etwas hielt ihn zurück, zwang ihn, sich wie eine Muschel zu verschließen, mitsamt den furchtbaren Erinnerungen. Er wollte nicht reden, sondern nur noch vergessen.

»Ich lasse dich jetzt lieber allein«, sagte sie traurig, stand auf und sammelte schweigend ihre Kleidung auf.

»Nele, das, was zwischen uns geschehen ist ...«, begann er.

»War ein Fehler. Das wolltest du mir doch sagen, oder?«, fiel sie ihm ins Wort.

»Ja«, log er.

Nele nickte. »Verstehe. Ich muss jetzt los, noch was erledigen.«

Joris spürte, wie sie mit den Tränen rang und dass das nur eine Ausrede war. Mit ihrer Kleidung unter dem Arm eilte sie ins Bad.

Türen klappten, dann hörte er, wie Nele das Haus verließ. Er hatte nicht gewollt, dass es so endete, und doch war es besser so.

Joris fühlte sich elend, als er in die Küche ging und in eines der belegten Brötchen biss, die auf dem Tisch standen. Der Appetit war ihm vergangen.

Er beschloss, Sandra aufzusuchen. Wie immer am Nachmittag saß sie in ihrem Büro und telefonierte. Als Joris in der Tür stand, winkte sie ihn ins Zimmer.

»Hallo, Joris. Ausgeschlafen?«, fragte sie freundlich, nachdem sie ihr Telefonat beendet hatte.

»Ja, danke«, antwortete er und hoffte, dass sie von Nele nichts von ihrer gemeinsamen Nacht erfahren hatte.

»Du bist sicher wegen der Klosterwiese hier.«

Joris nickte.

»Ich habe bereits mit der Gemeinde telefoniert«, sagte sie. »Leider zeigen die sich gar nicht kooperativ. Die Wiesen sind ab sofort für uns gesperrt. Wie du dir vorstellen kannst, war Ricks Mutter sehr ungehalten. Selbst als ich ihr angeboten habe, auf unsere Kosten einen neuen Unterstand bauen zu lassen. Sie verlangt, dass die Herde heute noch die Klosterwiese verlässt.« Sandra wirkte bedrückt.

In Joris' Kopf drehte sich alles. Es war damit zu rechnen gewesen, dass die Gemeinde ihnen nach dem Brand die Wiese nicht mehr bereitstellen würde.

»Dachte ich mir«, antwortete Joris.

»Das ist aber leider noch nicht alles. Rick und ich haben uns heute Vormittag die Finger wund telefoniert, um für die Schafe eine adäquate Weide zu finden. Bisher leider ohne Erfolg.«

»Dann treibe ich die Herde am besten wieder zurück auf die Waldwiese«, schlug Joris vor. Er würde es allein versuchen, auf keinen Fall würde er Nele bitten. Doch genau das schlug Sandra ihm vor: »Nele ist schon auf dem Weg zur Klosterwiese. Dann könntet ihr gemeinsam …«

»Ich denke, ich schaff das diesmal allein.«

Sandra musterte ihn. »Ich weiß nicht, was zwischen euch vorgefallen ist, und eigentlich geht es mich auch gar nichts an, aber hier geht es nicht um euch. Die Sicherheit der Herde steht im Vordergrund. Du solltest besser die Dienste der Hunde und von Nele annehmen.«

Nach kurzem Zögern nickte Joris.

»Ich werde jetzt zur Klosterwiese gehen«, sagte er, drehte sich um und lief zur Tür.

»Joris?«, rief Sandra ihm nach. Er blieb stehen, wandte sich aber nicht um.

»Ja?«, fragte er.

»Wenn du meiner Schwester das Herz brichst, kriegst du es mit mir zu tun.«

Joris erwiderte nichts darauf und eilte hinaus. Auf dem Flur stieß er beinahe mit einem wütenden Friedrich Gercke zusammen.

»Herr Münster, wir müssen reden. Sofort. Kommen Sie mit.« Das klang eher nach einem Befehl als nach einer Bitte.

Mit einer Geste bedeutete er Joris, zurück in Sandras Büro zu gehen. Joris war bedrückt, denn ihm schwante nichts Gutes.

Er spürte, dass seine Tage als Schäfer auf diesem Gut gezählt waren.

Sandra sah erstaunt von den Unterschriftenmappen auf.

»Papa?«

»Tut mir leid, ich muss mit euch reden. Ich bin gerade bei meinem Anwalt gewesen«, platzte Gercke heraus.

Mit hochrotem Kopf sank er auf einen der Stühle vor dem Schreibtisch seiner Tochter.

Der Gutsherr bebte.

»Nun setzen Sie sich schon«, herrschte er Joris an, weil er als Einziger stand. Um seinen Chef nicht noch mehr aufzubringen, folgte Joris dessen Aufforderung. Sandra sah erwartungsvoll zu ihrem Vater. Auch Joris war gespannt, was sein Chef von dem Gespräch zu berichten hatte.

»Wie Sie sicher schon wissen, hat die Gemeinde die Wiesen gesperrt. Ich bin beim Anwalt gewesen, um meine Ansprüche geltend zu machen. Sie gehören seit Generationen zu Rosenhagen. Leider hat er mir nicht viel Hoffnung gemacht, unsere Unterlagen geben nichts her. Ich bin davon überzeugt, dass die Eintragungen im Grundbuch manipuliert worden sind.«

»Du vermutest, dass Ricks Mutter Helga dahintersteckt, nicht wahr? Das ist eine schwere Anschuldigung, Papa«, sagte Sandra.

Joris beneidete sie nicht, weil sie immer zwischen zwei Stühlen saß.

»Da muss ich Ihrer Tochter leider recht geben. Solange Sie das nicht beweisen können, sollten Sie vorsichtig sein mit dieser Äußerung. Wenn das der Bürgermeisterin zu Ohren kommt, könnte sie Sie wegen übler Nachrede verklagen.«

»Genau«, pflichtete Sandra ihm bei.

Friedrich Gercke winkte ab. »Nicht wenn ich beweisen kann, dass die Eintragungen in ihrem Auftrag manipuliert wurden. Ich bin so dicht dran«, sagte er und deutete mit den Fingern die Spanne an. »Dann habe ich Helga Koopmann, wo ich sie immer haben wollte.«

»Papa!«, rief Sandra empört. »Diese ewige Fehde muss doch mal ein Ende haben!«

Die Feindschaft hatte sich über Generationen in die Herzen beider Familien gegraben. Joris besaß nur wenig Hoffnung, dass sich das jemals ändern könnte.

»Solange es Koopmanns gibt, geht der Krieg weiter.«

Bei dem Wort Krieg wurde Joris schlagartig übel, was er vor den anderen zu verbergen suchte.

»Ich habe mit solch einer Entscheidung gerechnet«, warf Sandra ein. »Ich habe mit Alfons Ripke telefoniert.«

Friedrich Gerckes Züge verhärteten sich. Joris wusste, dass der ehemalige Bürgermeister seine Nachfolgerin im Wahlkampf unterstützt hatte. Zum Ärger von Gercke.

»Du hast mit diesem Verräter gesprochen?«, fuhr Friedrich Gercke seine Tochter an.

Doch die blieb bei seinem Ausbruch gelassen. »Ja, habe ich. Und er hat mir einen interessanten Vorschlag unterbreitet.«

»Ich will von diesem Verräter nichts hören!«, wetterte Sandras Vater.

»Vielleicht ergibt sich aber daraus eine Chance, die Sie ergreifen sollten«, kam Joris Sandra zu Hilfe.

Eine Weile herrschte Schweigen. Die Stimmung im Büro glich einem Pulverfass. Sandra kniff wütend die Lippen zusammen.

»Von mir aus«, gab Friedrich Gercke überraschenderweise nach. Sandra atmete erleichtert aus.

»Gut. Ripke hat mir vorgeschlagen, an der außerordentlichen Gemeinderatssitzung teilzunehmen. Außer uns wäre noch Wilfrid Lemke dabei, der auch zwei Wiesen der Gemeinde nicht mehr nutzen darf. Die Sitzung findet allerdings schon morgen Abend statt.«

»Was soll denn das bringen? Die werden weiter auf ihrem Standpunkt beharren«, echauffierte sich ihr Vater und schnappte nach Luft.

»Bitte, Papa, reg dich nicht so auf. Denk an deine Gesundheit.« Es war Sandra anzusehen, wie besorgt sie um ihren Vater war. Der winkte ab.

»Viele Gemeinderatsmitglieder leben seit Ewigkeiten in Suderdorf, und Wilfrid Lemkes Familie ist mindestens genauso lange ansässig wie unsere. Er will seinen rüstigen Vater Rudi mitbringen. Der kennt jeden von früher und die Geschichte des Ortes. Rick meint …« Sandra stoppte, als ihr Vater mit den Augen rollte.

»Dein Rick ist auch ein Koopmann«, bemerkte ihr Vater in abfälligem Ton. Doch obwohl nun auch Sandra Zorn anzumerken war, blieb sie äußerlich ruhig.

»Mit dem ich zusammenlebe und dem ich vertraue. Du weißt genau, wie er zu seiner Mutter steht«, entgegnete sie.

Es war offensichtlich, dass die Bemerkung ihres Vaters sie ärgerte. Joris hatte Rick bisher als hilfsbereit und loyal kennengelernt. Aber Friedrich Gercke hatte sich in seiner Bitterkeit so verrannt, dass er stur an seiner Meinung über alle Koopmanns festhielt. Sandra räusperte sich.

»Ich bin dafür, dass einer von uns an der Sitzung teilnimmt. Rick und ich sind der Meinung, wenn jemand bezeugen könnte, dass die Wiesen schon immer zu Rosenhagen gehört haben, wäre das ein weiterer Ansatzpunkt, um Einsicht in die Akten der Gemeinde zu bewirken. Für deinen Anwalt. Vielleicht erfahren wir auch, wie es zu der Umschreibung auf die Gemeinde gekommen ist, und es könnte nachgeprüft werden, ob es rechtens war. Ich könnte mir vorstellen, dass Helga Koopmann, wenn sie unter Druck gerät, sogar die Manipulation gesteht, wenn du damit recht hast, Vater.«

Sandras Vorschlag klang in Joris' Ohren plausibel.

»Oder ein Dritter es …« fuhr Sandra fort.

»Die Koopmann wird niemals zugeben, dass sie uns betrogen hat, und die Wiesen freiwillig zurückgeben!«, fiel Friedrich Gercke seiner Tochter lautstark ins Wort. Wieder nahm Sandra den Ausbruch ihres Vaters erstaunlich gelassen hin.

»Das wird sie sicher nicht. Papa, bitte, wir sollten diesen Weg probieren. Alfons Ripke hat versprochen, die Einladungen zu verschicken. Bis zur Sitzung müssen wir versuchen, Dokumente zu finden, die darauf hinweisen, dass diese Wiesen unrechtmäßig an die Gemeinde gegangen sind. Briefe, Notizen, was weiß ich. Wir können heute Abend alles durchsuchen. Ich habe Zeit.«

Ihr Vater nickte. »Meinetwegen. Dann wäre das geklärt. Und was ist mit den Schafen?«

»Ich glaube, auch dafür eine Interimslösung gefunden zu haben«, sagte Sandra. »Ich habe Hellenbrand beauftragt, alle Zuchtstuten mit Fohlen auf die größte unserer Wiesen zu lassen. Neben den drei Heuwiesen wäre dann noch die hinter der Reithalle für die Schafe übrig. Die Herde muss bis morgen früh von der Klosterwiese. Joris, kannst du das noch heute mit Nele übernehmen? Es gibt dort nur einen kleineren Unterstand, dafür aber eine Hütte, in der ihr euch ausruhen könnt.«

Sandra hatte sich wirklich um alles gekümmert.

»Hört sich sehr gut an. Danke«, lobte Joris. Die Weide im Rosenhagengrund lag der Klosterwiese gegenüber. So mussten die Schafe nur über den Pfad getrieben werden.

Eine Weile diskutierten sie noch über das weitere Vorgehen. Friedrich Gercke missfiel es, dass der Vorschlag mit der Gemeinderatssitzung ausgerechnet von einem Koopmann kam, erklärte sich aber mit dem geplanten Vorgehen einverstanden.

»Rick ist morgen auf einer Fortbildung, und ich habe ein Essen mit Reiseveranstaltern. Ich denke, es ist sinnvoller, wenn du daran teilnimmst, Papa.«

»Wenn's sein muss.«

Sandra war die Erleichterung deutlich anzumerken.

»Okay, dann hätten wir ja alles geklärt«, sagte sie und wollte aufstehen, als Joris sie mit dem Heben eines Armes hinderte.

»Ich habe da leider noch eine Frage. Und wenn das alles nicht klappt?« Fragend sah Joris in die Runde.

Sandra zuckte mit den Achseln. »Dann müssen wir uns wohl oder übel von den Schafen trennen.«

Jegliche Farbe wich aus Friedrich Gerckes Gesicht. »Die Schafzucht ist meine Passion. Seit dreißig Jahren!« Er wirkte müde und kraftlos.

Es war Friedrich Gercke deutlich anzumerken, wie schwer ihm die Trennung von den Schafen fallen würde.

Sandra beugte sich zu ihm herüber und legte ihre Hand auf den Arm des Vaters.

»Daran wollen wir jetzt nicht denken, bevor wir nicht alle Möglichkeiten ausgeschöpft haben, Papa.«

Joris schluckte. Für ihn würde das bedeuten, dass seine Dienste auf dem Gut als Schäfer nicht mehr gebraucht würden. Einen solchen Job wie auf Rosenhagen würde er ohne Qualifikationen kein zweites Mal bekommen. Zum Militär konnte und wollte er nicht zurück.

Die Aussicht, Rosenhagen oder gar die Lüneburger Heide verlassen zu müssen, deprimierte ihn.

»Sie sollten auf Ihre Tochter hören, Herr Gercke. Die Versammlung ist einen Versuch wert. Ich bin gern Schäfer auf Rosenhagen und möchte es auch weiterhin bleiben«, sagte Joris.

»Das haben wir nur dieser intriganten Koopmann zu verdanken. Sie hat mir die Wiesen gestohlen, dafür verwette ich meine Hand.«

Sandra schaute ihren Vater betroffen an. Sie öffnete den Mund, als wolle sie etwas entgegnen, überlegte es sich jedoch anders und schwieg.

Nachdem sie sich einig geworden waren, musste Joris seinem Chef von den beiden Nächten berichten und wie es zu dem Brand auf der Klosterwiese gekommen war. Dabei vergaß er nicht, Nele und die Hunde für ihren Einsatz zu loben, und erntete dafür ein Lächeln ihrer Schwester.

Friedrich Gercke hörte ihm zu, ohne ihn ein einziges Mal zu unterbrechen.

»Sie meinen doch nicht etwa Nele? Meine Nele?«, fragte er ungläubig.

»Doch«, versicherte Joris ihm. »Ihr haben wir es zu verdanken, dass die Schafe unbeschadet die Klosterwiese erreicht haben.«

Fast bildete Joris sich ein, dass es in Friedrich Gerckes Augen stolz aufgeblitzt hatte.

»Sie ist eben eine waschechte Gercke. Wir hatten schon immer ein besonderes Gespür für Tiere. Nicht wahr, Sandra?«

Bevor Sandra antworten konnte, klopfte es an die Tür.

»Einen Moment, bitte!«, rief sie und wandte sich dann an Joris und ihren Vater.

»Tut mir leid, das ist jetzt mein Geschäftstermin. Sehr wichtig. Ich wäre euch sehr dankbar, wenn wir hier unser Gespräch abbrechen könnten.«

Joris sprang vom Stuhl auf. »Natürlich, kein Problem.«

Auch sein Chef erhob sich etwas schwerfällig von seinem Stuhl.

Dann verließen sie gemeinsam Sandras Büro.

Draußen im Flur nahm Friedrich Gercke Joris noch einmal zur Seite.

»Verlassen Sie sich nicht zu sehr auf Nele. So bildhübsch wie sie ist, so unstet ist sie auch. Wenn es ihr in den Kopf kommt, ist sie von heute auf morgen auf und davon. Sie hält es nie irgendwo lange aus. Erst recht mit keinem Mann.« Die Warnung seines Chefs verschlug Joris für den Augenblick die Sprache. Er war über das Urteil seines Gegenübers erschüttert.

»Ich habe Nele anders kennengelernt«, verteidigte Joris

sie. Sie hatte mit ihm bei den Schafen ausgeharrt und den Reitstall gesäubert. Nele liebte eben die Freiheit. Sie war viel in der Welt herumgekommen. »Vielleicht hat sie nirgendwo ihren Platz gefunden«, fügte Joris hinzu.

Für einen Wimpernschlag wich die Härte in Friedrich Gerckes Blick einer ungewohnten Verletzlichkeit.

»Sagen Sie nicht, dass ich Sie nicht gewarnt habe, Münster.«

Mit diesen Worten verabschiedete sich Friedrich Gercke von ihm und verließ den Bürotrakt.

Mit gemischten Gefühlen machte Joris sich auf den Weg zur Klosterwiese. Würde er Nele dort vorfinden, oder war sie im Begriff, Rosenhagen zu verlassen? Friedrich Gercke hatte es geschafft, in ihm Zweifel zu wecken. Warum war alles immer so verflixt kompliziert?

30.

Am Nachmittag erreichte Nele bei wolkenverhangenem Himmel die Klosterwiese. Ihre Tränen waren längst getrocknet. Lange hatte sie draußen im Garten des Gutshauses gesessen und sich die Augen ausgeheult. Sie war Didi dankbar, der sich den ganzen Tag lang um ihre Hunde gekümmert hatte, damit sie schlafen konnte. *Schlafen! Welcher Hohn!*

Nele lachte freudlos auf. Joris und sie hatten sich wieder und wieder und mit jedem Mal hingebungsvoller geliebt. Fordernd, aber einfühlsam war er gewesen, genau in der richtigen Dosierung von Glück und Erfüllung, die ihr das Gefühl vermittelt hatte, auf einer Wolke zu schweben. Ein Weilchen hatte sie geglaubt, endlich bei dem Menschen angekommen zu sein, der genauso eigenwillig war wie sie und eine ebenso verletzte Seele besaß. Leider hatte sie sich geirrt. Die Enttäuschung darüber floss wie Säure durch ihre Adern. Kein Wort hatte er verloren, ob und was er für sie empfand. Stattdessen war er so abweisend gewesen wie bei ihrer ersten Begegnung.

Du bist eben eine hoffnungslose Romantikerin, hätte Sandra sicher gesagt.

Die Erfahrung mit Henner hatte sie davon geheilt. Es war richtig, die Stunden der Leidenschaft und Joris zu vergessen. Sie hatte genügend Probleme und konnte auf weitere verzichten.

Ihr Handy vibrierte. Eine Nachricht von Sandra, die ihr mitteilte, dass die Schafe auf die gegenüberliegende Koppel getrieben werden sollten, auf der gestern noch die Stuten mit Fohlen gestanden hatten. Zuerst wollte Nele auf Joris warten. Aber dann entschied sie sich, es allein zu tun. Sie befürchtete, dass er vielleicht ihretwegen nicht kommen würde.

Nach der gestrigen Gewitternacht war die Luft noch immer schwül, und es war dunkler als sonst durch den bedeckten Himmel. Es roch nach Moos, Torf und ein wenig nach dem verkohlten Holz.

Die Hunde hatten sich bereits wie selbstverständlich unter die Schafe gemischt.

Die Schafe rannten freiwillig hinüber, denn das Gras auf der Koppel war höher und begehrter. Binnen wenigen Minuten war alles erledigt. Nele schloss das Gatter und lief zu dem Unterstand, der schmaler war als der abgebrannte. Auch gab es keine Strohballen, auf die sie sich setzen konnte, sodass sie auf der Erde Platz nehmen musste. Außerdem knurrte ihr Magen, und sie fror. Doch hier gab es weder etwas zu essen oder zu trinken noch eine Decke. Alle schienen sie vergessen zu haben. Martina war doch sonst sehr zuverlässig. Etwas stimmte nicht.

Unruhig stellte Nele sich an den Zaun und spähte hinüber zur verwaisten Koppel.

Wenn er doch kommt, werde ich auf Abstand gehen, nahm sie sich vor. Dass Joris nicht kam, ließ ihr keine Ruhe, und sie wählte Sandras Nummer. Aber die Verbindung brach ab. Nele kletterte über den Zaun und lief ein paar Schritte den Weg zurück, wo sie sich besseren Empfang versprach. Ein zweiter Versuch bei Sandra endete auf der Mailbox. Sie versuchte es im Hotel und kam tatsächlich durch. Die Antwort war enttäuschend, denn ihre Schwester hatte das Hotel längst verlassen. Der dritte Versuch galt Rick. Doch auch bei ihm hatte sie wieder kein Netz. Es war zum Verrücktwerden.

Immer mehr geriet sie in Sorge. Sie könnte versuchen,

den Gutsverwalter anzurufen. Die Schafe lagen entspannt im Gras. Nach kurzem Zögern fasste Nele sich ein Herz und rief Hellenbrand an. Es dauerte eine gefühlte Ewigkeit, bis sie durchkam. *Bitte, bitte, lass die Verbindung nicht wieder abbrechen*, flehte sie im Stillen. Nele war erleichtert, als das Rufzeichen ertönte.

»Herr Hellenbrand? Hier Nele Gercke.«

»Ja?«, meldete sich wider Erwarten eine junge, weibliche Stimme. Im Hintergrund war Hufgetrappel zu hören.

»Ida?«, fragte Nele erstaunt. »Was machst du an Hellenbrands Telefon? Es kann sein, dass das Netz gleich wieder zusammenbricht. Ich muss dringend etwas wissen.« Nele wippte auf den Zehen.

»Nele? Ich dachte, das wäre Didis Handy. Der hilft einer Stute gerade beim Fohlen. Was musst du denn wissen?«

»Hast du meine Schwester oder den Schäfer gesehen? Ich kann sie nicht erreichen. Ich habe so ein komisches Gefühl.«

»Nein.«

»Ich brauche dringend die Nummer von Joris Münster.«

»Hab ich leider nicht, und Hellenbrand ist nicht da. Der wollte mit deinem Vater weg. Zu einer Auktion, glaube ich.«

»Zu einer Auktion? Wohin denn?« Ihr Vater hatte schon lange an keiner mehr teilgenommen.

»Keine Ahnung. Soll ich vielleicht einen Zettel mit einer Nachricht hinterlassen?«

»Nein.«

Da fiel Nele ein, dass einige Telefonnummern auf dem schwarzen Brett in der Reiterstube notiert waren. Vielleicht befand sich Joris' darunter. Sie bat Ida darum, nachzusehen.

»Moment«, sagte Ida und stellte das Telefon auf stumm. Nach kurzer Zeit meldete sie sich wieder und gab Nele die Handynummer durch.

»Danke, Ida, auch dafür, dass du dich um den Stall kümmerst.«

»Mach ich doch gern.«

Gleich nachdem Nele aufgelegt hatte, wählte sie Joris' Nummer. Ihr Herz klopfte bis zum Hals in Erwartung, seine Stimme zu hören. Aber es meldete sich nur die Mailbox. Das war ja heute wie verhext! Nele sprach ihm eine Nachricht aufs Handy und legte auf.

Sie war versucht, zum Gut zurückzulaufen, aber sie wollte die Schafe nicht alleinlassen. Nele war wütend, weil Joris sie im Stich ließ. *Wie habe ich mich nur so in ihm täuschen können!*

Durch die dichten Wolken war es früher dämmerig als sonst. Eine Böe fuhr durch die Laubkronen und ließ es regnen. Nele fror. Musste sie etwa die Schafe allein bewachen? Sie schaute auf die Uhr. Es waren erst zwanzig Minuten vergangen, aber das fühlte sich wie eine Ewigkeit an.

Plötzlich nahm sie am Waldrand eine Bewegung wahr. Für einen Moment lenkte sie das ab. Sie kniff die Augen zusammen und lief dicht an den Zaun heran. In ihrer Kindheit hatte sie hier manchmal Rotwild beobachten können. Nele blieb reglos stehen. Zwischen den Bäumen stand ein Reh und beäugte sie neugierig. Sie wagte kaum zu atmen. Jedes noch so leise Geräusch könnte das Tier verschrecken. Nach einer Weile wagte sich das Tier Schritt für Schritt vor. Es kam dicht an den Zaun. Nele stand nur wenige Meter entfernt. Dieser Moment besaß für sie einen besonderen Zauber. Wie in einem Märchen. Ein Knacken im Unterholz vertrieb das Reh, das mit weiten Sätzen auf dem Waldweg entlang der Gutsweiden flüchtete. Nele wollte sich gerade umdrehen und zu den Schafen zurückgehen, als an derselben Stelle, an der das Reh aus dem Wald getreten war, ein Wolf auftauchte. Ein beeindruckendes Tier, hochbeinig, muskulös und mit einem edlen Kopf. Nele war von ihm fasziniert, während ihr Herz bis zum Hals schlug. Ihr gingen die Berichte von solchen Begegnungen durch den Kopf. Wölfe, die nicht nur Vieh, sondern auch Menschen angriffen. Sie war nicht auf einen Angriff des Tieres vorbereitet. Sie empfand Furcht und Bewunderung für das Wildtier. Irgendwo hatte sie gelesen, dass man sich auf keinen Fall umdrehen und davonrennen sollte, weil der Wolf einem dann nachsetzen könnte, und so blieb sie stehen.

Noch nie hatte sie einen Wolf aus der Nähe gesehen, bis auf die tote Wölfin und ihre Kleinen. Er stand einfach nur da und starrte sie an. Plötzlich standen ihre Hunde neben ihr, einer rechts, einer links. Sie drängten sich an Nele, knurrten und fletschten die Zähne. Da drehte sich der Wolf um und verschwand im Dunkel des Waldes. Nele war erleichtert und zugleich stolz auf ihre Hunde. Sie hatte keine Sekunde daran gezweifelt, dass die beiden sie verteidigt hätten.

»Ihr seid wirklich klasse«, lobte sie Benny und Bobby.

Würde der Wolf noch einmal zurückkehren? Wo verdammt noch mal blieb Joris? Sie war zwar kein Angsthase, aber sie wollte nur ungern allein über die Herde wachen.

Nele schluckte. Sie spürte, dass etwas geschehen war. Die Ungewissheit war unerträglich. Sie beschloss, die Hunde allein bei den Schafen zu lassen und zum Gut zu laufen.

31.

Joris überquerte den Hof. Er war durch das Gespräch mit Sandra und ihrem Vater spät dran. Sicher wartete Nele bereits seit einer halben Stunde an der Klosterwiese auf ihn, damit er mit ihr die Schafe auf die angrenzende Gutswiese trieb. Gerade als er an der Reithalle vorbeiwollte, kam ihm Herr Hellenbrand aus dem Reitstall entgegen. Er wirkte aufgeregt.

»Irgendwas stimmt nicht!«, rief er ihm zu und keuchte.

»Was meinen Sie denn? Was stimmt nicht?«, fragte Joris ruhig.

»Ich habe mit Herrn Gercke eben noch telefoniert wegen einer der Stuten. Er war wie immer. Plötzlich hat es gepoltert. Ich habe in den Hörer gerufen, aber er hat mir nicht geantwortet. Ich wollte gerade nach ihm sehen.«

»Ich komme mit«, entschied Joris.

Die Tür zum Gutshaus stand einen Spaltbreit offen. Joris stieß sie auf. Friedrich Gercke lag mitten in der Diele mit schmerzverzerrtem Gesicht auf dem Boden und stöhnte. Hellenbrand lief in der Aufregung zu ihm, um ihm aufzuhelfen. Aber der Gutsherr winkte ab. Hilflos sah Hellenbrand Joris an.

Besorgt kniete Joris sich neben seinen Chef und berührte dessen Wange.

»Herr Gercke? Können Sie mich hören?«, fragte Joris ruhig und erntete ein Nicken.

»Haben Sie Schmerzen?«

Wieder nickte er.

»Und wo?«

Der Gutsherr legte die Hand auf den Brustkorb. Sein Gesicht war bleich, Speichel rann aus seinen Mundwinkeln. Joris war sehr besorgt, denn er fühlte, dass es seinem Chef sehr schlecht ging.

»Herr Hellenbrand, rufen Sie bitte sofort einen Rettungswagen«, wies Joris den Gutsverwalter an. Bei dem Schwächeanfall neulich hatte er seinem Chef Tabletten verabreicht. Heute jedoch schien es dramatischer zu sein.

»Und informieren Sie bitte auch sofort seine Tochter Sandra. Und dann Nele.«

»Ja, ja, natürlich.« Hellenbrand zitterte vor Aufregung, als er das Handy aus der Tasche zog. Er wählte die Notrufnummer und schilderte, was geschehen war. »Es ist ein Notfall. Mein Chef hat bereits einen Infarkt gehabt.«

Joris holte in der Zwischenzeit aus dem Wohnzimmer ein Kissen und schob es dem Gutsherrn behutsam unter den Kopf. Dann öffnete er den obersten Knopf seines Hemdes.

Gerckes Atem kam stoßweise. Joris fühlte seinen Puls und erschrak, wie schwach er war. Friedrich Gercke schloss die Augen, sein Kopf kippte zur Seite.

»Was ist mit ihm?«, rief Hellenbrand ängstlich.

»Herr Gercke? Können Sie mich hören?«, rief Joris und klopfte mit der Hand sanft gegen seine Wange. Aber der Gutsherr antwortete ihm nicht. Joris wusste, dass er schnell handeln musste.

»Gibt es im Haus vielleicht einen Defibrillator?«

Durch seine Zeit beim Militär hatte Joris die Rettungsmaßnahmen gelernt. Wieder sah er Bilder vor sich. Ein Kamerad, der schwer verwundet vor ihm lag. Dessen Herzschlag immer schwächer wurde, dessen Atmung aussetzte wie bei Gercke. Verzweifelt hatte Joris alles versucht, den Kameraden durch Beatmung und Herzmassage zu reanimieren. Es war zu spät gewesen. Der Kamerad war gestorben. Durch seine Schuld.

Nach dem Flashback fühlte Joris sich wie gelähmt.

»Tun Sie doch was!«, rief Hellenbrand verzweifelt und rüttelte Joris an der Schulter. »Tun Sie was, Münster, sonst stirbt er uns noch!«

Die grobe Berührung des Gutsverwalters löste Joris' Starre.

Entschlossen riss Joris in der Eile das Hemd des Gutsherrn auf und begann mit der Herzmassage. Eins, zwei, drei … Joris zählte laut mit. In gleichmäßigem Rhythmus drückte er seine Hände auf das Brustbein des Gutsherrn. Einunddreißig, zweiunddreißig … Schweiß perlte ihm von der Stirn. *Nur nicht aufgeben.* Er musste ihn retten. Für seine Töchter und für Rosenhagen, die ihn alle brauchten. Joris' Arme wurden schwer. Er keuchte.

Wo bleibt denn nur der verdammte Notarztwagen?

Schnelle Schritte näherten sich ihnen. Ohne aufzublicken, wusste Joris, dass Sandra eingetroffen war.

»Papa!«, rief sie und begann zu schluchzen.

Unter den Händen spürte Joris, dass der Gutsherr wieder zu sich kam, und prüfte dessen Puls. Er schlug wieder, zwar schwach, aber regelmäßig. Friedrich Gercke öffnete die Augen.

»Großer Gott, was ist mit ihm?« Sandra beugte sich weinend zu Joris herunter.

»Dem Himmel sei Dank!«, rief Hellenbrand.

Bevor Joris Sandra antworten konnte, bremste vor dem Haus der Ambulanzwagen.

Als die Sanitäter übernahmen, stand er erschöpft auf und wischte sich den Schweiß mit dem Tuch ab, das Hellenbrand ihm reichte. Der Gutsverwalter klopfte ihm anerkennend auf die Schulter. Inzwischen untersuchte der Notarzt den

Gutsherrn. Anschließend wies er die Sanitäter an, Friedrich Gercke ins Krankenhaus zu fahren. Während diese ihn auf die Trage hoben und nach draußen trugen, schilderten Joris und Hellenbrand dem Notarzt und Sandra, was geschehen war.

»Mein Vater hatte bereits im vergangenen Jahr einen Infarkt«, warf Sandra ein und nannte dem Arzt die Klinik, in der ihr Vater behandelt worden war.

»Ihr Vater hat großes Glück gehabt, Frau Gercke. Ohne den tatkräftigen Einsatz von Herrn Münster wäre es sicher tödlich für ihn ausgegangen.«

»Ich kann dir nicht sagen, wie dankbar ich dir bin, Joris.« Bewegt umarmte sie ihn. »Ich werde meinen Vater jetzt ins Krankenhaus begleiten. Rick habe ich eine SMS geschrieben. Weiß Nele eigentlich Bescheid?«

Verdammt! Ich habe Nele in der ganzen Aufregung glatt vergessen.

Sicher wartete sie noch immer auf ihn.

Joris sah den Gutsverwalter fragend an.

»Ich habe sie vorhin leider nicht erreichen können«, teilte ihm Hellenbrand mit.

»Ich muss jetzt zur Klosterwiese«, sagte Joris und eilte aus dem Haus.

Vermutlich war Nele stinksauer auf ihn. Schließlich hatte er sie nicht nur nach den leidenschaftlichen Stunden vor den Kopf gestoßen, sondern sie auch noch versetzt. Er könnte es ihr nicht verdenken. Da sie sicher nichts von dem Zusammenbruch ihres Vaters wusste, würde sie ihn für einen Scheißkerl halten.

32.

Nele kletterte gerade über den Zaun, als sich ein Wagen näherte. Doch es war nicht Joris' Geländewagen oder Sandras SUV, sondern Martinas Kleinwagen, der sich auf dem feuchten Untergrund die Anhöhe hinaufquälte. Neles Magen ballte sich zu einem Klumpen zusammen.

Kaum dass der Wagen stand, sprang Martina heraus und rannte Nele entgegen. Sie blickte so ernst, dass Nele es mit der Angst bekam.

»Hallo, Martina«, begrüßte sie Sandras Freundin und umarmte sie kurz.

»Hallo, Nele.« Martina klang traurig. »Sandy schickt mich. Dein Vater hatte vorhin eine Herzattacke. Joris hat ihm das Leben gerettet«, berichtete Martina voller Mitgefühl und streichelte Neles Arm.

»Was?« Fassungslos sah Nele Martina an. Ihre Beine zitterten, dass sie sich an die Wand des Unterstandes lehnen musste. Und sie hatte sich die ganze Zeit über gefragt, warum sich keiner gemeldet hatte!

»Aber es ging ihm doch nach dem Infarkt wieder gut.« Neles Augen füllten sich mit Tränen. Da berichtete Martina ihr detailliert, was sie von Sandra erfahren hatte.

»Deshalb konntest du niemanden erreichen. Sandra ist jetzt mit eurem Vater in die Klinik gefahren.«

»Das alles kam so plötzlich …« Nele hatte das Gefühl, in einem Albtraum zu sein.

»Er hatte neulich schon einen Schwächeanfall. Wenn Joris heute nicht da gewesen wäre, wer weiß, wie es ausgegangen wäre.«

Schwächeanfall … Leben gerettet … Die Wörter echoten in ihrem Kopf. *Das ist unbegreiflich.*

»Er sollte sich mehr schonen. Aber er hört ja auf keinen und mischt sich noch überall ein. Dann noch der ganze Ärger mit den Weiden … Das war einfach zu viel für ihn.« Martina legte tröstend den Arm um Neles Schultern.

Und er hat sich auch meinetwegen aufgeregt! Nele dachte wieder an den letzten Streit mit ihrem Vater und machte sich Vorwürfe. Auch sie hatte gewusst, dass jede Aufregung, jeder Ärger Gift für ihn waren.

Sie war Joris unendlich dankbar, dass er ihren Vater gerettet hatte. Gleichzeitig sah sie ein, dass sie Joris Unrecht getan hatte. Aber sie war so wütend auf ihn gewesen, weil sie geglaubt hatte, dass er ihretwegen nicht zur Klosterwiese gekommen war.

Die Emotionen überwältigten Nele. Sie weinte.

»Es ist ja alles noch mal gut gegangen«, tröstete Martina sie. »Dein Vater ist ins Krankenhaus gebracht worden, wo ihm geholfen wird. Er ist stark und wird es überstehen.«

Nele nickte und wischte die Tränen aus dem Gesicht.

»Geht es wieder?«, fragte Martina fürsorglich.

Nele nickte.

»Ich muss zu ihm«, entschied Nele.

Martina schüttelte den Kopf. »Das hat keinen Sinn. Du kannst dort nur warten. Jede weitere Person wäre in seinem Zustand zu viel. Wenn du etwas für deinen Vater tun willst, dann achte auf seine Schafe heute Nacht.«

Aber Nele hatte ein schlechtes Gewissen. Schon einmal war sie nicht an der Seite ihres Vaters gewesen. Sie mochte sich nicht ausmalen, was ihm alles widerfahren könnte. Andererseits hatte Martina recht. Sie konnte ihrem Vater nicht helfen, und sicher wollte er sie nach dem Streit auch nicht sehen.

»Gut, ich bleibe. Weißt du, ob Joris noch kommt?«

Martina zuckte mit den Achseln. »Das weiß ich leider nicht. Fürchtest du dich?«

»Nein«, antwortete Nele. Sie hatte keine Angst, aber ein bisschen mulmig war ihr schon zumute, so allein hier draußen.

»Du bist echt taff.« Martina tätschelte ihren Arm. »Ich gehe dir jetzt noch ein paar Decken aus dem Wagen holen. Ist empfindlich kühl geworden.« Mit diesen Worten wandte Martina sich um und lief zu ihrem Wagen zurück. Wenig später kehrte sie mit einem Stapel Wolldecken über dem Arm zurück und reichte sie Nele.

»Wenn ich zu Hause nicht auf meine Kinder aufpassen müsste, hätte ich dir heute Nacht Gesellschaft geleistet. Noah zahnt gerade und weckt mit seinem Geschrei Vicky auf.«

Victoria oder Vicky, wie sie von allen genannt wurde, war Martinas Älteste und schon drei Jahre alt. Ihr jüngerer Bruder Noah hingegen bekam mit einem halben Jahr gerade seinen ersten Zahn. Nele kannte Martina von früher, denn Sandra und sie waren schon ein ganzes Leben lang miteinander befreundet. Martina war eine der zuverlässigsten und gewissenhaftesten Personen, die Nele kannte. Deshalb waren ihre Worte nicht nur so dahingesagt.

»Das ist ganz lieb von dir, Martina, aber das schaffe ich schon. Ich kenne das, und außerdem habe ich ja meine Hunde.« Sie erzählte Martina kurz von ihrer Begegnung mit dem Wolf und wie Benny und Bobby ihn in die Flucht geschlagen hatten.

Martina schlug vor Schreck die Hände vor den Mund. »Du hast wirklich zwei tolle Hunde, um die ich dich beneide.«

Zum Abschied umarmten sie sich noch einmal, dann

ging die alte Freundin zu ihrem Wagen. Bevor sie einstieg, drehte sie sich noch einmal zu Nele um. »Sandra meldet sich bei dir. Sie wollte noch mit dir sprechen. Da findet eine Gemeinderatssitzung statt, in der es um die Wiesen geht.«

»Okay, danke.«

»Pass auf dich auf, Nele!« Martina hupte zum Abschied und fuhr davon.

Nele fühlte sich leer und ausgebrannt. Seitdem sie nach Rosenhagen zurückgekehrt war, war ihr Leben in ein Gefühlschaos geraten. Dabei hatte sie sich gerade nach der Trennung von Henner davon erholen wollen. Sie breitete eine Decke im Unterstand aus und ließ sich darauf nieder. Martina hatte wieder diese leckeren Sandwiches aus der Hotelküche mitgebracht, die in einem der Körbe verstaut waren. Im anderen waren Getränke untergebracht. Nele nahm ein Sandwich und eine Cola aus den Körben und vertilgte beides genüsslich.

Dunkelheit legte sich über die Wiese. Nele war zwar kein Angsthase, aber ein wenig unheimlich war ihr schon zumute, so allein. Eine Weile saß sie da und blickte in die Dunkelheit. Sie dachte an ihren Vater, der jetzt im Krankenhaus lag. Nur zu gut erinnerte sie sich an das vergangene Jahr, als sie die Nachricht von seinem Infarkt bekommen hatte. Sie war in Paraguay gewesen, auf einem Pferd. Der Anruf des Arztes hatte sie so geschockt, dass sie fast heruntergefallen wäre. Erst in diesem Augenblick war ihr bewusst geworden, wie viel ihr Vater ihr, trotz aller Differenzen, wirklich bedeutete. Deshalb hatte sie auch den nächsten Flug nach Deutschland gebucht.

Damals, als sie Rosenhagen verlassen hatte, waren sie im Bösen auseinandergegangen. Nach seinem Infarkt hatte sie sich geschworen, dass das nie wieder geschehen dürfte. Und jetzt wäre es fast passiert. Seit sie denken konnte, hatte sie insgeheim gehofft, dass er sie lieben und genauso stolz auf sie sein würde wie auf Sandra.

Doch worauf sollte er bei ihr auch stolz sein? Sie hatte weder eine Berufsausbildung noch Karriere gemacht und hatte nicht einmal einen festen Partner. Sie passte eben nicht hierher, in das geordnete Leben der Gerckes, auch wenn sie deren Namen trug.

Nele zuckte zusammen. Hatte sie nicht eben leise Schritte gehört? Sie lauschte. Als es still blieb, glaubte sie, es sich nur eingebildet zu haben. Sie lehnte sich zurück und schloss die Augen. Unwillkürlich dachte sie an einen Abend in Paraguay, als Juan in der Kneipe und sie allein in der Hütte geblieben war. Ein Kerl hatte sie überfallen und ihr Geld verlangt. Zum Glück war er nicht bewaffnet gewesen, sodass sie ihn mit einem Knüppel hatte abwehren können. Hier musste sie auf ihre Hunde vertrauen. Doch die blieben ruhig. Dennoch wollte die Furcht nicht weichen. Sie schlich zur Herde hinüber und umrundete dann den Unterstand. Nichts. Nele atmete auf. Sie schüttelte über sich selbst den Kopf und wollte sich wieder auf die Decke zurückbegeben, als jemand sie von hinten an den Schultern fasste. Zu Tode erschrocken schrie sie auf und wirbelte herum. Reflexartig boxte sie mit der Faust gegen den Angreifer. Der schrie ebenfalls auf und stöhnte. Bevor er sie packen konnte, drehte sie sich um und wollte davonrennen. Sie kam nicht weit, denn sie rutschte auf dem feuchten Gras aus und stürzte der Länge nach hin. Heftiger Schmerz durchzuckte ihren rechten Knöchel, dass ihr die Tränen kamen.

Sie hörte ihren Angreifer näher kommen und versuchte, sich aufzurappeln. Aber der Schmerz in ihrem Knöchel bremste sie aus, sodass sie nur auf die Knie kam.

»Verdammt, Nele! Wieso hast du mir die Faust in den Magen gerammt?«, fragte Joris.

»Weil du mich zu Tode erschreckt hast. Das hättest du vermeiden können, wenn du dich vorher irgendwie bemerkbar gemacht hättest!« Noch immer hämmerte ihr Herz in der Brust. Sie war wütend auf ihn.

»Ich dachte, du hättest mich kommen gehört. Tut mir leid.«

Plötzlich stöhnte Joris.

Nele zog ihr Handy aus der Hosentasche und aktivierte die Taschenlampenfunktion. Geblendet vom Licht hielt er eine Hand hoch. Die andere presste er auf seinen Bauch, was ihren Ärger dämpfte.

»Alles okay?«, fragte sie reuig.

»Ja, schon okay. Du hast einen harten Schlag.« Er grinste gequält.

»Sorry, das wollte ich nicht. Aber ich bin in Panik geraten. In Paraguay bin ich einmal überfallen worden …«

»So was prägt, ich weiß«, sagte Joris.

Eine Weile standen sie sich schweigend gegenüber, bis Nele lächelte.

»Wenn wir aufeinandertreffen, dann heftig«, sagte sie und fing zu lachen an. Joris stimmte ein.

Das Lachen befreite Nele, und sie spürte, dass die anfängliche Spannung sich allmählich auflöste.

Sie war froh, dass Joris nach der Herzattacke ihres Vaters zu ihr gekommen war, um mit ihr die Nacht bei den Schafen zu verbringen. Dann berichtete sie noch von dem Reh und dem Wolf.

Joris hörte schweigend zu und drückte dann kurz ihre Hand, ließ sie aber gleich wieder los. »Jetzt sind wir ja zu zweit.«

Nele leuchtete ihnen mit dem Handy den Weg zum Unterstand. Sie war auf Abstand bedacht. *Wenn er doch nicht so verdammt gut riechen würde!* Das erinnerte sie nur wieder an die leidenschaftlichen Stunden, die sie miteinander verbracht hatten. Sie zwang sich, freundlich, aber distanziert mit ihm umzugehen.

Er setzte sich neben sie auf die Decke. Nele rückte ein Stück von ihm ab. Es war eine Tortur, neben dem Mann zu sitzen, in den sie verliebt war, und ihn nicht berühren zu dürfen.

»Nele, gestern …«, begann er, als er scheinbar bemerkt hatte, dass sie Abstand zu ihm wahrte.

»Du musst nichts mehr sagen. Wir sind zwei erwachsene Menschen, hatten guten Sex miteinander und gehen jetzt getrennte Wege. So was passiert häufiger«, sagte sie und schluckte verzweifelt gegen den Kloß an, der ihre Kehle verschloss.

»Gut, dass du es auch so siehst.«

Nele war froh, dass er im Dunkeln ihr Gesicht nicht sehen konnte und die Tränen, die ihr in den Augen standen.

»Ich habe von Martina gehört, dass du meinem Vater das Leben gerettet hast«, lenkte sie auf ein anderes Thema und hörte Joris zu, der ihr alles detailliert berichtete und die dramatischen Sekunden im Kampf um das Leben ihres Vaters schilderte.

»Ich kann nicht in Worte fassen, wie dankbar ich dir bin. Auch wenn ich mit meinem Vater öfter querliege.« Sie erzählte ihm, dass ihre Mutter sie früh verlassen hatte und kurze Zeit darauf verstorben war.

»Von dem Tag an, als meine Mutter gegangen war, hatten Sandra und ich auch unseren Vater verloren. All die Jahre habe ich mir nichts sehnlicher gewünscht, als dass er für uns da ist. Er war es nicht mehr, sondern hat nur noch für das Gut gelebt. Trotz allem kann ich nicht aufhören, ihn zu lieben. Komisch, nicht wahr?«

»Nein, das finde ich nicht. Schließlich hattet ihr doch auch ein paar schöne Jahre miteinander. Aber ich verstehe, dass es für dich und Sandra eine schwere Zeit gewesen ist.«

Es tat ihr gut, dass Joris sie verstand.

»In der ersten Zeit hatte ich auch schlimme Albträume. Damals war Tante Mia, die Schwester meiner Mutter, eine Zeit lang bei uns und hat sich um uns gekümmert. Sie war geduldig und großherzig. Sandy und ich haben sie geliebt. Tante Mia hat mich nach einem Albtraum immer getröstet. Sie hat es auf eine ganz eigene Weise getan, und es hat gewirkt. Noch heute erinnere ich mich oft an ihre Worte. Ihr habe ich es zu verdanken, dass ich die Albträume verloren habe. Sie sagte, dass ich darüber reden sollte, und wenn ich es nicht könnte, würde es mir helfen, die Bilder zu zeichnen oder zu malen.«

»Und das hat geholfen?«, fragte Joris erstaunt.

»Ja, mit der Zeit. Ich habe gelernt, den schrecklichen Traum als abgeschlossen zu betrachten.«

Joris schwieg. Sie spürte, dass er über etwas nachgrübelte.

»Was ist aber, wenn die Realität viel schrecklicher ist als der Traum?«, fragte Joris.

Nele war über seine Frage erschüttert, denn darin schwang so viel Schmerz und Qual. Mit aller Macht hielt sie sich zurück, obwohl sie ihn jetzt liebend gern in die Arme gezogen hätte, um ihm zu zeigen, dass er den Schmerz mit ihr teilen konnte.

33.

Nele schwieg, während Joris ihr von seinem Einsatz in Afghanistan erzählte. Sie war einfach nur da und hörte ihm zu. Das tat gut. Vielleicht war es ihre Zurückhaltung, dass er sich öffnen und zum ersten Mal über die furchtbaren Erlebnisse sprechen konnte. Nicht einmal seinem Therapeuten hatte er alles anvertraut.

»Die Taliban hatten ein Dorf erobert, in dem ein wichtiger Kontaktmann von uns gewohnt hat. Er hatte eine Nachricht an unseren Oberst geschrieben, aus der deutlich wurde, in welcher Lebensgefahr er schwebte. Wir hatten den Befehl, in einem Haus nach ihm und seiner Familie zu suchen und alle in Sicherheit zu bringen. Es war meine Aufgabe, den Einsatz zu führen. Unsere Mission war gefährlich, weil wir in feindliches Gebiet eindringen mussten. Jeden Moment rechneten wir damit, in einen Hinterhalt zu geraten und erschossen zu werden. Die Angst war unser ständiger Begleiter. Das Haus unseres afghanischen Kontaktmanns war von den Taliban zerstört und seine Familie brutal hingerichtet worden. Selbst vor den Kindern haben sie nicht haltgemacht. Es war ein grauenvoller Anblick.«

Joris musste eine Pause einlegen, denn die grausigen Bilder der Vergangenheit drängten sich ihm auf. Alles war wieder so gegenwärtig, als wäre es erst gestern geschehen, dass er zu zittern begann.

Nele hörte ihm schweigend zu, wofür er ihr dankbar war. Jahrelang hatte er, was ihn bewegte, unterdrückt. Hier an diesem Abend drängte es an die Oberfläche. Jede noch so kleine Frage hätte ihn gebremst, sich endlich einmal alles von der Seele zu reden. Tief in die Vergangenheit eintauchend, durchlebte er noch einmal alles, einschließlich der Todesangst und der Verzweiflung.

»Am Nachmittag des Tages wollten wir uns zurückziehen. Ein Sandsturm hat es verhindert. Wir kamen erst abends los. In dieser Nacht haben uns die Taliban angegriffen.«

Wieder stockte Joris mit seinem Bericht. Obwohl es dunkel war, spürte er, dass Nele ihn ansah. Was mochte sie denken?

Er hörte die Schüsse und die Schreie der getroffenen Kameraden. Selbst in seinem Gesicht glaubte er Staub und Sand zu spüren. Der Angriff hatte sie überrascht und ihnen kaum eine Chance zur Gegenwehr gelassen. Noch nie hatte er sich so machtlos gefühlt. Es hatte ihn bis ins Mark getroffen, die Männer, die an seiner Seite gekämpft hatten, zu verlieren.

»Es war meine Schuld! Meine Schuld!«, brach es aus Joris heraus. »Hätte ich den Rückzug nicht hinausgezögert, wären meine Kameraden noch am Leben!«

Er stützte den Kopf in die Hände.

»Unser Kontaktmann war tot. Ich hätte es wissen müssen. Für diese vergebliche Hoffnung ihn zu finden, habe ich meine Kameraden geopfert! Das kann ich mir nicht vergeben.«

Tränen rannen über sein Gesicht. Das erste Mal seit damals. Er fühlte sich von einer Last befreit. Als würden die Tränen die Schatten von seiner Seele spülen.

Er bemerkte, dass Nele näher an ihn herangerückt war. Er schaltete die Laterne an. Nele nahm seine Hand.

»Du wolltest alle retten«, sagte sie. »Das hätte ich an deiner Stelle auch versucht.«

Ihre Worte vermochten ihn nicht zu trösten. Er hatte

eine falsche Entscheidung getroffen. Das konnte man nicht schönreden.

»Es tut mir leid, was du durchgemacht hast. Und dann diese schrecklichen Albträume, die dich quälen«, fuhr Nele fort. Wie oft hatte er diese Worte von Lisa und seinen Eltern hören müssen.

»Ich will dein Mitleid nicht!«, rief er wütend. Das war das Letzte, was er von ihr wollte.

Sie zuckte zusammen, als hätte er sie geschlagen.

»Okay. Wenn ich dir irgendwie helfen kann …« Weiter kam sie nicht.

»Hilfe hatte ich monatelang. Ich brauch keine.«

»Lass nicht zu, dass dich die Schuldgefühle auffressen.«

Joris versteifte sich und bereute, sich ihr offenbart zu haben.

»Hast du aus Mitleid mit mir geschlafen?«

»Nein! Was soll dieser Vorwurf?« Sie stieß ihn von sich.

Er dachte an ihren mitleidigen Blick nach seinem Albtraum.

»Das soll ich dir glauben, so wie du mich mit diesem waidwunden Blick angesehen hast?«

»Glaub doch, was du willst!« Sie rückte bis ans Ende der Decke.

Joris bereute seine harschen Worte. Aber sie waren gesagt und nicht mehr zurückzunehmen. Nele blinzelte. Eine Träne quoll aus ihrem Auge, die sie hastig mit der Hand wegwischte.

Wieder hatte er sie verletzt. Er wollte, dass sie ihn liebte und so nahm, wie er war. Auch mit seiner Vergangenheit und den Albträumen.

Den Rest der Nacht verbrachten sie schweigend, jeder in einer Ecke des Unterstandes.

Joris grübelte die ganze Nacht über sein Leben nach.

Vielleicht hatte Nele recht damit, dass ihn irgendwann die Schuldgefühle auffressen würden. Aber er konnte sie nicht auf Knopfdruck abstellen, genauso wenig wie seine Empfindungen für sie.

Irgendwann hörte er ihre gleichmäßigen Atemzüge und wusste, dass sie eingeschlafen war.

Der Morgen graute. Nele schlief auf der Decke, die beiden Hunde neben ihr. Joris beugte sich zu ihr hinunter, um sie zu berühren. Doch er tat es nicht. Stattdessen packte er seine Sachen zusammen und stahl sich davon. *Du bist feige!*

Die klare Morgenluft tat ihm gut. Diesmal lief er nicht zum Gutshaus, sondern zum Blockhaus im Wald. Er musste eine Weile ganz für sich allein sein. Auf dem Weg erreichte ihn eine Nachricht von Sandra. Während er sie las, wusste er, dass sich sein Schicksal auf Rosenhagen an diesem Tag entscheiden könnte.

34.

Jemand stupste sie an. Nele schlug die Augen auf und schloss sie gleich wieder, von der tiefstehenden Morgensonne geblendet. Hinter ihren Schläfen hämmerte es. Nele fühlte sich wie gerädert von der Nacht auf dem harten Boden. Jeder Knochen im Leib schmerzte, und der Rücken war ganz steif. Eine feuchte Schnauze beschnüffelte ihren Arm. Nele setzte sich auf und blinzelte ins Licht. Bobby ließ von ihr ab und kehrte zu der verschlossenen Hundefutterdose und Benny zurück. Beide sahen Nele auffordernd an. Der Korb mit den Getränken war umgekippt, die Flaschen auf dem Boden verstreut.

»Schämt euch«, schimpfte Nele und unterdrückte ein Grinsen.

Mühsam rappelte sie sich auf. Die beiden würden keine Ruhe geben, bis die Dose endlich geöffnet war. Sie schaute sich nach Joris um und bemerkte, dass seine Decke und sein Rucksack fehlten. Es enttäuschte sie sehr, dass er sich heimlich davongestohlen hatte.

Sein wechselhaftes Verhalten zerrte an ihren Nerven. Während sie den Hunden das Futter in die Näpfe füllte, grübelte sie über ihr Gespräch in der letzten Nacht nach. Auf ihr Mitgefühl und Hilfsangebot hatte er abweisend reagiert. Es lag nicht nur an seinem Trauma, sondern sein Stolz hinderte ihn daran, Hilfe anzunehmen. Es war ihm anzumerken, dass er krampfhaft bemüht war, keine Schwäche zu zeigen. *Wie ein echter Soldat.* Nur während der leidenschaftlichen Stunden hatte er sich einfühlsam und verletzlich zugleich gezeigt, um danach wieder auf Distanz zu gehen. Die Widersprüchlichkeit seines Handelns stürzte sie in ein Wechselbad der Gefühle. *Wenn ich doch nur nicht so verliebt in ihn wäre!*

Sie konnte sich ja selbst kaum verstehen.

»Man kann jemanden lieben, ohne mit ihm zusammenzuleben«, hatte sie Tante Mia einmal belauscht, als sie das zu ihrer Mutter gesagt hatte. Nur wenige Tage später hatte ihre Mutter Rosenhagen verlassen.

Erst da hatte sie verstanden, dass Tante Mia das Verhältnis ihrer Eltern gemeint hatte. Heute konnte sie verstehen, dass das Zusammenleben mit einem dominanten Mann für ihre Mutter sicher schwierig gewesen war. Papa! Martina hatte ihr gestern von der Herzattacke ihres Vaters berichtet.

Nele fragte sich, wie es ihm gehen mochte. Sie musste dringend zum Gut und mit Sandy reden. In aller Eile packte sie ihre Sachen zusammen und wollte sich gerade auf den Weg machen, als ihr Handy klingelte.

Es war ihre Schwester, die einen sechsten Sinn zu haben schien, was Neles Gedanken betraf.

»Guten Morgen, Nele.« Sandra klang müde.

»Sandy, alles in Ordnung? Wie geht es Papa?«, fragte Nele besorgt.

»Ich bin hundemüde, weil ich die ganze Nacht bei ihm im Krankenhaus gewesen bin. Aber jetzt geht es ihm den Umständen entsprechend gut. Heute soll er noch auf der Intensivstation bleiben. Stell dir vor, heute Morgen hat er mich tatsächlich gebeten, ihm sein Tablet ins Krankenhaus zu bringen, und war stocksauer, weil ich mich geweigert habe. Der Stationsarzt meinte, er müsse sich unbedingt schonen. Vielleicht braucht er einen Herzschrittmacher.«

»Viele leben noch Jahre damit«, tröstete Nele sie.

Sandra seufzte. »Ja, du hast recht. Ich mag mir gar nicht ausmalen, wie seine Herzattacke ohne Joris verlaufen wäre.«

Nele fiel ein Stein vom Herzen, dass es ihrem Vater wieder besser ging.

»Was denkst du, wann ich Papa besuchen kann?«, fragte sie.

»Ich telefoniere nach der Visite mit dem Arzt und gebe dir Bescheid«, versprach Sandra.

»Okay. Wie konnte es nur dazu kommen?«

»Das alles wäre nicht geschehen, wenn er sich nicht so sehr über diese Wiesengeschichte aufgeregt hätte. Natürlich hat Helga uns wieder Knüppel zwischen die Beine geworfen.« Sandra seufzte tief ins Telefon. »Und die Sache ist noch lange nicht ausgestanden.«

»Was meinst du damit?«, fragte Nele. Mittlerweile war sie fast am Gutshaus und am Hotel angekommen. Der Seufzer eben hatte danach geklungen, dass ihre Schwester mehr auf dem Herzen hatte. »Warte«, sagte sie. »Ich komme zu dir ins Büro. Dann reden wir weiter.«

Nele ließ Decke und Körbe an der Rezeption und ging gleich in den Bürotrakt durch. Als sie das Büro ihrer Schwester betrat, saß diese hinter dem Schreibtisch, den Kopf in die Hände gestützt. Nele war zu aufgekratzt, um sich zu setzen, und blieb vor Sandras Schreibtisch stehen. Sandra sah fahl aus und berichtete Nele, was die Gemeinde hinsichtlich der Wiesen verfügt hatte, und auch, dass ihr Vater beim Anwalt gewesen war.

»Wir müssen dringend einen Beweis finden, dass die Wiesen einst zu Rosenhagen gehört haben und wann und weshalb das geändert wurde.«

Nele lief aufgewühlt zum Fenster und wieder zurück.

»Papa ist doch immer sehr sorgsam mit den Papieren umgegangen. Ich verstehe nicht, dass er die Eintragungsänderung nicht abgeheftet hat. Ich glaube, dass da wirklich etwas faul ist an der Sache.«

Es beruhigte Nele, dass ihre Schwester das Gefühl teilte.

»Gestern im Krankenhaus war Papa so deprimiert. Er hat immerzu davon geredet, dass er die Schafe verkaufen müsse.«

»Aber das bringt ihn um! Wir müssen etwas tun, Sandy!« Nele stützte sich auf die Schreibtischplatte und sah ihre Schwester eindringlich an. Sie dachte dabei auch an Joris, der seinen Job verlieren würde. Das konnte sie nicht zulassen.

»Ich habe deshalb mit Alfons Ripke telefoniert.«

Nele richtete sich auf. Sie hielt nicht viel von dem ehemaligen Bürgermeister, der immer mit Helga Koopmann geflirtet hatte.

»Du weißt ja, was ich über den denke«, warf Nele ein und schüttelte den Kopf.

»Er hat mir vorgeschlagen, das Thema mit den Wiesen bei der nächsten Gemeinderatssitzung vorzutragen. Wilfrid Lemke macht das auch. Der ist ebenfalls von dem Nutzungsverbot betroffen.«

Lemke gehörte wie ihr Vater der Suderdorfer Bauernschaft an und hielt sich meistens aus allem raus. Der wäre bestimmt keine Unterstützung vor dem Gemeinderat.

»Und wann ist diese Sitzung?«, hakte Nele nach.

»Heute.«

»Heute schon musst du dahin?«, rief Nele erstaunt.

»Ich … ich kann leider nicht. Ein Geschäftsessen mit einem Reiseveranstalter, der mit uns einen Deal aushandeln will. Ich habe deshalb gehofft, dass du für mich einspringen könntest.«

Sandras Vorschlag verschlug Nele die Sprache.

»Aber was soll ich denen denn sagen, wenn wir keinen Beweis vorliegen haben, dass die Wiesen seit Urzeiten zum Gut gehören? Da gehe ich nicht hin, Sandy«, protestierte

Nele. Der Gedanke behagte ihr absolut nicht. Wie ein aufgeschrecktes Huhn lief sie erneut zwischen Schreibtisch und Fenster hin und her.

»Aber ich kann nicht, und jemand von uns dreien muss die Interessen Rosenhagens vertreten. Du musst Zeit rausschinden, bis wir Beweise gefunden haben. Du willst doch auch nicht, dass Papa die Schafe verkaufen muss und Joris seinen Job bei uns verliert!«

Sandra war clever, sie wusste genau, womit sie sie ködern konnte. Doch Nele befürchtete, vom Gemeinderat nicht ernst genommen zu werden. Für die Räte war sie doch nur die ausgeflippte Nele vom Gut.

»Die werden mich vielleicht gar nicht erst reinlassen. Kannst du denn dein Geschäftsessen nicht umlegen? Bitte«, flehte Nele.

»Wenn Rick zu Hause wäre, schon. Aber der ist zwei Tage auf einer Fortbildung. Nele, beim besten Willen, ich kann nicht riskieren, dass der Deal platzt. Ich bitte dich inständig, zu dieser Sitzung zu gehen. Nur dieses eine Mal.«

»Ich bin aber nicht so wortgewandt wie du.« Eigentlich war Nele nie auf den Mund gefallen, aber hier ging es um mehr. »Ich befürchte, dass ich Papas Erwartungen nicht gerecht werde. Was ist, wenn er sich geirrt hat und die Wiesen doch der Gemeinde gehören? Wenn die dafür Beweise vorlegen, stehe ich ganz schön dumm da.«

»Du schaffst das, Schwesterherz. Ich habe großes Vertrauen in deine Fähigkeiten. Bitte, Nele.«

Nele dachte einen Augenblick lang nach. Ihr waren die Argumente ausgegangen.

»Schön, ich gehe zu der Gemeinderatssitzung. Aber ich kann nichts versprechen«, gab sie sich geschlagen. Sandra fiel ihr um den Hals.

»Ich wusste doch, dass ich auf dich zählen kann. Die Sitzung findet um fünf im Gemeindesaal statt.«

»Dann sollten wir vorher noch nach eventuellen Papieren suchen.« Nele hoffte, die Teilnahme an der Gemeinderatssitzung doch noch umgehen zu können, wenn sie die Änderungsbenachrichtigungen finden würden.

»In der Mittagspause«, schlug Sandra vor, und Nele erklärte sich damit einverstanden.

»Übrigens haben wir eine Aushilfe eingestellt, die mit Ida übergangsweise mistet, bis Didi wieder fit ist.«

»Du hast für jedes Problem eine Lösung parat«, scherzte Nele und lachte.

Nachdem Nele den Vormittag über in ihrem Zimmer geschlafen hatte, ging sie auf Sandras Rufen hin nach unten. Gemeinsam durchforsteten sie die Dokumente aus dem Aktenschrank im Herrenzimmer. Sandra hatte die aktuellen Grundbuchauszüge besorgt und auf dem runden Besuchertisch ausgebreitet.

Nele blätterte in einer Akte und fand außer einem Kaufvertrag für eine Scheune nichts Verwertbares. Schwungvoll klappte sie den Aktendeckel wieder zu.

»Wieder nichts«, sagte sie zu Sandra.

»Bei mir auch nichts«, antwortete ihre Schwester und sah deprimiert aus. »Papa meinte, wir sollten nach Opas Testament suchen. Aber immer nur Fehlanzeige.«

Jetzt hatten sie bereits zwei Stunden vergeblich gesucht.

»Es muss doch verdammt noch mal irgendwo dieses Testament zu finden sein. Oder eine Karte oder so was geben, aus der hervorgeht, dass die Wiesen zum Gut gehört haben«, beschwerte Nele sich.

»Das habe ich auch gedacht und war guter Dinge, denn Papa legt alles immer sehr sorgfältig ab.«

»Unsere Vorfahren scheinbar nicht.« Nele schnappte sich den nächsten Ordner. Es musste doch etwas zu finden sein!

Sandra blickte auf ihre Armbanduhr. »Ich muss wieder ins Hotel zurück. Habe gleich einen Personaltermin.«

Nele schaute auf den Boden, auf dem die Akten verstreut lagen.

»Geh ruhig. Ich räume alles wieder zurück in den Schrank.«

»Danke, Nele, du bist ein Schatz.« Sandra stand auf und küsste ihre Schwester auf die Wange, bevor sie das Zimmer verließ.

Seufzend setzte Nele sich auf den Stuhl ihres Vaters hinter den Schreibtisch und schaute sich die Grundbucheintragungen an. Auf jedem einzelnen Blatt war der Wiesenname verzeichnet. Klosterwiese, Holunderwiese, Himbeerwiese. Vermutlich, um die fast gleich großen Parzellen unterscheiden zu können. Als Eigentümer eingetragen war die Gemeinde Suderdorf. Daran ließ sich nichts deuteln. Schließlich stand es hier schwarz auf weiß. Wie kam ihr Vater nur auf die Idee, diese Parzellen könnten einst zum Gut gehört haben? Nele zog aus der Schreibtischschublade eine Karte der Lüneburger Heide und faltete sie auseinander. Bei näherer Betrachtung grenzten alle Wiesen unmittelbar an das Gut an. Es war naheliegend, dass ihr Vater deshalb angenommen hatte, sie könnten zu seinem Besitz gehören. Hinter den Wiesen verliefen natürliche Grenzen wie der Wald oder der Fluss Suder. Vom Gut aus waren die Wiesen leicht erreichbar. Auf anderen Wegen war man gezwungen, den Fluss zu überqueren oder durch den Wald an der Schafhofruine vorbeizugehen. Immer mehr verstärkte sich in Nele der Verdacht, dass ihr Vater recht haben könnte. Es musste doch irgendwo in den Dokumenten Aufzeichnungen über die ursprüngliche Größe des Gutes geben. Sie musste irgendetwas in der Hand haben, wenn sie zu dieser Sitzung ging. Helga Koopmann würde sonst triumphieren.

Nele nahm noch einmal die Akten aus dem Schrank und blätterte jede gewissenhaft durch. Nichts. Der letzte Ordner beinhaltete nur Urkunden der einzelnen Familienmitglieder und Briefe. Sie wollte den Ordner gerade wieder zuklappen, als ihr Blick auf einen Brief ihres Urgroßvaters fiel, der an Opa Anselm gerichtet war. Beim Überfliegen sprang ihr das Wort Kloster ins Auge, das sie dazu bewog, den gesamten Brief eingehender zu lesen. Tatsächlich war sie einem möglichen Beweis auf der Spur, denn darin wurde erwähnt, dass das Kloster seit dem Mittelalter zu Rosenhagen gehört hatte. Ihre Hände zitterten vor Aufregung, als sie anschließend nach den Sterbeurkunden ihrer Groß- und Urgroßeltern suchte.

»*Esther Gercke, 1968 beim Schafhofbrand ums Leben gekommen*«, las sie laut und legte die Sterbeurkunde zur Seite. Dahinter steckten die Heiratsurkunde sowie die Geburts- und die Sterbeurkunde von Opa Anselm. Sein Testament hingegen fehlte.

»*Geboren am 2. Februar 1936 in Suderdorf, gestorben am 2. Juni 2011 in Suderdorf*«, las sie. Dem letzten Datum gehörte ihre besondere Aufmerksamkeit. Sie nahm die Grundbucheintragungen zur Hand und verglich das Ursprungsdatum der Eintragung mit dem Sterbedatum des Großvaters. Das konnte doch kein Zufall mehr sein! Der Brief … die Daten … zusammen könnten sie den Beweis liefern, dass die Wiesen unrechtmäßig an die Gemeinde gelangt waren. Doch wer hatte das zu verantworten, und aus welchem Grund? Wenn Nele auf ihr Bauchgefühl hörte, hatten die Koopmanns, speziell Helga, ihre Finger im Spiel. Vermutlich steckten einzelne Gemeindemitarbeiter mit ihr unter einer Decke.

Es war Zeit, zur Sitzung aufzubrechen und gegen das Unrecht zu kämpfen, das ihnen widerfahren war.

Hastig packte sie die wichtigen Dokumente in einen Plastikhefter. Sie war so aufgeregt über ihre Entdeckung, dass die Mappe mit den Papieren aus ihren feuchten Händen rutschte. Nele bückte sich, um sie wieder aufzuheben. Dabei glitt ihr etwas aus der Hosentasche.

Es war die Visitenkarte der Tochter der Rollstuhlfahrerin. *Kanzlei Dr. Brigitte Gröbel-Finken in Unterflühbeck, Anwältin und Notarin* stand darauf. Der kleine Ort lag nur wenige Kilometer von ihrem Heimatort entfernt. Nele drehte die Karte nachdenklich zwischen ihren Fingern.

»Es gibt keine zufälligen Begegnungen«, sprach sie laut. Nele klemmte die Visitenkarte an den Hefter.

Sie lächelte bei der Vorstellung an die Mienen der Bürgermeisterin und der Gemeinderäte. Nichts wünschte sie sich mehr, als dass ihr Vater und Sandra stolz auf sie wären.

Für die Sitzung des Gemeinderates wollte Nele seriös aussehen. Sandra würde sicher nichts dagegen haben, wenn sie etwas von ihrer Kleidung auswählte. Sandra bewahrte in ihrem alten Zimmer immer Kleider zum Wechseln auf. Zum Glück hatten sie die gleiche Größe. Nur noch ein wenig Make-up und die passenden Schuhe. Nele drehte sich vor dem Spiegel. Das sollte sie sein? Sie mochte es kaum glauben. Wie eine Geschäftsfrau. Fast, denn sie musste etwas tragen, das ihr gehörte, um sich wohlzufühlen. Die bunten Seesternohrstecker. Nele fand, dass sie dem Outfit einen besonderen Pfiff verliehen.

»Gemeinderäte, ich komme. Ihr werdet Augen machen, welche Überraschung ich für euch habe«, sagte sie kampfbereit zu ihrem Spiegelbild.

Wie immer, wenn etwas Entscheidendes bevorstand, las sie noch ihr Tageshoroskop.

Geschäftlich funktioniert nichts nach Plan. Sie halten zu sehr an eingefahrenen Bahnen fest. Eine unangenehme Überraschung steht vor der Tür. In der Liebe reagieren Sie heute besonders emotional. Treten Sie anderen nicht zu nahe, sonst lösen Sie heftige Reaktionen aus.

Nele knüllte die Zeitungsseite zusammen und warf sie in den Papierkorb. *Ein schlechtes Omen für die Gemeinderatssitzung!*

Vielleicht wäre es klüger, nicht hinzugehen.

35.

Joris war nicht gerade von Sandras Bitte begeistert, an der Gemeinderatssitzung teilzunehmen.

»Deine Bitte ehrt mich wirklich. Aber ich glaube nicht, dass ich der Richtige bin, der die Interessen eures Gutes vertreten sollte. Was sagt denn dein Vater dazu?«

»Den konnte ich nicht fragen, denn ich muss jede Aufregung von ihm fernhalten. Tu es bitte mir zuliebe«, sagte Sandra. »Ich habe Angst, dass Nele doch noch kalte Füße bekommt und nicht hingeht. Es wäre wichtig, dass jemand von uns dabei ist, vor allem, weil wir die Sitzung initiiert haben. Und ich kann meinen Termin beim besten Willen nicht sausen lassen. Außerdem …«

»Geht es auch um meinen Job, ich weiß«, ergänzte Joris.

»Helga Koopmann könnte Nele auflaufen oder gar nicht zu Wort kommen lassen. Meine Schwester ist clever und nicht auf den Mund gefallen, aber Helga ist äußerst wortgewandt. Und sie wird die Unterstützung der Gemeinderäte haben.«

Joris versprach Sandra hinzugehen. Das würde kein Zuckerschlecken werden, die Gemeinderäte davon zu überzeugen, dass Rosenhagen die Wiesen brauchte. Er dachte an Sandras Vater, der behauptet hatte, die Wiesen gehörten zum Rosenhagener Besitz. Doch die Grundbuchblätter sagten etwas anderes. Die Chancen, etwas zu bewirken, standen schlecht.

»Wir brauchen nur noch etwas Aufschub, um nach den Dokumenten zu suchen«, hatte Sandra gesagt.

Er wusste nicht, was ihm lieber war, dass Nele dabei war oder der Sitzung fernblieb. Nicht nur dass sie sein Seelenheil durcheinanderbringen würde, sie war auch unberechenbar. *Das kann ja heiter werden!*

Die Stunden bis zum Termin verbrachte Joris in der Hängematte am Blockhaus. Normalerweise schlief er bei der leichten Schaukelbewegung schnell ein. Heute jedoch klappte es nicht. Immer wenn er die Augen schloss, musste er an Nele denken und stellte sich vor, wie es wäre, wenn jetzt neben ihm läge. Es war nicht gut, dass sie seine Gedanken beherrschte. Obwohl er sich auf Rosenhagen wohlfühlte, überlegte er, das Gut wieder zu verlassen. Vielleicht wollte das Schicksal, dass er seinen Job verlor. Nele ständig zu sehen und zu spüren, wie sie ihn bemitleidete, war für ihn unerträglich. Mitleid war keine Basis für eine Beziehung, das wusste er aus Erfahrung.

Joris schwang sich aus der Hängematte und ging ins Haus, um zu duschen und sich umzuziehen. Wenn er die Interessen Rosenhagens vertrat, wollte er einen guten Eindruck machen.

Er war froh, dass seine Mutter ihn dazu überredet hatte, auch ein paar gute Kleidungsstücke einzupacken. Nachdem er seinen Bart gestutzt und die Haare kürzer geschnitten hatte, schlüpfte er in schwarze Jeans und streifte sich ein weißes Oberhemd über. Eine cognacfarbene Lederjacke komplettierte sein Outfit. Zufrieden mit seinem Spiegelbild begab er sich auf den Weg nach Suderdorf. Die Luft draußen war mild. Er ließ den Wagen stehen und lief querfeldein durch Wald und Heide. So konnte er die Landschaft genießen und Kraft tanken, bevor er sich in die Höhle des Löwen oder vielmehr der Löwin begab. Der kürzeste Weg zum Ort führte durch den Wald an der Ruine vorbei, wo Nele die tote Wölfin gefunden hatte. Nele und immer wieder Nele. Er musste sie endlich aus dem Kopf verbannen. *Wenn das so einfach wäre!*

Je tiefer er in den Wald drang und sich der Ruine näherte, desto stiller wurde es um ihn herum. Als würde er sich unter einer unsichtbaren Glocke bewegen, die die reale Welt ausschloss. Gedämpftes Motorengeräusch. Irgendwo fuhr ein Wagen. Joris nahm an, dass es der Förster auf seiner Kontrollroute war, der Ausschau nach dem Wolf hielt. Oder waren es die Gefolgsleute der Bürgermeisterin, die einen zweiten Versuch starteten, den Wolf zu erlegen?

Mit weit ausholenden Schritten wollte er das Areal mit der Ruine hinter sich lassen. Obwohl er nicht viel über den tragischen Brand wusste, musste er zugeben, dass etwas Unheimliches diesen Ort umgab. Wie ein Geisterdorf in den afghanischen Bergen. Unbewusst lief er schneller und beschloss, einen weiten Bogen um den Ruinenkern zu machen. Nach wenigen Schritten in Höhe der verfallenen Mauern, blieb er stehen. Etwas Gelbes schimmerte durch das Unterholz. Das weckte seine Neugier.

Auf Zehenspitzen näherte er sich dem Gebüsch, das ihm den freien Blick verwehrte. Eine Frau mittleren Alters in einem eleganten, gelben Sommerkleid hockte vor der verwitterten Mauer. Der Anblick der gut gekleideten Frau an diesem Ort wirkte irreal. Was machte sie hier so allein?

Joris entschied, sie zu beobachten. Erst jetzt bemerkte er, dass sie eine Friedhofskerze in der Hand hielt und sich umsah, als suche sie nach dem geeigneten Platz dafür. Mit einem Streichholz zündete sie die Kerze an und stellte sie am Fuß der Mauer ab. Zum Schluss bekreuzigte sie sich, faltete die Hände und schien in ein Gebet zu versinken.

Hatte sie vielleicht Neles Großmutter gekannt? Er holte sein Handy aus der Tasche und machte ein Foto der Fremden. Er war gespannt darauf, was die beiden Schwestern sagen würden, wenn er es ihnen zeigte. Joris schob das Handy wieder in die Jackentasche zurück und wollte sich gerade abwenden, als er unerwartet den Wolf wiedersah, der einfach nur dastand und die Fremde beobachtete, die ihn scheinbar noch nicht bemerkt hatte. Joris war gespannt, wie sie reagieren würde, wenn sie ihn entdeckte. Als sie sich umdrehte und den Platz mit der Kerze verlassen wollte, hielt sie inne. Eine Weile standen sie und der Wolf sich Auge in Auge gegenüber. Nicht wie Gegner, sondern wie zwei Lebewesen, die einander mit einer Mischung aus Neugier und Misstrauen beäugten. Deutlich spürte Joris die Schwingungen zwischen ihnen.

Nach einer Weile kniete sich die Frau langsam auf den moosigen Waldboden. Eine breite Strähne ihres kastanienbraunen Haares löste sich aus dem Knoten und fiel wie ein Schleier in ihr Gesicht. Joris hielt die Luft an, als sie den Arm nach dem Tier ausstreckte und mit ihm in einer unbekannten Sprache leise redete. Ihre Stimme war ungewöhnlich tief und rau. Joris war davon überzeugt, dass der Wolf sich der Fremden nicht nähern würde. Einem Wunder gleich lief er nach einer gefühlten Ewigkeit langsam auf die Kniende zu und blieb dicht vor ihr stehen. Wieder redete die Fremde sanft auf ihn ein und streckte die Hand aus.

Joris hielt den Atem an. Würde sich der Wolf von ihr berühren lassen? Hastig fingerte Joris erneut sein Handy aus der Tasche, um diesen magischen Moment einzufangen. Zufrieden, dass er das Foto geschossen hatte, trat er zurück. Es war Zeit aufzubrechen, denn er wollte pünktlich bei der Gemeinderatssitzung sein. Nur einen Fingerbreit trennten die Hand der Fremden vom Kopf des Wolfes. Es knackte unter seinen Füßen. Gestört von dem Geräusch hob der Wolf den Kopf und spitzte die Ohren. Auch die Fremde sah auf. Der Wolf drehte sich um und verschwand im Dickicht des Waldes. Joris sah ihm nach. Er bedauerte es, den einzigartigen Augenblick zerstört zu haben. Sein Blick suchte die Fremde. Aber sie war nicht mehr da. Schade. Er hätte sie gern gefragt, was sie zu dem Wolf gesagt hatte.

Wenig später, auf dem Weg durch die Heide nach Suderdorf kam Joris die Begegnung zwischen der Frau im gelben Kleid und dem Wolf wie ein Traum vor. Joris war fasziniert von dem, was sich zwischen der Frau und dem Wolf abgespielt hatte.

Verträumt folgte er dem Pfad, der sich durch die Heide schlängelte. Er fühlte mit einem Mal eine Kraft und eine Zuversicht, die alles überwinden könnte. Wären nicht die Fotos auf seinem Handy der Beweis für ein reales Erlebnis, hätte er geglaubt, es sich eingebildet zu haben.

Die Realität holte ihn ein, als er mit einem flauen Gefühl im Magen den modernen, aber spartanisch gestalteten Gemeindesaal betrat. Da Suderdorf nur eine sehr kleine Gemeinde in der Lüneburger Heide war, bestand der Gemeinderat nur aus sechs Personen, die an in U-Form aufgestellten Tischen saßen. Der Platz in der Mitte für die Bürgermeisterin war verwaist. Auch von Nele war noch nichts zu sehen.

»Sind Sie Herr Münster, der Schäfer?«, sprach ihn jemand von hinten an und tippte ihm leicht auf die Schulter. Joris wandte sich um und stand einem beleibten Herrn von etwa sechzig Jahren gegenüber, der stark nach Rauch roch.

»Ja.«

Am Revers seines Gegenübers steckte ein Namensschild, das ihn als Gemeinderat Alfons Ripke auswies. Das war also der Mann, der Sandra vorgeschlagen hatte, an dieser Sitzung teilzunehmen und das Begehren vorzutragen. Joris hatte ihn schon mehrmals auf Rosenhagen, aber auch vor dem Rathaus gesehen, ohne seine Identität zu kennen.

Manchmal zusammen mit Helga Koopmann. Er musste vorsichtig sein, denn der Gemeinderat hatte die Bürgermeisterin regelrecht angehimmelt.

Ripke lächelte. »Schön, dass Sie gekommen sind, Herr Münster. Ich dachte eigentlich, Frau Gercke würde uns beehren. Sie ist aus dem gleichen Holz geschnitzt wie ihr Vater.«

Über die Schulter Ripkes hinweg erblickte Joris Nele, die gerade den Gemeindesaal betreten hatte. *Sie ist also doch gekommen!* Für einen Moment war er beeindruckt von ihrer Erscheinung. *Wie bezaubernd sie aussieht!*

»Aber da ist doch Frau Gercke«, sagte er zu Ripke und deutete zur Tür. Ripke drehte sich um und schaute zum Eingang.

»Nele Gercke? Die Skandalnudel von Suderdorf? Ich meinte eigentlich ihre Schwester Sandra, mit der ich telefoniert habe«, entfuhr es dem Gemeinderat. Es ärgerte Joris, wie Ripke über Nele sprach.

»Nele kennt sich im Thema Wiesen auch gut aus«, konterte Joris, drängte sich an dem Gemeinderat vorbei und ging auf Nele zu.

»Guten Abend, Nele«, begrüßte er sie und verschlang sie mit Blicken. Vor ihm stand nicht mehr die flippige Nele in knallbunter Kleidung. Auch die vielen Armreifen, die ihr Markenzeichen waren, fehlten. Stattdessen trug sie ein elegantes Kleid mit Jacke in einem Lindgrün, das ihr rotgoldenes Haar zum Leuchten brachte. Zwar war sie wie üblich geschminkt, jedoch viel dezenter als sonst. Joris gefiel ihre Verwandlung. Unter ihrem Arm klemmte eine lederne Aktentasche.

»Was willst du denn hier?« Ihr Blick wirkte wie eine eiskalte Dusche. Sie klang distanziert, fast herablassend. Das versetzte ihm einen Stich.

»Deine Schwester hat mich gebeten, dich zu unterstützen«, raunte er ihr zu.

»Ich brauche keine Unterstützung. Ich schaffe das schon allein.«

Bevor Joris antworten konnte, kam Ripke auf sie zu, begrüßte Nele höflich und führte sie beide an einen der Tische. Es entging Joris nicht, dass Nele so weit wie möglich mit ihrem Stuhl von ihm abrückte. Sie verhehlte nicht, dass ihr seine Anwesenheit missfiel.

Joris' Blick schweifte durch die Runde. Er war sich sicher, dass zwei der Gemeinderäte neulich bewaffnet gemeinsam mit der Bürgermeisterin zur Hütte des Wolfsforschers gegangen waren.

Kaum dass sie saßen, eilte Helga Koopmann auf Stöckelschuhen mit einem Aktenkoffer in den Saal. Sie wirkte abgehetzt. Joris bemerkte Neles Miene beim Anblick der Bürgermeisterin. Sie konnte ihre Antipathie nicht verbergen.

An ihrem Platz angekommen, stutzte Helga Koopmann einen Moment und bedachte Nele und ihn mit einem kühlen Lächeln. Dann nickte sie zur Begrüßung den Gemeinderäten zu. Erneut öffnete sich die Eingangstür, und Wilfrid Lemke schlurfte herein. Der Landwirt war schon weit über siebzig und vom Rheuma gebeutelt. Seine kleine Herde Heidschnucken und sein Geflügel hatten auch seit vielen Jahren die Gemeindewiesen genutzt.

»Moin!«, rief er in die Runde. Alfons Ripke brachte ihn zu einem freien Platz, gegenüber von Nele und Joris.

»Alfons, weshalb nehmen Frau Gercke und die Herren Lemke und Münster an dieser Sitzung teil?«, wandte die Bürgermeisterin sich an Ripke. Es war offensichtlich, dass ihr die Anwesenheit von ihnen missfiel. Auch heute trug Helga Koopmann eine strenge Hochsteckfrisur, die ihre

Züge hart erscheinen ließ. Ihr sportlich-elegantes Outfit trug das Emblem einer Designermarke.

»Es geht um die Wiesen …«, begann Ripke, dem alles sichtlich unangenehm war.

»Alfons, um welche Wiesen denn?«, hakte Helga Koopmann nach.

Ripke zögerte mit der Antwort. Joris blickte Nele an, die nervös mit einer Locke spielte. Sie schüttelte den Kopf.

»Bitte, wenn du schon mal hier bist, tu dir keinen Zwang an.« Sie war sauer.

»Sehr geehrte Frau Koopmann, sehr geehrte Herren, wir sind hier, weil wir Sie bitten möchten, die Gemeindewiesen weiterhin uneingeschränkt nutzen zu können.«

Als niemand etwas sagte, fuhr Joris fort: »Die Schafe von Rosenhagen weiden seit Jahren auf denselben Weiden. Es gab nie einen Grund der Beschwerde. Das gilt auch für Herrn Lemke.«

Der Landwirt nickte.

Helga Koopmann kniff verärgert die Lippen zusammen.

»Ich dachte, ich hätte mich unmissverständlich ausgedrückt, dass die Wiesen in diesem Jahr nicht mehr zur Verfügung stehen.« Ihr Tonfall duldete keinen Widerspruch. Anstatt Joris anzusehen, der gesprochen hatte, fixierte sie Nele. Deutlich spürte Joris die Spannungen zwischen den beiden Frauen und war sich sicher, dass einst etwas zwischen ihnen vorgefallen war. Plötzlich erschien ihm die Luft im Sitzungssaal stickig. Neles Wangen färbten sich rot. Joris hatte das Gefühl, dass sie vor Wut gleich platzen würde.

Nele erhob sich von ihrem Platz und nickte in die Runde.

»Verehrte Frau Koopmann, verehrte Gemeinderatsmitglieder, das mag für die Gemeindewiesen gelten, aber nicht für die von Rosenhagen.« Deutlich spürte Joris den Ärger in ihrer Stimme.

»Na prima, dann ist doch alles geklärt, und wir können bereits zum nächsten Punkt der Agenda kommen«, erklärte die Bürgermeisterin.

»Dazu zähle ich auch die Klosterwiese, die Himbeer- und die Holunderwiese«, fuhr Nele fort.

Schlagartig verstummten alle und sahen sie an. Er hatte geahnt, dass das Gespräch aus dem Ruder laufen würde.

»Nele.« Joris beugte sich zu ihr hinüber und flüsterte ihr ins Ohr. »Was ist, wenn dein Vater sich geirrt hat und die Wiesen nie zu Rosenhagen gehört haben? Sei vorsichtig. Sie könnten euch wegen Verleumdung anzeigen.«

Die Gemeinderäte starrten Nele finster an.

»Haben sie aber. Vertrau mir«, raunte Nele zurück.

Joris hatte dennoch Zweifel. Diese Behauptung war riskant. Sie musste eindeutige Beweise vorlegen, möglicherweise einen Anwalt einschalten wie ihr Vater. Woher sollte sie die Beweise auf die Schnelle haben?

Helga Koopmanns Miene verhieß nichts Gutes.

Joris spürte, wie Neles Körper bebte. Dennoch blieb sie selbstbewusst stehen.

Helga Koopmanns feingezupfte Brauen schossen nach oben.

»Wollen Sie uns als Lügner hinstellen? Die Grundbücher können nicht einfach so geändert werden. Soweit ich mich erinnern kann, waren diese Wiesen schon einmal der Anlass für eine Auseinandersetzung. Vielleicht sollten Sie erst einmal in Ihrer Familie nachfragen, bevor Sie Lügen verbreiten«, sagte die Bürgermeisterin.

Joris warf Nele einen warnenden Blick zu. Es war gefährlich, weiter zu provozieren, noch dazu in Gegenwart ihrer Gemeinderäte, die offenbar geschlossen hinter Helga Koopmann standen. Nachdem er die Bürgermeisterin mit ihren bewaffneten Schergen an der Hütte Larsens gesehen hatte, traute er ihr vieles zu. Sie war machtbesessen und skrupellos.

»Die drei Wiesen rund um Rosenhagen gehören schon immer zu unserem Gut und nicht der Gemeinde«, beharrte Nele. »Ich werde über einen Anwalt eine Änderung der Grundbucheinträge erwirken.«

Empörtes Gemurmel erhob sich im Saal.

»Die Grundbuchauszüge sind eindeutig! Eine bodenlose Unverschämtheit!«, rief einer der Gemeinderäte, ein älterer Herr mit Halbglatze.

»Herr Behrens, was sagen Sie als Leiter des Grundbuchamtes zu den Vorwürfen?«, wandte Helga Koopmann sich an den jungen Gemeinderat in grüner Lodenjacke.

»Wir nehmen jede Eintragung gewissenhaft vor«, antwortete er. Die Bürgermeisterin nickte ihm wohlwollend zu. Keiner der Gemeinderäte würde ihr widersprechen.

»Wir wollen Beweise!«, forderte der Leiter des Grundbuchamtes.

»Die können Sie haben. Verraten Sie mir doch bitte einmal, weshalb genau am Todestag meines Großvaters neue Grundbuchblätter angelegt wurden. Ich habe die Uhrzeiten verglichen. Mein Großvater ist am Abend gestorben, die Grundbuchblätter wurden aber am selben Tag erstellt. Ich kann mir nicht vorstellen, dass noch jemand nach zweiundzwanzig Uhr von Ihnen gearbeitet hat.« Nele hielt die Grundbuchblätter in die Höhe und tippte mit dem Finger auf das Datum, das sie rot eingekreist hatte. Anschließend hob sie die Sterbeurkunde ihres Großvaters hoch und las die Daten einschließlich der Uhrzeit vor. Wie selbstsicher sie wirkte. Dennoch befürchtete Joris, dass das als Beweis nicht ausreichte.

Einer der Gemeinderäte öffnete den Mund. Ein Blick der Bürgermeisterin reichte, um ihn zum Schweigen zu bringen. »Nele …«, versuchte Joris sie zu bremsen.

»Aber der eigentliche Beweis ist in diesem Brief enthalten. Eine Auflistung der Flurstücke von Rosenhagen.« Nele hielt einen zusammengefalteten Brief in der Hand. Joris bemerkte die aufgebrachten Gemüter und das hasserfüllte Glitzern in den Augen der Bürgermeisterin. Einer der Gemeinderäte wollte Nele den Brief aus der Hand reißen, was Joris im letzten Augenblick verhindern konnte. Die Situation drohte zu eskalieren.

Joris dachte daran, was ihm Friedrich Gercke über die vergifteten Tiere im Sudertal berichtet hatte. Die Fehde zwischen den Gerckes und den Koopmanns nahm immer bizarrere Formen an.

»Schluss jetzt mit diesem Theater!«, rief Helga Koopmann außer sich. »Die Wiesen sind Gemeindeeigentum! Ersparen Sie uns Ihre haltlosen Behauptungen. Ich möchte, dass Sie die Sitzung verlassen. Sofort!«

Nele erhob sich von Ihrem Platz. »Werfen Sie mich ruhig hinaus. Aber ich werde die Wahrheit ans Licht bringen. Und damit Sie es wissen, die Schafe bleiben auf den Wiesen. Auch die von Herrn Lemke.«

Für einen Moment glaubte Joris einen wachsamen Ausdruck in Helga Koopmanns Augen zu erkennen. Der Eindruck verflog jedoch schnell.

»Das wagen Sie nicht«, stieß sie gefährlich leise aus.

»Doch«, antwortete Nele bestimmt.

Friedrich Gercke hatte Joris erzählt, dass Nele jeden Konflikt gescheut hatte und immer wieder davongelaufen war. Selbst ihre Schwester hatte befürchtet, dass sie aus demselben Grund nicht zur Gemeinderatssitzung erscheinen würde. Heute hingegen war sie über sich hinausgewachsen und hatte der Bürgermeisterin und auch den Gemeinderäten die Stirn geboten.

»Die junge Frau hat recht«, meldete sich Wilfrid Lemke,

der bislang geschwiegen hatte. »Solange ich denken kann, haben die drei Wiesen zu Rosenhagen gehört«, sagte er mit brüchiger Stimme.

»Danke, Herr Lemke. Aber die Wahrheit will niemand hier hören«, wandte Nele sich an den alten Mann. Ihre Worte gingen in den empörten Aufschreien der Gemeinderäte unter.

»Raus!« Helga Koopmann war von ihrem Stuhl aufgesprungen und näherte sich Nele mit geballten Fäusten. »Raus! Oder ich rufe die Polizei!«, rief sie.

Joris war aufgestanden. »Nele, bitte lass uns gehen.«

Sie nahm die Papiere vom Tisch und warf Helga Koopmann einen wütenden Blick zu, bevor sie mit Joris den Gemeindesaal verließ. Draußen ließ sie ihrem Frust freien Lauf.

»Sie haben uns betrogen, Joris. All die Jahre. Das können wir nicht dulden.« Kämpferisch ballte Nele die Hand zur Faust.

36.

Die Sitzung war anders verlaufen, als sie es sich vorgestellt hatte. Zwar hatte Nele Gegenwind erwartet, aber dass die Gemeinderäte trotz der vorgelegten Hinweise und Wilfrid Lemkes Aussage nicht einmal bereit waren, eine Überprüfung anzuregen, machte sie wütend. Helga Koopmann hatte wie eine dunkle Göttin auf dem Stuhl gethront und ihre Gemeinderäte dominiert. Wie damals, als Nele vorgeworfen worden war, Marius verführt zu haben.

»Du hättest vorher mit einem Anwalt reden sollen«, sagte Joris.

»Du glaubst mir also auch nicht?«

»Nein … doch, aber …«

»Hm, hm, verstehe.«

Sie las deutlich die Zweifel in seinem Blick. Als hätte sie sich etwas aus den Fingern gesogen. Leider war ihr vor der Sitzung keine Zeit geblieben, mit ihm über ihre Entdeckung zu sprechen. Sie hatte ja nicht einmal gewusst, dass er daran teilnehmen würde. Sein mangelndes Vertrauen verletzte sie.

Sie hätte nicht auf Sandra hören und zur Gemeinderatssitzung gehen sollen.

Dabei hatte sie alles auch für Joris getan. Für seinen Job. Und für ihren Vater und das Gut.

»Nele, bitte. Vielleicht war es voreilig von dir …«

Nele wirbelte herum. Kein Wort des Lobes für sie?

»Voreilig?«, unterbrach sie ihn.

»Ja. Das sind noch keine stichfesten Beweise, sondern nur Vermutungen. Du hättest erst mit uns darüber sprechen sollen. Mit deiner Schwester, die für das Gut verantwortlich ist.«

Joris' Kritik schmerzte. War sie wirklich zu schnell vorgeprescht? Helga Koopmanns Verhalten und das der Gemeinderäte hatte sie dazu provoziert.

»Du hältst mich auch für verrückt, stimmt's? Die ausgeflippte Nele Gercke, die nichts in ihrem Leben auf die Reihe kriegt, hat mal wieder einen Bock geschossen!«

Sie musste dem angestauten Ärger und der Enttäuschung Luft verschaffen.

»Nele ...« Joris trat auf sie zu, wollte sie an den Armen fassen. Aber sie trat zurück.

»Lass mich!« Sie machte eine abwehrende Geste, als er erneut auf sie zukam.

Er sieht auf mich herab, dachte sie mit einem Anflug von Bitterkeit.

»So habe ich das doch nicht gemeint«, sagte Joris.

»Wie denn dann?« Sie kämpfte gegen die aufsteigenden Tränen.

Nele ahnte, was er ihr sagen wollte. Dass sie so besonnen sein sollte wie ihre Schwester. »Schon gut, du musst mir nichts erklären.« Ihr stand jetzt nicht der Kopf nach einer weiteren Auseinandersetzung.

»Ich muss los, Joris«, sagte sie und lief zu ihrem Wagen.

»Nele!«, rief er ihr hinterher, aber sie drehte sich nicht um. Sie wischte mit einem Tuch die Tränen aus dem Gesicht.

»Frau Gercke? Hallo? Einen Moment bitte!«

Nele blieb stehen und wandte sich um. Es war Wilfrid Lemke, der keuchend auf sie zukam.

»Herr Lemke. Ich habe es leider eilig.«

»Frau Gercke, danke, dass Sie es denen gegeben haben. Mir fehlt die Kraft, mich zu widersetzen.«

Wilfrid Lemke drückte ihr die Hand. Es tat gut, dass irgendjemand sich für ihren Einsatz bedankte, nachdem sie von Joris Kritik geerntet hatte.

»Schon gut, Herr Lemke.«

»Wenn Sie sich zur Anzeige entschließen und mich als Zeugen brauchen, sagen Sie mir Bescheid. Ich habe Ihrem Vater viel zu verdanken nach dem Tod meiner lieben Hilde.«

»Danke, ich weiß Ihre Loyalität zu schätzen. Woher wissen Sie denn eigentlich, dass die Wiesen zu Rosenhagen gehört haben?«, fragte Nele.

»Mein Vater hat einst auf Rosenhagen gearbeitet und kannte Ihren Großvater gut. Er hat viel von der Arbeit auf dem Gut erzählt und Ihren Großvater bewundert. Es tat ihm so leid … der ganze Ärger mit dem Testament.«

Nele sah ihn verwundert an.

»Welches Testament denn?« Sie brannte darauf, mehr zu erfahren. Wie viele Geheimnisse würde sie noch entdecken?

»Das Ihres Großvaters.«

Sie hatten in den Unterlagen keins finden können, wo doch alles akribisch abgelegt worden war. Deshalb war Nele zu dem Schluss gekommen, dass es keins gegeben hatte.

»Ich dachte immer, mein Vater wäre das einzige Kind. Da wäre ein Testament nicht unbedingt nötig gewesen.«

»Anselm hat trotzdem eines verfasst, kurz nachdem er erfahren hat, dass seine Frau einen Liebhaber hat. Er hat wohl befürchtet, dass Esther auf die Ländereien, die sie mit in die Ehe gebracht hatte, Anspruch stellen könnte. Esther musste die Liste der Ländereien unterschreiben. Sie hat es wegen Friedrich getan. Sie hat ihren Sohn sehr geliebt.«

»Welche Ländereien waren das?«, fragte Nele.

»Das gesamte Gut natürlich, der Wald und alle daran angrenzenden Wiesen rund um Rosenhagen. Die drei Wiesen, die wir all die Jahre genutzt haben, gehörten einst Holm Birkfeld, der sie Esther als Mitgift gegeben hat.«

»In den Sechzigern musste man noch eine Mitgift haben?« Das war Nele neu.

»Nein, aber Anselms Eltern haben das verlangt. Sie wollten keine Mittellose zur Schwiegertochter. Es gab da auch einen Vertrag. Der Vater von Esthers bester Freundin hat ihn aufgesetzt.«

Als er die beste Freundin erwähnte, musste Nele an den Brief ihrer Großmutter denken.

»Wissen Sie zufällig noch, wie diese Freundin hieß?«, hakte Nele nach.

»Da muss ich erst nachdenken, ist schon so lange her. Aber ihr Vater war Dr. Albrecht Gröbel. Ja, Gröbel, da bin ich mir ziemlich sicher.«

Nele erstarrte. Das war kein Zufall, sondern Bestimmung, dass sie ausgerechnet der Anwältin Dr. Brigitte Gröbel begegnet war.

»Sagten Sie eben Gröbel?«, fragte sie sicherheitshalber nach.

»Ja«, bestätigte der Landwirt. »Gröbel aus Unterflühbeck, glaube ich zumindest.«

Nele zog die Visitenkarte zwischen den Papieren hervor und las.

»Ich habe eine Anwältin namens Brigitte Gröbel-Finken kennengelernt. Vielleicht ist sie ja mit ihm verwandt.«

»Das ist sicher seine Tochter, die die Kanzlei übernommen hat.«

»Hieß die Ehefrau von Albrecht Gröbel zufällig Dörte?« Neles Aufregung wuchs, weil sie der Wahrheit über ihre Großmutter wieder ein Stückchen nähergekommen war. *Wenn Sandra jetzt dabei sein könnte!*

Doch als Lemke den Kopf schüttelte, platzte Neles Hoffnung wie eine Seifenblase. Sie war enttäuscht.

»Sie hieß, glaube ich, Viktoria oder so ähnlich.«

Viktoria. Das klang nicht nach Dörte. Nele konnte Sandra jetzt nachfühlen, wie es sein musste, immer wieder bei den Nachforschungen enttäuscht zu werden.

»Nein, nicht Viktoria.« Lemke kratzte sich am Hinterkopf. »Dorothea war's.«

»Dorothea? Sind Sie sicher?«

Er nickte.

Dorothea ... Wenn Nele sich nicht irrte, war Dörte eine Kurzform des Namens.

»Wissen Sie, ob diese Dorothea Gröbel noch lebt?« Sie mochte kaum daran glauben, so viel Glück zu haben, dass die Mutter von Brigitte Gröbel-Finken womöglich die besagte Dörte war.

»Nein, weiß ich leider nicht«, antwortete Lemke.

»Danke, Herr Lemke, für diese Informationen.«

Sie erzählte ihm von dem Brief ihrer Großmutter und fasste währenddessen den Entschluss, die Anwältin aufzusuchen.

»Bei Ihren Nachforschungen wünsche ich Ihnen viel Glück.«

»Herr Lemke, sollte Ihnen die Gemeinde Schwierigkeiten machen, dann melden Sie sich bitte bei uns. Sie können auf unsere Hilfe zählen.«

»Danke, Frau Gercke«, antwortete er sichtlich gerührt.

Nachdem sie sich voneinander verabschiedet hatten, stieg Nele in ihren Wagen. Doch sie fuhr nicht gleich los, sondern grübelte über das nach, was Wilfrid Lemke ihr erzählt hatte.

Wie konnte ihr Vater nur glauben, dass seine Mutter ihn nicht geliebt hatte? Esthers Liebe musste sehr groß gewesen sein, dass sie auf ihre einstige Mitgift verzichtet hatte.

Nele wollte ihren Vater besuchen und fuhr zum Krankenhaus. Nach der Sitzung im Gemeindesaal und der Enttäuschung mit Joris hatte sie eigentlich keine Lust mehr. Aber das konnte sie ihrem Vater nicht antun. Außerdem wollte sie ihm von ihrem Fund erzählen, weil sie hoffte, dass er stolz auf sie sein würde.

An der Krankenhaus-Information erfuhr sie, dass er am Nachmittag von der Intensivstation gekommen war. Sie hatte Glück, dass er noch zu vorgerückter Stunde Besuch empfangen durfte.

»Aber nur weil er in einem Einzelzimmer liegt. Und bitte nur wenige Minuten«, sagte die mollige Schwester zu ihr und führte Nele zu seinem Zimmer.

Die Schwester klopfte kurz und drückte die Klinke hinunter. »Ihre Tochter ist da, Herr Gercke«, kündigte sie Neles Besuch an.

»Hallo, Papa«, begrüßte Nele ihn.

»Nele«, sagte er leise, »komm her und setz dich.«

Er lag bleich im Bett, wie vor einem Jahr bei seinem Infarkt. Seine Augen waren glanzlos. In seiner linken Hand steckte eine Kanüle, an der ein Schlauch befestigt war, der hinauf zum Infusionsbeutel am Ständer führte. Sie hätte gern seine Wange gestreichelt. Aber sie wusste, dass er solche Zärtlichkeiten noch nie gemocht hatte. Sie konnte sich nicht mal mehr daran erinnern, wann er sie zum letzten Mal in den Arm genommen hatte.

»Wie geht es dir?«, fragte Nele sanft und setzte sich auf die Bettkante.

»Besser, aber noch nicht gut genug.«

»Vielleicht wird es dir gleich besser gehen, wenn ich dir sage, dass du recht hattest. Die Wiesen haben zu Rosenhagen gehört, und ich denke, dass die Eintragungen manipuliert wurden. Ich habe etwas in den Dokumenten gefunden.« Freudig berichtete sie ihm von ihrer Entdeckung. Den Sitzungsverlauf mit den Gemeinderäten jedoch verschwieg sie ihm. Das hätte ihn nur wieder aufgeregt.

»Erinnerst du dich noch an eine Liste mit Ländereien, die

Opa Anselm dir gegeben hat? Ein Anhang seines Testaments«, fragte sie.

»Ich wusste, dass es eine solche Auflistung gibt, habe aber beides, Testament und Liste, nirgends gefunden.«

Da berichtete sie ihm von der Begegnung mit der Anwältin.

»Vielleicht hat sie noch Unterlagen.«

Ihr Vater lächelte. »Dann hätten wir endlich was gegen die Koopmann in der Hand. Ich werde gleich morgen mit meinem Anwalt telefonieren. Wenn ich nachweisen kann, dass sie für die manipulierten Grundbücher verantwortlich ist, habe ich Handfestes für eine Klage.«

Ein triumphierendes Glitzern lag in den trüben Augen ihres Vaters.

Nele war enttäuscht. Kein Lob, kein Dankeschön richtete er an sie. Ihm schien nur wichtig zu sein, dass er etwas gegen Helga Koopmann in der Hand hatte.

»Die Koopmann kriegt schon ihre gerechte Strafe. Viel wichtiger ist doch, dass du deine Schafe behalten und die Wiesen nutzen kannst, wie es dir beliebt.« Sie freute sich für ihn.

Seine Freude hielt sich jedoch in Grenzen.

»Was ist, Papa? Freust du dich denn nicht?«

»Ja, schon …«

»Aber?«

»Ich wollte die Schafe eh verkaufen.«

»Was sagst du da?« Nele war geschockt. Immer waren ihm diese Tiere wichtig gewesen. *Manchmal wichtiger als wir.*

»Aber sie haben dir doch immer so viel bedeutet«, entgegnete sie. »Und jetzt willst du sie aufgeben?«

»Alles ändert sich im Leben, auch die Prioritäten.«

Nele konnte es noch immer nicht glauben.

Die Schafe, in die ihr Vater so viel investiert und in die er so viel Liebe hineingesteckt hatte, wollte er verkaufen? Rosenhagen ohne die Schafe, das konnte und mochte sie sich nicht vorstellen. Außerdem würde Joris seinen Job verlieren. Ihr Vater hatte mit keinem Deut an ihn gedacht.

»Ich dachte, ich könnte dich mit der Neuigkeit aufheitern.«

»Hast du doch auch. Ich kann es kaum erwarten, dieser intriganten Koopmann das Handwerk zu legen. Wir Gerckes gewinnen doch immer«, sagte er augenzwinkernd. »Ein Leben in Frieden, ohne die Koopmanns …« Er rieb sich die Hände. Nele war entsetzt und wütend zugleich. Über den Hass hinweg vergaß er alles andere.

»Du hast vergessen, dass Sandra zufällig auch mit einem Koopmann liiert ist«, sagte sie.

»Schlimm genug«, sagte er und winkte ab.

»Papa!«, rief Nele aufgebracht. Ihr wurde bewusst, dass ihrem Vater alles egal war, die Schafe, Joris und auch sie. Jetzt wurde ihr auch klar, dass sie nur Mittel zum Zweck war. Wie hatte sie nur einen Moment glauben können, ihr Vater könnte ihr dankbar oder gar stolz auf sie sein. Wütend sprang Nele auf.

»Wo willst du denn schon hin?«, fragte er erstaunt.

»Dorthin, wo es egal ist, ob man Gercke oder Koopmann heißt. Dein Hass gegen die Koopmanns bestimmt seit jeher dein Leben. Da ist in deinem Herzen kein Platz mehr für andere Dinge. Du tust mir leid, Papa.«

Nele machte auf dem Absatz kehrt und stürmte mit Tränen in den Augen aus dem Krankenzimmer.

37.

Auf dem Weg zurück zum Gut musste Joris ständig an Nele denken. Er hatte sie in dem Augenblick verloren, als sie die Zweifel in seinem Blick gesehen hatte. Bestimmt hatte sie sich von ihm verraten gefühlt. Er schämte sich, dass er kein Vertrauen gehabt hatte. Hätte sie ihn doch wenigstens vorgewarnt. Kein Wunder, dass sie ihm seine Kritik, voreilig und unüberlegt gehandelt zu haben, übelgenommen hatte. Nele war so wütend gewesen, dass sie ihm keine Chance gegeben hatte, seine Worte zu erklären.

Impulsiv, wie sie war, war Nele gleich mit der Tür ins Haus gefallen und nicht zu bremsen gewesen. Mit ihren Anschuldigungen hatte sie die Bürgermeisterin und die Gemeinderäte gegen sich aufgebracht. Wen wunderte es da, dass sie hinausgeworfen worden war.

Von jetzt an würde sie ihn sicher bei der nächtlichen Wache auf der Schafweide nicht mehr mit den Hunden unterstützen.

Die Vorstellung schmerzte. Endlich hatte er eine Frau gefunden, die nicht nur Mitleid, sondern Verständnis für sein Trauma gezeigt hatte. In ihrer Umarmung hatte er Trost gefunden und einen Moment lang die furchtbaren Erinnerungen ausgeblendet.

Joris hatte alles vermasselt.

Wütend schlug er mit der Faust durch die Luft und scheuchte ein paar Tauben auf, die in einer Birke gesessen hatten. Er sah ihnen nach, wie sie sich in die Luft erhoben und über die Heide flogen. Nele würde auch davonfliegen. Wie sie es immer getan hatte.

Seine Stimmung war auf dem Nullpunkt, als er das Gut erreichte. Rosenhagen ohne Nele, das mochte er sich nicht vorstellen. Sie hatte mit ihrer schrillen Art wie ein Regenbogen Farbe in sein Leben und das Gut gebracht.

Kurz vor dem Gutshaus klingelte sein Handy. Nach kurzem Zögern nahm er den Anruf entgegen.

»Hallo.«

»Dr. Larsen hier. Herr Münster?«

Joris war erstaunt, die Stimme des Wolfsforschers zu hören. War den Kleinen etwas passiert?

»Ja, am Apparat. Was kann ich für Sie tun? Oder ist was mit den kleinen Wölfen?«

»Nein, nein, keine Sorge, die gedeihen prächtig. Ich habe eine Info für Sie. Wir haben eben den Vater der beiden Kleinen gefunden. Angeschossen. Er wird aber durchkommen. Wir bringen ihn zu einem Wolfszentrum. Den Schafen auf Rosenhagen und allem anderen Vieh in der Umgebung von Suderdorf droht also keine Gefahr mehr.«

Einerseits war Joris erleichtert, andererseits wurden Nele und ihre Hunde nicht mehr gebraucht.

»Angeschossen? Haben Sie denn eine Vermutung, wer das getan haben könnte?«, fragte Joris, der dabei sofort an Helga Koopmann und ihr Gefolge dachte.

»Na ja«, wich Larsen aus. »Vermutungen bringen uns nicht weiter.«

»Aber Sie haben eine?«

»Vielleicht. Nur ist das schwer zu beweisen. Der Schuss wurde von einem gängigen Jagdgewehr abgefeuert, das jeder zweite Jäger im Waffenschrank stehen hat. Sogar die Bürgermeisterin besitzt eines. Von ihrem Vater, hat sie mir mal erzählt.«

»Kann sie denn schießen?«, hakte Joris nach.

»Zumindest hat sie einen Waffenschein.«

Das wunderte Joris nicht. Er ahnte, worauf Dr. Larsen hinauswollte.

»Danke, dass Sie mir Bescheid gegeben haben. Dann brauche ich mir nicht weiter die Nächte um die Ohren zu schlagen«, scherzte Joris.

»Nele hat mich übrigens beim letzten Mal gefragt, ob sie die kleinen Wölfe wiedersehen könne. Ich war ihr noch eine Antwort schuldig geblieben. Ich halte in meiner Hand gerade eine VIP-Jahreskarte vom Wildpark. Dann kann sie sie besuchen, wann immer sie will. Ich werfe sie in den Briefkasten des Gutshauses. Wenn sie von mir eine … persönliche Führung möchte, soll sie mich bitte anrufen.«

»Das wird sie sicher sehr freuen«, antwortete Joris.

Persönliche Führung! Das könnte dir so passen!

»Nele ist eine besondere Frau«, fuhr der Wolfsforscher fort und weckte die Eifersucht in Joris. »Ich würde sie mir von keinem anderen wegschnappen lassen. Guten Abend, Herr Münster.«

»Guten Abend, Dr. Larsen«, antwortete Joris grimmig.

Es klickte in der Leitung, aber Joris hielt noch immer sein Handy in der Hand. Die Worte des Forschers klangen noch in ihm nach. Nele war wirklich eine besondere Frau. Er sah wieder ihr Gesicht vor sich. Wie sehr er ihr Lächeln liebte, die Grübchen in ihren Wangen und das Leuchten in ihren veilchenblauen Augen.

»Du siehst aus, als hättest du ein Gespenst gesehen. Wo ist Nele?«

Joris zuckte zusammen. Es war Sandra, die gerade aus dem Hotel gekommen war. Heute trug sie ihr Haar offen. Mit lockigen Haaren hätte sie Neles Zwillingsschwester sein können.

»Keine Ahnung. Ich bin zu Fuß gegangen.«

»Ach, ich weiß, sie wollte zu Papa ins Krankenhaus fahren. Jedenfalls hat sie so was gesagt. Gehst du gleich zu den Schafen? Didi hatte die Hunde vorhin gefüttert und hingebracht.«

»Nein. Ich hatte gerade einen Anruf von Dr. Larsen.«

»Sven Larsen?«

Joris nickte. Dann berichtete er ihr von seinem Telefonat.

»Das ist ja großartig. Dann braucht ihr heute nicht mehr draußen auf der Wiese zu nächtigen.« Sie klopfte Joris freundschaftlich auf die Schulter. Er war froh, dass sich das durch den Anruf des Wolfsforschers erledigt hatte, sonst hätte er ihr von ihrem Streit erzählen müssen.

»Wie ist denn eigentlich die Gemeinderatssitzung gelaufen? War Nele auch dabei?«

Joris hatte angenommen, dass Nele ihre Schwester schon längst darüber informiert hatte, und war nun überrascht.

»Ja, sie war da. Die Sitzung war irgendwie … seltsam.«

»Okay. Magst du es mir ausführlich erzählen? Rick ist heute Abend sowieso nicht da, und ich hab nichts mehr vor. Nach dem nervigen Geschäftsessen mit den Reiseveranstaltern brauche ich noch ein Glas Wein zum Entspannen. Vielleicht magst du mir dabei Gesellschaft leisten? Mein Vater hat sicher noch einen guten Merlot im Keller. Du magst doch Rotwein, oder?«

»Da sage ich nicht Nein«, antwortete Joris, der einem französischen Rotwein nicht widerstehen konnte.

»O je, das war für Nele sicher die Hölle!«, rief Sandra, nachdem Joris ihr haarklein von der Gemeinderatssitzung berichtet hatte.

»Zu blöd, dass ich das Geschäftsessen nicht absagen konnte. Ich wäre zu gern dabei gewesen und hätte die Gesichter der anderen gesehen. Dass Nele das herausgefunden hat … Alle Achtung!« Sandra strahlte. »Andererseits kann ich deine Bedenken verstehen, Joris. Es ist Helga durchaus zuzutrauen, dass sie Nele wegen übler Nachrede anzeigt. Dann wird endlich die Wahrheit ans Licht kommen. Es war einen Versuch wert, es zunächst auf politischem Wege zu versuchen. Allerdings hätte Nele sich denken können, dass die alles abstreiten würden. Ich glaube, es bleibt uns nichts anderes übrig, als Papas Anwalt über den Ausgang der Sitzung zu informieren. War sonst noch was? Du wirkst irgendwie bedrückt.«

»Ich fürchte, deine Schwester ist so sauer auf mich, weil ich sie ausgebremst und kritisiert habe, dass sie nichts mehr mit mir zu tun haben will«, sagte Joris traurig.

»Dann sprich dich mit ihr aus. Wenn du ihr das so erklärst wie mir, wird sie dich sicher verstehen.«

»Meinst du, das habe ich nicht schon versucht? Sie hat mich gleich abgewürgt.« Joris winkte ab.

»Du musst es trotzdem versuchen, wenn du etwas für sie empfindest. Ich weiß, Nele reagiert immer sehr emotional. Aber sie beruhigt sich schon wieder. Du möchtest doch mit ihr zusammen sein, oder?«

Joris nickte. »Ja, aber das mit uns, das ist so kompliziert …«

»Leichte Beziehungen gibt es nicht. Die Feindschaft unserer Familien hat Rick und mir ganz schön zugesetzt. Auch heute würde sie ihre Schatten auf unser Glück werfen, wenn wir es zuließen.«

Joris überwand sich und erzählte ihr in wenigen Sätzen von seinem Trauma. »Bestimmt will sie mit einem psychischen Wrack wie mir nicht zusammen sein.«

»Die Entscheidung musst du ihr überlassen. Wenn meine Schwester jemanden liebt, dann auch mit seinen Schwächen.«

»Aber wenn sie wieder das Fernweh packt? Bedingt durch meine Einsätze fliege ich nicht mehr gern.«

»Das könnte ein Problem werden.« Sandra nippte an ihrem Rotwein und schien zu grübeln.

Die Haustür wurde aufgeschlossen. Kurz danach stürmte Nele durch den Flur zur Treppe.

»Hallo, Schwesterherz!«, rief Sandra ihr zu. An der Tür zum Wohnzimmer blieb Nele stehen. Blass, mit verlorenem Blick.

Joris schluckte. Er wäre am liebsten aufgesprungen, um sie in seine Arme zu ziehen.

»Hallo«, erwiderte Nele matt.

»Magst du dich zu uns setzen und über die Sitzung reden?«, fragte Sandra.

»Nein«, antwortete Nele, ohne Joris eines Blickes zu würdigen, wandte sich um und stieg die Treppe hinauf.

Sandra stupste Joris an und bedeutete ihm mit einer Kopfbewegung, ihrer Schwester zu folgen.

Joris ging nach oben. Vor Neles Tür blieb er stehen und klopfte an.

»Nele? Können wir bitte miteinander reden?«

»Es gibt nichts mehr zu sagen, Joris«, antwortete sie.

»Bitte, öffne die Tür«, flehte er und wartete.

Joris hatte die Hoffnung schon fast aufgegeben, als sie ihm nach einer gefühlten Ewigkeit doch noch öffnete.

»Was willst du? Ich bin müde.« Ihre Lider waren gerötet und geschwollen. Sie verrieten, dass sie geweint hatte.

»Es tut mir leid, dass ich dir bei der Gemeinderatssitzung nicht gleich geglaubt und dir Vorwürfe gemacht habe.«

»Weißt du eigentlich, dass ich das alles auch deinetwegen getan habe? Damit du weiterhin Schäfer auf Rosenhagen bleiben kannst?«

»Meinetwegen?« So hatte er das noch nicht gesehen.

»Ja, deinetwegen. Weil dir diese Arbeit Spaß macht und sie dir hilft, deine schrecklichen Erlebnisse zu verarbeiten.«

Joris hatte geglaubt, dass sie die Sitzung vor allem ihrem Vater zuliebe ausgefochten hatte.

»Dann hätte ich mich eben nach einem neuen Job umgeschaut«, erwiderte er.

»Ja, das hättest du. Aber ich habe gedacht, du seist auf Rosenhagen glücklich und wolltest lieber hierbleiben. Auch meinetwegen. Aber mir ist bewusst geworden, dass du erst mit dir und deiner Vergangenheit klarkommen musst, um dich noch mal auf eine Beziehung einzulassen.«

Sie hatte recht, er musste erst wieder zu sich selbst finden. Er hatte gehofft, das Trauma schneller überwinden zu können. Ein fataler Trugschluss. Dennoch sträubte sich alles in ihm, das Ende seiner Affäre mit Nele zu akzeptieren.

»Ich kann dir nicht versprechen, dass ich alles irgendwann verarbeitet habe. Das kann nur die Zeit zeigen.« Er hoffte, dass Nele diese Geduld für ihn aufbringen könnte.

»Ich kann das nicht, Joris. Dieses ständige Hin und Her … Es würde mich zerreißen. Ich habe mich entschieden, Rosenhagen zu verlassen. Für immer. Du weißt ja, dass ich es nie lange an einem Ort aushalte.« Sie lächelte gequält. Joris suchte nach Worten, fühlte sich wie gelähmt. Er wollte und konnte sie nicht gehen lassen, und doch hielt er sie nicht zurück.

»Mach's gut, Joris. Ich wünsche dir, dass du dein Trauma überwindest und die Albträume verlierst.«

Sie schloss die Tür.

Traurig wandte Joris sich um und schlurfte mit hängenden Schultern zur Treppe zurück. Er ging nach unten ins Wohnzimmer. Sandra war längst gegangen, nur ihr Glas stand noch halbvoll auf dem Tisch. Joris leerte erst sein Glas und dann ihres in einem Zug. Er konnte jetzt nicht im Gästezimmer schlafen, wenn er wusste, dass Nele nebenan lag. Entschlossen verließ er das Gutshaus und lief zur Schafwiese. Traurig dachte er an die Nächte, die er in Neles Gesellschaft bei den Schafen verbracht hatte, als er sich in den Unterstand legte. Lange fand er durchs Grübeln keine Ruhe. Im Morgengrauen fiel er in einen traumlosen Schlaf.

Als Joris aufwachte, schmerzte ihn jeder Knochen im Leib. Hinter seinen Schläfen pochte es hart. Er rieb sich den verspannten Nacken und setzte sich auf. Die Schafe ruhten bei morgendlichem Sonnenschein im Gras. Erst zum Mittag, wenn es heiß wurde, zogen sie sich in den Schatten der Bäume zurück. Ein schwarzer, starker Kaffee wäre Joris jetzt willkommen gewesen. Nur leider fehlte der Korb mit den Hotelleckereien, den Martina immer für Nele und ihn gebracht hatte. Nele! Sie fehlte ihm.

Irgendwann wirst du über sie hinweg sein.

Warum fühlte es sich nur so an, als hätte er die falsche Entscheidung getroffen?

38.

Nele wusste nur eines: dass sie so weit wie möglich weg von Rosenhagen wollte. Sie könnte es nicht ertragen, Joris zu sehen und nicht mit ihm zusammen sein zu dürfen.

Wieder stand sie vor einem Scherbenhaufen. Doch diesmal fiel es ihr schwerer als bei allen anderen Männern zuvor. Ihre Gefühle für Joris waren so stark, dass sie der Gedanke an einen Abschied schier zerriss. Zum ersten Mal nach langer Zeit hatte sie den Wunsch verspürt, an einem Ort zu bleiben und die Geborgenheit eines Zuhauses im Schoß der Familie zu genießen. Rosenhagen war ein idyllischer Ort, mit dem sie, trotz aller Widrigkeiten, tief in ihrer Seele verwurzelt war. Hier hätte sie mit Joris glücklich sein können. Mit den Hunden und den Schafen. Doch sie hatte eingesehen, dass das Schicksal ihr offensichtlich kein Glück auf Rosenhagen bestimmt hatte. Auch wenn es ihr schwerfiel, musste sie akzeptieren, dass es für sie hier keinen Platz gab. Sandra würde ihr fehlen. Sie musste mit ihrer Schwester reden, auch um ihr zu berichten, was sie herausgefunden hatte. Gleich in der Mittagspause wollte sie Sandra aufsuchen.

Nach dem Frühstück wollte Nele mit den Hunden einen Spaziergang machen. Rosenhagen, wo sie an jeder Ecke Joris begegnen könnte, schied aus. Mit den Hunden im Kofferraum fuhr sie zum Sudertal. Zu dieser Zeit fanden keine Führungen statt, sodass sie sich ungestört fühlen konnte. In der Natur hatte sie schon immer am besten nachdenken können. Tatsächlich begegnete ihr niemand auf dem Spaziergang. Nele setzte sich auf einen Baumstamm am Ufer der Suder, während die Hunde eine Weile ohne Leine die nähere Umgebung erkunden konnten. Im Sonnenschein bot sich ihr ein Anblick, der wie eine Märchenwelt anmutete. Das leise Plätschern des Flusses und das Schnattern der Enten im Schilf erinnerten sie an die Zeit mit Tante Mia. Sie hatte gelernt, die Natur mit den Augen der Tante zu sehen, die jedes Mal freudig erregt gewesen war, wenn die gelben und die blauen Schwertlilien am Ufer geblüht hatten oder die Reiher auf ihren dürren Beinen auf der Suche nach Beute durchs Wasser gewatet waren. Es war die glücklichste Zeit in ihrem Leben gewesen. Wie mit Joris. Doch wie alles im Leben hatte jede Zeit ihr Ende.

Sie wischte die Tränen fort. Jetzt musste sie an ihre Zukunft denken.

Doch wo würde sie diesmal hingehen?

Im Geist ging sie die Möglichkeiten durch, die sie sich leisten konnte. Zwar hatte Sandra sie großzügig bezahlt, aber sie rechnete damit, dass ein Teil des Geldes für einen Anwalt draufging. In den Tagen auf Rosenhagen hatte sie ihre Sorgen mit Henner vergessen können. Sie dachte nicht mehr mit Bitterkeit an ihn.

Vielleicht könnte sie eine Weile bei einem ihrer Exfreunde unterschlüpfen. Doch sie verwarf diesen Plan gleich wieder. Nele wollte Beständigkeit in ihrem Leben und endlich einen festen Job finden. Bevor sie Henner kennengelernt hatte, wollte sie nach Australien gehen. Gemeinsam mit Kollegin Manja aus dem Futtermittelladen hatte sie bereits Pläne geschmiedet. Ihrem Exfreund zuliebe hatte sie das Vorhaben schließlich verworfen. Australien befand sich auf der anderen Seite der Weltkugel, weit genug weg von Joris, ihrem Vater und dem Gut.

Nele rief beim Flughafen in Hamburg an und erkundigte sich nach Flügen. Wenn sie einen Monat irgendwo kellnern würde, konnte sie sich einen leisten. In Hamburg würde sie sicher einen Job finden. Sie kannte einige Gastronomen, bei denen sie schon einmal ausgeholfen hatte. Die Aussicht stimmte Nele zuversichtlich.

Einen Wermutstropfen besaß ihr Plan doch. Sie musste sich von ihren Hunden trennen. Einen Flug nach Australien konnte und wollte sie ihnen nicht zumuten. Auf Rosenhagen wären sie gut aufgehoben. Aber könnte sie Sandra dazu überreden, sich der beiden anzunehmen?

Kurz vor dem Mittag fuhr Nele mit den Hunden zum Gut zurück.

Sie stopfte einen Berg gebrauchter Taschentücher in die Mülltüte. Immer wenn sie ihren Hunden in die dunklen Augen geschaut hatte, waren ihr die Tränen gekommen.

Bobby und Benny waren seltsam ruhig, während sie Nele dabei beobachteten, wie sie die Kleidung im Koffer verstaute. Sie schienen zu ahnen, dass ihr Frauchen sie verlassen wollte.

Nele hatte den Brief und die Urkunden auf den Tisch im Herrenzimmer gelegt, um sie Sandra später zu geben.

Erneut kamen ihr die Tränen, wie damals, als sie Rosenhagen zum ersten Mal verlassen hatte. Doch diesmal schien der Abschied noch schwerer zu werden.

Du bist oft neue Wege gegangen. Es wird auch dieses Mal wieder klappen, sprach sie sich Mut zu.

Je eher sie Rosenhagen verließ, desto schneller würde sie alles hinter sich lassen und vergessen können.

Jemand kam die Treppe hoch.

»Nele?«, hörte sie Sandra rufen.

Jetzt war der Augenblick gekommen, Sandra zu beichten, dass sie Rosenhagen für immer verlassen wolle. Nele atmete tief durch.

»Ich bin hier!«, rief sie und verschloss die Kofferschnallen.

»Ach, hier bist du …« Sandra stockte, als ihr Blick auf den Koffer fiel, der auf Neles Bett lag.

»Du willst weg?«, fragte sie. Als Nele die Traurigkeit in ihren Augen sah, war ihre Kehle wie zugeschnürt. Sie nickte.

»Wegen Joris? Du musst ihm Zeit geben!«

»Es ist nicht nur seinetwegen, sondern auch wegen Papa.« Da erzählte Nele ihrer Schwester, wie ihr Vater auf ihren Bericht der Gemeinderatssitzung reagiert hatte.

»Ich habe ihm natürlich nicht alles im Detail erzählt. Um ihn nicht aufzuregen. Denk ja nicht, dass er mich gelobt hat, weil ich für ihn und Rosenhagen gekämpft habe. Nein, er ist nur von dem Gedanken besessen, die Koopmanns, insbesondere Helga, zu vernichten. Und ich war für ihn nur Mittel zum Zweck! Verstehst du jetzt, warum ich gehe?«

»Papa ist ein verbitterter Sturkopf!«, schimpfte Sandra. »Aber ich bin mir sicher, dass er dich liebt.«

Nele schüttelte den Kopf. »Für Papa ist nur diese unselige Familienfehde wichtig. Wie damals.«

»Wohin gehst du?«

»Wohin der Wind mich trägt«, antwortete Nele leichthin und vermied es, ihre Schwester anzusehen. »Du kennst mich doch. Ich muss die Luft der weiten Welt schnuppern.«

»Das hast du beim letzten Mal auch gesagt, weißt du noch?«, sagte Sandra.

Wieder konnte Nele nur nicken. Sie hatte den Abschied von einst genau vor Augen. Auch da hatte Sandra genauso traurig ausgesehen wie jetzt.

»Wirst du wiederkommen?«, flüsterte Sandra tränenerstickt.

Nele blickte auf.

»Ich … ich weiß es nicht.«

»Und dein Entschluss steht fest? Nichts kann ihn ändern?« Eine Träne rann über Sandras Wange.

»Es muss so sein.«

Sandra kam zu ihr und umarmte Nele schluchzend. In diesem Augenblick konnte auch Nele ihre Tränen nicht mehr zurückhalten. Weinend lagen sie sich in den Armen.

Als die Tränen versiegt waren, lösten sie sich voneinander.

»Es tut mir so leid, dass alles so gekommen ist«, sagte Sandra und schnäuzte ins Taschentuch.

»Das braucht es nicht. Hey, es ist doch nicht das erste Mal, dass wir uns voneinander verabschieden. Wir können uns schreiben, miteinander skypen und telefonieren …«, zählte Nele auf und wusste, dass sie nicht nur ihre Schwester damit trösten wollte.

»Aber das ist doch nicht das Gleiche! Denkst du denn eigentlich gar nicht an die Hunde?«

»Doch, Sandy. So schwer es mir auch fällt, aber ich kann Bobby und Benny nicht mitnehmen. Ich habe sehr gehofft, dass sie hier auf Rosenhagen ein neues Zuhause finden.«

»Was für eine Frage. Vielleicht kommst du dann ihretwegen doch eines Tages zurück. Die beiden werden auf dich warten.«

»Danke.« Nele war gerührt, dass Sandra sich der beiden annahm. Sie küsste ihre Schwester.

»Es gibt da noch was, was ich mit dir besprechen muss«, begann sie und berichtete von ihrem Gespräch mit Wilfrid Lemke.

»Vielleicht helfen dir diese Informationen bei den Nachforschungen über Oma Esther. Hier die Visitenkarte der Anwältin. Sie war sehr nett. Es wäre doch toll, wenn sich herausstellt, dass ihre Mutter Dörte ist.«

»Ja, das wäre es. Aber nicht ohne dich!«

»Wie meinst du das jetzt?«, fragte Nele.

»Ich möchte, dass du mit mir zu dieser Anwältin fährst.«

Eigentlich hätte sie sich denken können, dass Sandra von ihr verlangen würde, sie zu begleiten. Aber sie hatte gehofft, dass ihre Schwester allein nachforschen würde.

»Sandy, diese Frau Dr. Gröbel-Finken ist wirklich sehr nett, und du hast doch bis jetzt auch allein recherchiert. Versteh bitte, dass ich so schnell wie möglich von hier fortmöchte.«

Jede Stunde, die sie länger blieb, könnte ihren Entschluss ins Wanken bringen. Aber hierzubleiben würde sie nur unglücklich machen.

»Nele, ich versteh dich ja. Es ist meine letzte Bitte an dich. Außerdem dachte ich, dass dich die Wahrheit auch interessieren würde.«

Nele war geneigt, ihrem Wunsch nachzugeben. Natürlich interessierte es sie auch, was mit Oma Esther geschehen war.

»Gut, ich begleite dich. Ich werde versuchen, für heute Nachmittag einen Termin in der Kanzlei von Dr. Gröbel-Finken zu bekommen«, versprach Nele. »Danach fahre ich weiter. Versprechen kann ich dir nichts.«

»Einverstanden«, erklärte Sandra. »Ich danke dir, Nele. Du weißt ja, wo du mich erreichen kannst. Bis später.«

Nachdem Sandra gegangen war, rief Nele in der Kanzlei von Brigitte Gröbel-Finken an, um einen Termin zu vereinbaren.

»Danke, Frau Dr. Gröbel-Finken, das ist wirklich sehr nett von Ihnen, dass Sie so kurzfristig Zeit für mich und meine Schwester haben. Dann sehen wir uns nachher um siebzehn Uhr.«

Nele legte auf und schrieb ihrer Schwester eine Nachricht.

Eine halbe Stunde vor dem Termin in der Kanzlei stieg Sandra in Neles Wagen.

Bobby und Benny saßen im Garten des Gutshauses und jaulten, während Nele ihr Gepäck in den Kofferraum lud. Ein letzter wehmütiger Blick auf ihr Elternhaus, das vom wild rankenden Wein erobert worden war. In den wenigen Tagen seit ihrer Ankunft war viel geschehen. Nele hatte die Sommermonate auf Rosenhagen besonders geliebt, vor allem, wenn im August die Heideblüte begann. Oft hatte sie sich hierhergeträumt, wenn sie fern der Heimat das Heimweh überfallen hatte. Sie sog den Anblick in sich auf, um ihn später aus dem Gedächtnis abrufen zu können.

In der Hand hielt sie noch den Umschlag mit ihrem Lohn, den Sandra ihr kurz zuvor überreicht hatte. Sie wollte ihn zuletzt verstauen.

»Ich habe noch was draufgelegt«, hatte ihre Schwester gesagt. Nele öffnete das Kuvert und sah hinein. Das Geld reichte locker für den Flug und ein paar Tage zum Leben. Nele lief mit dem Umschlag zur Beifahrertür.

»Sandra, das ist doch viel zu viel.« Sie beugte sich zu ihrer Schwester auf dem Beifahrersitz hinunter.

»Du hast viel für uns getan, und ich dachte mir, du könntest es gut brauchen. Ich habe heute Mittag mit Papas Anwalt telefoniert. Er lässt die Eintragungen im Grundbuch prüfen. Er meinte, dass wir gute Chancen haben, Klage gegen die Gemeinde einzureichen. Auf jeden Fall dürfen wir die Wiesen weiternutzen. Gewohnheitsrecht. Das haben wir alles dir zu verdanken.«

Doch Nele zögerte immer noch, das Geld einzustecken.

»Nun nimm schon.« Erst nach Sandras zweiter Aufforderung schob Nele den Umschlag in ihre Handtasche.

Anschließend verabschiedete sie sich schweren Herzens von ihren Hunden, die auf den Hinterpfoten am Gartenzaun standen.

»Danke für eure Freundschaft und Treue. Enttäuscht

mich nicht, ja?« Wieder kämpfte Nele mit den Tränen. Die Hunde drückten ihre Köpfe winselnd an sie, als spürten sie, dass dieser Abschied für immer war. Nele hielt es nicht mehr aus und eilte in ihren Wagen.

Die Landschaft auf der Fahrt ins nahe gelegene Unterflühbeck war sehr abwechslungsreich. Ausgedehnte Heidefelder wechselten sich mit Wäldern ab. Malerisch gelegene Orte fügten sich perfekt in das Landschaftsbild ein.

»Weißt du denn schon, wo du hinwillst?«, fragte Sandra nach einer Weile.

»Nach Melbourne.« Die fremde Umgebung und Kultur würden Nele sicher von ihrem Kummer ablenken.

»Australien! So weit?«

Nele antwortete nicht darauf.

»Hm, verstehe. Ich war auch mal dem Irrtum erlegen, meine Sorgen und Erinnerungen zurücklassen zu können. Aber du nimmst sie als Herzensgepäck mit. Wann immer du zurückkommen möchtest, meine Tür steht dir jederzeit offen.«

Nele drückte dankbar Sandras Hand.

»Weiß ich doch.«

»Steht deine Planung schon?«

»Wenn ich Glück habe, kriege ich noch einen Platz auf dem Flug heute Abend, sonst nehme ich die erste freie Maschine.

In Melbourne suche ich mir als Erstes eine Unterkunft und dann einen Job. Vielleicht auf einer Schaffarm«, sagte Nele augenzwinkernd, und Sandra lachte.

»Du hast ja Erfahrungen gesammelt.«

Sie flachsten noch eine Weile weiter und brachten sich gegenseitig zum Lachen.

Wie wird mir das fehlen!

»Bitte verrate niemandem mein Ziel. Versprochen?«

»Ich verspreche es hoch und heilig.«

Rasch verdrängte Nele die trüben Gedanken. Eine neue aufregende Welt lag vor ihr. Die Vorstellung hatte sie immer motiviert. Diesmal jedoch wollte es nicht recht gelingen.

Die Kanzlei von Brigitte Gröbel-Finken lag in einer kleinen Stichstraße am Rande von Unterflühbeck, einem beschaulichen, kleinen Heidedorf. Zur Heideblüte starteten von hier zahlreiche Kutschen.

Brigitte Gröbel-Finken hatte ihr Elternhaus gut beschrieben, sodass Nele und Sandra es auf Anhieb fanden. Eine herrschaftliche Villa mit weißem Anstrich und dunkelgrünen Fensterläden. Im Erdgeschoss befanden sich die Kanzleiräume, das Obergeschoss bewohnte sie mit ihrer dementen Mutter.

Nele und Sandra schritten auf den Eingang zu.

»Ich kann es kaum erwarten, mehr über Oma zu erfahren«, flüsterte Sandra ihr zu, deren Wangen vor Aufregung glühten.

Eine Messingtafel mit dem eingravierten Namen der Kanzlei und des Gründungsjahrs 1830 hing neben der Eingangstür. Neles Herz klopfte schneller, als sie den Klingelknopf drückte. Während sie darauf warteten, dass ihnen geöffnet wurde, wippte Sandra auf den Zehenspitzen. Eine Handbewegung Neles stoppte sie.

Nach einer Weile öffnete eine Frau von vielleicht Ende dreißig mit blondem Bob. *Kleist, Rechtsanwaltsfachangestellte* stand auf dem Schild an ihrer Bluse.

»Guten Tag, Sie wollten zu Frau Dr. Gröbel-Finken? Haben Sie einen Termin?«, fragte Frau Kleist.

»Ja, ich hatte vorhin mit ihr telefoniert«, antwortete Nele.

»Wie waren Ihre Namen noch mal?«

»Sandra und Nele Gercke«, teilte Sandra ihr mit.

»Ah, ja. Kommen Sie bitte mit.« Frau Kleist schritt voran, Sandra und Nele folgten ihr.

Die Einrichtung der Kanzlei bestand aus antiken, kunstvoll gedrechselten Eichenmöbeln und gefransten Perserteppichen. An den Wänden hingen Gemälde von Heidemalern. Nele kannte sich damit aus, denn in der Phase ihres Antiquitätenhandels hatte sie welche auf Flohmärkten gekauft und für den Wiederverkauf restauriert. Aus dem Hobby war eine Passion geworden. Zu schade, dass sie es kaufmännisch verbockt hatte.

»So, da wären wir. Bitte nehmen Sie doch Platz. Frau Dr. Gröbel-Finken wird gleich bei Ihnen sein.« Mit einem Nicken verließ Frau Kleist das Büro.

Sie mussten nicht lange warten, bis die Anwältin das Zimmer betrat. Wie neulich trug sie die verschlungene Hochsteckfrisur mit einer goldenen Schnecke verziert. Silbersträhnen zogen sich durch das blonde Haar. Bis auf die wenigen Falten an Augen und Mund war das Gesicht der gut Sechzigjährigen glatt.

»Schön, Sie wiederzusehen«, begrüßte die Anwältin Nele überschwänglich. Anschließend schüttelte sie Sandra die Hand. Der Duft ihres blumigen Parfüms erfüllte den Raum.

»Vielen Dank, dass Sie uns Ihre kostbare Zeit schenken«, sagte Nele.

Sie wurden kurz unterbrochen, als Frau Kleist ihnen Kaffee und Tee servierte.

»Wie kann ich Ihnen helfen?«, fragte die Anwältin, nachdem ihre Mitarbeiterin gegangen war.

Nele erzählte ihr zunächst von dem Testament, das Wilfrid Lemke im Gespräch erwähnt hatte.

»Ja, das ist richtig. Mein Vater hat, soweit ich weiß, das Testament verwahrt.«

»Haben Sie zufällig noch eine Kopie davon?«, fragte Sandra. Nele spürte deutlich die Aufregung ihrer Schwester, deren Hände verkrampft auf dem Schoß lagen.

»Leider nein. Das Testament wurde beim Tod Ihres Großvaters ausgehändigt. Es müsste sich dann in den Unterlagen des oder der Erben befinden.«

»Da haben wir leider nichts gefunden«, gestand Nele. Sie trank einen Schluck Kaffee und fragte dann: »Heißt Ihre Mutter Dorothea?«

»Ja, so heißt sie.«

»Wurde Ihre Mutter vielleicht früher Dörte gerufen?«, fragte Sandra.

»Ja, in der Jugend. Woher wissen Sie das?«

»Aus einem Brief meiner Großmutter«, übernahm nun wieder Nele.

»Ihrer Großmutter?«, fragte die Anwältin erstaunt.

»Wissen Sie, Frau Dr. Gröbel-Finken, ich glaube, dass Ihre Mutter mich bei unserer Begegnung mit meiner Großmutter verwechselt hat. Weil sie deren beste Freundin war.« Anschließend erklärte Nele der Anwältin die Zusammenhänge.

»Sie sind also die Enkelinnen von ihrer besten Freundin Esther? Ich habe immer nur ihren Vornamen gehört. Meine Mutter würde Sie beide sicher gern kennenlernen. Sie hat sehr an Ihrer Großmutter gehangen. Es vergeht kein Tag, an dem sie nicht ihren Namen nennt.«

»Dürften wir Ihrer Mutter vielleicht auch ein paar Fragen über unsere Großmutter stellen?«, bat Sandra.

Die Anwältin schien zu grübeln.

»Es wäre uns wirklich wichtig, denn leider war es uns nicht vergönnt gewesen, sie kennenzulernen.«

»Ich denke, das kann ich verantworten. Aber nehmen Sie bitte Rücksicht, denn meine Mutter ist dement. Sie kann sich nicht unbedingt an tägliche Dinge der Gegenwart erinnern. Aber ihr Langzeitgedächtnis funktioniert eigentlich ganz gut, wenn Sie einen guten Tag erwischen. Ist das in Ordnung für Sie, oder wollen Sie es sich noch einmal überlegen?«

»Das ist okay«, antwortete Nele.

»Wir wohnen oben. Wenn es meine Mutter zu sehr anstrengt, dann müssen Sie Ihren Besuch leider abbrechen.«

»Selbstverständlich«, bestätigten Sandra und Nele.

Dorothea Gröbel saß mit ausdrucksloser Miene im Rollstuhl am Fenster ihres Zimmers, als Sandra und Nele mit der Anwältin eintraten. Eine andere Dame mittleren Alters mit grauem Pagenschnitt leistete ihr Gesellschaft.

»Das ist unsere gute Seele Marie. Als Gesellschafterin kümmert sie sich die meiste Zeit um meine Mutter«, erläuterte Brigitte Gröbel-Finken, bevor sie sich den Frauen am Fenster zuwandte. »Hallo, Mutti, schau mal, du hast Besuch. Esthers Enkeltöchter. Sie wollen mit dir über deine Freundin plaudern.«

Esther schien das Zauberwort zu sein, das die alte Frau zum Leben erweckte.

»Esther?«, fragte Dorothea mit einem Leuchten auf dem Gesicht. »Wo ist sie?«

»Ach, Mutti, sie kann nicht hier sein. Aber ihre Enkelinnen Nele und Sandra möchten gern mehr über ihre Großmutter erfahren. Du kanntest Esther doch am besten.« Brigitte Gröbel-Finken bot Nele und Sandra einen Platz auf dem Sofa am Fenster an, bevor sie ihre Mutter im Rollstuhl zu ihnen an den Tisch schob und sich dann selbst in den Sessel setzte. Die Gesellschafterin hielt sich dezent im Hintergrund.

»Ja, ja. Sie sehen aus wie Esther.« Die alte Dame deutete auf Nele. »Sie mit den Locken aber noch mehr. Nur Esthers

Haare sind dunkler.« Dorothea Gröbel strahlte über das faltige Gesicht. Nele wurde ganz seltsam zumute. Jetzt saß sie einer Zeitzeugin gegenüber, die ihr mehr über ihre Großmutter erzählen konnte. Das sorgte für Gänsehautfeeling.

»Was für ein Mensch war unsere Oma?« Sandra ging es scheinbar nicht schnell genug, alles über das Leben der Großmutter zu erfahren.

»Esther war schön, klug und liebenswert. Wir alle haben sie beneidet. Am meisten ich, weil die Männer sich alle nach ihr umgedreht haben. Anselm, Ludwig und wie sie alle hießen. Aber sie hatte von Anfang an nur Augen für Horst. Sie trug immer dieses hübsche rote Kleid mit den weißen Punkten, das ich so an ihr geliebt habe.«

»Horst Koopmann?«, hakte Sandra nach.

Dörte Gröbel nickte. »Ein sehr netter Mann. Leider war er mit der falschen Frau verheiratet. Wie hieß sie noch gleich?« Dörte Gröbel sah hilfesuchend zu ihrer Tochter, die nur mit den Achseln zuckte.

»Birte«, antwortete Sandra.

»Richtig. Birte. Sie war immer sehr bestimmend, auch zu ihrer kleinen Tochter. Das arme Ding ist oft wegen jeder Kleinigkeit von ihr versohlt worden.«

Zum ersten Mal verspürte Nele Mitleid mit Helga Koopmann. Hatte Birte ihre Tochter nicht geliebt? War Helga deshalb so kalt und intrigant geworden?

»Kannten Sie denn Anselm, unseren Großvater?«, bohrte Sandra weiter. Nele sah, dass rote Flecken Hals und Gesicht ihrer Schwester überzogen. Das zeigte, wie aufgeregt sie war.

»Den habe ich nie gemocht. Da war immer etwas in seinem Blick, was mir Angst gemacht hat. Ich weiß noch, wie Esther am Tag nach der Hochzeit zu mir gekommen ist. Ganz verzweifelt war sie, und ihre Wange war geschwollen.

Anselm war betrunken gewesen und hatte ihr in einem Eifersuchtsanfall eine Ohrfeige verpasst. Er konnte so jähzornig sein. Ich konnte verstehen, dass sie nicht mehr zu ihm zurückwollte, sondern Rosenhagen verlassen.«

»Warum hat sie es denn nicht getan?«, fragte Nele.

»Das hätte einen Skandal gegeben. Sie ist eine Zeit lang bei mir geblieben, bis Anselm gekommen ist und sie zurückgeholt hat. Mit seinen Eltern und Esthers Eltern. Alle haben auf sie eingeredet. Da ist sie bei ihm geblieben.«

Nele traute ihren Ohren nicht. Sollte es wirklich wahr sein, was Dorothea Gröbel sagte? Doch was sie erzählte, klang echt und passte in das Bild, das sie sich von ihren Großeltern gemacht hatte. Sie selbst hatte den Jähzorn des Großvaters erlebt. Dennoch war sie darüber entsetzt, dass er sich zu solch einer Tat hatte hinreißen lassen. Auch Sandra wirkte schockiert.

»Hat er sie auch weiterhin geschlagen?«, fragte Sandra heiser.

»Sie hat nie mehr darüber geredet. Weil sie sich geschämt hat. Aber sie wollte immer wieder von ihm weg. Wegen Horst, mit dem sie sich heimlich getroffen hat. Im Gästehaus auf dem Schafhof, wenn Birte nicht da war oder in der Nacht, als alle geschlafen haben. Sie hatte immer Angst, entdeckt zu werden. Es war schrecklich.«

Nele konnte die Furcht ihrer Großmutter nachvollziehen. Ihr wäre es sicher ähnlich ergangen.

»Unsere Großmutter trug immer eine Kette um den Hals, ein Amulett mit zwei Fotos drin. Eines von ihr, aber das andere fehlt. Wissen Sie vielleicht, wer darauf war und wann sie es verloren hat?«, warf Sandra ein.

Dörte Gröbels Hände zitterten. »Ich brauche ein Glas Wasser, Gitti, bin ganz trocken im Mund«, wandte sie sich an ihre Tochter, die sofort aufstand und das Gewünschte holte.

Nachdem die alte Frau mühsam das Wasserglas geleert hatte, fuhr sie fort. »Die Kette war ein Geschenk ihres Vaters mit ihrem Foto. Von einem zweiten weiß ich nichts.«

»Können Sie sich noch daran erinnern, was in der Nacht des Brandes geschehen ist? Jeder hat etwas anderes berichtet. War es wirklich Brandstiftung? Wer hätte das getan?«

Dörte Gröbel schüttelte den Kopf. »Das weiß ich nicht. Der arme Horst. Gott hab ihn selig.« Sie seufzte. »Ich bin nur froh, dass Esther den Flammen entkommen konnte. Wie geht es ihr denn?«

Sie schien die Frage ernst zu meinen.

Einen Moment lang verschlug es Nele und Sandra die Sprache. Irritiert sahen sie sich an.

»Aber unsere Großmutter ist doch tot«, sagte Nele leise.

Plötzlich zitterten die Hände der alten Frau.

»Nein! Nein! Nein! Esther ist nicht verbrannt. Sie ist fortgegangen! Ich … ich habe ihr dabei geholfen.«

»Das kann nicht sein!«, rief Sandra und sah hilflos zu Nele und dann zu Dörtes Tochter.

»Esther ist nicht im Feuer umgekommen!«, beharrte die alte Dame. »Sie ist fortgegangen. Mit meinem Bruder und seiner Frau.« Die alte Frau rollte mit den Augen. Ihre Finger krallten sich um die Lehne des Rollstuhls, und sie röchelte.

»Mutti!« Sofort sprang ihre Tochter auf und holte aus einer Schublade der Kommode ein Spray.

»Gleich geht es dir besser, Mutti.« Sofort war auch die Gesellschafterin an der Seite von Dorothea Gröbel und half ihr zu inhalieren.

Während Dorothea Gröbels Atem sich wieder beruhigte, winkte ihre Tochter Nele und Sandra in den Flur.

»Ich glaube, es ist besser, wenn Sie jetzt gehen. Ihr Besuch hat meine Mutter sehr aufgeregt.«

Sandra und Nele nickten.

»Wie kommt Ihre Mutter nur darauf, unsere Großmutter könnte dem Feuer entkommen sein, wenn doch alle sagen, dass sie und Horst bei dem Brand ums Leben gekommen sind?«, fragte Sandra.

»Ich weiß nur so viel, dass meine Mutter das schon immer gesagt hat.«

»Warum haben Sie denn nie etwas gesagt?«, warf Sandra ihr vor.

»Wem denn? Wir hatten keinen Kontakt mehr zu den Suderdorfern seit damals. Niemand hat uns jemals wieder nach Esther gefragt. Wem hätten wir es also sagen sollen? Wem nützt es denn, die Vergangenheit aufzurühren?«

Das klang plausibel.

»Sie haben recht, Frau Gröbel-Finken. Sie konnten ja nicht ahnen, dass wir nachforschen. Es will mir nur nicht in den Kopf, dass meine Großmutter tatsächlich ihren Sohn zurückgelassen hätte.«

»Was sollte sie denn machen? Anselm hat den Jungen vor ihr weggesperrt. Damit konnte er Esther erpressen.«

Das Feuer war ihre einzige Chance, der Ehehölle zu entkommen.

»Das klingt alles so … fantastisch …«

»Ich bin damals noch ein Kind gewesen. Fünf oder sechs Jahre alt. Alle in der ganzen Umgebung haben nur von dem Brand gesprochen. Jeder hat geglaubt, dass Ihre Großmutter mit Horst im Feuer umgekommen ist. Ich auch, bis ich meinen Onkel mit Ihrer Großmutter gesehen habe. Aber ich war ein Kind und hatte Angst.«

»Und das hat niemand bemerkt?« Sandra leckte sich über die trockenen Lippen.

»Vielleicht, vielleicht aber auch nicht. Ich weiß es nicht. Mein Onkel und meine Tante haben kurze Zeit in Suderdorf gelebt. Sie waren Außenseiter im Ort. Onkel Paul war ein Spieler und Alkoholiker, der von allen gemieden wurde. Sie wollten irgendwo noch einmal von vorn beginnen. Weit, weit weg von der Lüneburger Heide. Durch den Brand waren alle in Suderdorf abgelenkt. Das war die Gelegenheit. Wir haben nie mehr etwas von ihnen gehört.«

»Aber vielleicht weiß Ihre Mutter, wohin sie gegangen sein könnten?« Nele hörte das Drängen in der Stimme ihrer Schwester.

»Nein. Und es ist besser, wenn Sie sie jetzt nicht mehr fragen«, fiel die Anwältin Sandra ins Wort. »Bitte haben Sie dafür Verständnis, dass sie jetzt dringend Ruhe braucht. Ich bringe Sie zur Tür«, schlug Brigitte Gröbel-Finken vor.

»Oma soll noch leben? Irgendwie kann ich nicht daran glauben«, sagte Sandra, als sie im Wagen saßen. »Sie muss bei dem Brand gestorben sein, sonst hätte sie sich bei irgendjemandem von uns gemeldet.«

Während Sandra an der Erzählung der alten Dame zweifelte, erschien sie Nele immer wahrscheinlicher.

»Wenn es zum Bruch mit unserer Familie gekommen ist, dann bestimmt nicht. Irgendwie klang das, was Frau Gröbel gesagt hatte, logisch und passt zu dem, was wir darüber wissen.«

»Ich weiß nicht mehr, was richtig ist und was nicht.« Sandra stützte den Kopf in die Hände und stöhnte.

Unzählige Fragen kreisten auch in Neles Kopf.

Sollte ihre Großmutter tatsächlich überlebt haben? Wo war sie hingegangen?

Doch für sie war es zu spät, weiter nachzuforschen. Vielleicht würden sie es auch nie herausfinden. Schweigend ließ Nele den Motor an.

»Bringst du mich noch zum Bahnhof, Schwesterherz?«, fragte Sandra.

»Natürlich«, antwortete Nele. Der Bahnhof von Unterflühbeck lag nur wenige Kilometer außerhalb des Ortes. Je näher sie ihm kamen, desto stiller und grüblerischer wurde Sandra.

»Ich bring dich noch zum Gleis«, schlug Nele vor, als sie auf dem Parkplatz vor dem Bahnhof standen.

»Nicht nötig.« Sandra winkte ab. »Ich versteh dich nicht, Nele. Warum rennst du immer weg, wenn es schwierig wird? Du kannst deinem Leben nicht davonlaufen!«

Nele zuckte zusammen. Sandra war wütend auf sie. Nele konnte es ihr nicht verdenken. »Ich habe wirklich gedacht, dass du dich auf Rosenhagen wohlfühlst! Und jetzt lässt du mich im Stich!«, rief Sandra verzweifelt und den Tränen nah.

Nele schwieg. Jedes Widerwort hätte nur zu einem Streit geführt, und sie wollte keine Auseinandersetzung mit ihrer Schwester.

»Sandy, finde dich damit ab, dass ich so bin. Nicht so stark und bodenständig wie du. Bitte, mach es uns doch nicht so schwer. Auf Rosenhagen ist kein Platz für mich, das weißt du. Aber vielleicht irgendwo da draußen.«

»Dann geh doch endlich. Renne davon und lass mich allein. Ich habe wirklich gehofft, dass dir daran gelegen ist, mehr über unsere Oma herauszufinden. Aber da habe ich mich wohl geirrt.« Sandras Augen schimmerten feucht.

»Mach's gut, Sandy. Ich will nicht im Bösen von dir gehen. Bitte verzeih mir.«

»Verdammt, Nele, ich werde dich so furchtbar vermissen!«

Eine letzte Umarmung, ein letzter Kuss. Dann stieg Sandra eilig und schniefend aus dem Wagen. Nele sah ihr traurig nach, bis sie im Bahnhofsgebäude verschwunden war. Erst danach startete sie den Motor.

39.

Die Tage vergingen. Einer nach dem anderen. Zwei Wochen waren es nun schon. Auch wenn die Sonne am klaren Himmel schien, fehlte in seinem Leben die Wärme. Um glücklich zu sein, brauchte er Neles Nähe, ihr Lachen und ihren Humor. Manchmal auch ihre Verrücktheit. Joris vermisste Nele sehr. Diese verrückte, schrille und zugleich liebenswerte Person. Es tröstete ihn wenig, dass die Hunde sein Schicksal teilten. Teilnahmslos lagen sie zwischen den Schafen und konnten sich nicht mal für ein Leckerli begeistern. Nur wenn sich jemand der Wiese näherte, sprangen sie freudig auf, in der Hoffnung, ihr Frauchen wiederzusehen. Enttäuscht kehrten sie jedes Mal mit hängenden Ohren zurück. Seit gestern rührten sie nicht mal ihr Futter an.

Joris bereute, Nele zurückgewiesen, an ihr gezweifelt und ihr nicht genügend vertraut zu haben. Doch sie war gegangen. Für immer.

Seine Albträume vom Krieg waren seltener und durch sehnsüchtige Träume von Nele ersetzt worden. Er litt still. Auf seine Weise. Da konnte ihm auch nicht dieser idyllische Ort Trost spenden.

Nachdem Joris die Hunde in den Garten gelassen hatte, lief er zum Frühstück ins Hotel. Seit gestern musste er den Nebeneingang benutzen. Vor dem Haupteingang stand ein Baugerüst. Das ehemalige Gesindehaus, das zum Hotel umgebaut worden war, reichte nicht mehr für den Gästeansturm aus. Besonders in der bevorstehenden Hochsaison. Gleich nach dem Sieg im Hotelwettbewerb hatte Sandra entschieden, die kleine Scheune hinter dem Hotel Schritt für Schritt umzubauen. Ferienapartments für gehobene Ansprüche.

Joris hätte sich auch sein Frühstück selbst zubereiten können. Aber wenn er ins Hotel ging, würde er vielleicht etwas von Nele erfahren. Durch Martina wusste er, dass sie irgendwo in Hamburg auf einen Flug wartete, ein Fluglotsenstreik jedoch eine sofortige Abreise verhindert hatte. Joris war drauf und dran gewesen, hinzufahren und nach ihr zu suchen. Doch immer wieder hatte er seinen Plan verworfen.

Was bin ich doch für ein Feigling!

Er ging zielstrebig auf den gewohnten Platz am Fenster zu. Kaum hatte er sich gesetzt, gesellte Sandra sich zu ihm. Blass war sie, und abgenommen hatte sie auch. Unter ihren Augen lagen dunkle Ringe.

»Darf ich mich vielleicht einen Moment zu dir setzen?«, fragte sie.

»Ja, klar.«

Die Bedienung stellte ihnen eine Kanne Kaffee und zwei Tassen hin.

»Ich weiß nicht mehr, wo mir der Kopf steht«, beschwerte Sandra sich. »Die Umbauarbeiten, die Vorbereitungen für die Hochsaison und dann noch das Gut … Ich könnte jetzt jede Menge Hilfe gebrauchen. Rick im Hotel zum Beispiel, aber da spielt mein Vater nicht mit. Und dann noch die Prüfer wegen der Grundbücher. Ich bin nicht einmal zu meinen geplanten Nachforschungen gekommen. Wenn Nele doch nur hier wäre!«

Immer, wenn er Neles Namen hörte, verspürte er einen Stich. Joris griff über den Tisch nach Sandras Hand und drückte sie tröstend.

»Wenn ich dir irgendwie helfen kann …«

»Du kümmerst dich ja schon um die Schafe, die Hunde und das Gutshaus. Mehr kann ich nicht von dir verlangen.«

Sandra warf zwei Zuckerwürfel in den Kaffee und rührte eine halbe Ewigkeit lang in der Tasse. »Entschuldige, Joris, aber ich bin im Moment keine gute Gesellschaft. Von dem ganzen Stress ist mir immer so flau im Magen.«

»Hast du denn heute Morgen schon was gegessen?«, fragte er besorgt.

»Keine Zeit«, gestand Sandra. Im gleichen Augenblick wurde Joris das Frühstück serviert. Neben Brötchen und Belag auch Rührei und Obst.

»Bitte bringen Sie Frau Gercke doch noch einen Teller und Besteck«, bat er die Bedienung, eine junge Frau mit olivgrünen Augen und schwarzem Zopf.

»Gern, Herr Münster.« Ihr interessierter Blick entging Joris nicht.

Kaum hatte Sandra Teller und Besteck vor sich, tat sie sich eine große Portion von allem auf. Lächelnd ließ Joris sie gewähren.

»Hast du was von Nele gehört?«, fragte Joris beiläufig.

»Ja, gestern. Sie hat ihren Flug auf heute Abend verschoben. Wegen der Mietsache. Du weißt schon, ihr Exfreund hatte doch die Miete nicht bezahlt.«

Joris atmete auf. Nele war also noch in Deutschland.

Gierig verschlang Sandra das Rührei. Joris brannte die Frage auf der Zunge, wohin sie denn wollte. Aber seitdem Sandra ihm immer ausgewichen war, wagte er nicht mehr, sie direkt zu fragen. Bestimmt hatte sie Nele schwören müssen, ihm nichts zu verraten. Ein Wunder, dass Sandra überhaupt etwas preisgab.

»Stell dir mal vor, sie will ans andere Ende der Welt. Da bekommen wir sie nie mehr zu Gesicht.« Sandra seufzte.

»Sie will in die Antarktis?«, scherzte Joris und hoffte insgeheim, dass Sandra ihm endlich Neles Ziel verriet.

Sie sah ihn wachsam an. »So ungefähr.«

Wieder war eine Chance verpasst. Enttäuscht senkte er den Blick.

»Ich kann es dir nicht sagen, Joris. Nele würde mich umbringen, wenn ich dir verrate, wo sie hinwill.«

Joris sah auf. »Verstehe«, antwortete er traurig.

»Sehen wir uns nachher, wenn mein Vater aus der Klinik kommt?«

Friedrich Gerckes Bypass-OP war erfolgreich verlaufen. Er fühlte sich fit genug, um nach Hause zurückzukehren.

»Natürlich«, antwortete Joris.

»Danke«, antwortete sie lächelnd.

»Übrigens war Wilfrid Lemke inzwischen bei der Polizei. Er hat zu Protokoll gegeben, dass die Wiesen seines Wissens nach uns gehören. Es scheint tatsächlich etwas manipuliert worden zu sein. Das haben wir alles Nele zu verdanken. Wenn mein sturer Vater das auch endlich mal einsehen würde! Er hat sie nicht mal dafür gelobt. Sie hat sich doch so sehr gewünscht, dass er endlich einmal stolz auf sie ist.«

Sandra berichtete ihm von Neles Streit mit dem Vater im Krankenhaus.

Joris verstand, wie sehr Nele seine Worte getroffen haben mussten. Nicht nur er hatte sich mies ihr gegenüber verhalten, sondern auch ihr Vater. Kein Wunder, dass sie so schnell und so weit wie möglich weg von Suderdorf wollte.

Sandra drückte plötzlich die Hand auf ihren Mund und würgte.

»Ich bin nicht mehr gewohnt, so viel zu essen«, presste sie hervor, sprang auf und rannte in Richtung Toiletten. Schmunzelnd sah Joris ihr nach.

Der Krankentransport hielt mittags vor dem Gutshaus. Joris und Sandra empfingen den Gutsherrn vor der Eingangstür. Friedrich Gercke wirkte überraschend erholt und vital. Er wurde von einer sympathischen Frau seines Alters begleitet, die sich ihnen als Schwester Renate vorstellte.

»Willkommen zu Hause, Papa!«, rief Sandra und umarmte ihren Vater.

»Herzlich willkommen, Herr Gercke«, begrüßte ihn Joris per Handschlag.

»Danke, danke! Das ist ab heute übrigens die Frau, die sich darum kümmern wird, dass ich gesund lebe.«

Immer hatte er eine Pflegerin abgelehnt. Wie er Schwester Renate ansah, zeigte Joris, dass sein Chef von ihr auch als Frau sehr angetan war.

»Wo wird denn Schwester Renate wohnen?« Sandra stand die Überraschung ins Gesicht geschrieben.

»Ich lasse Neles altes Kinderzimmer herrichten«, erklärte ihr Vater.

»Und wo soll Nele dann schlafen, wenn sie auf Besuch kommt? Hast du das mit ihr abgesprochen?« Sandra wirkte verärgert.

»Brauche ich nicht. Sie kommt doch nicht mehr zurück, auch wenn du es hoffst, sondern reist nur für Jobs in der Welt herum. Anstatt mal was Anständiges, Solides zu machen. Nach ihrem Auftritt im Krankenhaus hat sie sich nicht mehr blicken lassen.«

Für einen flüchtigen Moment glaubte Joris, es schmerzlich in den Augen des Gutsherrn aufblitzen zu sehen. Auch Joris war erstaunt über dessen Entscheidung und fand es nicht fair, dass Nele nichts mitzureden hatte.

Friedrich Gercke schritt mit Schwester Renate voran ins Haus und stoppte plötzlich in der Diele, als er Neles Hunde dort liegen sah.

»Was machen denn die verdammten Köter hier in meinem Haus?«, rief er ungehalten. Bobby und Benny knurrten ihn an.

»Das sind Neles Hunde, die gute Dienste geleistet haben. Sie haben die Schafe erfolgreich gegen den Wolf verteidigt«, erklärte Sandra ihrem Vater.

»Jetzt sind sie aber überflüssig, und im Haus sowieso. Ich werde eh die Schafe verkaufen. Schafft die beiden Flohpelze hinaus. Sie können meinetwegen im Stall schlafen«, kommandierte er.

»Friedrich, sehen Sie doch, die liegen ganz friedlich da«, mischte sich Schwester Renate ein.

»Ich will die Köter hier nicht sehen!«, brüllte er, woraufhin die Hunde nur noch lauter knurrten. Sandra streichelte sie beruhigend. »Kommt, wir gehen in den Garten.« Sie nahm den Tennisball, mit dem Benny und Bobby gern tobten, von der Garderobe.

Friedrich Gercke rang nach Atem.

»Bitte, Sie dürfen sich nicht so aufregen«, versuchte die Schwester den Gutsherrn zu beruhigen.

Jetzt wallte auch Wut in Joris auf. Er mochte es nicht, wie der alte Herr mit Neles Hunden umsprang. Friedrich Gercke hatte doch eigentlich ein Herz für Tiere. Da wurde Joris mit einem Mal klar, dass sein Chef die Hunde nicht mochte, weil sie Nele gehörten. Bislang hatte der Gutsherr kein gutes Wort für die Tochter übriggehabt. Joris hatte das Bestreben, Nele, jetzt, wo sie nicht anwesend war, verteidigen zu müssen.

»Kann ich Sie vielleicht einen Moment sprechen, Herr Gercke? Unter vier Augen?«, fragte Joris.

»Wenn's sein muss«, antwortete er grimmig. »Kommen Sie mit.«

Friedrich Gercke führte Joris ins Herrenzimmer. Auf dem Tisch lagen noch die Kopien der Grundbücher und diverser anderer Dokumente, die Sandra für den Anwalt zusammengestellt hatte.

»Also, was wollen Sie mit mir besprechen?«, polterte der Gutsherr los.

»Sie mögen doch Hunde, Herr Gercke. Ob den Dackel von Gemeinderat Ripke oder den Weimaraner von Herrn Hellenbrand, sonst hätten sie die beiden doch nicht gestreichelt. Die in der Diele können sie nur nicht ausstehen, weil sie Nele gehören, stimmt's?«

Einen Moment lang zeichnete sich Betroffenheit in der Miene seines Gegenübers ab, die Joris in seiner Annahme bestätigte.

»Schwachsinn«, wehrte der Gutsherr ab. »Ich will nur keine Tiere im Haus.«

»Das ist eine Ausrede«, widersprach Joris ruhig. »Ist Ihnen eigentlich klar, was Sie Nele zu verdanken haben? Wenn sich herausstellt, dass die Grundbucheintragungen fehlerhaft vorgenommen wurden? Außerdem haben Sie ihr und ihren Hunden zu verdanken, dass keines der Schafe gerissen wurde. Fragen Sie doch mal die Bauern der Umgebung. Aber Sie sind wütend auf Nele, weil sie gegangen ist.«

Friedrich Gercke zuckte leicht zusammen.

»Sie hat doch schon immer getan, was sie wollte, anstatt sich um die Familie und die Belange des Gutes zu kümmern!«, rief der Gutsherr aufgebracht.

»Ich glaube eher, dass Nele aus einem anderen Grund weggegangen ist. Weil Sie ihr Liebe und Zuneigung verweigert haben«, verteidigte Joris Nele. »All die Jahre haben Sie sich in Ihrem Schmerz vergraben und darüber die Gefühle Ihrer Töchter vergessen. Die beiden hätten Ihren Trost gebraucht. Nele ist ruhelos, weil sie das Gefühl hat, hier nicht erwünscht zu sein. Dabei hat sie nach den Papieren gesucht und ist nur Ihretwegen zu der Gemeinderatssitzung gefahren! Weil sie Ihnen helfen wollte und sich gewünscht hat, dass Sie einmal im Leben stolz auf sie sind.«

Der Gutsherr wurde blass und schweigsam. Er fuhr sich mit den Händen durchs Gesicht. Zum ersten Mal erlebte Joris Friedrich Gercke betroffen.

»Das … das habe ich nie so gesehen«, gab er nach einer Weile zu Joris' Erstaunen zu. »Sie war immer so rebellisch, gegen alles und jeden …«

»Es war ihre Art zu zeigen, dass sie sich einsam und verlassen fühlt, während Sandra sich hinter der Arbeit und ihrem Pflichtbewusstsein versteckt hat.«

Friedrich Gercke schlug die Hände vors Gesicht.

»Papa, Joris hat recht.«

Joris blickte zur Tür. Auf der Schwelle stand Sandra. »Die Tür stand offen«, sagte sie zu ihrer Entschuldigung, bevor sie sich wieder ihrem Vater zuwandte.

»Wir haben uns immer danach gesehnt, dass du für uns da bist. Stattdessen hast du dich in die Arbeit auf Rosenhagen gestürzt und verbissen gegen die Koopmanns gekämpft. Warum hast du uns nicht einmal an deinem Leben teilhaben lassen? Mama hat uns gefehlt. Wir hätten dich gebraucht, Papa! Aber du bist nicht für uns da gewesen!« Verzweiflung schwang in Sandras Vorwürfen mit.

Friedrich Gercke schluckte.

»Das habe ich nicht gewusst. Ich war wohl zu viel mit mir selbst beschäftigt«, gab er zu. »Es tut mir leid, Sandra.« Die Entschuldigung klang aufrichtig.

»Das hätten Sie Nele sagen müssen! Aber der Hass auf die Koopmanns füllt scheinbar Ihr Herz so aus, dass für nichts anderes mehr Platz darin ist.«

»Papa, du musst dich bei Nele entschuldigen, oder du verlierst sie für immer.« Es machte Joris froh, dass Neles Schwester so für sie einstand.

»Wie soll ich das bitteschön machen, wenn sie nicht da

ist?« Joris merkte dem Gutsherrn an, wie tief ihn die Vorwürfe getroffen hatten.

»Schreiben Sie ihr eine E-Mail und erklären Sie ihr alles«, schlug Joris vor.

Ihm wurde klar, dass Friedrich Gercke trotz allem seine Töchter liebte und seine Fehler einsah. Aber der Hass in seinem Herzen war stärker als alles andere gewesen.

Eine Weile herrschte betretenes Schweigen.

»Sie lieben Nele, nicht wahr?«, fragte der Gutsherr.

In diesem Moment, als sein Chef ihn das fragte, wurde Joris erst richtig bewusst, wie tief seine Gefühle für Nele gingen. Kein Tag war vergangen, an dem er nicht an sie gedacht und sie vermisst hatte.

»Ja«, sagte Joris leise.

»Dann holen Sie meine Tochter zurück. Es wird Zeit, dass ich mit ihr rede.«

»Wenn ich wüsste, wo sie ist, hätte ich das schon längst getan. Das können Sie mir glauben«, verteidigte Joris sich.

Er hatte lange gebraucht, um zu begreifen, dass sie ihn so nehmen würde, wie er war, auch mit seinen Schwächen. Es war kein Mitleid, das er in ihren Augen nach seinem Albtraum gelesen hatte, sondern Fürsorge. Sie hatte ihn nicht wie Lisa zu einem Psychiater oder Therapeuten schicken wollen, sondern ihn tröstend umarmt. Joris spürte, dass nur Neles Liebe ihm helfen könnte, die plagende Vergangenheit zu verarbeiten.

»Joris, Nele ist in Hamburg auf dem Weg zum Flughafen. Sie hat mir vorhin eine SMS geschickt. Ihr Flug nach Melbourne geht in drei Stunden. Wenn du dich beeilst, kannst du verhindern, dass sie an Bord geht. Hol sie bitte zurück. Sie gehört zu uns. Zu Rosenhagen.«

Melbourne? Das war verdammt weit weg. Wie sollte er sie auf dem Kontinent am anderen Ende der Welt finden?

Er schaute auf die Uhr. Sandra hatte recht, wenn er sich beeilte, könnte er sie noch vor den Sicherheitskontrollen abfangen. Nele! Plötzlich keimte in ihm ein Funke Hoffnung, sie in die Arme schließen zu können.

Wortlos drehte Joris sich um, küsste Sandra auf die Wange und stürmte aus dem Zimmer. In der Diele sprangen ihm die Hunde freudig entgegen, als wüssten sie, was er vorhatte.

»Kommt! Wir holen euer Frauchen zurück!«

Im Vorbeigehen nahm er die Leinen von der Garderobe und eilte mit den Hunden nach draußen.

Joris fluchte und trommelte mit den Fingern auf das Lenkrad. Das konnte doch nicht wahr sein! Ausgerechnet jetzt war er auf der Autobahn in einen Stau geraten. Immer wieder blickte er zur Uhr. Ihm blieb nur noch eine Stunde, wenn er Nele zurückhalten wollte, das Flugzeug nach Australien zu besteigen. Er mochte sich gar nicht die Enttäuschung ausmalen, wenn er sie verpasste. Doch er war fest entschlossen, ihr um die ganze Welt zu folgen. Sie gehörte zu ihm, nach Rosenhagen.

Ein Wagen drängte sich vor ihn. Joris hupte und schimpfte, denn die Zeit lief ihm davon. Wieder nur Stop-and-go, bis er endlich die Bundesstraße erreichte, die zum Flughafen führte. Als er abbog, geriet er in den zähfließenden Feierabendverkehr. Alles schien sich gegen ihn verschworen zu haben. Auch die Hunde wurden ungeduldig. Hechelnd saßen sie im Kofferraum.

Nach einer gefühlten Ewigkeit erreichte er die Ausfahrt zum Flughafen. Ihm blieb noch eine knappe Stunde bis zum Abflug, um einen Parkplatz zu suchen und zum Gate zu gelangen. Knapp, aber machbar.

Die Parkplatzsuche gestaltete sich schwierig. Erst auf einem der oberen Decks konnte Joris den Wagen abstellen. Wieder waren zehn Minuten verronnen. Jetzt schnell hinaus, Kofferraum öffnen, Hunde anleinen und ab ins Flughafengebäude.

Wenigstens das klappte wie am Schnürchen. Doch der Ansturm Reisewilliger ließ ihn langsamer vorankommen als gedacht. Nur noch wenige Schritte bis zum Gate. Sandra hatte ihm die Daten in einer Nachricht geschickt. Er rannte mit den Hunden ins Terminal und hielt vergeblich Ausschau nach Nele. Der Check-in-Schalter war längst geschlossen. Völlig außer Atem erreichte er die Sicherheitsschleuse, die ihm das Weitergehen verwehrte.

»Entschuldigung, können Sie mir vielleicht sagen, ob die Passagiere für die Maschine nach Melbourne schon alle durch sind?«, wandte er sich an einen Sicherheitsmitarbeiter.

»Melbourne, Australien? Die sind alle schon lange durch. Dort oben auf der Anzeigetafel sehen Sie, dass die Maschine jeden Augenblick startet. Sie ist also schon auf dem Rollfeld. Tut mir leid.«

»Nele!«, rief Joris verzweifelt in den Raum. Der Sicherheitsmitarbeiter wandte sich kopfschüttelnd ab. Tränen der Enttäuschung brannten in Joris' Augen. Das Schicksal hatte sich nicht versöhnlich gezeigt, er hatte Nele verpasst. Viel zu spät hatte er sich durchgerungen, sie zurückzuhalten. Joris ging langsam zurück durch die Halle und schaute zum Fenster hinaus zur Startbahn, auf der ein blinkendes Flugzeug gerade Fahrt aufnahm. Zu spät. Dort in der Maschine saß die Frau, die er liebte. Bobby und Benny sahen fragend zu ihm auf.

»Tut mir leid, Jungs, aber wir haben sie verpasst.«

Traurig wandte Joris sich um und lief mit den Hunden zurück, vorbei an den zahlreichen Läden, Cafés und Restaurants, ohne sie wirklich wahrzunehmen. An dem Ticketschalter der Airline blieb er stehen, um sich nach dem nächsten Flug nach Melbourne zu erkundigen und einen Platz für sich zu buchen. In dem Augenblick, als er seine Papiere aus der Brieftasche nahm, rissen sich unvermutet die Hunde los und rannten bellend in Richtung Ausgang.

»Benny! Bobby!«, rief er ihnen nach. Hastig steckte er die Brieftasche wieder ein und setzte den beiden nach.

40.

»Guten Tag, Ihre Bordkarte und Ihren Reisepass bitte. Danke. Sie werden in Kürze zum Einsteigen aufgerufen«, erklärte ihr die Servicekraft am Abfertigungsschalter. Nele reichte ihr ihre Papiere. Anschließend begab sie sich in den Warteraum. Um die Zeit totzuschlagen bis zum Start kaufte sie am Kiosk eine Zeitung. Lustlos blätterte sie darin, bis sie zu einer Reiseempfehlung gelangte, die die Vorzüge der Lüneburger Heide anpries. Als sie auf einem der Fotos das elterliche Gut erkannte, blinzelte sie Tränen weg. Ausgerechnet die Schafherde war auf der Aufnahme zu sehen. Neles wurde das Herz schwer. Bei den Schafen hatte sie mit Joris gesessen. Tapfer kämpfte sie gegen die aufsteigenden Tränen.

Nele beneidete die anderen Passagiere um die Heiterkeit. Australien! Viele würden eine Menge dafür geben, endlich einmal den abgelegenen Kontinent besuchen zu dürfen. Nele dachte an ihre früheren Flüge nach Südamerika. Jeder Reise hatte sie entgegengefiebert. Nur dieses Mal stellte sich bei ihr keine Vorfreude ein. Sicher lag es nur an ihrer Müdigkeit, denn sie hatte auf dem harten Bett der Jugendherberge kaum geschlafen. Sie gähnte.

Mensch, Nele! Australien! Da wolltest du doch schon immer hin!

Auf einem der Monitore an der Decke lief gerade ein Film über das Outback. Eine Weile schaute sie zu, bis ihr die Augen zufielen.

Trotz des Vorsatzes, nicht einzuschlafen, übermannte sie die Müdigkeit. Im Traum glitt sie wie ein Vogel durch die Lüfte. Unter ihr erstreckte sich die blühende Heide wie ein purpurner Teppich. Einzelne Birken und Wacholdersäulen ragten empor. Tief atmete Nele ihren würzigen Duft ein. In sanften Kurven segelte sie im Wind über reetgedeckte Häuser und Wiesen, auf denen Schafe und Pferde grasten. Auf einem Schornstein erkannte sie ein Storchennest. Nicht weit davon entfernt glitzerte der Fluss Suder im Sonnenlicht. Der Geruch von Torf und Waldmeister erfüllte die Luft. Noch nie hatte Nele sich so frei und gelöst gefühlt.

Langsam, in zahlreichen Schleifen glitt sie nach unten über die grünen Baumkronen des Waldes, bis sie auf einer Lichtung landete. Das Sonnenlicht überzog das Gras und die Schafe darauf mit einem goldenen Schimmer. Den Waldrand hatten Moose und Farne erobert. Verzaubert von der Schönheit dieser Landschaft setzte sie sich ins weiche Gras.

»Nele!« Vor Freude, Joris' Stimme zu hören, sprang sie auf und drehte sich um. Lächelnd stand er mit ausgebreiteten Armen auf der Wiese. Von einem Glücksgefühl erfasst, lief Nele ihm entgegen. Doch sie erreichte ihn nicht, weil jemand sie an der Schulter rüttelte. »Hallo? Wachen Sie auf!«

Mühsam schlug Nele die Augen auf und blickte in die dunklen Augen einer Frau in der Uniform einer Airline.

»Ja?«, fragte sie verschlafen.

»Wir wollen pünktlich starten. Wenn Sie jetzt bitte an Bord gehen würden«, forderte sie die Flugbegleiterin freundlich auf.

»Ja, natürlich«, antwortete Nele, stand auf und nahm ihr Handgepäck. Doch mit jedem Schritt wurde sie langsamer. Sie dachte an den Traum, der sie mit Wärme und Geborgenheit erfüllt hatte und noch immer gefangen hielt. In dieser Landschaft war sie zu Hause. Dort gab es Menschen, denen sie sich zugehörig fühlte, wie Sandra und Rick. Nicht im roten Outback, Tausende von Meilen entfernt. Noch nie war es Nele so klar gewesen wie heute: Sie gehörte nach Rosenhagen.

»Bitte folgen Sie dem Gang bis zur Treppe.« Die freundliche Flugbegleiterin deutete nach vorn zum gläsernen Treppenaufgang. Nele blieb stehen.

»Kommen Sie. Wir wollen gleich starten.« Sie nahm Neles Ellbogen.

»Ich kann nicht. Ich muss gehen«, flüsterte Nele.

»Haben Sie Flugangst?«

»Nein, aber ich weiß jetzt, wo ich hingehöre«, sagte Nele und wirbelte herum.

»Aber Ihr Gepäck …«, hörte sie die Flugbegleiterin rufen. Doch das war Nele in diesem Augenblick egal. Sie wollte nur eines: zu Joris nach Rosenhagen.

Nele rannte durch das Flughafengebäude. Sie hatte schon viel zu viel Zeit verloren. Es konnte ihr gar nicht schnell genug gehen, nach Rosenhagen zu kommen.

Vor der Anzeigetafel blieb sie stehen, um nach S-Bahn-Verbindungen zu sehen, als sie plötzlich vertrautes Hundegebell hörte. Das war nicht möglich, oder doch? Ehe Nele einen Gedanken fassen konnte, sprangen Bobby und Benny voller Freude an ihr hoch, winselten und leckten sie. Nele beugte sich zu den Hunden hinunter, um sie an sich zu drücken. »Bobby! Benny! Wo kommt ihr denn plötzlich her?« Nele kamen vor Freude die Tränen. Auf eine solche Idee konnte nur Sandra kommen. Doch woher wusste sie, dass Nele nicht im Flugzeug auf dem Weg nach Australien saß?

»Wo ist sie?« Nele hielt nach ihrer Schwester Ausschau. Sie erstarrte, als sie in stahlgraue Augen blickte.

»Joris!« Neles Puls schoss in die Höhe. »Was machst du hier?«, fragte sie heiser.

»Ich wollte … ich dachte … ich hätte dich verpasst«, stotterte er. »Warum … warum bist du nicht geflogen?«

»Weil mir etwas klar geworden ist«, antwortete sie.

»Und was?«, hakte Joris nach.

»Ich weiß jetzt, wohin ich gehöre. Warum bist du hier?«

»Deinetwegen.«

Seine Antwort verschlug Nele die Sprache.

»Nachdem du weggegangen bist, ist mir erst klar geworden, wie viel ich für dich empfinde. Meine Zeit in Afghanistan hat mich gelehrt, dass nichts auf dieser Welt ewig währt und jeder Moment im Leben kostbar ist. Es tut mir leid, wie ich mich dir gegenüber verhalten habe. Ich hatte mich so in den Gedanken verrannt, dass du nur aus Mitleid mit mir zusammen bist. Und das wollte ich nicht.«

»Aus Mitleid? Wie kommst du nur auf solch einen absurden Gedanken? Wegen deiner Albträume?«

Er nickte. »Aber nachdem du weg warst, wurde mir klar, dass nur deine Liebe mich retten kann.«

»Nun sag es endlich. Ich will es hören.«

»Was?«

»Na, dass du mich liebst.«

»Ich liebe dich, Nele. Und was ist mit dir?«

»Da fragst du noch? Natürlich liebe ich dich.« Sie schlang die Arme um seinen Nacken und stellte sich auf die Zehenspitzen. Ihre Armreifen klimperten. Nele schloss die Augen und spitzte den Mund in Erwartung eines Kusses.

Da senkte Joris den Kopf und küsste sie verlangend.

Zwei Schnauzen drückten sich winselnd an Nele. Joris lachte zwischen den Küssen.

»Ich muss mich wohl in Zukunft an zwei eifersüchtige Hunde gewöhnen«, flüsterte er an ihrem Mund.

»Schlimm, dass es mich nur im Dreierpack gibt?«, fragte Nele und hoffte, dass Joris auch ihre Hunde akzeptierte.

»Gar nicht. Aber jetzt lass uns nach Hause fahren, wo sie ausgelassen toben können.«

Nach Hause … Bei diesen Worten wurde Nele ganz warm ums Herz, und sie wusste, dass die Zeit der Rastlosigkeit ein Ende hatte.

Epilog

Zwei Monate später …

»Ich war dir und Sandra kein guter Vater, weil ich nicht erkannt habe, wie sehr ihr mich braucht. Kannst du mir irgendwann verzeihen?«

All die Jahre hatte Nele vergeblich auf ein versöhnliches Wort ihres Vaters gehofft. Sie spürte, wie viel Überwindung dieses Geständnis ihn kostete. Natürlich konnte sie die Erinnerungen an die Auseinandersetzungen und Dispute zwischen ihnen nicht einfach aus dem Gedächtnis streichen. Aber seine Entschuldigung war ein erster Schritt der Annäherung.

»Ja, Papa«, antwortete Nele.

Er nahm ihre Hand in seine. »Ich möchte, dass du hierbleibst. Auf Rosenhagen«, sagte er sichtlich bewegt. »Deshalb schenke ich dir und Herrn Münster …«

»Joris«, korrigierte Nele ihren Vater. »Schließlich wird er ja dein Schwiegersohn.« Nele konnte es noch immer nicht fassen, dass Joris sie gebeten hatte, seine Frau zu werden.

»Deshalb schenke ich dir und Joris meine Schafherde und das Blockhaus. Ihr müsst mir versprechen, glücklich zu werden.«

»Ganz bestimmt, Papa. Danke«, antwortete sie und unterdrückte die aufsteigenden Tränen. Wie gern hätte sie ihren Vater umarmt. Weil er kein Freund von Zärtlichkeiten war, verzichtete sie darauf. Zu ihrem Erstaunen kam er auf sie zu und umarmte sie steif. So nah war sie ihrem Vater seit Jahren nicht mehr gewesen. Es fühlte sich seltsam an.

Es klopfte an der Tür.

»Herein!«, rief ihr Vater, und die Tür öffnete sich.

Sandra schwenkte einen Brief in der Hand. Die Schwangerschaft tat ihr gut, wie Nele an Sandras leuchtenden Augen erkennen konnte.

»Nele? Post für dich. Ich denke, es ist wichtig.«

Nele sah ihren Vater an.

»Geh ruhig.«

Nele war froh über die Unterbrechung, denn sie stand kurz davor, vor Rührung in Tränen auszubrechen.

»Was hat er gesagt?«, flüsterte Sandra ihr draußen auf dem Flur zu.

»Er hat sich entschuldigt. Stell dir vor, er schenkt Joris und mir das Blockhaus und die Schafherde.« Nele konnte es noch nicht fassen.

»Das freut mich sehr für euch.«

»Bleib«, bat Nele ihre Schwester, die wieder gehen wollte.

Mit zittrigen Fingern öffnete Nele den Brief.

»Von meinem Anwalt«, erklärte sie Sandra und las.

»Und?«, fragte ihre Schwester ungeduldig.

»Henner muss die Hälfte der Mietschulden und der Renovierung zahlen«, verkündete Nele erleichtert. Sie hatte schon befürchtet, dass er ohne Zahlung davonkäme. Zum Glück gab es noch Gerechtigkeit.

»Ich hätte da auch ein Angebot für dich«, sagte ihre Schwester. »Eine Investition sozusagen.«

»Wie jetzt?«, fragte Nele.

»Du hast doch gesehen, dass wir das Hotel erweitern. Im Erdgeschoss vermieten wir an Fachläden. Ein Laden ist noch frei. Ich dachte, dass sich Antiquitäten da gut machen würden«, erklärte Sandra lächelnd. Es war schon immer Neles Traum gewesen, den Antiquitätenhandel wieder aufzunehmen.

Mit einem weiteren Jubelschrei umarmte Nele ihre Schwester.

»Diesmal werde ich besser auf die Finanzen aufpassen«, versprach sie Sandra.

»Lass uns das gleich feiern«, schlug ihre Schwester vor. »Ich habe nämlich auch gute Neuigkeiten. Es haben sich auf meine Nachforschungen hin noch zwei ältere Leute aus dem Nachbarort gemeldet, die Oma Esther nach dem Brand gesehen haben wollen.«

»Wirklich? Das ist ja klasse. Aber lass uns das auf später verschieben. Ich habe Joris versprochen, mit ihm den Nachmittag bei den Schafen zu verbringen«, sagte Nele zu Sandra.

»Okay. Dann heute Abend.«

Joris lag auf dem Rücken im Gras und spielte mit einem langen Halm, als Nele die Klosterwiese erreichte. Ihr Vater hatte einen neuen Unterstand bauen lassen. Es hatte sich tatsächlich herausgestellt, dass kurz vor Opa Anselms Tod das Grundbuchamt neue Grundbuchblätter angelegt hatte. Wer das Amt damals beauftragt hatte und aus welchem Grund, war nach den vielen Jahren nicht mehr feststellbar gewesen. Frau Dr. Gröbel-Finken hatten sie es zu verdanken, dass die Wiesen wieder zu Rosenhagen gehörten. Sie hatte in den Dokumenten ihres Vaters eine Abschrift aus einem alten Grundbuch gefunden, in der die Klosterwiese benannt worden war. Zusammen mit Herrn Lemkes Aussage sowie der zweier hochbetagter ehemaliger Gutsmitarbeiter und der Tatsache, dass die Gemeinde keinen Kaufvertrag vorlegen konnte, wurde das anerkannt.

Nele legte sich neben Joris ins Gras und genoss die warmen Strahlen der Herbstsonne auf ihrem Gesicht, den Duft von reifen Äpfeln an einem Baum auf der Wiese. Ihre Hunde lagen vor dem Unterstand. Wachsam wie immer.

Nele hielt die Hand über die Augen. Gleich hinter den Wiesen wellte sich die Heide dunkelviolett. Wo sie auch auf der Welt gewesen war, an keinem der Orte hatte sie sich so geborgen gefühlt wie hier. Gerade noch rechtzeitig hatte sie erkannt, dass sie nur auf Rosenhagen glücklich werden konnte. Mit Joris.

Auch ihr Vater wirkte wie verwandelt, seitdem Schwester Renate im Gutshaus lebte.

»Und es macht dir nichts aus, mit mir im Blockhaus zu leben?«, fragte Joris nach einer Weile.

»Ich habe schon Schlimmeres erlebt«, antwortete sie lächelnd.

»Aber es ist ziemlich beengt.«

»Hauptsache, wir sind zusammen. Und den Hunden scheint es auch nichts auszumachen.«

»Wir müssen immer das Wasser aus dem Brunnen schöpfen. Sogar im Winter«, gab Joris zu bedenken.

Nele rollte sich auf die Seite.

»Was willst du mir eigentlich sagen? Dass du nicht mehr im Blockhaus leben willst?« Nele wollte Rosenhagen nicht verlassen.

»Keine Sorge, ich wollte nur ein paar Tage mit dir weg.«

»Wohin?«

»Dich endlich meiner Mutter vorstellen.«

Nele spürte, dass es ihm wichtig war.

»Du hast mir noch gar nicht erzählt, wo genau sie in Hamburg wohnt. Ich kenne mich da ja ganz gut aus.«

»In einem netten, kleinen Haus.«

»Aha.« Sie war gespannt.

Joris zog ein Foto aus seiner Brieftasche und reichte es ihr.

Nele riss die Augen auf, als sie die Aufnahme betrachtete.

Nettes, kleines Haus nannte er das?

Das gelb angestrichene Gebäude mit den großen Sprossenfenstern … Kein Zweifel, es war die Villa in Blankenese, die sie immer heimlich bewundert hatte. *Es gab wirklich keine Zufälle!*

Sie dachte an ihr Horoskop, das ihr unverhoffte Wendungen für diesen Tag prophezeit hatte.

»Du zitterst ja«, stellte Joris fest.

»Küss mich, damit ich weiß, dass ich nicht träume«, sagte sie zu ihm.

Mit einem Lächeln folgte er ihrer Aufforderung und verschloss ihren Mund mit einem innigen Kuss.